GJ MOFFAT

Ungnade

Buch

Du kannst die, die du liebst nicht immer schützen. Das weiß Logan Finch nur zu gut: Zusammen mit seinem besten Freund, dem Personenschutzexperten und Ex-US-Army Special Agent Alex Cahill, gelang es ihm zwar, seine Tochter Ellie aus den Fängen ihrer Entführer zu befreien, Ellies Mutter, seine erste große Liebe, konnte er hingegen nicht retten.
Doch er hat nun, zusammen mit Ellie, ein neues Leben angefangen. Die aufkeimende Beziehung zu DC Rebecca Irvine, mit deren Hilfe der erste Fall gelöst und seine Tochter gerettet wurde, kommt aber auf den Prüfstand, als Rebeccas alte Flamme, der drogensüchtige Rockstar Roddy Hale plötzlich wieder in ihr Leben tritt.
Und da ist auch noch dieser Serienkiller, der Rebecca auf Schritt und Tritt verfolgt …
Alex Cahill plagen derweil ganz andere Sorgen: Er hat den Auftrag erhalten, den aufstrebenden Hollywoodstar Tara Byrne, die für eine Filmpremiere nach Glasgow gekommen ist, vor einem geistig verwirrten und sehr gefährlichen Stalker zu beschützen.
Und bald schon muss Logan eine schwerwiegende Entscheidung treffen, zwischen seinem besten Freund und der Frau, die er liebt …

Autor

GJ Moffat hat an der Universität von Glasgow Jura studiert und praktiziert auch heute noch als Anwalt. In seiner Freizeit beschäftigt er sich am liebsten mit seinen beiden kleinen Töchtern, doch immer, wenn er ein paar Minuten Ruhe hat, setzt er sich an seinen Schreibtisch und geht seinem größten Hobby nach – dem Schreiben von Thrillern. GJ Moffat lebt mit seiner Familie in Kilmarnock, Schottland.

Von GJ Moffat bei Blanvalet lieferbar

Verfehlung (37445)

GJ Moffat

UNGNADE

Thriller

Aus dem Englischen
von Leon Mengden

blanvalet

Die Originalausgabe erschien 2010
unter dem Titel »Fallout« bei Hachette Scotland,
an imprint of Hachette UK, London

FSC
www.fsc.org
MIX
Papier aus verantwortungsvollen Quellen
FSC® C014496

Verlagsgruppe Random House FSC-DEU-0100
Das FSC®-zertifizierte Papier *Holmen Book Cream*
für dieses Buch liefert Holmen Paper, Hallstavik, Schweden.

1. Auflage
Deutsche Erstausgabe Oktober 2012 bei Blanvalet Verlag,
einem Unternehmen der
Verlagsgruppe Random House GmbH, München

Umschlaggestaltung: © bürosüd°, München
Umschlagmotiv: Trevillion Images/Jan Bickerton
Redaktion: Susanne Bartel
LH · Herstellung: sam
Satz: Buch-Werkstatt GmbH, Bad Aibling
Druck und Bindung: GGP Media GmbH, Pößneck
Printed in Germany
ISBN: 978-3-442-37960-6

www.blanvalet.de

Für meine Eltern Christine und Jimmy

Prolog: Der Vertrag

»Wie lange töten Sie jetzt schon für mich, Carl?«

Carl Hudson war seinem Gegenüber noch nie begegnet, aber er kannte die Sorte. Solche Typen versuchten immer den anderen zu provozieren, um ihn damit aus der Reserve zu locken. Hudson ignorierte die Frage, führte die weiße Tasse zum Mund und nippte an seinem Espresso.

»Nun zieren Sie sich doch nicht so, Carl.« Der andere ließ nicht locker. »Sie sind hier unter Freunden.«

Er machte eine ausladende Geste mit den Armen und grinste über seinen eigenen Witz. Sie waren die einzigen Gäste an den Tischen vor dem ziemlich nichtssagend wirkenden Coffeeshop. Der Laden hatte erst vor wenigen Minuten aufgemacht, und die Angestellten waren noch damit beschäftigt, auf dem Gehsteig die letzten Tische für die morgendlichen Gäste aufzustellen.

Es war ein warmer Tag Ende August, und der Mann, der Carl Hudson gegenübersaß, zog sein Jackett aus. Als er es über die Stuhllehne hängte, ließ er Hudson einen Blick auf das Etikett werfen: Es stammte von einem Maßschneider. Dann zupfte der Mann sein Hosenbein zurecht und schlug die Beine übereinander, wobei der sommerlich leichte Wollstoff ein leises Geräusch von sich gab.

Hudson nippte noch einmal an seinem Espresso und schob mit dem Zeigefinger seiner freien Hand die Sonnenbrille auf seiner Nase ein Stückchen höher. Er musterte sein

Gegenüber und registrierte dessen besondere Merkmale, während der sich in seinem Stuhl zurücklehnte. Hudson beschloss, dass er dem Typen endlich einen Namen geben musste.

Uhr von TAG Heuer.

Brille von Armani.

Seidenkrawatte von Paul Smith.

»Ich muss Sie ja irgendwie anreden«, sagte Hudson und ignorierte nach wie vor die Frage des Mannes. »Was würden Sie von Paul halten?«

»Von mir aus. Was immer Sie wollen.«

»Ich gebe zu, dass ich etwas neugierig geworden bin«, sagte Hudson. »Warum wollten Sie sich gerade jetzt mit mir treffen? Ist dieser Job etwas Besonderes?«

»Ich beschäftige mich gern mit Geschichte«, sagte Paul, zündete sich eine Zigarette an und nahm einen tiefen Lungenzug. Dann pickte er sich einen Tabakkrümel von der Zunge und schnipste ihn aufs Pflaster. Der Rauch seines Glimmstängels kräuselte sich im grellen Sonnenlicht.

»Was ich sagen will – man kann aus der Geschichte eine Menge lernen«, fügte er nach einer Pause hinzu. »Wenn ich Ihnen das an ein paar Beispielen erläutern dürfte?«

Die glühende Sonne wurde Hudson auf seinem kurz geschorenen Schädel allmählich zu heiß, außerdem war er nicht in Plauderstimmung. Aber er musste Paul gewähren lassen; schließlich war er es, der die Schecks ausstellte – im übertragenen Sinne.

»Das erste Beispiel dürfte Ihnen nicht ganz fremd sein angesichts …«, Pauls Blicke schossen in alle Richtungen, während er nach dem treffenden Wort suchte, »Ihres persönlichen Hintergrundes.« Augenscheinlich war er hochzufrieden mit dem Ausdruck, der ihm eingefallen war, und konnte nun seinen Gedankengang fortsetzen. »Wussten Sie zum Beispiel, dass die erste Autobombe im Westen …«

Er beendete den Satz nicht und sah stattdessen Hudson an. »Tut mir leid. Das war wohl ziemlich laienhaft formuliert, nicht wahr? Habt Ihr Typen von der Army nicht so einen Spezialausdruck dafür?«

Hudson war sich bewusst, dass Paul Katz und Maus mit ihm spielte, musste sich aber wohl oder übel darauf einlassen.

»Wir nennen es VBIED, ein Akronym für *Vehicle Borne Improvised Explosive Device* – Geplanter Anschlag mittels eines in einem Fahrzeug deponierten Sprengstoffs«, erklärte er, als wäre es das Selbstverständlichste auf der Welt.

»Gott, wie unglaublich banal sich das anhört, wenn Sie es sagen. Finden Sie nicht auch?«

Hudson wertete das als eine rein rhetorische Frage und erwiderte nichts.

»Jedenfalls«, nahm Paul den Faden wieder auf, indem er sich durch sein dichtes graues Haar fuhr, »wurde so eine Bombe in der westlichen Hälfte der Welt zum ersten Mal 1920 in New York verwendet. Irgend so ein italienischer Spinner karrte einen mit Sprengstoff vollgeladenen Pferdewagen mitten in den Finanzdistrikt von Manhattan und brachte damit vierzig Menschen um. Scheußliche Geschichte.«

Hudson fragte sich, worauf Paul hinauswollte, merkte aber auch, dass dieser nun erst recht in Fahrt geriet. Es wäre ein Fehler, ihn jetzt zu unterbrechen.

»Sie haben das, was so ein Anschlag anrichtet, ja bereits aus unmittelbarer Nähe gesehen, nicht wahr? Wo war das gleich – im Irak oder in Afghanistan oder …?«

Hudson nickte schweigend.

»Und dann al-Qaida«, fuhr Paul kopfschüttelnd fort. »Ich meine, die haben das dann doch echt auf eine neue Stufe der Perfektion gehoben. 1983 die Amerikanische Botschaft in Beirut und dann der 11. September. Der perfekte Anschlag durch in einem Fahr- oder Flugzeug deponierten Sprengstoff. Hat mich eine schöne Stange Geld gekostet, als die Aktienkurse anschließend in den Keller fielen.«

Hudson leerte seine Tasse und wischte sich mit der Serviette die Schweißperlen ab, die sich auf seiner Stirn gebildet hatten. Immerhin schien es, als wäre dieser Teil ihrer Unterredung damit abgeschlossen.

»Wie ich vorhin schon sagte«, setzte er seinerseits an, »würde ich gern wissen, was denn nun so Besonderes an diesem Job ist, dass Sie mich persönlich treffen wollten? Warum kommunizieren wir nicht so miteinander wie bisher?«

Was Hudson viel lieber gefragt hätte, aber nicht konnte, war hingegen: *Was denkst du dir eigentlich dabei, mit einem Treffen in aller Öffentlichkeit ein solches Risiko einzugehen, du Vollidiot?*

»Das ist …«, wieder hielt Paul zur Erhöhung der Spannung einen Moment lang inne, »etwas heikel.«

»Inwiefern?«

»Nun, das ist vielleicht doch nicht ganz der richtige Ausdruck …«

Nun komm endlich auf den Punkt.

»Haben Sie schon einmal einen Polizeibeamten getötet?«

»Wissen Sie«, sagte Hudson, »ich glaube, ich muss Ihnen voll und ganz recht geben. Heikel ist wahrhaftig nicht ganz der passende Ausdruck.«

Er erhob sich, zog einen Zehn-Pfund-Schein aus der Tasche und schob ihn unter seine leere Tasse. »Der Kaffee geht auf mich. Aber wir sollten so ein Treffen nicht wiederholen, okay?«

»Fünfhunderttausend«, sagte Paul.

Hudson starrte ihn an. Hatte er richtig gehört?

»Fünf – hundert – tausend«, wiederholte Paul.

Das Zehnfache der höchsten Summe, die er bisher von diesem Mann erhalten hatte. Hudson sah die Straße hinunter und nickte seinem Kollegen zu, der dreißig Meter weiter im Auto wartete, um ihm zu verstehen zu geben, dass er sich noch eine Weile würde gedulden müssen. Dann setzte er sich wieder hin.

»Ich habe mir doch gleich gedacht, dass das Ihr Interesse wecken würde«, sagte Paul.

1. Teil: Die Ziele

1

Rebecca Irvine blickte in den Spiegel und war zum ersten Mal seit geraumer Zeit zufrieden mit dem, was sie sah. Seit etwa einem Jahr hatte sie ihr Haar wachsen lassen – seit ihr Ehemann Tom ausgezogen war, um genau zu sein. Die frühere Blondierung war von einer Tönung überdeckt worden, die dem natürlichen Dunkelbraun ihrer Haare ähnlich sah.

»Becky, nun mach schon. Wir wollen doch nicht zu spät kommen!«, rief ihre beste Freundin Hannah Fraser von unten herauf.

Rebecca öffnete eine Schublade ihres Nachttischchens und betrachtete den Briefumschlag, den ihr Anwalt ihr geschickt hatte. Er enthielt den endgültigen gerichtlichen Bescheid, durch den ihre Scheidung bestätigt wurde. Sie hatte das Gefühl, einen Teil ihres Lebens verloren zu haben, den sie niemals zurückbekommen würde. Nicht dass sie auch nur eine Sekunde lang bereute, dass aus der Ehe ihr Sohn Connor hervorgegangen war, doch es würde ihr einiges abverlangen, weiterhin in ihrem Beruf als Detective Constable in der Kriminalabteilung der Strathclyde Police zu arbeiten und gleichzeitig für ihre kleine Familie da zu sein.

Sie nahm ihr Handy und scrollte sich durch ihr Adressbuch, bis sie auf die Nummer von Logan Finch stieß, dann aber zögerte ihr Finger.

»Du rufst ihn bitte nicht an«, sagte Hannah, die in Rebeccas Schlafzimmertür aufgetaucht war und sich an den

Rahmen lehnte. »Du weißt genau, dass das heute ein Frauenabend werden soll.«

Rebecca hatte Hannah nicht die Treppe heraufkommen hören. Sie drehte das Mobiltelefon in der Hand um und grinste ihre Freundin verlegen an.

»Sei nicht böse«, sagte sie, »aber das mit uns ist irgendwie immer noch so neu. Wir sind doch erst fünf Mal miteinander ausgegangen. Hinzu kommt, dass Logan die Sache mit Ellie durchmachen musste. Es ist einfach so, dass …« Sie verstummte, ehe sie sich noch verplapperte.

Hannah kannte bisher nur die offizielle Version der Geschichte: Logan Finchs frühere Freundin, Penny Grant, war ermordet worden, und Ellie, ihre jetzt dreizehn Jahre alte Tochter, hatte drei Tage später in traumatisiertem Zustand vor Logans Wohnungstür gestanden. Logan war Ellies Vater, also hatte er sie bei sich aufgenommen und tat nun sein Bestes, sie großzuziehen.

Die Wahrheit war jedoch etwas komplizierter, sodass Rebecca sich bisweilen bremsen und daran erinnern musste, dass selbst Menschen, die ihr nahestanden, niemals das erfahren durften, was tatsächlich geschehen war.

»Dann ruf ihn eben an«, seufzte Hannah. »Du findest ja doch keine Ruhe, ehe du nicht mit ihm telefoniert hast.«

»Ich hätte ihn so oder so angerufen«, sagte Rebecca.

Sie wählte die Nummer von Logans Handy. Nachdem es ein paarmal geklingelt hatte, meldete sich Ellie.

»Hi, Ellie.« Rebecca versuchte fröhlich zu klingen. »Ist Logan da?«

»Bleib dran.«

Rebecca war sich unsicher, wie Ellie die neue Phase ihrer Beziehung zu Logan verdaute. Sie kam einfach nicht dahinter, ob Ellies gelegentliche Schmollanfälle, die sie in Logans neuer Wohnung in Shawlands miterlebt hatte, mit ihr zu tun hatten oder damit, dass Ellie mit ihren dreizehn Jahren im wahrsten Sinne des Wortes mitten in der Pubertät steckte und man einfach damit rechnen musste, dass sie sich auch so benahm. Was auch immer dahintersteckte – Rebecca war bereit, Ellie so viel Zeit zu geben, wie sie brauchte, um sich nach allem, was sie durchgemacht hatte, mit den neuen Gegebenheiten anzufreunden.

»Hallo, Becky.« Ellie hatte den Apparat an Logan weitergereicht. »Was gibt's Neues?«

Sie hörte das Lächeln in seiner Stimme und konnte einfach nicht anders, als ebenfalls zu lächeln. »Ich wollte nur mal hören, wie es dir geht.«

Hannah verdrehte die Augen und wandte sich ab, um wieder ins Erdgeschoss zu gehen.

»Mir geht's gut«, sagte Logan. »Wir wollten gerade in die Stadt fahren, um uns eine Pizza zu holen.«

»Dann lasst euch von mir nicht aufhalten; wir müssen jetzt sowieso los ins Konzert. Ich rufe dich später noch mal an, wenn ich wieder zu Hause bin. Falls es nicht zu spät wird.«

»Es ist nie zu spät«, versicherte Logan ihr. »Du kannst mich jederzeit anrufen.«

Sie verabschiedeten sich voneinander, Rebecca beendete das Telefonat, dann steckte sie das Handy in ihre Tasche und ging nach unten, wo Hannah schon auf sie wartete.

»Hör mal«, sagte Hannah, ehe sie das Haus verließen, »du weißt, dass ich gern mal Sachen nicht so ernst meine, aber ganz ehrlich – ich glaube, Logan tut dir gut. Auf jeden Fall hast du etwas Besseres verdient als Tom.«

Rebecca lächelte und umarmte ihre Freundin. »Danke«, sagte sie. »Er ist wirklich einer von den Guten, nicht wahr?«

»Wirklich. Außerdem ist er ziemlich attraktiv, was ja auch nicht zu verachten ist. Habt ihr beide denn schon mal ... Na, du weißt schon ...?«

Rebecca ignorierte die Frage.

2

Ellie hielt die Hand ihres Vaters, während sie darauf warteten, die Straße vor dem Schnellrestaurant zu überqueren. Logan Finch war noch dabei, sich daran zu gewöhnen, plötzlich der einzige Elternteil eines dreizehnjährigen Mädchens zu sein, und konnte noch nicht genau benennen, was es war, das sie miteinander verband: Es fühlte sich an wie eine Mischung aus Freundschaft und einer Vater-Tochter-Beziehung. Logan überließ es nur zu gern Ellie, ihre gemeinsame Zeit nach ihrem Geschmack zu gestalten.

Als sich im Verkehr eine Lücke auftat, hasteten sie gemeinsam über die Fahrspuren und betraten dann den Pizzaservice an der gegenüberliegenden Straßenecke. Plötzlich vibrierte sein Handy. Er zog die Stirn in Falten, während er in seiner Tasche zu kramen begann.

»Wer ist denn das schon wieder, Logan?«, wollte Ellie wissen.

Ursprünglich hatte sie ihn Dad genannt, doch dann war sie nach und nach dazu übergegangen, ihn mit seinem Vornamen anzusprechen.

Logan fand das Handy und presste es ans Ohr.

»Kannst du morgen ins Büro kommen?« Alex Cahill hatte sich nicht mit seinem Namen gemeldet.

»Dir auch einen guten Tag«, antwortete Logan. Er hielt

die Hand über das Mikrofon, um Ellie zu sagen, wer der Anrufer war.

»Wie auch immer«, entgegnete Cahill unwirsch. »Kannst du nun morgen kommen oder nicht?«

»Was ist dir denn über die Leber gelaufen? Könntest du mich bitte noch mal daran erinnern, warum ich meinen alten Job hingeschmissen habe, um für dich zu arbeiten?«

Cahill ging nicht darauf ein.

»Willst du mir nicht wenigstens verraten, worum es geht?«, fragte Logan. »Ich meine nur, schließlich ist morgen Samstag.«

»Tut mir leid, dass ich wegen dieser Sache etwas genervt bin. Eine Schauspielerin aus London kommt am Sonntag zu einer Filmpremiere her. Ihre Leute wollen uns lieber heute als morgen unter Vertrag nehmen, weil wir ihnen empfohlen worden sind. Das Ganze kollidiert übrigens auch mit meinen Plänen für das Wochenende.«

»Und worum geht es genau?«

»Ich habe bloß kurz mit ihrem Manager gesprochen, aber es sieht so aus, als hätte sie schon eine Zeit lang irgendeinen schrägen Mist zugeschickt bekommen; vermutlich von einem Stalker oder so. In den letzten Tagen sind daraus konkrete Drohungen geworden, die auf dieser Reise wahr gemacht werden sollen.«

»Also soll jemand zu ihrem Schutz abgestellt werden?«

»So ist es.«

»Und das bringt richtig Kohle?«

»Ebenfalls korrekt. Und so, wie sich dieser Großkotz von Manager am Telefon aufgespielt hat, werde ich allein schon für den Nervfaktor fünfundzwanzig Prozent draufschlagen.«

»Ansonsten gilt aber der Standardvertrag?«, fragte Logan. »Also wär das in einer Stunde erledigt?«

»Schön wär's. Leider bekomm ich über den Manager einen Vertrag, den deren Anwalt aufgesetzt hat. Er ist irgend so eine ganz große Nummer unter den Medienfuzzis in London. Hättest du also morgen Zeit, dich darum zu kümmern? Falls es aber deinen Plänen mit Ellie im Weg steht …«

»Schon okay, ich kann's machen. Ellie fährt morgen mit meinen Eltern in die Stadt, um sich von ihnen verwöhnen zu lassen.«

Ellie verzog das Gesicht zu einer Grimasse.

»Wann soll ich da sein?«, fragte Logan.

»Wäre zehn okay für dich?«

»Kein Problem. Dann sehe ich dich morgen im Büro.«

Er steckte das Handy weg und fragte Ellie, ob es ihr auch nichts ausmachen würde.

»Geht schon klar«, antwortete sie. Es war ihre Art und Weise zu sagen: »Eigentlich nicht, aber du wirst es ja doch tun, was kann ich also schon dagegen unternehmen.«

»Ich weiß, dass irgendwann das dicke Ende für mich kommt«, sagte er und hoffte, damit die Stimmung zu heben.

Ellie grinste keck. »Grandma hat gesagt, dass du mir Geld mitgeben sollst, damit ich mir morgen etwas kaufen kann.«

»Bei dir dreht sich doch immer alles nur um Bares.«

Und trotzdem kam Logan nicht umhin, ihr Grinsen zu erwidern. Je größer sie wurde – und man konnte ihr fast dabei zusehen –, desto mehr erinnerte sie ihn an ihre Mutter. Allerdings würde sie als Erwachsene Penny leicht überragen. Sie hatte bereits jetzt fast deren einstige Körpergröße von eins siebenundfünfzig erreicht.

Wie anders wäre das Leben verlaufen, und zwar für uns alle, dachte er, hätte Penny mir damals doch nur gesagt, dass sie schwanger war. Wir hätten es darauf ankommen lassen.

Natürlich hätte es auch sein können, dass wir nicht damit klargekommen wären, so jung Eltern zu werden – dann hätten wir uns auch getrennt, und vielleicht wäre auch die Verbindung zwischen mir und Ellie abgerissen.

Doch zumindest wäre in diesem Fall Penny noch am Leben.

Gedanken dieser Art suchten Logan regelmäßig heim. Zumeist mitten in der Nacht, wenn er wach dalag und lauschte, um sicher sein zu können, dass Ellie noch immer im Zimmer nebenan schlief.

Immer noch atmete. Er versuchte all dies aus seinem Kopf zu verbannen und sich auf die positiven Dinge zu konzentrieren, auf das, was sie jetzt miteinander teilten. Doch oft fiel ihm das nicht leicht, vor allem, wenn sich in der Nacht andere Bilder vor sein inneres Auge drängten: Ellies Gesicht, blau und lila geschlagen; bluttriefende Hände, die nach ihr griffen; rotweinfarbene Blutflecke im Schnee.

3

Rebecca Irvine war fest entschlossen, den Frauenabend zur Feier ihrer Scheidung zu genießen. Ihre Eltern passten auf Connor auf, und Hannah fuhr; grünes Licht also für Wein zum Dinner, bevor sie zu dem Rockkonzert in die Messehalle gingen.

In ihrer Jugend war sie mal mit Roddy Hale zusammen gewesen, dem Sänger der Band. Damals war ihr sein Traum, eines Tages groß rauszukommen, wie eines der üblichen Hirngespinste erschienen, doch Roddy hatte es tatsächlich zu Weltruhm gebracht. Leider nur mit dem Nebeneffekt, dass er, wenn man der Boulevardpresse Glauben schenken wollte, auch Teil der harten Drogenszene geworden war.

»Meine Güte«, stöhnte Hannah, als sie durch die Glastüren des Messezentrums traten, »ich muss schon wieder für kleine Mädchen. Vielleicht hätte ich es beim Essen doch bei einem Glas Wein belassen sollen.«

»Wahrscheinlich«, sagte Rebecca. »Außerdem hast du dich heute Abend als Fahrerin zur Verfügung gestellt, halte dich von jetzt an also schön brav zurück.«

»Nun hast du schon seit drei Wochen Urlaub, hörst dich aber immer noch so an wie der Polizist, der uns in der Schule über ›Sicherheit im Straßenverkehr‹ vollgetextet hat, als wir zwölf waren.« Hannah hob die Hände, malte mit Mittel- und Zeigefinger zwei Anführungszeichen in die Luft und marschierte dann in Richtung Damentoilette los.

»Ich hab's dir doch schon mal erklärt!«, rief Rebecca ihrer Freundin nach. »Ich habe keinen Urlaub!«

Sie hatte eine längere Freistellung vom Dienst beantragt, aber ihr Vorgesetzter, Superintendent Liam Moore, hatte den Papierkram zerrissen und ihr gesagt, sie solle nach Hause gehen, um einen klaren Kopf zu kriegen, und erst wiederkommen, wenn sie die Scheidung hinter sich hatte – mit anderen Worten: Sie sollte Sonderurlaub nehmen. Dankbar war sie auf sein Angebot eingegangen.

»Wie auch immer.« Hannah winkte Rebecca zu, während sie eilig weiterging.

Rebecca betrachtete am Rand des breiten Eingangsbereiches des Messezentrums ein Plakat, auf dem zukünftige Veranstaltungen angekündigt wurden. Aus dem Augenwinkel sah sie sich die Leute an, die durch die Türen hereinströmten. Wie jung die meisten von ihnen waren! Verunsichert begann sie an ihrem T-Shirt herumzuzupfen und es über ihrem Bauch glatt zu streichen. Sie war froh, dass es ihr gelungen war, nach Connors Geburt ihre zusätzlichen Pfunde weitestgehend wieder loszuwerden und ihre frühere Figur zurückzuerlangen. Der Weg dahin war nicht einfach gewesen, denn in der Kriminalabteilung fielen allerhand Überstunden an, während derer man sich üblicherweise mit Fast Food vollstopfte.

Ein etwas älterer Mann mit sehr kurzem Haarschnitt, ausgewaschenen Jeans und einem olivfarbenen T-Shirt kam hinter einer Gruppe junger Mädchen herein und warf Rebecca einen Seitenblick zu. Er war auf eine maskuline Art und Weise attraktiv, hatte breite Schultern und muskulöse Arme. Er lächelte ihr zu, verdrehte dabei ein wenig die Augen, ging aber weiter. Wahrscheinlich war er der Anstandswauwau für die Gruppe Teenager, von denen einer seine Tochter war.

»Okay, Baby«, sagte Hannah, als sie von der Toilette zurückkam, griff nach Rebeccas Arm und zerrte sie in den Strom von Zuschauern. »Dann wollen wir mal abrocken.«

Das Innere des Messezentrums kam Rebecca gänzlich fremd vor. Seit Jahren war sie nicht mehr bei einem großen Konzert gewesen und hatte ganz vergessen, wie riesig die Halle war – und was für einen Geruch eine solche Menschenmenge verströmen konnte. Die Schlange an der Bar mit überteuerten Preisen wurde durch eine provisorische Absperrung in Reih und Glied gehalten, und an dem Stand mit Fanartikeln drängten sich die Zuschauer in Fünferreihen. Junge Männer – die meisten noch im Teenageralter – entblößten ihre blassen, knochigen Oberkörper, indem sie sich ihre T-Shirts abstreiften und durch ihre gerade gekauften ersetzten.

Aus den Lautsprechern ertönte dröhnend laute Musik,

während alle auf den Konzertbeginn warteten. Rebecca kam es so vor, als würde das durch Mark und Bein gehende Wummern der Bässe ihren gesamten Körper zum Vibrieren bringen. Hannah übernahm die Führung, schleuste sie erst durch die Eintrittskartenkontrolle, dann an den von der Decke bis zum Boden reichenden schallschluckenden Vorhängen vorbei und schließlich in den großen Saal. Den Mann in den ausgeblichenen Jeans und dem olivfarbenen T-Shirt, der in etwa fünf Metern Abstand mit ihnen Schritt hielt, nahm sie nicht wahr.

»Los, komm!«, versuchte Hannah die laute Musik zu überschreien. »Sehen wir mal, ob wir ganz vorn einen Platz kriegen.«

»Muss das sein?«, brüllte Rebecca zurück. »Wir können doch auch hierbleiben. Hier sehen wir genauso gut und werden nicht zu Tode gequetscht.«

»Wolltest du dich jetzt amüsieren oder nicht? Also, auf geht's!«

Willig folgte sie Hannah durch die Menschenmenge, bis sie ungefähr zehn Reihen von der Bühne entfernt standen. Sie ahnte, dass die Musik so nahe bei den Verstärkern das reinste Donnergetöse sein würde, versuchte aber keine Szene zu machen. Schließlich wollte sie mit Hannah Spaß haben.

Der Fremde postierte sich etwa sieben Reihen hinter Rebecca auf ihrer Höhe. Er nickte im Takt der Musik vom Band, behielt Rebecca aber genau im Auge, während er sich auf die Kühle des an seinem Unterschenkel festgeschnallten Keramikmessers konzentrierte.

Es vergingen einige Minuten, in denen sich die Halle zu füllen begann. Rebecca spürte die Erregung der Zuschauer um sie herum, während sie darauf warteten, dass die Hauptattraktion des Abends endlich die Bühne betrat. Sie war auf das Gefühl gespannt, wenn sie Roddy nach all den Jahren wiedersehen würde.

Die Lichttechniker nahmen ihre hoch über der Bühne schwebenden Arbeitsplätze ein. Als Rebecca einen Blick über ihre Schulter warf, entdeckte sie ein Stück hinter sich den Mann in dem olivgrünen T-Shirt. Sein Blick war auf die Bühne gerichtet. Er schien ohne Begleitung zu sein, jedenfalls stand er nicht inmitten der jungen Mädchen, mit denen sie ihn vorhin hatte hereinkommen sehen. Vielleicht war er den Kindern peinlich, überlegte sie. Vielleicht durfte er seine Tochter und deren Freundinnen zwar zum Konzert und später wieder nach Hause fahren, aber mit ihm hier zusammen gesehen werden wollten sie dann doch nicht.

Dann erloschen die Lichter. Ein lautes Raunen ging durch den Saal, als die versammelte Menschenmenge sich gleichzeitig nach vorn drängte. Hannah warf ihrer Freundin einen Blick zu und lachte, als sich von allen Seiten Körper gegen sie drückten.

Ein rhythmischer Trommelschlag setzte ein, und die Menge rückte noch einen Schritt näher an die Bühne heran. Rebecca war überrascht über die Lautstärke. War es bei Rockkonzerten früher auch schon so laut zugegangen, oder kam sie tatsächlich langsam in die Jahre? Bis jetzt war sie sich mit Anfang dreißig noch alles andere als alt vorgekommen.

Hinter ihr ließ sich der Mann von der Bewegung der Menge mittragen und näherte sich Rebecca Stück für Stück.

Der Leadgitarrist setzte zu dem von einem pulsierenden Bassriff untermalten Intro eines der bekanntesten Stücke der Band an, und die Bühne wurde in grelles Scheinwerferlicht getaucht. Roddy Hale stand mit gesenktem Kopf allein am vorderen Rand der Bühne.

Die Menschen um sie herum begannen im Takt des Basses auf und ab zu hüpfen. Hannah legte ihren Arm um Rebeccas Schulter, dann taten sie es ihnen gleich.

Rebecca fühlte sich, als hätte sie das Leben wieder.

Währenddessen arbeitete sich der Mann in dem grünen T-Shirt noch weiter vor, bis er unmittelbar hinter ihr stand. Dann griff er nach unten in sein Sockenhalfter und zog das Messer aus der Scheide.

4

Carl Hudson verstaute sämtliche Arbeitsmaterialien stets entweder im Kofferraum seines Wagens oder trug sie am eigenen Leib.

Dazu gehörten auch zwei Garnituren Bekleidung, um sich den meisten Situationen auch optisch entsprechend zu stellen. Sie bestanden aus einer ordentlichen Leinenhose und einem blauen Baumwollhemd sowie einem T-Shirt und einem Paar abgetragener Jeans. Zudem war Hudson nie ohne einen ausreichenden Vorrat an Mineralwasser und starken Protein-Snacks anzutreffen, nie ohne sein Keramikmesser, mit dem er unbeanstandet jeden Metalldetektor passieren konnte, und auch nie ohne seine zwei geladenen halb automatischen 19-mm-Glocks – nebst der entsprechenden Reservemunition – sowie einem Präzisionsgewehr mit Zielfernrohr von Heckler & Koch und eine kugelsichere Weste.

Hudson neigte gemeinhin nicht zu Anfällen von Selbstzweifel. Er verdiente seinen Lebensunterhalt damit, Leute umzulegen – sinnlos, daran etwas beschönigen zu wollen –, und obwohl er sich durchaus für einen der Besten in seiner Branche hielt, machte ihn das, was sein Auftraggeber nun von ihm verlangte, doch nervös. Es gefiel ihm einfach nicht, und er fragte sich nicht zum ersten Mal, ob die Summe, die man ihm dafür bezahlte, ihm nicht den Blick dafür verstellte, wie schwierig sich der Job unter Umständen gestalten könnte.

Heute Abend arbeitete er solo; der Auftrag erforderte einen Alleingang. Bei diesem Job war Unauffälligkeit Trumpf, schließlich machte man keine große Show daraus, wenn man einer Polizistin das Lebenslicht auspustete. Stattdessen ging man schnell und möglichst fies vor, um die Angelegenheit so aussehen zu lassen, als wäre sie die Zufallstat eines verrückten Messerstechers.

Ein paar Wochen nach jenem sonderbaren Zusammentreffen in dem Coffeeshop hatte Hudson von seinem Auftraggeber die Privatadresse besagter Polizistin erhalten. Er war nicht allzu erbaut davon gewesen, dass sein Auftraggeber sein Gesicht gesehen hatte, normalerweise sah man Hudson nur von Angesicht zu Angesicht, wenn man zu seinem Team gehörte, ein enger Freund war – wovon es, seinen beruflichen Umständen entsprechend, nur sehr wenige gab – oder aber in wenigen Augenblicken durch seine Hand sterben würde. Er konnte sehr gut darauf verzichten, dass jetzt irgendwo da draußen jemand herumlief, der wusste, wie er aussah und welchen Namen er benutzte – auch wenn das natürlich nicht sein richtiger war. Dieser Paul mochte sein Auftraggeber sein, quasi sein Boss, aber waren es nicht meistens er und seinesgleichen, die die Suppe auslöffeln durften, wenn dann plötzlich die Bullen vor der Tür standen?

Auch die geistige Verfassung seines Auftraggebers bereitete ihm Kopfzerbrechen. Die Bezahlung war gut – viel zu gut. Ein Umstand, der Hudsons Argwohn erweckte. Steckte bei diesem Job mehr dahinter als einfach die üblichen guten Gründe, aus denen man jemanden aus dem Weg schaffen wollte? Bei seiner Arbeit war kühle Leidenschaftslosigkeit der Schlüssel zum Erfolg. Kamen persönliche Animositäten ins Spiel, führte das nach Hudsons Erfahrung eher zu Verwicklungen – für sämtliche Beteiligten. Zu oft hatte er erleben müssen, dass solche Kollegen ein böses Ende nahmen. Die Arbeit eines Berufskillers verlangte Disziplin und Selbstbeherrschung, wüste Erschießungsorgien per Maschinengewehrfeuer waren nicht seine Welt.

Außerdem hatte ihm sein Auftraggeber ausdrücklich klargemacht, dass bewusste Polizistin aus nächster Nähe getötet werden sollte.

»Benutzen Sie ein Messer«, hatte er ihm eingeschärft. »Es ist mir egal, ob es schnell geht oder nicht, aber sehen Sie zu, dass sie erfährt, wer Sie geschickt hat, ehe Sie ihr das Licht ausblasen.«

»Mit einem Messer geht es nie schnell«, hatte Hudson geantwortet. »Sie wird's also schon mitbekommen.«

»Gut. Und wenn Sie dann noch dafür sorgen können, dass es ein qualvoller Tod wird, umso besser. Wir verstehen uns?«

Die Anforderungen machten den Auftrag zu einer schwierigen Sache, die mehr Improvisation erforderte, als Hudson normalerweise lieb war. Bevorzugt erledigte er seine Arbeit mit einem Zielfernrohr und aus größerer Entfernung. Ein kleines Loch im Schädel, und schon gingen sämtliche Lichter aus.

Als er vorhin den beiden Frauen in die Stadt gefolgt war und gesehen hatte, wie sie ein indisches Restaurant betraten, hatte er schon überlegt, alles für heute abzublasen. Sein Auftraggeber mochte ihn auf diese Frau angesetzt haben, aber ihm, Hudson, blieb es überlassen, wann und wo es passierte. Doch dann war ihm das Glück doch hold gewesen. Die beiden Frauen gingen auf das Konzert, auf dem ideale Bedingungen herrschten: Menschenmassen, Dunkelheit, Lärm. Außerdem trieb sich bei Veranstaltungen dieser Art eigentlich immer jemand mit einem Messer herum.

Er musste nur ein paar rasche Entscheidungen treffen, um die Angelegenheit ins Rollen zu bringen. Auf dem Parkplatz des Messezentrums tauschte er sein relativ respektables kurzärmeliges Leinenhemd gegen das T-Shirt und schnallte sich für den Fall, dass es in der Halle Metalldetektoren gab, das Keramikmesser an sein Bein. Nachdem er sich noch Bargeld besorgt hatte, um einem der verhinderten Konzertbesucher, die vor dem Eingang ihre Tickets anboten, seine Eintrittskarte abzukaufen, konnte es losgehen. Alles hatte schnell gehen müssen, während er gleichzeitig die Frauen im Auge behielt: Würden sie ihm vor Betreten der Halle entwischen, hätte er ernsthafte Schwierigkeiten, sie unter zehntausend oder mehr Fans wiederzufinden.

Er kam gerade vom Geldautomaten, als die beiden den Eingang erreichten, und musste sich beeilen, um sie einzuholen, sodass er das erstbeste Ticket kaufte, um ja nicht den Anschluss zu verlieren. Langes Feilschen konnte er sich jetzt beim besten Willen nicht leisten.

Er sah, dass die Polizistin gleich hinter der Eingangstür stehen geblieben war und wartete, also hängte er sich an eine Gruppe junger Mädchen, um mit ihnen zusammen gesehen zu werden, als er den Teenagern in die Messehalle folgte. Dabei nahm er zum ersten Mal Blickkontakt mit seinem Opfer auf. Später würde sich die Frau nichts Böses dabei denken, wenn sie ihn in ihrer Nähe sah.

Im Konzertsaal wartete er seinerseits neben der Tür, bis

die Polizistin mit ihrer Freundin hereinkam, und folgte ihr dann. Wahrscheinlich wäre es das Beste, gleich zu Beginn des Konzerts zur Tat zu schreiten. Dann war die Menge in Aufruhr, und die Musik übertönte jedes andere Geräusch. Zudem kippten bei solchen Konzerten alle naselang Fans um, sodass es einen Augenblick dauern würde, bis jemand von den Umstehenden merkte, dass die Frau ernsthaft verletzt war. Zu diesem Zeitpunkt hätte er sich schon längst wieder unter die Menge gemischt, um anschließend mit anderen Konzertbesuchern panikartig den Saal zu verlassen. Denn es würde sich natürlich herumsprechen, dass eine Frau unter den Zuschauern abgestochen worden war. Nur wenn er sich sofort nach der Tat verzog, würde er Gefahr laufen, dass jemand sich an ihn erinnerte. Das Sicherheitspersonal bestand zwar überwiegend aus Aushilfskräften, aber selbst denen würde ein nicht mehr ganz jugendlicher Mann auffallen, der plötzlich den Saal verließ.

All dies hatte zwar zur Folge, dass es Hudson wohl nicht möglich sein würde, die Nachricht zu überbringen, die Paul ihm aufgetragen hatte, aber sei's drum. Im Zweifelsfall war noch immer er selbst es, der die Prioritäten setzte.

Sowie die Band die Bühne betrat, schob er sich langsam durch die dichte Masse von Körpern, ohne die Polizistin aus dem Auge zu lassen. Er war so konzentriert auf seinen Auftrag, dass ihm vollkommen entging, was sich auf der Bühne tat.

Hinter seinem Opfer bezog er Stellung, ging ein wenig in die Knie, um das Messer aus dem an sein Bein geschnallten Halfter zu ziehen, während er den Blick auf die untere Rückenpartie der Frau gerichtet hielt; auf die Stelle, in die er das Messer mit einem raschen Stoß von schräg unten hineinstoßen würde. Von dort würde es in ihre lebenswichtigen Organe dringen.

5

Rebecca Irvine sah, wie Roddy Hale den Kopf hob, den Mund öffnete, um zu singen – und dann nach vorn kippte und kopfüber von der Bühne fiel. Das Mikrofon behielt er im Fallen in der Hand, sodass das Kabel herausgerissen wurde, wie eine Peitsche über die Bühne schnalzte und einen Lautsprecherturm umstürzen ließ. Die Menge stand noch so unter Adrenalin, dass im ersten Moment niemand begriff, was passiert war.

Sie spürte, wie die Menschenmasse erneut in Wallung geriet, und wurde von hinten geschubst, als vier betrunkene Jugendliche sich rüde an ihr vorbeidrängten, um ganz nach vorn zur Bühne zu gelangen. Als sie den Kopf nach ihnen umwandte, sah sie, wie der Mann in dem olivgrünen T-Shirt von ihnen weggestoßen wurde. Die Frage, wieso er überhaupt so dicht hinter ihr gestanden hatte, schoss ihr kurz durch den Kopf, aber sie schenkte ihr keine weitere Beachtung.

Die Musik verklang und ging im Summen der Rückkoppelung unter, als die übrigen Bandmitglieder ihre Gitarren fallen ließen und zum Bühnenrand stürzten, um zu sehen, was Roddy zugestoßen war. Auch mehrere Crewmitglieder der Band sammelten sich im Hintergrund, aber sie schienen unschlüssig zu sein, was zu tun war, bis eine dünne junge Frau von der Bühne hinuntersprang.

Der Mann in dem grünen T-Shirt schlug mit der Faust nach dem letzten der vier Jugendlichen und traf ihn so heftig am Hinterkopf, dass der Junge sofort zu Boden ging. Schon trat alles um ihn herum einen Schritt beiseite. Niemand wollte in eine Schlägerei verwickelt werden.

Die drei Freunde des Jugendlichen drehten sich auf der Stelle um und bauten sich vor dem Unbekannten auf. Der größte von ihnen wollte sich auf ihn stürzen, doch der Fremde kam ihm zuvor. Sein Schlag streifte ihn zwar nur an der Schläfe, dann aber riss er blitzschnell den Kopf des Jungen nach unten und rammte ihm sein Knie ins Gesicht. Die Hose des Mannes wurde mit Blut bespritzt, aber dafür sank der zweite Jugendliche mit einem gutturalen Schmerzensschrei in die Knie.

Die Zuschauer gingen auf Distanz zu den Streithähnen, sodass Rebecca und Hannah weiter zur Bühne geschoben wurden. Rebecca befürchtete, dass das Zusammenwirken des eskalierenden Streits hinter ihnen mit Roddys Sturz von der Bühne eine Massenpanik auslösen könnte. Dann würden alle versuchen, Hals über Kopf aus dem Saal zu fliehen.

In einer solchen Situation konnte es leicht Tote geben.

Schon bemerkte sie, dass sich die ersten Menschenmassen zu den Ausgängen an beiden Seiten drängten, sodass es vor der Bühne immer leerer wurde. Sie hörte Schreie und das schrille Kreischen verängstigter junger Mädchen.

Blitzschnell verschaffte sie sich über die Situation einen Überblick: Der kürzeste Weg nach draußen führte über den um die Bühne herum abgesperrten Korridor, in den auch Roddy gestürzt war und von dem sie keine drei Meter mehr trennten. Das Wachpersonal ließ die Besucher schon über die Absperrungen klettern und deutete in Richtung der Notausgänge hinter der Bühne. Rebecca griff sich Hannah und schob sie mit dem Ellbogen nach vorn.

Die Männer vom Sicherheitsdienst reagierten sofort, als Rebecca ihre Freundin in ihre Richtung schubste; sie packten Hannah und hoben sie über die Absperrung in Sicherheit, während Rebecca selbst mit einem Schlusssprung darüberhechtete und sich dann schwer atmend gegen den Bühnenrand lehnte.

Sie blickte sich nach Hannah um. Ihre Freundin saß mit ihrem Kopf in den Händen auf dem Boden. Jemand, vermutlich einer der Roadies, sprang neben ihr von der Bühne herunter, drängte sich an ihr vorbei und ging neben dem leblos daliegenden Roddy Hale in die Hocke. Auch die Frau, die Rebecca als Erste von der Bühne hatte springen sehen, war bei ihm und fühlte ihm den Puls. Roddys Haar war vom Blut verklebt, das ihm aus einer Kopfwunde sickerte und sich in einer Lache um ihn herum ausbreitete.

Rebecca trat näher heran und ging neben dem Roadie, der sich bemühte, Roddy auf den Rücken zu drehen, ebenfalls in die Knie. Sie hielt seinen Arm fest, was ihr einen wütenden Blick eintrug.

»Lassen Sie ihn so liegen«, sagte sie. »Er könnte ein Halswirbelsäulentrauma erlitten haben. Wenn Sie ihn bewegen, könnte er sterben.«

»Was?«, fragte der junge Mann verwirrt.

»Ich bin Polizeibeamtin«, sagte sie, »ich kenne mich mit solchen Dingen aus. Er braucht sofort eine medizinische Erstversorgung. Die Sicherheitsleute sollen einen Notarzt besorgen. Normalerweise steht bei solchen Konzerten doch immer ein Ambulanzwagen herum.«

Die Deckenbeleuchtung war angegangen. Noch immer bemühten sich die Menschen, durch die wenigen Ausgänge den Saal zu verlassen. Alles war so schnell gegangen, dass den Ordnern keine Zeit geblieben war, zusätzliche Notausgänge zu entriegeln. Alle Besucher drängten sich an den Türen, die sich öffnen ließen, und es bildeten sich Engpässe, die nur noch größere Panik verursachten. Am Boden lagen bereits Verletzte, um die sich außer ihren verzweifelten Angehörigen niemand kümmerte.

Der Roadie schrie den Sicherheitskräften etwas zu und deutete auf Roddys leblosen Körper. Die Frau, die ihm den Puls gefühlt hatte, richtete sich auf und machte einen Schritt nach hinten, wobei sie sich bemühte, nicht in die Blutlache zu treten. Hilflos sah sie Rebecca an. Sie schien unter Schock zu stehen.

Rebecca ergriff Roddys Handgelenk und suchte so lange, bis sie seinen schwachen Puls fand, während die Blutlache um seinen Kopf herum immer größer wurde.

Sie schob ihm das Haar aus dem Gesicht und hielt ihm die Hand unter die Nase, um zu prüfen, ob er noch atmete. Wie auch schon sein Puls war der Luftstrom aus seinen Nasenlöchern schwach, aber immerhin noch vorhanden.

»Was hat er?«, fragte ein Mann vom Sicherheitspersonal und beugte sich zu Roddy hinunter.

»Vermutlich eine schwere Kopfverletzung«, sagte Rebecca. »Steht draußen ein Notarztwagen?«

»Logisch.«

»Dann holen Sie endlich den Arzt, verdammt noch mal!«, schrie sie ihn an. »Der Mann braucht Hilfe – und zwar sofort!«

6

Hudson war nicht glücklich. Der größte der Bengel, mit denen er sich geprügelt hatte, hatte ihm einen Ellbogenhieb gegen die Wange verpasst, und als er danach den Saal verlassen wollte, hatte ihm noch jemand sein Knie in den Oberschenkel gerammt. Am liebsten hätte er sein Messer hervorgeholt und sich damit den Weg freigemetzelt, überließ sich dann aber doch dem Drücken und Schieben der Menge, bis er sich endlich durch einen der Ausgänge quetschen konnte.

Draußen ging er schnurstracks zu seinem Wagen. Er war wütend auf sich selbst, weil er sich auf eine Prügelei mit den Jugendlichen eingelassen hatte, statt einen kühlen Kopf zu bewahren. Das war amateurhaft gewesen und hätte leicht ins Auge gehen können, aber selbst ein Profikiller hatte nicht die allerbesten Karten, wenn es vier gegen einen hieß. Zum Glück hatten die übrigen beiden Burschen angesichts der Behändigkeit und der Brutalität seiner Reaktion auf den Anrempler kalte Füße bekommen, sodass er sich ziemlich rasch vom Acker hatte machen können.

Auf dem gesamten Messe- und Ausstellungsareal würde es bald von Notarztwagen und Presseleuten nur so wimmeln. Eine solche Öffentlichkeit konnte er absolut nicht gebrauchen. Die meisten der Besucher, die aus der Konzerthalle geflüchtet waren, hatten sich auf dem Parkplatz versammelt und liefen geschockt ziellos hin und her. Er hatte keine Schwierigkeiten, das Gelände schnellstmöglich zu verlassen und dann in langsamerem Tempo das Apartment im Ostteil der Stadt anzusteuern, das er und seine Männer benutzten.

Die Wohnung befand sich in einer ziemlich heruntergekommenen Gegend, aber genau aus diesem Grund hatte Hudson sie auch angemietet. Hier konnten sie tun und lassen, was sie wollten, und niemand scherte sich einen Dreck darum. Dort angekommen fand er keinen seiner Leute vor. Hudson holte sich ein paar Eiswürfel aus dem Kühlschrank, füllte sie in einen Gefrierbeutel und drückte sie auf die Schwellung auf seiner Wange. Dann goss er sich aus der

Wasserflasche im Kühlschrank ein Glas ein und spülte mit dem Inhalt ein paar extra starke Schmerztabletten hinunter.

Schließlich setzte er sich auf die Couch und schaltete den Fernseher ein. Er zappte sich durch die Nachrichtensender, bis er auf eine Live-Berichterstattung vom Messegelände stieß. Die Reporterin gab sich größte Mühe, die Ereignisse dramatisch klingen zu lassen, während sie mit ihrem Kameramann auf den Fersen atemlos durch die Menge hetzte. Dementsprechend bruchstückhaft wirkte ihre Reportage.

Hudson lehnte den Kopf gegen die Sofalehne und presste das provisorische Coolpack fester an seinen geschundenen Kopf. »Man kann alles noch so perfekt geplant haben«, schimpfte er vor sich hin, »und dann kommt einem irgendein bescheuerter Normalbürger in die Quere und macht alles zunichte.«

Er schaltete den Fernseher aus und griff nach einem von zwei Mobiltelefonen, die auf dem Couchtisch lagen – das eine war für den Privatgebrauch, das andere benutzte er nur für Anrufe, die mit seinem aktuellen Job zu tun hatten. Er tippte die Nummer des Handys ein, das er seinem Auftraggeber extra für ihre Gespräche hatte zukommen lassen.

»Ist es erledigt?«, wollte er sofort wissen.

»Sie verfolgen wohl nicht die Nachrichten im Fernsehen?«, fragte Hudson.

»Wieso? Nein.«

»Die Bullenfrau war in einem Konzert, aber als ich sie mir vornehmen wollte, ist etwas dazwischengekommen.«

»Und?«

Hudson holte tief Luft. »Ich erzähle Ihnen doch gerade, was passiert ist«, sagte er. »Es ist noch nicht erledigt.«

»Aber Sie tun es heute Abend noch?«

»Ich weiß es noch nicht. Kann sein.«

»Rufen Sie mich wieder an, wenn Sie etwas Positives zu berichten haben, okay?«

»Wird gemacht.« Hudson wollte das Gespräch gerade beenden, als sein Auftraggeber noch etwas sagte.

»Wie läuft's mit den anderen Vorbereitungen?«

»Wir werden zur gegebenen Zeit bereit sein.«

»Gut.«

»Die Sache kommt garantiert ins Fernsehen«, sagte Hudson. »Und Sie bestehen immer noch darauf, dass es so wie besprochen gemacht wird? Ich will damit nur sagen, dass es auch einfachere Möglichkeiten gäbe.«

»Ich freue mich schon darauf.«

Das konnte Hudson nicht gerade von sich behaupten, aber wenn jemand einem mit einer halben Million unter der Nase herumwedelt, tut man am besten, was derjenige verlangt.

7

»Setz mich einfach am Krankenhaus ab«, sagte Rebecca Irvine zu ihrer Freundin Hannah. »Nach Hause nehme ich mir dann ein Taxi.«

Hannah manövrierte sich vorsichtig durch das Chaos von Fahrzeugen, die das Messegelände verlassen wollten. Rebecca hatte den Notfallsanitätern, die Roddy auf ihre Trage gehoben hatten, gesagt, dass sie Polizistin sei, woraufhin diese ihr erklärten, sie würden den Verletzten ins Southern General Hospital im Süden der Stadt bringen.

»Was hast du vor, Becky?«, fragte Hannah. »Du hast getan, was du konntest, jetzt werden sich die Ärzte um ihn kümmern. Warum willst du dahin?«

»Ich weiß es nicht«, sagte Rebecca. »Ich habe einfach das Gefühl, dass ich bei ihm bleiben sollte, verstehst du?«

»Nicht so ganz. Hat dir der Anblick deines früheren Lovers, der plötzlich ein Rockgott ist, vielleicht die Sinne benebelt?«

»Nein, hat er nicht«, antwortete Rebecca schnippisch. Normalerweise konnte sie gut mit Hannahs scharfem Humor umgehen, aber bei ihrer letzten Bemerkung hatte leichte Verachtung mitgeklungen, die sie nicht auf sich sitzen lassen wollte. »Es ist einfach nur – wie soll ich sagen? –, ich möchte wissen, wie es ihm geht.«

»Willst du vorher noch Logan anrufen?«

Rebecca wurde langsam ungehalten. »Ich habe dir doch gesagt, dass es nichts in der Art ist. Fahr mich einfach zum Krankenhaus, okay?«

»Und du glaubst wirklich, sie lassen dich so mir nichts, dir nichts zu ihm ins Zimmer?« Hannah klang jetzt mürrisch.

Rebecca atmete tief durch. »Sieh mich doch mal an. Überall an meinen Händen klebt sein Blut. Ich bin die Polizeibeamtin, die als Erste bei ihm war, also dürfte es in dieser Hinsicht keine Schwierigkeiten geben.«

Hannah schwieg, und Rebecca bereute es sofort, so unfreundlich zu ihr gewesen zu sein. Sie hatten heute Abend beide ziemlich viel durchgemacht. Es half niemandem, wenn sie sich jetzt zankten.

»Tut mir leid«, entschuldigte sie sich. »Das war ein ganz schön aufregender Abend heute. Wahrscheinlich sind wir einfach beide durch den Wind.«

Hannah blies die Backen auf und atmete dann vernehmlich aus. »Trotzdem finde ich, dass du vorher noch Logan anrufen solltest.«

Rebecca sah ihre Freundin von der Seite an.

»Er ist ein lieber Kerl«, sagte Hannah. »Das meine ich ernst. Und wenn du jetzt eure Beziehung aufs Spiel setzt, nachdem ihr so lange gebraucht habt, um zueinanderzufinden, bist du wirklich verrückt. Ruf ihn an.«

»Das werde ich«, sagte Rebecca. »Wenn ich dort bin.«

Hannah hielt vor dem Haupteingang des Krankenhauses und ließ den Motor laufen. Außer ihnen waren bereits zwei Aufnahmeteams von örtlichen Fernsehsendern eingetroffen. Sie luden gerade ihr Equipment aus und schickten sich an, auf dem Gelände zu filmen, was beim Sicherheitsdienst der Klinik nicht gerade auf Begeisterung stieß.

»Ich hoffe, du weißt, was du tust«, sagte Hannah und legte ihrer Freundin den Arm um die Schultern, um sie an sich zu drücken.

»Ganz sicher bin ich mir nicht, aber ich werde es trotzdem tun.«

»Das musst du wissen. Ich halte es trotzdem für keine gute Idee. Für mich macht das keinen Sinn.«

Rebecca löste ihren Sicherheitsgurt und setzte sich so hin, dass sie Hannah ins Gesicht schauen konnte. »Du hast ihn doch auf der Bühne gesehen? Roddy, meine ich.«

»Klar.«

»Er sah schon nicht allzu gut aus, bevor er runtergefallen ist.«

»Und?«

»Seit ich bei der Polizei bin, habe ich das schon so verdammt oft miterlebt, dass ich aufgehört habe, die Junkies und Alkoholiker zu zählen, die ich hopsgenommen habe, weil sie entweder in eine tätliche Auseinandersetzung verwickelt oder zu sehr abgedreht waren, um noch zu wissen, was sie taten. Über Nacht kriegen sie in der Zelle dann Entzugserscheinungen, und am nächsten Morgen sind wir diejenigen, die die Kotze aufwischen dürfen und …« Sie sprach nicht weiter. Sie musste an den Geruch denken – und an das erbärmliche Los dieser verlorenen Seelen.

»Jedenfalls«, nahm sie schließlich den Faden doch wieder auf, »bessert sich ihr Zustand selten. Woche für Woche bekommen wir die gleichen Gesichter zu sehen, bis sie weiterziehen oder sterben. Manche von denen schleppen sogar noch Kinder durchs Leben, die in diesem Chaos aufwachsen. Der Teufelskreis schließt sich, wenn die Mädchen im Teenageralter auf den Babystrich gehen, um ihre Sucht zu finanzieren …«

Hannah starrte durch die Windschutzscheibe und strich mit den Händen über das Lenkrad. Rebecca tat es schon leid, ihrer Freundin diesen Vortrag gehalten zu haben – die meisten Menschen würden nie damit konfrontiert werden, was sie alles hatte mit ansehen müssen, als sie noch als uniformierte Streifenpolizistin ihre Runden gedreht hatte, und das war vielleicht auch gut so. Wenn man daran dachte, wie viele Polizisten sich wegen Stress oder Depressionen krankschreiben ließen, wurde nur allzu deutlich, dass es irgendwo eine Grenze für das Maß an Elend geben musste, das Menschen mit ansehen konnten, ohne selbst Schaden zu nehmen.

»Ich bin nicht Mutter Teresa, die glaubt, jeden retten zu können. Ich weiß sehr wohl, dass ich das nicht kann. Aber ich kenne Roddy oder habe ihn zumindest gekannt, bevor er … so geworden ist.« Sie machte eine hilflose Geste mit der Hand. Es frustrierte sie, dass ihr keine besseren Worte einfielen.

»Aber du glaubst, dass du dich um ihn kümmern solltest?«, ergänzte Hannah, »um ihn davor zu bewahren, sein Leben unnötig zu vergeuden.«

»Keine Ahnung, ich kann's rational nicht erklären. Aber als ich heute Abend in dem Chaos sein Gesicht gesehen habe, dachte ich, noch etwas von dem alten Roddy darin entdecken zu können.«

»Was für dich ein Zeichen war, dass es vielleicht noch nicht zu spät für ihn sein könnte?«

»Ja, so ungefähr.«

»Ich sage ja nicht, dass das etwas Schlechtes ist … jemandem helfen zu wollen, meine ich. Es ist nur so, dass du jetzt gerade die Chance hast, glücklich zu werden – nach all dem Mist, den du dir von Tom gefallen lassen musstest.«

»Ich komme schon klar«, versicherte Rebecca ihr. »Wir telefonieren dann morgen, okay?«

»Nein, wir telefonieren noch heute«, erwiderte Hannah.

8

Rebecca winkte Hannah nach, als die vom Bordstein auf die Straße fuhr, und ging dann zum Krankenhauseingang. Sie kannte sich hier nicht allzu gut aus, also betrachtete sie die Tafel, auf der die einzelnen Abteilungen aufgeführt waren. Schnell fand sie die Notfallaufnahme, rot unterlegt und mit einem Hinweis: Bereich 7. Dann suchte sie mit dem Finger so lange den Übersichtsplan ab, bis sie besagten Bereich fand. In diesem Augenblick hörte sie auf dem Pflaster hinter sich eilige Schritte, dann rannte auch schon ein Kamerateam an ihr vorbei.

Bereich 7 bestand aus einer Ansammlung von Gebäuden, die U-förmig um einen großen Parkplatz gruppiert waren. Der Eingang zur Notfallaufnahme befand sich am Ende des

Gebäudekomplexes. Rebecca beschleunigte ihren Schritt, als sie sah, wie sich das Fernsehteam vor dem Haus um eine Reporterin aufstellte, die sofort in die Kamera zu sprechen begann.

Es wäre ihr nicht im Traum eingefallen, dass diese Leute auch nur das geringste Interesse an ihrer Person haben könnten, sodass es sie unvorbereitet traf, als die Kamera plötzlich zu ihr herüberschwenkte. Sie hielt sich die Hand vor die Augen, um nicht von den Scheinwerfern geblendet zu werden. Später im Fernsehen würde es so wirken, als versuchte sie ihr Gesicht zu verbergen. Das Blut, das noch an ihrer Hand klebte, würde die Geste noch dramatischer aussehen lassen.

»Dürfte ich Ihren Namen erfahren?«, rief ihr die Reporterin zu und hielt ihr das Mikrofon unter die Nase. Rebecca schob es beiseite und ging durch die Tür. Die stämmig gebaute Schwester mittleren Alters, die hinter der Glasscheibe des Empfangs saß, begrüßte sie mit einem Lächeln, während die Reporterin von draußen gegen das Fenster hämmerte.

»Ist das eine Freundin von Ihnen?«, fragte die Schwester.

»Nein«, erwiderte Rebecca, ohne die aufdringliche Journalistin eines weiteren Blickes zu würdigen.

Die Schwester nahm einen Bogen Papier aus einem Ablagekorb und fragte nach Rebeccas Namen, während ihr Stift schon über dem obersten Kästchen auf dem Anmeldeformular schwebte.

»Nicht nötig«, sagte Rebecca. »Mit mir ist alles in Ordnung.«

Die Schwester warf einen Blick auf die blutigen Hände, mit denen Rebecca sich auf den Empfangstresen stützte, zog die Augenbrauen in die Höhe und musterte sie genauer.

Rebecca ließ die Hände verlegen hinter ihrem Rücken

verschwinden. »Das ist nicht mein Blut«, versuchte sie zu erklären.

Die Schwester zog die Brauen noch ein Stückchen höher.

»Es ist nicht, was Sie denken. Ich bin Polizeibeamtin und war heute Abend auf dem Konzert … Dem in der Stadt, auf dem es den Zwischenfall gegeben hat.«

»Aha.« Die Schwester sprach das Wörtchen so gedehnt aus, als hätte es fünf Silben.

»Ich habe einem der Verletzten, Roddy Hale, Erste Hilfe geleistet und möchte jetzt wissen, wie es ihm geht.«

»Können Sie sich ausweisen?«

»Nein, aber ich kann Ihnen meine Dienstnummer nennen, falls Sie sie überprüfen wollen.«

Die Schwester blieb skeptisch. »Na, dann versuchen wir's mal damit«, sagte sie und ließ sich von Rebecca ihre Dienstnummer und die Telefonnummer diktieren, unter der sie das Polizeioberkommissariat in der Pitt Street erreichen konnte. Mit ihren Notizen verschwand sie im hinteren Bereich ihres Glaskastens und griff zum Telefon.

Rebecca drehte sich um und schlenderte im Wartebereich auf und ab. Außer ihr und einer Mutter, die ihren kleinen Sohn im Arm hielt, war er verlassen. Der Junge presste sich ein Handtuch auf eine hässliche Schnittwunde an seinem Unterarm. Wenn man die Bilder ansah, die über den unter der Decke angebrachten Fernseher flimmerten, dachte Rebecca, dürfte die Ruhe hier bald ein Ende haben. Vor dem Messezentrum parkten mittlerweile mehrere Notarzt- und Polizeiwagen. Der Untertitelung nach hatte es Dutzende von Verletzten gegeben, und einige von ihnen würden Roddy zweifellos in Kürze hierherfolgen – ebenso wie vermutlich etliche seiner Fans, sobald sich erst einmal herumgesprochen hatte, in welches Krankenhaus er gebracht worden war.

Rebecca wollte gerade wieder zum Empfang zurückgehen, als auf dem Bildschirm eine neue Szene erschien. Der Ton war abgedreht, sodass sie nicht verstehen konnte, was gesagt wurde, aber plötzlich sah sie sich selbst auf den Eingang der Notaufnahme zulaufen und sich dann hektisch die blutbeschmierten Hände vors Gesicht halten. An dieser Stelle wurde das Bild angehalten und mit »unbekannte Frau« untertitelt.

»Himmel«, entfuhr es Rebecca, was ihr einen verwunderten Blick von der Mutter eintrug.

Die stämmige Schwester war aus ihrem Glashäuschen zurückgekommen und gab Rebecca ein Zeichen, ihr zu folgen. Draußen ertönten Sirenen, und blaue Lichter flackerten vor dem sich verdunkelnden Himmel, während Rebecca der Schwester durch sich automatisch öffnende Türen ins Innere der Notfallambulanz folgte.

9

Hudson saß in seinem Apartment und verfolgte die Fernsehübertragung aus dem Krankenhaus. Sämtliche wichtigen Sender hatten inzwischen sowohl zum Messegelände als auch zum Southern General Hospital Reporterteams entsandt. Was sich heute Abend zugetragen hatte, stellte alle übrigen Nachrichten in den Schatten. Dann sah Hudson plötzlich das Gesicht der Polizistin auf dem Bildschirm.

Unter diesen Umständen war es aussichtslos, die Sache heute Abend noch zu erledigen. Hudson wählte die Nummer seines Auftraggebers.

»Es wird vorerst nichts werden«, sagte er, als der sich meldete.

»Warum belästigen Sie mich schon wieder damit? Dann machen Sie's eben morgen.«

»Das kann ich nicht. Ich muss noch die andere Sache organisieren und möchte speziell bei diesem Job nichts dem Zufall überlassen.«

»Aber das mit der Polizistin muss trotzdem über die Bühne gebracht werden. Das haben Sie doch hoffentlich kapiert, oder?«

»Nur zu gut.«

»Sie bekommen kein Geld, bis das nicht erledigt ist, also zeigen Sie etwas mehr Motivation. Es ist mir egal, ob Sie es eigenhändig machen oder jemanden dafür engagieren, aber bringen Sie's endlich hinter sich.« Er beendete das Gespräch.

Hudson legte das Handy auf die Couch. Also würde er einen seiner Mitarbeiter auf die Polizistin ansetzen müssen. Das tat er bei so einem schwierigen Job zwar ungern, aber die andere Sache war weitaus komplizierter und möglicherweise hoch riskant, sodass sie seine gesamte Konzentration erforderte.

Er begann sich zu fragen, ob die halbe Million, die er dafür erhalten sollte, wirklich den ganzen Stress aufwog.

10

Logan suchte im Kühlschrank seiner schmalen Küche nach der letzten Flasche Bier aus dem Sechserpack, den er vor einigen Wochen gekauft hatte. Er war sich vollkommen sicher, sie gestern Abend noch gesehen zu haben. Schließlich fand er sie im hinteren Teil des Gemüsefachs unter einem halben Eisbergsalat.

Die Wohnung war kleiner als sein früheres Penthaus in der City, aber auch deutlich günstiger und hatte mit ihren hohen Decken und den altmodischen Fenstern, die man zum Öffnen nach oben schieben musste, weitaus mehr Charme. Die Enge in der Küche störte ihn nicht, dadurch hatte er beim Kochen wenigstens alles in greifbarer Nähe. Nicht dass er ein Gourmetkoch war, aber wenn er die Zeit erübrigen konnte, bereitete er gerne aus dem Stegreif ein Gericht mit den Zutaten zu, die gerade im Hause waren. Er öffnete die Flasche Bier und schenkte Ellie ein Glas Pepsi ein.

Es war schon fast halb zwölf. Auf dem Weg zum Wohnzimmer rief er aus dem Flur nach seiner Tochter.

»Ellie, in fünf Minuten geht's los!«

Am Freitagabend war es zu einem Ritual geworden, dass sie gemeinsam auf der Wohnzimmercouch *Later With Jools Holland* sahen. Logan fand in der Musiksendung beinahe immer etwas, das ihm gefiel, Ellie, die noch in ihrer Teeniephase steckte, fand eine Menge von dem, was dort präsentiert wurde, hingegen eher kurios als hörenswert. Trotzdem freute es Logan, dass sie ihm jedes Mal Gesellschaft leistete – obwohl er sich denken konnte, dass es ihr dabei hauptsächlich darum ging, zur Einstimmung auf das Wochenende länger aufbleiben zu können.

Er setzte sich auf die Couch, nahm einen Schluck Bier und genoss das Gefühl, als die kalte Flüssigkeit seine Kehle hinunterrann. Dann stellte er die Flasche auf den versiegelten Eichenholzfußboden, nahm sein BlackBerry vom Beistelltisch, scrollte sich zunächst durch seine E-Mails und checkte dann seine Mailbox-Nachrichten – beides in der

Hoffnung, dass Becky sich vielleicht gemeldet hatte. Aber umsonst. Keine Nachrichten von ihr. Wahrscheinlich war sie zu sehr damit beschäftigt, sich zu amüsieren, und dachte einfach nicht ans Telefonieren. Aber er gönnte ihr den Spaß, da er wusste, dass sie ihre Scheidung im Vorjahr ziemlich mitgenommen hatte.

Er spielte gerade mit dem Gedanken, ihre Nummer zu wählen und eine Nachricht zu hinterlassen, als Ellie hereinkam, sich ihr langes Haar im Nacken zusammenband und sich zu ihm auf die Couch warf. Logan beschloss, den Anruf bleiben zu lassen, und legte das BlackBerry auf den Tisch zurück.

»Ruf sie ruhig an, wenn du möchtest«, sagte Ellie. Sie lächelte und nahm einen Schluck Cola. »Kümmere dich gar nicht um mich, Logan.«

»Seit wann bist du denn so sarkastisch?«, fragte er. »Vielleicht sollte ich dich in dein Zimmer einsperren und den Schlüssel …« Er unterbrach sich rasch, als er bemerkte, was für Erinnerungen seine scherzhaft gemeinten Worte in ihr auslösen konnten. »Entschuldige, Ellie. Ich habe das nicht so ge…«

»Es muss dir nicht leidtun«, schnitt sie ihm das Wort ab. »Schon okay. Du brauchst mich nicht mit Samthandschuhen anzufassen.«

Logan konnte nur darüber staunen, wie problemlos Ellie das, was ihr widerfahren war, weggesteckt und wie gut sie sich während der vergangenen anderthalb Jahre in ihrem neuen Leben eingerichtet hatte. Sie war so unbekümmert, dass ihm in Unterhaltungen mit ihr manchmal etwas herausrutschte, was er besser nicht hätte sagen sollen.

Ihre rasche Besserung war zum Teil das Ergebnis der Therapeutin, die er und Ellie durch Beckys Vermittlung gefunden hatten. Ellie machte so gute Fortschritte, dass sie auf seine Veranlassung hin im vergangenen Monat sogar ihre zweiwöchentlich stattfindenden Sitzungen eingestellt hatte. Er wusste noch nicht, ob die Entscheidung richtig gewesen war, aber er tröstete sich damit, dass sie die Therapie im Bedarfsfall jederzeit wiederaufnehmen konnte.

Im Grunde genommen kannte er Ellie erst seit kurzer Zeit, sodass es ihm nicht leichtfiel, sich an die Tatsache zu gewöhnen, dass sie für ihn als ein voll entwickeltes elfjähriges Mädchen »auf die Welt gekommen war«, das in seinem jungen Leben schon sehr viel mehr erlebt hatte als die meisten Erwachsenen, mehr, als irgendwer je mit ansehen müssen sollte. Er konnte Ellies Tapferkeit nur bewundern.

»Wer ist denn heute Abend dabei?«, fragte sie mit einer Kopfbewegung in Richtung Fernseher.

Sie saßen vor dem riesigen Plasmabildschirm, den Logan aus seinem Penthaus in der City mit umgezogen hatte und der in der kleinen Wohnung völlig deplatziert wirkte. Aber es gab gewisse Luxusgüter, auf die Logan einfach nicht verzichten wollte, und dieser Fernseher war eines davon.

»Weiß nicht«, sagte er. »Lassen wir uns überraschen.«

»Mich würde es überraschen, wenn irgendeiner davon was taugt«, sagte sie.

Logan zog eine Grimasse und schaltete den Fernseher ein, als die Titel des heutigen Abends eingeblendet wurden.

Nach dem Ende der Sendung drückte Ellie ihren Vater an sich und gab ihm einen Kuss, ehe sie zu Bett ging.

»Putz dir die Zähne!«, rief er ihr noch nach.

»Hab ich schon, Dad.« Das letzte Wort triefte vor Sarkasmus.

Er wusste, dass sie es nicht böse meinte, und fand es sogar

gut, dass sie ihre etwas sonderbare Beziehung mit Humor betrachtete. Einen Augenblick lang erwog er, die Gitarre von ihrem Ständer neben dem Fenster zu nehmen, aber er war ziemlich aus der Übung und zappte sich stattdessen durch die Sportkanäle, bevor er den Fernseher und das Wohnzimmerlicht ausschaltete.

Die Wohnungstür war gesichert wie der Zugang einer Festung. Er überprüfte jeden der drei Schließmechanismen doppelt und dreifach, ehe er davon überzeugt war, dass alles in Ordnung war. Kurz schoss ihm der Gedanke durch den Kopf, ob er mit seiner übertriebenen Sorgfalt in punkto Türschlösser möglicherweise eine Paranoia entwickelte.

Anschließend schaute er noch einmal nach Ellie und fand sie schlafend mit einem Buch auf ihrer Brust vor. Er schlich ins Zimmer, nahm das Buch vorsichtig herunter und legte es neben das Bett. Stella, seine Katze, huschte in den Raum, als er gerade das Licht ausknipste, sprang aufs Bett und nahm ihre übliche Position zu Ellies Füßen ein.

»Pass gut auf sie auf, hörst du?«, ermahnte er die Katze und deutete mit dem Finger auf Ellie.

Die Katze warf ihm einen verächtlichen Blick zu und leckte sich am Hinterteil.

»Sehr elegant«, kommentierte Logan, dann beugte er sich über seine Tochter, schob ihr das Haar aus dem Gesicht und gab ihr einen Kuss auf die Wange. »Gute Nacht, Schatz.«

Logan wurde von dem vertrauten Rufton seines BlackBerry, das im Wohnzimmer lag, aus einem Halbschlaf geweckt. Er stand auf und lief auf Zehenspitzen, um nur ja keinen Lärm zu machen, durch die Wohnung, aber seine Bemühungen waren vergeblich. Die Bodendielen knarrten und ächzten unter jedem seiner Schritte. Das Display zeigte Becky als

Anrufer an. Er grinste breit und drückte auf die Annahmetaste.

»Hallo, Becky.« Seine Stimme klang verschlafen.

Niemand meldete sich, doch im Hintergrund waren Geräusche und auch entfernte Sirenen zu hören.

»Becky?«, fragte er unruhig.

»Was?«, erklang ihre Stimme. »Oh, Logan. Tut mir leid.«

»Was ist bei dir los?«, fragte er. »Wo bist du?«

»Im Southern General.«

»Im Krankenhaus?« Er merkte, dass seine Stimme schrill geworden war.

»Ja, aber mir geht's gut. Was ich sagen will – ich bin nicht meinetwegen hier.«

Sie hörte sich an, als wäre sie nicht ganz bei der Sache. Außerdem ging es ihm gegen den Strich, dass sie zwischendurch plötzlich mit jemand anderem zu reden schien. Er konnte nicht einmal verstehen, was sie sagte. Es hörte sich an, als hielte sie die Hand über das Mikrofon.

»Becky?«

»Entschuldige, Logan. Himmel, hier herrscht das reinste Chaos. Du würdest es nicht glauben. Irgend so ein Doktor hat mir gerade erklärt, ich müsste mein Handy ausmachen, weil es Funkstörungen bei ihren Geräten verursacht, aber ich halte das für ausgemachten Quatsch.«

Logan vermutete, dass sie entweder high vor lauter Adrenalin oder beschwipst war. »Was ist denn los?«, wollte er wissen.

Einen Herzschlag lang sagte sie nichts. »Hast du denn keine Nachrichten geguckt?«, fragte sie dann.

»Nein. Wir haben *Jools* gesehen und sind anschließend schlafen gegangen. Du hast mich geweckt, wenn du's genau wissen willst.«

»Bei dem Konzert hat es einen Unfall gegeben. Unter den Zuschauern ist Panik ausgebrochen, einige von ihnen sind verletzt worden.«

»Aber dir ist nichts passiert?«

»Nein, mir geht's gut.«

Er spürte, wie die Anspannung in ihm nachließ. »Und was hat die Panik ausgelöst?«, fragte er.

»Es war Roddy. Er ist von der Bühne gefallen.«

Einen Augenblick lang konnte Logan mit dem Namen nichts anfangen, bis ihm einfiel, dass sie Roddy Hale meinte, den Sänger der Band – und ihren früheren Freund. Er hasste sich dafür, dass seine Eifersucht ihm einen Stich ins Herz versetzte, weil sie seinen Namen mit solcher Selbstverständlichkeit ausgesprochen hatte.

»Aber warum bist du jetzt im Krankenhaus? Ist Hannah etwas zugestoßen?«

»Nein, sie ist nach Hause gefahren.«

Becky schien mit ihren Gedanken ganz woanders zu sein. Er hatte noch immer keine Ahnung, was sie in dem Krankenhaus eigentlich wollte.

»Oh«, sagte Becky. »Sie lassen mich jetzt zu ihm, aber vorher wollen sie mir das Handy abnehmen, wenn ich es nicht ausschalte. Ich rufe dich morgen früh an, hörst du? Geh jetzt wieder ins Bett.«

»Zu wem lassen sie dich?«

»Zu Roddy. Nacht, Logan.«

Logan stand da und starrte sein Mobiltelefon an. Er wusste nicht, was er von dem Gespräch halten sollte, aber eine andere Sache war ihm klar geworden – dass seine Empfindungen für Rebecca stärker waren, als er vor sich selbst zugeben wollte. Wie sonst sollte er erklären, dass sich sein Magen zu einem Knoten zusammenzog?

Dann fiel ihm wieder ein, was Becky gesagt hatte, und er schaltete den Nachrichtenkanal der BBC ein. Er sah gerade noch das Ende einer Reportage über die Ereignisse auf dem Konzert – und Rebecca, die vor dem Krankenhaus stand.

Er ließ die Fernbedienung auf die Couch fallen – und sich selbst gleich mit. Dann starrte er den Bildschirm an.

II

Auf dem Korridor, von dem das Zimmer abging, in dem Roddy Hale lag, wurde es angesichts des Krankenhauspersonals, der übrigen Bandmitglieder, die diverse Manager und persönliche Assistenten mitgebracht hatten, sowie der zwei uniformierten Polizisten, die eine gewisse Ordnung herzustellen versuchten, langsam eng. Beim Eintreffen der beiden Beamten hatte Rebecca sich ihnen gegenüber als Kollegin vorgestellt und sie gebeten, dafür zu sorgen, dass sich außer den Schwestern und Ärzten alle im Wartebereich der Eingangshalle aufhielten; doch das war mittlerweile drei Stunden her, und inzwischen waren noch sehr viel mehr Besucher hinzugekommen, unter ihnen auch die Frau, die nach Roddys Sturz von der Bühne gesprungen war, um bei ihm zu sein. Sie stand auf dem Flur und nahm ab und zu kleine Schlucke aus einem Becher mit stark aussehendem Krankenhauskaffee.

»Sind Sie so weit?«, wurde Rebecca jetzt von einer Schwester gefragt, die sich gleich nach Roddys Eintreffen um seine Verletzungen gekümmert hatte. Sie war kaum größer als eins fünfzig, trug einen blauen Krankenhauskittel, und um ihren Hals baumelte eine Atemschutzmaske. Ihr Kittel war mit blutigen Spritzern übersät, die auf dem blauen Stoff im kalten Neonlicht grelllila schimmerten.

Rebecca drückte die Austaste ihres Mobiltelefons, bis das Display erlosch, und steckte das Handy in die Gesäßtasche ihrer Jeans. Sie hatte die Besorgnis in Logans Stimme während ihres Telefonats nicht bemerkt.

»Danke«, sagte sie zu der Schwester und ging an ihr vorbei in das Krankenzimmer, während ihr die Frau mit dem Kaffeebecher einen hasserfüllten Blick nachsandte.

Die Schwester folgte ihr, schloss die Tür leise hinter sich und lehnte sich dann, die Arme vor der Brust verschränkt, mit dem Rücken dagegen.

Das Kopfteil des Bettes, in dem Roddy lag, war hochgestellt, sodass er sich in einer halb sitzenden Position befand. Er trug ein wenig attraktives, am Rücken offenes Krankenhaushemd, darunter aber immerhin noch die schwarze Lederhose, die er beim Konzert angehabt hatte.

Sein Kopf steckte in einem dicken Verband, mit seinem linken Arm hing er an einem Tropf. Wegen der starken Blutungen hatte man ihn notdürftig gewaschen, doch an seinem Hals und in seinem Gesicht klebte noch immer etwas verkrustetes Blut.

Das Abbild eines echten Rock 'n' Rollers.

»Hatte einige Schwierigkeiten, eine Vene für den Katheter zu finden«, bemerkte die Schwester.

Rebecca verstand sofort. Man wusste also, dass Roddy an der Nadel hing. »Haben Sie ihm schon Blut für eine Untersuchung abgenommen?«, fragte sie, ohne sich nach der Schwester umzudrehen.

»Bis jetzt noch nicht.«

»Werden Sie es tun müssen?«

Die Frau antwortete nicht sofort. »Nicht solange wir von

der Polizei nicht darum gebeten werden«, sagte sie schließlich.

Nun wandte sich Rebecca doch zu ihr um.

»Möchten Sie, dass ich es tue?«, fragte die Schwester.

»Nein«, sagte Rebecca. »Ist das ein Problem?«

»Für mich nicht. Wir machen, was Sie wollen.«

»Ich glaube, er hat heute Abend schon genug durchgemacht, finden Sie nicht auch?«

Die Schwester zuckte schweigend mit den Schultern, was wohl bedeuten sollte, dass es sie nichts anging und sie die Entscheidung allein Rebecca überließ.

Sie stellte sich neben das Bett und blickte auf Roddy hinunter. Sein Gesicht war leichenblass, durch das Krankenhaushemd hindurch konnte man fast seine Rippen zählen. Rebecca erinnerte sich, dass er schon als Jugendlicher sehr dünn gewesen war; jetzt aber wirkte er ausgezehrt. Unter seinen Augen waren die dunklen Ringe nicht zu übersehen. Sie legte ihm die Hand auf den Arm. Die Haut fühlte sich warm und feucht an.

»Benötigen Sie mich hier noch?«, fragte die Schwester.

»Nein, aber ich dachte, Sie müssten in seiner Nähe bleiben, um ihn zu überwachen?«

Die Schwester trat vor und stellte sich neben Rebecca. »Kennen Sie ihn?«

Rebecca überlegte einen Augenblick lang. »Nicht wirklich«, sagte sie schließlich. »Aber ich habe ihn mal gekannt, vor sehr langer Zeit.«

»Er ist ein Junkie«, sagte die Schwester. »Das wissen Sie doch, oder? Ich meine, Sie als Polizeibeamtin müssen doch fast täglich mit solchen Leuten zu tun haben.«

»Ich weiß, dass er Drogen nimmt. Aber das macht ihn noch lange nicht zu einem Junkie. Tief in seinem Inneren ist er vielleicht noch der von damals. Vielleicht braucht er nur … Hilfe.« Als Rebecca merkte, dass sie Roddy vor der Schwester in Schutz genommen hatte, wandte sie peinlich berührt rasch das Gesicht ab.

»Machen Sie sich da mal nicht zu viele Hoffnungen«, sagte die Schwester.

Damit drehte sie sich um und ging. Rebecca hörte, wie sie hinter ihr die Tür öffnete. Die Geräusche des Chaos, das draußen herrschte, drangen einen kurzen Augenblick lang in das Zimmer, bis die Tür wieder geschlossen wurde. Erst jetzt fiel Rebecca auf, dass ihre Hand noch immer auf Roddys Arm lag. Rasch zog sie sie weg und ließ ihren Arm an ihrer Seite herunterhängen.

Vor ihrem Telefonat mit Logan hatte sie mit dem zuständigen Stationsarzt gesprochen und erfahren, dass Roddy sich zwar eine blutige Kopfverletzung und eine Gehirnerschütterung zugezogen hatte, sich ansonsten aber dafür, dass er kopfüber zweieinhalb Meter tief von einer Bühne gefallen war, in bemerkenswert stabilem Zustand befand. Die Blutungen am Kopf hatten die Wunde schlimmer aussehen lassen, als sie in Wirklichkeit war, trotzdem war sie mit zwanzig Stichen von der Stirn bis unter den Haaransatz genäht worden.

Mit einem Mal fühlte sich Rebecca todmüde. Aus der Zimmerecke zog sie sich einen Stuhl ans Bett und setzte sich. Sie stützte ihren Kopf in eine Hand und rieb sich die vor Erschöpfung schwer gewordenen Augenlider. Als sie auf ihre Uhr blickte, war es fast ein Uhr morgens.

»Was tue ich hier eigentlich, zum Teufel?«, sagte sie sich laut.

Und dann fiel es ihr wie Schuppen von den Augen: Was mochte Logan von ihrem Anruf wohl gehalten haben? Das war wirklich einer ihrer schlechtesten Einfälle gewesen. Sie blickte erst Roddy an und sich dann im Zimmer um. Der Mülleimer war voll mit medizinischen Abfällen, auf den Bettbezügen entdeckte sie Blutflecke. Sie fand es immer noch richtig, hergekommen zu sein, obwohl sie nicht mehr genau nachvollziehen konnte, was sie dazu getrieben hatte. Ebenso wenig war sie sich sicher, wie es nun weitergehen sollte. Manchmal war es gut, spontan zu handeln, manchmal auch nicht. Sie beugte sich noch weiter vor, legte den Kopf auf das Bett und schlief fast auf der Stelle ein.

12

Nach etwa einer Stunde erwachte sie wieder. Ihre Augenlider waren noch immer schwer, in ihrem Kopf herrschte Nebel, schlechteste Voraussetzungen für klare Gedanken. Sie setzte sich auf und rieb sich mit den Händen das Gesicht. Wahrscheinlich sah sie fürchterlich aus. Wieder blickte sie auf die Uhr, dann auf Roddy. Sie erschrak, als sie merkte, dass er sie neugierig musterte.

»Hallo«, sagte er. »Wer sind Sie denn?«

Seine Stimme klang erstaunlich kräftig. Sein seltsamer Akzent schien eine Folgeerscheinung davon zu sein, dass er sich häufig in den Staaten aufhielt. Roddy zog die Stirn kraus und kratzte sich an dem Kopfverband. Als seine Fingernägel über die Wundnaht darunter strichen, zuckte er vor Schmerzen zusammen.

»Detective Constable Irvine«, stellte sich Rebecca vor. Unter den gegebenen Umständen verfiel sie ganz automatisch in die gewohnten Formalitäten.

Roddy stützte sich mit den Armen auf. »Ich bin clean«, versicherte er. »Ich habe schon seit Wochen nichts mehr genommen … Ehrlich!«

Es dauerte einen Augenblick, bis Rebecca begriff, wovon er redete. »Darum geht es nicht«, beruhigte sie ihn. »Ich bin nicht … offiziell hier, um es mal so zu sagen.«

Er wirkte immer noch skeptisch.

»Ich war bei dem Konzert«, sagte sie.

»Ich verstehe nicht«, sagte er. »Warum sind Sie dann hier, wenn es nicht um – Sie wissen schon – Drogen geht?«

Gute Frage.

»Ich bin Becky«, sagte sie. »Becky Reid.«

Er kniff die Augen zusammen. Sie konnte ihm ansehen, wie ihm langsam dämmerte, wen er vor sich hatte.

»Heilige Scheiße«, sagte er. »Becky Reid.«

Rebecca schob sich das Haar aus der Stirn, aber dann kamen ihr sogleich Bedenken, dass die Geste kokett wirken könnte, und sie ließ es wieder zurückfallen.

»Du bist also Bulle geworden?«

»So ist es.«

»Aber du hast doch eben gesagt, dein Name wäre Irvine.«

»Ach so, ja. Weil ich verheiratet bin. Ich meine, ich war verheiratet. Ich habe den Namen nur behalten, weil ich nun schon so lange so heiße, genauso wie mein Kleiner, mein Sohn. Es wäre zu kompliziert, ihn jetzt wieder zu ändern.«

»Du hast ein Kind?«

»Ja.«

Als er lächelte, sah sie kurz den alten Roddy aufblitzen, den Jungen, den sie einmal gekannt hatte.

»Willst du echt clean werden?«, fragte sie. »Oder hast du das bloß gesagt, weil du geglaubt hast, ich wäre eine Polizistin?«

»Aber du bist doch Polizistin.«

»Du weißt genau, was ich meine. Weich mir nicht aus.«

»Wirst du mich festnehmen, wenn ich dich anlüge?«

»Roddy …«

»Okay, ich bin seit fünfzehn Tagen clean.«

»Und warum ist das heute Abend passiert?«

»Es geht einem ganz schön an die Nieren, weißt du? Von dem Zeug runterzukommen.«

Rebecca nickte. Sie hatte genug erlebt, was das bestätigte.

»Man fühlt sich die ganze Zeit wie Scheiße«, fuhr Roddy fort. »Die Jungs und ich hatten so ziemlich den ganzen Tag geprobt, ich hatte wohl nicht genug gegessen, und da bin ich einfach zusammengeklappt und von der Bühne gefallen.« Um den Sturz zu demonstrieren, machte er eine tauchende Bewegung mit der Hand.

»Vielleicht solltest du ein bisschen kürzertreten, eine richtige Pause von der Tour machen. Gib dir selbst eine Chance, wieder auf die Beine zu kommen.«

»Du meinst, ich soll den Versuchungen der Straße widerstehen?«

»Daran habe ich eigentlich nicht gedacht, aber auch das könnte hilfreich sein.«

»Das stimmt wohl.«

Als er ihrem Blick auswich, fragte sich Rebecca, ob er tatsächlich die Wahrheit sagte. Seine körperliche Verfassung machte sie argwöhnisch, aber der Blick in seinen Augen war unleugbar klar. Wäre er auf dem Konzert high gewesen und hätte sein Zustand seinen Sturz verursacht, hätte man jetzt an ihm noch immer die typischen Symptome erkennen können müssen, doch davon konnte keine Rede sein.

»Du hast immer noch nicht meine Frage beantwortet«, sagte er und wandte sich ihr wieder zu.

»Was für eine Frage?«

»Warum du hier bist.«

»Oh«, sagte sie, »die meinst du.«

Er sah sie an, schwieg aber.

»Ehrliche Antwort? Ich weiß es nicht. Ich war mit meiner Freundin auf dem Konzert, und nachdem du gestürzt warst, ging plötzlich alles drunter und drüber. Wir haben uns nach vorn zur Bühne gedrängt, um nicht von den anderen Zuschauern erdrückt zu werden. Es hat sich ergeben, dass ich dir Erste Hilfe geleistet habe und …«

»Und was?«

»Und dann sind wir hergefahren. Tja, hier bin ich nun.«

Sie hob die Hände und legte sie dann wieder zurück auf ihre Knie. Er sah sie an, als wäre er unsicher, was hier vorging, und versuchte in ihrem Gesicht zu lesen.

»Hast du vor, mich zu retten, Becky Reid?«, fragte er. »Ist es das?«

»Musst du denn gerettet werden?«

»Was meinst du?«, fragte er lächelnd.

Sie erwiderte das Lächeln nicht. »Ich denke schon, Roddy.«

13

Nach einer ruhelosen Nacht stand Logan zeitig auf und ging unter die Dusche, während Ellie noch schlief. Er stellte das Wasser so heiß ein, dass es gerade noch zu ertragen war, und fühlte sich ausgesprochen wohl dabei. Er rubbelte sich mit dem Handtuch über das Haar, beschloss dann aber, es an der Luft trocknen zu lassen. Nachdem er seine Arbeit als Anwalt in der Kanzlei von Kennedy Boyd an den Nagel gehängt hatte, hatte er es sich ein wenig länger wachsen lassen, und es gefiel ihm, es ungekämmt zu tragen.

Scheiß Schlafzimmerfrisur, sagte sein Freund Alex Cahill immer dazu.

Logan saß im Wohnzimmer, trank Tee und aß eine halb verbrannte Scheibe Toast, als er Ellie aufstehen und auf nackten Füßen ins Bad gehen hörte. Das Kaffeetrinken hatte Logan schon vor einer ganzen Weile aufgegeben. Ein weiterer Stressfaktor seines früheren Lebens, den er hinter sich gelassen hatte.

Es würde wieder ein warmer Tag werden, durch die hochgezogene Jalousie strömte schon das Sonnenlicht in den Raum.

Während er Ellies Geräuschen aus dem Badezimmer lauschte, starrte er das Telefon an. Er überlegte, Rebecca anzurufen, aber er wollte weder einen eifersüchtigen noch einen allzu besorgten Eindruck machen. Letzten Endes gab ihm nichts von dem, was Becky gesagt hatte – oder wie sie es gesagt hatte –, einen Anlass zu Beunruhigung. Sie war Polizeibeamtin, wenn auch zurzeit vom Dienst freigestellt, und wollte jemandem helfen, den sie von früher her kannte. Was war daran verkehrt?

Nichts – außer dass dieser Jemand nicht einfach nur ein gewisser Jemand war, den sie mal gekannt hatte. Er hatte ihr einmal sehr viel bedeutet.

Ellie kam in ihrem Bademantel, das Haar in ein Handtuch gewickelt, ins Wohnzimmer.

»Was möchtest du zum Frühstück?«, fragte Logan.

»Nur ein bisschen Toast. Und Kaffee.«

Er sah sie mit väterlich strenger Miene an.

»Alle Mädchen in der Schule trinken Kaffee. Was ist daran nicht in Ordnung?«

Abgesehen davon, dass er sein teures Apartment verkauft hatte und seine Kleidung jetzt von John Lewis statt von Hugo Boss stammte, bezahlte Logan für Ellie nun eine Privatschule. Er war fest entschlossen wiedergutzumachen, dass er lange nicht Teil ihres Lebens gewesen war, und wollte ihr die beste Schulbildung ermöglichen, die er sich leisten konnte. Wenn das nichts anderes bedeutete, als dass ein paar der teuren Annehmlichkeiten, die er sich früher gegönnt hatte, nun der Vergangenheit angehörten, dann war es das allemal wert.

»Ich bezweifle, dass sie alle Kaffee trinken«, wandte er ein. »Und was andere tun, hat sowieso keine Bedeutung für das, was hier gilt.«

Himmelherrgott, ich bin so geworden wie meine Mutter.

»Also gut, dann eben Tee«, sagte sie, drehte sich auf dem Absatz um und entschwebte dem Zimmer mit großer Geste. »Bitte, Logan!«, rief sie ihm aus dem Flur noch zu.

Logan lächelte und nahm den letzten Schluck aus seiner Tasse. Er warf einen Blick auf seine Uhr: gleich neun. Seine Eltern wollten Ellie um halb zehn abholen. Er ging in die Küche, steckte eine Scheibe Brot in den Toaster und füllte den Wasserkocher. An das häusliche Leben konnte man sich gewöhnen.

Seine Eltern waren wie immer auf die Minute pünktlich. Und wie immer drückte ihn seine Mutter zu lange und zu fest an sich. Sie hatte sich die Begrüßung angewöhnt, nachdem Ellie in ihrer aller Leben getreten war. Mit übertrieben besorgtem Gesichtsausdruck erkundigte sie sich nach seinem Befinden, während sein Dad hinter seiner Frau stand und die Augen verdrehte. Logan lächelte und erklärte, es ginge ihm bestens.

»Hallo!«, rief Ellie, kam in den Flur gelaufen und umarmte beide Großeltern auf einmal.

Nichts hatte Logan an der neuen Situation mit Ellie mehr überrascht als die Tatsache, wie schnell sie sich mit ihren »neuen« Großeltern arrangiert hatte. Ihn redete sie noch mit seinem Vornamen an, aber bei seinen Eltern hieß es immer artig »Grandma« und »Grandpa«. Dementsprechend hingerissen waren die beiden auch vom ersten Augenblick an von ihrer Enkelin gewesen. So ließ es sich auch nicht vermeiden, dass sein Vater Ellie noch stärker verwöhnte als seine übrigen Enkelkinder. Als Logan ihn einmal darauf angesprochen hatte, weil er sich sorgte, dass sein Bruder das nicht gerade fair finden könnte, hatte ihm sein Vater klargemacht, dass er sehr viel mit Ellie aufzuholen hätte und er sich auf keine Diskussion darüber einzulassen gedächte. Ellies Mutter, Penny, war Einzelkind gewesen. Ihr Vater war bei einem Autounfall ums Leben gekommen, als sie noch nicht einmal zehn Jahre alt gewesen war und hatte sie allein mit ihrer Mutter zurückgelassen, die wiederum fünf Jahre später nach langer Krankheit gestorben war. Wahrscheinlich hatte die Innigkeit, die zwischen Ellie und seinen Eltern herrschte, sehr viel auch damit zu tun, dass Ellie eben nur ein Paar Großeltern hatte.

Sie trug ihr pinkfarbenes Kapuzenshirt von Gap und die Levis, die er ihr vor einigen Monaten gekauft hatte. Damals war sie ihr noch etwas zu weit gewesen, aber inzwischen schien sie ihr gut zu passen.

»Viel Spaß«, wünschte er seiner Tochter und seinen Eltern, als sie ins Treppenhaus hinaustraten. »Und übertreibt es nicht.«

»Ich übertreibe es so sehr, wie ich es für richtig halte«, lächelte sein Vater. »Recht so, Elliemaus?«

»Genau, Grandpa«, kicherte sie, streckte Logan die Zunge heraus und hüpfte die Treppe hinunter. Sein Vater zwinkerte ihm zu und folgte seiner Enkeltochter. Logans Mutter zögerte noch einen Augenblick, warf ihrem Sohn wieder ihren besorgten Blick zu und ermahnte ihn, nicht zu viel zu arbeiten.

»Werde ich nicht«, versprach er ihr.

»Wir haben schließlich Samstag. Ich hatte geglaubt, du hättest den Anwaltsberuf an den Nagel gehängt, um endlich nicht mehr so viele Überstunden machen zu müssen.«

»Ich bin noch immer Anwalt, Mum.«

»Du weißt genau, was ich meine. Lass es langsam angehen.«

14

Es war kurz vor zehn, als Logan die Büroräumen von CPO Security in der St. Vincent Street betrat. Er trug das vorgeschriebene schwarze Poloshirt mit dem Firmenlogo und eine Khakihose. Beides gehörte auch für Innendienstmitarbeiter der Sicherheitsfirma zum Dresscode. Alex Cahill erwartete ihn im Empfangsbereich im dritten Stock des Gebäudes. Er trug die gleiche khakifarbene Kampfhose, darüber aber ein schlichtes weißes T-Shirt.

»Ist dir auch wirklich nicht zu warm?«, fragte Logan. Es war so kalt in dem klimatisierten Raum, dass er sich unwillkürlich die Arme rieb.

»Kaum bist du da, hast du auch schon was zu meckern.«

»Ich hab ja nur gefragt. Du brauchst mich nicht gleich zu erschießen.«

»Werde ich schon nicht, aber es ist immer noch ziemlich

früh für einen Samstag, also geh mir nicht auf die Nerven. Ich habe heute schon eine Viertelstunde lang mit diesem Manager quatschen müssen. Er hat sich mit seinem eigenen Sicherheitstypen in unserem Besprechungsraum eingenistet.«

»Hört sich ja nicht so an, als würdest du ihm in Zukunft jedes Jahr eine Weihnachtskarte schicken.«

Cahill wandte den Blick ab und schürzte verächtlich die Lippen. Dann schob er Logan in ein zweites, kleineres Besprechungszimmer, wo sie sich außer Hörweite der Crew der Schauspielerin befanden. In ihm hatten sich bereits die wichtigsten Mitarbeiter von CPO Security versammelt: Tom Hardy, Bailey Judd, Chris Washington und Carrie Richardson warteten darauf, von ihrem Boss Cahill zu erfahren, worum es bei dem Auftrag ging.

Logan wusste nicht, ob Cahill tatsächlich wütend oder nur angesäuert war, weil er sich mit den Capricen einer Schauspielerin auseinandersetzen musste. Sein Chef hatte es bereits bei verschiedenen Gelegenheiten mehr als deutlich gemacht, dass es nicht das Kerngeschäft von CPO Security war, Prominente zu babysitten, und er solche Aufträge nur annahm, weil sie überdurchschnittlich lukrativ waren.

»Wer ist denn diese Schauspielerin?«, fragte Logan. »Muss man sie kennen?«

»Ein schottisches Mädchen«, sagte Chris Washington. »Hat in diesem großen Actionding vom vorigen Jahr mitgespielt. Jetzt glaubt sie, dass sie in Angelina Jolies Fußstapfen treten wird.«

Logan verband mit Washington eine engere Freundschaft als mit seinen übrigen Kollegen von CPO Security. Washington hatte ihn zu seinem Lieblingsprojekt auserkoren, was das regelmäßige Fitnesstraining der Mitarbeiter betraf. Er hatte es sich zum Ziel gesetzt, Logan nicht nur schlanker werden zu lassen, sondern auch seine Armmuskeln aufzubauen. Zu diesem Zweck hatte er ein beinhartes Drillprogramm erarbeitet, das Logan regelmäßig die Puste raubte. Doch Washington nahm ihn sofort scharf ran, sowie Logan auch nur ein Mal seine Übungen vernachlässigte. Seit ihrer ersten Begegnung hatte Washington sich seinen Spitzbart abrasiert und scherte sich auch nicht mehr den Schädel kahl, sodass er nicht mehr so finster aussah.

Die anderen wirkten wie immer: entspannt und professionell.

»Ach, du meinst Tara Byrne?«, fragte Logan.

»Genau die«, bestätigte Washington.

»Ich bin beeindruckt, Alex.«

Cahill zuckte mit den Achseln und versuchte einen nonchalanten Eindruck zu machen.

»Kümmere dich gar nicht um ihn«, sagte Carrie Richardson und nahm einen Schluck aus ihrer Tasse mit Earl Grey. »Er hätte gern, dass ihn so ein Superstar nicht beeindruckt, aber in Wirklichkeit tut es das doch.«

Cahill ignorierte sie.

»Wirst du uns jetzt ihren Leuten vorstellen?«, fragte Logan.

»Okay«, sagte Cahill. »Auf geht's.«

»Und wir treffen uns nachher im Fitnessraum?«, fragte Washington, als Logan die Tür öffnete.

»Heute bitte nicht, okay?«

Washington schüttelte lächelnd den Kopf, bevor er einen kurzen Ärmel seines Poloshirts ein Stück höher schob und Logan seinen eindrucksvollen Bizeps präsentierte.

Im Besprechungsraum hielten sich zwei Mitglieder von Tara Byrnes Team auf: ein mittelgroßer Jüngling in schwarzem

Hemd und schwarzem Anzug, der sich alle Mühe gab, hart rüberzukommen, und ein Mann in einem hellen Anzug mit rosa Hemd, offensichtlich der Manager, der Cahill so auf die Palme gebracht hatte. Er erhob sich, ging um den Besprechungstisch herum und begrüßte Logan mit einem festen Händedruck, so, als wäre er der Herr des Hauses. Logan fielen zwei Dinge an ihm auf – seine relative Kleinwüchsigkeit, wahrscheinlich knackte er gerade mal die eins fünfundsechzig, und sein übermäßig gegeltes Haar. Trotzdem hatte er sich für einen Burschen, der schon auf die fünfzig zugehen dürfte, ganz gut gehalten. Seine Nase war eine Spur zu platt, möglicherweise war er früher einmal Boxer gewesen.

»Er sieht mir aber nicht gerade nach einem Anwalt aus«, sagte der Manager zu Cahill und wandte Logan dabei den Rücken zu.

Du siehst auch nicht gerade nach einem Arschloch aus, dachte Cahill. Und trotzdem bist du eines. »Wir sind hier immer leger gekleidet, es sei denn, ein Job erfordert etwas anderes«, sagte er stattdessen.

Der Manager ging erneut um den Tisch herum, setzte sich wieder, lehnte sich in seinem Stuhl zurück und legte lautstark die Füße auf die Tischplatte. Er trug braune Texas-Boots mit schief gelaufenen Absätzen und abgestoßenen Schuhspitzen.

Ein Cowboy. Wie passend.

»Dürfte ich Sie dann einander vorstellen?«, fragte Cahill.

Der Cowboy nickte schweigend. Entweder war ihm der Sarkasmus in Cahills Stimme entgangen, oder er zog es vor, ihm keine Beachtung zu schenken.

»Devon Leonard«, sagte Cahill mit einem Kopfnicken in Richtung des Cowboys.

»Ich heiße Phil Hanson«, stellte sich sein Begleiter vor.

»Ich bin Miss Byrnes Fahrer und leite ihr Sicherheitsteam. Alles, was ihre Sicherheit und ihr Wohlbefinden betrifft, läuft über mich.« Sein schmales Gesicht wurde von gepflegten schwarzen Haaren mit messerscharf gezogenem Scheitel umrahmt.

Der Cowboy quittierte Hansons Bemerkung mit einem Grinsen. Es erstaunte Logan, dass Cahill den Kerl nicht schon längst umgelegt hatte.

Cahill nickte Hanson aufmunternd zu, als würde er hoffen, dass zumindest einer im Tross der Schauspielerin wusste, was er tat.

»So, und was ist das hier Schönes?«, fragte Logan.

Leonard, der Cowboy, legte die Hand auf das Schriftstück vor ihm auf dem Tisch und schubste es quer über die Platte auf Logan zu, der es gerade noch festhalten konnte, ehe es über die Tischkante hinweg und zu Boden segelte.

»Unser Standardvertrag. Baring Hawkes setzt ihn für uns auf.«

Zweifellos ein Name, der Eindruck schindete. Baring Hawkes war eine der bedeutendsten Londoner Anwaltsfirmen und gehörte zum magischen Kreis der Kanzleien mit einem Jahresumsatz von über einer Milliarde Pfund – die Seniorpartner brachten im Jahr mehr als eine Million nach Hause. Doch Logan hatte während seiner aktiven Zeit als Anwalt gelernt, dass es in jeder Firma solche und solche Partner gab. Große Namen beeindruckten ihn nicht mehr.

»Na schön.« Er setzte sich und begann in dem Vertrag zu blättern. »Geben Sie mir ein bisschen Zeit zum Durchlesen, dann werden wir uns hoffentlich einigen und die Sache zum Abschluss bringen.«

Leonard nahm die Stiefel vom Tisch, beugte sich in seinem Stuhl vor und legte die Hände flach auf die Tischplatte. »Unsere Bedingungen sind normalerweise nicht verhandelbar«, sagte er. »Schließlich bezahlen wir Baring Hawkes sehr viel Geld dafür – und die Kanzlei ist verdammt gut.«

Logan nickte zustimmend, sagte aber nichts und konzentrierte sich weiterhin auf den Vertrag. Aus einem der Köcher auf dem Tisch nahm er einen Kugelschreiber, um Anmerkungen zu notieren. Auch Cahill schien nicht in der Stimmung zu sein, Leonard entgegenzukommen, also ignorierte er dessen Einwurf und kam stattdessen auf den Auftrag zu sprechen.

»Können Sie mir erzählen, was genau vorgefallen ist?«, fragte er und sah Phil Hanson an. »Dann kann ich mir eine Vorstellung davon machen, wie groß die Gefahr ist.«

»Gewiss doch«, sagte Hanson. »Allerdings ist es nichts, was ich nicht allein in den Griff bekommen könnte, wie ich Mr Leonard bereits verdeutlicht habe.«

Leonard machte eine wegwerfende Handbewegung und lehnte sich wieder zurück. Offensichtlich herrschte zwischen den beiden Uneinigkeit über die Frage, ob ein zusätzlicher Sicherheitsdienst hinzugezogen werden sollte. Cahill ahnte, dass man Hansons Rolle in der Sache nicht unterschätzen durfte. Betrachtete man seine gepflegte Erscheinung und die sehr aufrechte Art, mit der er sich hielt, dann konnte man vermuten, dass Hanson einen militärischen Hintergrund hatte. Ehemalige Soldaten legten ihre alten Gewohnheiten nicht so leicht ab, und Cahill war bereit, Hanson zuzugestehen, dass er vielleicht kein solches Arschloch war wie Leonard.

»Okay«, sagte er, »aber wie sind Sie auf uns gekommen?«

»Sie sind uns von einem Geschäftspartner empfohlen worden«, sagte Leonard, ohne sich näher zu erklären.

»Und Sie benötigen den Personenschutz für eine Filmpremiere, wenn ich recht verstanden habe?«

»Korrekt«, antwortete Leonard. »Morgen Abend. Am Sonntag.«

»Phil«, sagte Cahill und wandte sich mit seiner Frage ostentativ nicht an Leonard, »erklären Sie mir doch bitte, warum Sie so besorgt sind.«

»Nun, es hat diese Woche angefangen. Wie Sie sich vorstellen können, bekommt Miss Byrne eine Menge Fanpost. Ihre persönliche Assistentin öffnet alle Briefe, um zunächst einen Blick auf sie zu werfen. Wenn ihr irgendetwas nicht ganz koscher vorkommt, lässt sie mich drüberschauen. Darunter sind allerhand zweideutige Angebote, aber das meiste ist entweder ziemlich erbärmlich oder einfach nur dreckig. Aber am Montag war etwas in der Post, das anders war als der übliche Mist – jedenfalls, was die sexuelle Komponente angeht.«

Logan hörte mit halbem Ohr zu, während er den Vertrag studierte, der überraschend ausgewogen und fair war. Er hatte sich ein paar Notizen gemacht und einige unakzeptable Klauseln durchgestrichen, aber im Großen und Ganzen bestand Hoffnung, dass die Angelegenheit schnell zu regeln sein würde.

»Und worum handelte es sich?«, fragte Cahill.

Hanson rutschte ein wenig auf seinem Stuhl hin und her. »Es war eine Barbiepuppe. Ihr blondes Haar war mit Ölfarbe schwarz gefärbt worden, die Farbe war sogar noch feucht. Die Brüste hatte man der Puppe ziemlich grob entfernt und sie dann mit roter Farbe beschmiert. Ich denke, sie sollte Blut darstellen. Außerdem lag ein Zettel dabei, mit einer alten Schreibmaschine hatte jemand ›Stirb, Schlampe‹ getippt.«

»Okay«, sagte Cahill, »die Drohung ist nicht gerade sehr explizit, aber sie hört sich nach einem kranken Hirn an. Gab es noch mehr?«

»Dienstag kam eine weitere Barbie«, setzte Hanson seinen Bericht fort. »Diesmal hatte man ihr die Beine abgeschnitten, und die … Der Unterleib war mit einem Messer zerhackt. In dem Begleitschreiben stand: ›Wie, glaubst du, wirst du Hollywood gefallen, wenn ich dir das angetan habe?‹«

»Schon eine etwas konkretere Drohung«, kommentierte Cahill.

»Na, aber ›Stirb, Schlampe‹ reicht ja wohl auch schon!« Leonard zog entrüstet die Augenbrauen in die Höhe.

»Schön und gut, aber die zweite Drohung ist spezifischer. Der Schreiber droht damit, ihr explizit etwas anzutun, außerdem nimmt er unmittelbar Bezug auf ihren Erfolg in den Staaten. Haben Sie feststellen können, wo die Sendungen aufgegeben worden sind?« Wiederum hatte Cahill seine Frage an Hanson gerichtet.

»Nein«, antwortete der. »Die Puppen sind nicht mit der normalen Briefpost gekommen. Sie wurden persönlich abgegeben.«

»Aber am Haus von Miss Byrne gibt es doch bestimmt Überwachungskameras?«

»Die Puppen wurden in den Räumen ihres Fanclubs abgegeben. Er befindet sich in einem ganz normalen Bürogebäude in London. Keine Überwachung.«

»Haben Sie schon mit den Angestellten gesprochen? Kann sich jemand an etwas erinnern?«

»Ja und nein. Wir haben nichts in der Hand.«

»Das bedeutet also, dass derjenige, der dahintersteckt, anonym bleiben will.«

»Und was sagt uns das?«

»Dass die Puppen vermutlich nicht das Ende der Geschichte sind. Dass der Typ höchstwahrscheinlich noch weitermachen wird.«

»Gestern haben wir nun das hier erhalten.« Hanson griff unter den Tisch und holte einen schlichten braunen Pappkarton hervor. Er stand von seinem Platz auf, ging um den Tisch und stellte die Schachtel vor Cahill. Logan blickte von seinem Vertrag auf. Jetzt wurde es spannend. »Wir haben Miss Byrne nichts von alldem gezeigt«, sagte Hanson zu Cahill. »Sie ahnt, dass irgendetwas vorgeht, aber wir haben ihr die Details erspart.«

Cahill nahm den Deckel ab und holte vorsichtig eine Puppe hervor. Ihre Augen waren ausgestochen, das meiste Haar unsauber abgeschnitten, nur ein paar struppige Büschel waren auf dem Barbie-Schädel zurückgeblieben.

»War ein Anschreiben dabei?«, fragte Cahill, schloss die Schachtel wieder und gab sie Hanson zurück.

»Ja. Es lautete: ›Bis Sonntag.‹«

15

Einen Augenblick lang herrschte Stille im Raum.

»Was ist Ihre Meinung zu dieser Puppe?«, wollte Leonard von Cahill wissen.

»Nun, zunächst war die Drohung des Senders eher vage, dann drückte er sich schon klarer aus, und nun nennt er sogar einen spezifischen Zeitpunkt, an dem er seine Absichten zu realisieren gedenkt.«

»Bei der Premiere«, ergänzte Hanson.

»Genau. Das heißt, dass Sie ganz richtig gehandelt haben, indem Sie zu mir gekommen sind. Ich würde den Burschen sehr ernst nehmen.«

»Das sagen Sie die ganze Zeit«, wandte Leonard ein. »Sie reden immer von einem ›er‹. Woher wollen Sie wissen, dass es nicht eine Frau ist?«

»Ganz einfach. Meine jahrelange Tätigkeit in diesem Metier hat mich gelehrt, dass ich, gemessen an dem angedrohten Grad von Gewalt und der Tatsache, dass die Drohung ganz gezielt auf Tara Byrnes Weiblichkeit gerichtet ist, mit ziemlicher Sicherheit von einem Mann als Absender ausgehen kann. Man kann generell sagen, dass Frauen solche Dinge nicht tun.«

»Ich hasse kranke Typen«, sagte Leonard. »Könnte ich vielleicht einen Schluck Wasser bekommen?«

Cahill ging zum Wandschrank, holte aus dem eingebauten kleinen Kühlschrank eine Flasche kaltes Mineralwasser und nahm ein Glas von dem Tablett auf dem Schrank. Er schenkte Leonard ein halbes Glas ein und beugte sich über den Tisch, um ihm Flasche und Glas hinzustellen.

Leonard nahm einen Schluck, und Logan kam nicht umhin, sich zu fragen, ob sein Managergehalt erhöht wurde, wenn er sich mit so etwas beschäftigen musste.

»Sie haben sich nicht an die Polizei gewandt«, stellte Cahill fest. »Warum?«

Hanson warf Leonard einen Blick zu, der sich die Zeit nahm, sein Glas auf dem Tisch abzustellen, ehe er antwortete.

»Schlechtes Timing«, sagte er.

Er hob das Glas und trank noch einen Schluck. An der Art und Weise, wie sich die Kiefermuskeln seines Freundes spannten, konnte Logan sehen, dass Cahill Leonards Vorliebe für kurze, kryptische Aussagen zunehmend auf den Geist ging.

»Inwiefern?«, hakte Logan nach. Vielleicht kam ja etwas mehr Tempo in die Sache, wenn sich eine neue Stimme zu Wort meldete.

Leonard sah ihn so überrascht an, dass Logan sich kurzzeitig fragte, ob er ihn überhaupt einer Antwort würdig hielt.

»Nun«, gab Leonard schließlich seufzend nach, »Tara hat letztes Jahr einen großen Erfolg gelandet. In den Staaten hat sie gerade den Vertrag für zwei Fortsetzungen unterschrieben. Für Rollen, die aus ihr einen Megastar machen werden. Sie kann im Moment Publicity dieser Art ganz und gar nicht gebrauchen. Die großen Hollywoodstudios sind von Natur aus nervös und unberechenbar, und wir wollen schließlich nicht, dass den Entscheidungsträgern dort Bedenken kommen.«

»Was ist das morgen für eine Premiere?«, wollte Cahill wissen.

»Von einem kleinen Independent-Film«, sagte Hanson. »Tara hat für eine winzige Gage gespielt, weil der Regisseur ein Freund von ihr ist. Wenn sie ihm bei der Premiere den Rücken stärkt, kann er mit dem Film sogar Geld verdienen. Ihrer Meinung nach ist er ein talentierter Junge und hätte es verdient.«

Logan schien es, dass Hanson mehr Einzelheiten über Tara Byrne kannte als ein normaler Leibwächter. Leonard hatte es vermieden, Hanson anzusehen, während dieser gesprochen hatte. Irgendetwas stand zwischen den beiden, aber noch war Logan nicht klar, was es war.

»Außerdem schadet es ihrem Profil keineswegs, wenn sie auch mit britischen Autorenfilmen assoziiert wird«, fügte Leonard hinzu.

»Na schön.« Cahill schlug sein Notizbuch auf und brachte seinen Kugelschreiber in Positur. »Jetzt müsste ich noch etwas über den Verlauf der Premiere erfahren.«

Logan bemerkte, dass Leonard an seiner Uhr herumfummelte. Er löste das Armband von seinem Handgelenk und schnippte die Uhr völlig unvermittelt quer über den Tisch in Richtung Cahill, wobei sie auf der Tischplatte Schrammen hinterließ. Cahill stoppte die Uhr mit der linken Hand und blickte Leonard fragend an.

Leonard lachte. »Gleichen wir unsere Uhren ab?«

Hanson schien die Szene peinlich zu sein. Er wirkte genervt und wollte gerade etwas sagen, als ihm Cahill mit seiner Hand Einhalt gebot. Er drehte die Uhr in seiner Hand: Es handelte sich um eine Rolex.

»Muss ich mir merken«, sagte er. »Ist das erste Mal, dass jemand mich das so gefragt hat.«

Leonard runzelte die Stirn.

Logan wunderte sich, was mit Leonard los war. Sollte die Geste zeigen, dass er das Sagen hatte und Hanson sich zurückhalten sollte?

»Sie können mir die Rechnung für die Reparatur der Tischplatte schicken«, sagte Leonard.

»Das werde ich«, erwiderte Cahill ungerührt und warf Leonard die Uhr flach und mit ziemlichem Schwung wieder zurück.

Der Manager musste blitzschnell seinen Kopf zur Seite drehen, um nicht mitten ins Gesicht getroffen zu werden. Die Uhr sauste an ihm vorbei und landete auf dem Fußboden. Er rollte in seinem Stuhl rückwärts, bückte sich und hob sie vorsichtig am Armband auf. Dann betrachtete er sie von beiden Seiten, warf Cahill einen hasserfüllten Blick zu und ließ die Uhr in seiner Jackentasche verschwinden.

»Tut mir leid«, sagte Cahill. »Da habe ich wohl meine eigene Kraft unterschätzt. Aber damit dürften wir jetzt quitt sein.«

»Es ist eine Rolex«, sagte Leonard. »Sie funktioniert noch wunderbar, vielen Dank.«

»Also zurück zum Ablauf der Premiere«, sagte Cahill und wandte sich wieder Hanson zu.

»Sie findet im Glasgow Film Theatre statt. Wir werden dort um sieben erwartet, der Film beginnt eine halbe Stunde später.«

»Wo sind Sie untergebracht?«

»Im Hilton. Wir haben vor, von dort zum GFT zu fahren und später auf direktem Weg zurück. Keine Partys, Clubbesuche oder sonstigen Umwege.«

»Am Montag haben wir dann einen Flug früh am Morgen nach Heathrow gebucht. Von dort geht es weiter nach L. A.«, fügte Leonard hinzu.

»Das ist gut. Je unkomplizierter die Dinge sind, desto besser.«

»Wie wollen wir vorgehen?«, fragte Hanson.

»Ich ziehe heute mit meinem Team los und überprüfe die infrage kommenden Strecken zur Premierenfeier und zurück. Wir sollten vermeiden, beide Male dieselbe Route zu fahren. Eventuell wäre es sogar ratsam, auf dem Rückweg einen längeren Umweg in Kauf zu nehmen, damit der Hoteleingang der einzige Fixpunkt ist. Außerdem würden wir gern einen Blick in Ihre Zimmer werfen und uns das Hotel und das Kino genauer ansehen.«

»Das sollte kein Problem sein«, sagte Hanson. »Unsere drei Zimmer liegen nebeneinander am Ende des Flurs. Bewegungsmelder sind installiert.«

»Das ist gut«, sagte Cahill noch einmal. »Außerdem

bräuchte ich eine Liste der Premierengäste und der Kinoangestellten.«

»Ist schon erledigt«, sagte Hanson. »Die Informationen liegen im Hotel.«

»Ausgezeichnet. Wenn ich alles Notwendige erledigt habe, setzen wir uns nachher noch zusammen, um den Ablauf durchzusprechen und uns für morgen auf unseren Zeitplan zu einigen. Bei der Gelegenheit werde ich mir Ihr Hotel ansehen. Außerdem würde ich mich gern mit Miss Byrne unterhalten. Sie muss ja auch mit einbezogen werden.«

»Ehrlich gesagt kommt mir das alles viel zu aufwendig vor«, sagte Leonard. »Es ist ja schließlich nicht so, als wären Terroristen hinter ihr her.«

»Vielleicht, aber das ist meine Arbeitsweise«, sagte Cahill in einem Tonfall, der keinen Widerspruch duldete. Keine langen Debatten.

»Wollen Sie sich auch unseren Wagen ansehen?«, fragte Hanson.

»Nein. Wir werden unsere Autos benutzen. Ich möchte, dass ein Wagen mit zwei von meinen Leuten vorausfährt; in der Mitte werde ich Ihnen und Miss Byrne Gesellschaft leisten, und zwei weitere meiner Leute werden in einem dritten Wagen die Nachhut bilden.«

»Ist das nicht ein bisschen auffällig?«, gab Leonard zu bedenken. »Wir wollen Tara doch nicht wie eine Art Diva erscheinen lassen, die ein Sicherheitsaufgebot wie der US-Präsident benötigt. Reicht es nicht, wenn Sie bei ihr im Auto mitfahren?«

»Wenn Sie mich engagieren wollen, dann wird der Auftrag auf meine Art durchgeführt. Ende der Diskussion. Solange ich für die Unversehrtheit von Miss Byrne verantwortlich bin, ist sie der US-Präsident.«

Leonard bemühte sich, Cahills Blick standzuhalten, wich aber nach wenigen Augenblicken aus und schwieg.

»Sieht aus, als wäre alles geregelt.« Cahill wandte sich Logan zu. »Wie weit bist du mit dem Vertrag?«

Logan blätterte die letzten Seiten durch und fügte noch ein paar geringfügige Änderungen ein, ehe er erklärte, fertig zu sein, und Cahill den Vertrag reichte. »Ich lasse das jetzt abtippen, dann können wir alles unterzeichnen und uns an die Arbeit machen«, sagte Cahill und schickte sich zum Gehen an. »Falls Sie einen Kaffee möchten, wenden Sie sich vertrauensvoll an Logan.«

Als Cahill die Tür aufhielt, machte Leonard keinerlei Anstalten, den Raum zu verlassen. »Ich muss das noch mit Baring Hawkes abklären«, sagte er und deutete auf die Papiere in Cahills Hand. »Sie haben bei BH extra einen Anwalt abgestellt, der darauf wartet, von mir zu hören.«

»Nicht nötig, Devon«, sagte Cahill. »Sie können dem Knaben bei BS ausrichten, er kann nach Hause gehen und sein Wochenende genießen.«

Logan grinste hinter vorgehaltener Hand.

»BH, nicht BS«, beschwerte sich Leonard laut, als Cahill leise die Tür hinter sich schloss.

»Ich glaube, er weiß ganz genau, wie der Laden heißt, Devon«, sagte Hanson.

16

Oh, Becky, wie weit willst du die Sache denn noch treiben?

Rebecca Irvine hatte ihre persönliche Methode entwickelt, mit schwierigen Situationen umzugehen. Das Beste war, sich ohne Rücksicht auf Verluste in sie hineinzustürzen und dann so lange weiterzumachen, bis ihr keine andere Wahl mehr blieb, als innezuhalten. In diesem Fall war die schwierige Situation Roddy Hale – er und sein augenscheinliches Bestreben, von harten Drogen wegzukommen.

Wieder zu Hause, ging sie unter die Dusche, um den Schweiß, das Blut und den Schmutz der vergangenen Nacht abzuwaschen. So weit das Äußerliche. Was ihre Psyche betraf, war ihr Zustand nicht so leicht zu beschreiben. Sie versuchte sich an das Ende ihres Gesprächs mit Roddy zu erinnern, bezweifelte aber, dass sie die Worte noch zusammenbekam.

»Hast du vor, mich zu retten, Becky Reid?«, hatte Roddy gefragt. »Ist es das?«

»Musst du denn gerettet werden?«

»Was meinst du?«

»Ich denke schon, Roddy.«

»Dann rette mich.«

»Wie bitte?«

»Es ist ganz einfach. Ich kann so nicht weitermachen, jedenfalls nicht für die nächste Zeit und auch nicht in meinem derzeitigen Zustand. Andererseits kann ich nicht damit aufhören, solange ich noch das gleiche Leben führe. Die Versuchung ist viel zu groß. Ich muss damit aufhören.« Er machte eine Pause.

»Aber was kann ich tun?«, fragte sie. »Ich bin eine gerade erst geschiedene, alleinerziehende Mutter, die vom Dienst freigestellt ist. Was kann ich dir geben, was du dir nicht einfach kaufen könntest?«

»Zuflucht.«

Sie blickte Hilfe suchend zur Decke.

»Ich meine es ernst«, beharrte er. »Ich möchte diesen Mist,

der mit meiner Arbeit einhergeht, eine Zeit lang hinter mir lassen: die Presse, die Fans, die Roadies, die Agenten und die Chefetagentypen von den Plattenfirmen. Ich kann das alles nicht mehr ertragen. Ehrlich nicht.«

»Du möchtest bei mir einziehen? Bist du verrückt?«

»Muss ja nicht sein. Wir könnten auch zusammen irgendwohin fahren. Ich brauche nur ein paar Tage Abstand von dem ganzen Chaos hier. Ich bezahle auch alles.«

Rebecca starrte ihn fassungslos an. Sie war sich sicher, dass ihre Kinnlade genau das gemacht hatte, was Kinnladen in Cartoonfilmen manchmal tun: Sie war heruntergeklappt, aus den Angeln gerutscht und auf den Boden geplumpst. Roddy war ihre Mimik nicht entgangen.

»So meine ich das nicht. Nicht dass wir ein Paar werden oder so was. Ich brauche nur jemanden, der für mich da ist, verstehst du? Der mir beisteht, wenn der schwierige Teil kommt. Der mich davor bewahrt, ins Bodenlose zu stürzen. Ich kenne mich selbst doch gut genug, um zu wissen, dass ich im Moment nicht die Kraft habe, das allein zu packen. Die Zeit kommt irgendwann, sicherlich, aber noch bin ich nicht stark genug für einen Alleingang.«

Ist das nicht genau der Grund, aus dem ich hier bin?, fragte sich Rebecca. Jedenfalls hatte sie das Hannah so erklärt. Nun aber gingen ihr seine Worte einen Schritt zu weit. Nur weil sie jemandem etwas Gutes tun wollte, konnte sie sich schließlich nicht wieder mit ihm zusammentun, nachdem sie mit ihm eine ziemlich schreckliche Beziehung geführt hatte.

»Falls das mit deinem Kind für dich ein Problem ist, kannst du es gern mitbringen«, sagte Roddy. »Vielleicht wird seine Anwesenheit mir sogar helfen, mich vor dem Abdriften zu bewahren, verstehst du?«

»Ich kann meinen Sohn da nicht mit hineinziehen.«

»Dann eben nur du allein. Was immer du für richtig hältst.«

»Aber ich habe noch nicht einmal gesagt, dass ich das überhaupt tun werde. Du hörst nur das, was du hören willst. Du hast dich nicht im Geringsten verändert, Roddy.«

Er wirkte betroffen und errötete. Sogleich wurde Rebecca von ihrem schlechten Gewissen heimgesucht. Jetzt erinnerte sie sich wieder: So war es in ihrer Beziehung mit ihm immer gewesen. Sie hatte sich stets bemüht, die Erwachsene zu sein, während er sich wie ein kleines Kind benahm, sich entweder in seine Schmollecke zurückzog oder wütend mit den Füßen aufstampfte, um seinen Kopf durchzusetzen. Nein, es würde nie mit ihnen beiden klappen.

»Tut mir leid«, sagte er.

Sie sah ihn an. »Ich kann mich nicht erinnern, die Worte schon jemals aus deinem Mund vernommen zu haben, Roddy. Nicht zu der Zeit, in der wir zusammen waren – und auch danach nicht.«

»So etwas hier«, setzte er an und machte mit seinen Händen eine verlegene Geste, »lässt einen über sein Leben nachdenken. Ich weiß, dass sich das für dich wahrscheinlich anhört wie irgendein amerikanisches Psychogefasel …«

»Ja, das tut es.«

»… aber es ist wahr. Ich habe sogar eine Therapie gemacht. Und sie hat funktioniert. Zumindest für mich. Du brauchst gar nicht so abschätzig zu gucken.«

Rebecca schämte sich schon wieder. Vielleicht hatte er tatsächlich sein Leben umgekrempelt. Er klang verändert.

»Jedenfalls hat es nichts mit diesem ›Es-an-allen-Menschen-in-zwölf-Schritten-wiedergutmachen-Mist‹ zu tun«, sagte er. »Es geht nur darum, wo ich jetzt stehe. Darum, dass ich in dieser Sache Hilfe brauche. Es ist für mich nicht einfach zuzugeben, dass ich ein Wrack bin, und jemanden bitten zu müssen, mir aus dem Schlamassel herauszuhelfen. Ich bin es immer gewohnt gewesen, das Leben zu genießen, ohne mich um andere kümmern zu müssen.«

»Das brauchst du mir nicht zu sagen. Ich hab's ja miterleben dürfen, falls du dich erinnerst.«

Seufzend rieb er sich mit den Händen über das Gesicht. »Ich habe doch schon gesagt, dass es mir leidtut. Und ich habe es ehrlich gemeint. Das alles tut mir leid, okay?«

Sie musterte ihn eingehend, versuchte dahinterzukommen, ob er seine Entschuldigung ehrlich meinte oder ihr nur sagte, was er für nötig hielt, um seinen Willen zu bekommen. Trotz ihrer begründeten Vorbehalte gegen ihn – oder gegen den, der er mal gewesen war – vermochte sie einfach nicht den Stab über ihn zu brechen.

Aber was sollte sie tun? Sich in ihrem Leben eine Auszeit nehmen, gerade jetzt, wo alles langsam wieder in geordneten Bahnen verlief? Wo Logan und sie zusammen etwas aufbauen wollten?

Wenn du das tust, Becky, sagte sie zu sich, tust du es nicht für dich selbst, sondern für Roddy – weil du ihm helfen willst. Aber was war so schlimm daran, zur Abwechslung einmal jemanden retten zu wollen, statt immer nur Leute in eine Zelle zu sperren oder tote Körper vom Straßenpflaster zu kratzen?

Während sie darüber nachdachte, fiel es ihr schwer, Gegenargumente zu finden.

»Becky, hör doch mal …«

»Du hältst jetzt den Mund und hörst mir zu, ja? Ich kenne dich doch. Falls ich mich darauf einlasse – und im Moment ist das ›falls‹ noch ziemlich groß –, kommt höchstwahrscheinlich dabei heraus, dass ich dich nur eine Stunde allein zu lassen brauche und du dir gleich wieder etwas besorgst. Klebstoff, Tabletten oder was auch immer.« Er setzte zu einem Protest an, aber sie schüttelte den Kopf. »Es ist, wie es ist, Roddy. Wenn ich kurz weg bin, bist du wahrscheinlich wieder high.«

Er hielt sich zurück, spürte wohl, dass ihre Entscheidung bevorstand.

»Wenn das passiert, ist es ein für alle Mal aus. Keine Fragen, keine Erklärungen, keine Entschuldigungen. Aus.«

»Und was sagst du nun?«

Jetzt war es an ihr zu seufzen. Sie wandte den Blick von ihm ab und schaute aus dem Fenster.

»Ich gebe dir eine Chance«, sagte sie und drehte sich wieder zu ihm. »Weil du mir einmal viel bedeutet hast und weil du zu versuchen scheinst, dein Leben in den Griff zu bekommen. Aber eine weitere Chance wird es für dich nicht geben, hast du verstanden? Wenn du irgendetwas versuchst oder wenn ich …«

»Wenn du was?«

»Ach, vergiss es. Hast du mich verstanden?«

»Ja. Natürlich.«

Rebecca hatte Kleidung und Wäsche zum Wechseln für vier Tage in eine kleine Reisetasche gepackt und überlegte immer noch, was sie ihrer Mutter erzählen sollte, um sie zu überreden, auf Connor aufzupassen.

Und was sie Logan sagen sollte.

Das mit ihrer Mutter würde sie schon deichseln, aber das Gespräch mit Logan …

Es hatte sie fast anderthalb Jahre gekostet, bis sie richtig zueinandergefunden hatten. Keiner von beiden hatte über sich selbst oder seine Gefühle für den anderen sprechen wollen, während Rebecca die Trennung von ihrem Mann verkraften musste und Logan seine gesamte Energie darauf verwendete, seiner Tochter ein neues Zuhause zu schaffen. Die Aufgabe hatte er so gut gemeistert, wie es ihm überhaupt nur möglich gewesen war. Niemand hätte es besser machen können.

Letzten Endes war genau das der Grund gewesen, weshalb sie sich mit Haut und Haaren in ihn verliebt hatte. Nach den zermürbenden Begleitumständen des Todes von Ellies Mutter, nach Ellies Leidensweg und ihrer glücklichen Befreiung, war Rebecca Logan verfallen. Sie war Zeugin geworden, wie er sich des Mädchens, das er nicht kannte, das er noch nie zuvor in seinem Leben gesehen hatte, angenommen hatte, wie er alles, wofür er in seinem Leben geschuftet hatte – das Penthaus, seine Karriere, seine Ambitionen für die Zukunft –, für Ellie geopfert hatte. Alles, was seinem Bestreben, Ellie genau das zu geben, was sie brauchte, im Weg stand, wurde schlichtweg beiseitegeräumt. Vielleicht hatte seine Motivation auch etwas mit schlechtem Gewissen zu tun, mit dem Gefühl, Ellie verpflichtet zu sein, aber als Beobachterin war Rebecca nahe genug dran gewesen, um zu sehen, dass sein Verhalten zum überwiegenden Teil einfach seine Art war.

Wie also hätte sie sich da nicht in ihn verlieben können?

Und wie Hannah schon so richtig bemerkt hatte, war Logan als Mann ja auch nicht gerade von der unattraktiven Sorte.

Es war an einem Freitagabend passiert. Nach einem Tag mit ihren beiden Kindern waren sie in Logans Apartment gekommen. Logan und sie hatten es sich auf der Couch bequem gemacht, während Ellie sofort in ihr Zimmer gegangen und auf der Stelle eingeschlafen war. Connor war es auf Logans Bett ähnlich ergangen.

Logan hatte den Kopf auf die Couchlehne gelegt, sie angesehen, und sie hatte den ersten Schritt gemacht. Sie hatte sich an ihn geschmiegt und mit ihren Lippen nach seinen gesucht. Sie waren so warm gewesen, dass die Berührung ein wohliges Kribbeln in ihr auslöste. Dann hatten sie sich so lange geküsst, dass es ihr wie eine Ewigkeit vorgekommen war, und sich an den Händen gehalten, bis er schließlich seinen Arm um ihre Taille gelegt und sie näher an sich gezogen hatte.

Das war ihr erstes kleines Stelldichein gewesen – kurz, aber heftig.

Logan hatte Ellie nicht gleich von ihnen beiden erzählt – damit hatte er noch bis nach ihrem ersten richtigen Date gewartet. Anschließend kühlte das Verhältnis zwischen ihr und Ellie ein wenig ab, was aber auch verständlich war und der Grund dafür, dass sie ihre Beziehung langsam angehen ließen. Keine Übernachtungen in der Wohnung des anderen – obwohl sie beim letzten Mal die Regel doch beinahe gebrochen hatten. Rebecca hatte es gespürt, als sie am Ende des Abends eng aneinandergekuschelt in der Dunkelheit ihres Wohnzimmers gestanden hatten. Sie hatte gemerkt, dass er sie eine Spur leidenschaftlicher küsste als sonst und sie noch stärker an sich drückte. Und auch bei ihr war das Begehren heftiger denn je. Das letzte Mal war bei ihnen beiden schon eine ganze Weile her.

Doch der Abend hatte schließlich wie immer geendet – Logan war zu der zweiten weiblichen Person in seinem Leben heimgekehrt: zu Ellie. Rebecca war nichts anderes übrig geblieben, als ihr Verlangen in jener Nacht selbst zu stillen.

Immer die gleiche alte Geschichte.

17

Rebecca zog sich an, trug die Reisetasche ins Wohnzimmer hinunter und rief ihre Mutter an. Sie kam sich vor wie ein nervöser Teenager, der sich bei seinen Eltern meldete, nachdem er zum ersten Mal eine Nacht nicht zu Hause verbracht hatte.

»Wo hast du bloß die ganze Zeit gesteckt?«, wollte ihre Mutter wissen.

Keine gute Begrüßung, aber immerhin fragte sie nicht nach dem Konzert. Seit Rebeccas Eltern im Ruhestand waren, sahen sie sich nur noch selten die Nachrichten im Fernsehen an und lasen nicht einmal mehr regelmäßig die Zeitung. Ihr Vater hatte mal erklärt, dass niemand die schrecklichen Neuigkeiten bräuchte.

»Ihr müsstet Connor bitte noch ein bisschen länger bei euch behalten, Mum. Geht das?«

Schweigen. Dann: »Was ist denn los?«

»Gar nichts ist los. Ich brauche nur noch ein bisschen Zeit für mich.«

»Wegen Logan?«

»Ja.«

Die Lüge machte es leichter für sie.

»Und wie lange ist ein bisschen? Ein Tag, eine Woche? Ich habe auch mein eigenes Leben, wie du weißt. Dass dein Vater und ich nicht mehr arbeiten, bedeutet noch lange nicht, dass wir nichts zu tun haben.«

»Ich weiß ja, Mum, schon gut. Und ich bin euch auch sehr dankbar für alles, was ihr für mich getan habt, seit Tom und ich …«

»Wie lange denn nun?«

»Nur übers Wochenende; bis Dienstag.«

Pause. »In Ordnung. Aber dafür braucht er mehr Kleidung.«

»Ihr habt doch noch meinen Schlüssel, oder? Kommt einfach vorbei und holt euch, was ihr braucht.«

»Du willst jetzt schon los? Du hast nicht einmal Zeit, vorbeizukommen und deinem Sohn auf Wiedersehen zu sagen?«

»So ist es einfacher für ihn. Ich bin nie länger als eine Nacht von ihm getrennt gewesen, ich denke, dass es so besser ist. Sonst sind wir nachher beide traurig, und solange er von dir und Dad verwöhnt wird, vermisst er mich sowieso nicht.«

»Wohin fährst du eigentlich? Das sollte ich doch wenigstens erfahren.«

Zwar war die Stimmung zwischen ihnen jetzt frostig, aber Rebecca hatte ihre Mum rumgekriegt.

»Ich weiß noch nicht genau. Es ist alles ein bisschen spontan. Ich rufe euch an, wenn ich angekommen bin.«

»Na schön. Aber pass auf dich auf.«

Als Rebecca die Fernbedienung an ihrem Zündschlüssel drückte, leuchteten die Blinker an ihrem Auto auf, und die Türen wurden entriegelt. Die Sonne schien ihr warm auf den Rücken, als sie die Tasche in den Kofferraum lud und die Klappe eine Spur zu laut zuschlug.

Sie setzte sich hinters Steuer und steckte den Schlüssel ins Zündschloss. Einen Moment lang hielt sie inne, legte die Hände in den Schoß und blickte die verlassene Wohnstraße hinunter. War das, was sie hier tat, eine Art Reaktion darauf, vom Dienst freigestellt zu sein und sich nutzlos zu fühlen? Wollte sie damit einen kleinen Teil ihres früheren Selbst zurückerobern?

Was immer es war, es nahm nun seinen Lauf, und es war

zu spät, um noch etwas daran zu ändern. So dachte sie zumindest. *Jetzt kann ich keinen Rückzieher mehr machen.*

Sie nahm ihr Handy vom Beifahrersitz und ging ihr Adressbuch durch, bis sie Logans Nummer fand. Sie zögerte, legte das Telefon wieder zurück. Lieber wollte sie in seine Wohnung fahren. Vielleicht war er ja zu Hause, dann würde sie ihm alles von Angesicht zu Angesicht erklären. Und falls nicht, konnte sie ihn immer noch anrufen.

Als sie losfuhr, dachte sie wieder an jenen ersten langen Abend mit Logan in ihrem Wohnzimmer. Den Wagen, der hinter ihr aus der Parklücke fuhr und ihr im Abstand von fünfzig Metern folgte, bemerkte sie nicht.

18

Carl Hudson saß in einer Filiale von *All Bar One* in der Glasgower Innenstadt auf einem braunen Ledersofa und trank einen verspäteten Morgenkaffee, als sein Handy klingelte. Er griff danach und blickte auf das Display, das den Anrufer lediglich als »Drei« ankündigte.

»Was ist los?«, fragte er, nachdem er rangegangen war.

»Sie war heute früh bei sich zu Hause.«

Hudson drehte sich um und schaute durch das Fenster im ersten Stock auf die Straße hinunter. Er kniff die Augen zusammen, da die Sonne ihn blendete. »Und?«

»Wir sind ihr von dort gefolgt. Sie wollte jemanden besuchen, der aber offenbar nicht zu Hause war. Seit einer halben Stunde sitzt sie jetzt in ihrem Wagen und guckt an diesem Haus hoch. Anscheinend möchte sie diesen Jemand unbedingt treffen.«

Hudson beobachtete eine Mutter, die mit ihren beiden Kindern, einem Jungen und einem Mädchen, die Straße überquerte. Die Kinder mussten im frühen Teenageralter oder noch jünger sein und verständigten sich mit Zeichensprache. Fasziniert sah er zu, wie sich auch die Mutter an der stummen Unterhaltung beteiligte. Von seinen Bewegungen und dem angestrengten Gesichtsausdruck her, wenn er sich verständlich machte, sah es für Hudson so aus, als wäre der Junge derjenige unter ihnen mit dem Hörproblem. Ansonsten verhielten sich die drei wie eine ganz normale Familie, die sich etwas zu erzählen hat: Sie lachten, zogen die Stirn kraus und ignorierten den anderen auch einfach mal. Es wirkte alles so selbstverständlich, so … stimmig. Hudson nahm sich vor, mit seiner Frau zu telefonieren, wenn er diesen Anruf erledigt hatte.

»Was sollen wir tun?«, fragte Nummer drei.

»Das wisst ihr genau. Erfüllt gefälligst euren Auftrag.«

Ein, zwei Sekunden lang herrschte Schweigen.

»Sie möchten, dass wir es jetzt machen?«

Hudson seufzte. Bullen und sonstige Schnüffler verfügten heutzutage über allerhand Überwachungsmöglichkeiten, sodass man mit Gesprächen über Mobiltelefone vorsichtig sein musste. Nummer drei hatte zwar bisher nichts Inkriminierendes gesagt, dennoch war Hudson sich immer noch nicht sicher, ob er und Nummer fünf auch die geeigneten Leute für den Auftrag waren. Das Problem war, dass er wegen des anderen Jobs, der morgen über die Bühne gehen sollte und für den er noch eine Menge vorbereiten musste, niemand anderen aus seinem Team erübrigen konnte.

Nummer drei war erst vor Kurzem dazugestoßen, und Hudson kannte ihn noch nicht besonders gut. Er brachte sämtliche körperlichen Voraussetzungen für den Beruf mit, aber mit seinen sechsundzwanzig Jahren war er noch ziemlich jung, und Hudson sorgte sich, dass er noch zu unerfahren sein könnte. Aber zum Teufel mit diesem Gedanken. Erwogen die beiden etwa ernsthaft, im hellen Tageslicht und an einem Samstag mitten in einer Wohngegend im Süden Glasgows zuzuschlagen?

Macht ihr nur.

»Nein, ich möchte nicht, dass ihr das jetzt schon erledigt«, sagte er möglichst beiläufig. »Behaltet sie nur im Auge und wartet den richtigen Zeitpunkt ab, okay? Wie ich schon sagte – es muss alles schnell gehen und beim ersten Versuch klappen.«

»Also lieber, wenn es dunkel ist?«

»Genau.«

»Damit es so aussieht, als wäre es zufällig auf der Straße passiert?«

»Genau.«

»Verstanden. Sollen wir uns vorher noch bei Ihnen melden, Boss? Oder erst danach?«

»Danach.«

Hudson drückte die rote Taste seines Telefons. Er hätte jetzt gern mit seiner Frau gesprochen, aber es war Zeit für ein Treffen mit einem Mittelsmann seines Auftraggebers. Er sollte Hudson heute Mittag noch etwas unbedingt Notwendiges für die Sache übergeben. So dachte Hudson über seine Jobs, als Sachen – selbst wenn er sich nur in Gedanken mit seinen Aufträgen beschäftigte, benutzte er für sie stets unverfängliche Ausdrücke, damit ihm nie etwas Verräterisches herausrutschte. Es war immer der Typ an dem Ort zu der und der Zeit wegen dieser und jener Sache.

Er blieb noch einen Moment lang sitzen und entschied dann, dass seine beruflichen Angelegenheiten Vorrang hatten.

Er hatte gerade den letzten Schluck Kaffee getrunken, als das Handy schon wieder klingelte. Eine Nummer, die ihm nichts sagte.

Er meldete sich mit »Mhm«.

»Sind das … Sind Sie das?«

Das musste der Typ sein, der mit dem Notwendigen.

»Ich bin derjenige.«

»Nun … Also … Ich hab's. Ich meine, ich habe das, was Ihnen noch fehlt.«

»Gut. Wir treffen uns am abgemachten Ort. In einer Stunde.«

Er beendete das Gespräch, ohne eine Antwort abzuwarten.

19

Es war zu warm, um draußen in der Sonne zu stehen, aber auch im Auto war es ohne Klimaanlage zu stickig, also wählte Rebecca Irvine den unumgänglichen Mittelweg: Sie ließ den Motor jeweils zehn Minuten lang im Stand laufen, während sie das Gebläse der Klimaanlage auf Maximalstärke drehte. Wenn es im Auto kühl geworden war, schaltete sie den Motor wieder aus, um nicht noch mehr Benzin zu vergeuden. Trotzdem begann das ewige Hin und Her ihr auf die Nerven zu gehen. Zudem hatte sie keine Ahnung, wie lange Logan fortbleiben würde.

Fünf Minuten noch.

Eine weitere halbe Stunde später kam Logan angejoggt. Rebecca war gerade mit der Zündung ihres Autos beschäftigt gewesen und sah ihn erst, als er bereits die Tür aufgeschlossen hatte und im Haus verschwand.

Sie wollte eben die Autotür aufreißen, als sie sich eines Besseren besann. Sie klappte die Sonnenblende herunter, um im Spiegel schnell ihr Aussehen zu überprüfen. *Gar nicht mal so übel.* Eine Minute lang zupfte sie an ihrem Haar herum und überlegte, ob sie Lippenstift auflegen sollte, entschied sich aber dagegen. Sie wandte das Gesicht hin und her, um sich aus allen Winkeln zu betrachten, und reckte sich schließlich, um auch noch ihren Brustansatz zu überprüfen, der unter ihrem schwarzen Top zum Vorschein kam.

»Man tut, was man kann«, sagte sie schließlich und trat in den Sonnenschein hinaus.

Die Hitze stieg flimmernd vom Asphalt auf. Wenn man über die Straße hinwegsah, verschwamm der Blick. Es war viel zu warm für September; bestimmt über fünfundzwanzig Grad. Sie hätte wohl besser Shorts statt Jeans anziehen sollen.

Sie war nicht besonders gut vorbereitet. Es gehörte nicht zu ihren Stärken, Nachrichten zu überbringen, die an sich zwar nicht übermäßig schlecht waren, aber mit Feingefühl vorgetragen werden mussten, um sie nicht doch unerfreulich klingen zu lassen. Aber dafür war es jetzt zu spät. Es musste einfach raus. Ehrlich und offen.

Ich fahre für ein paar Tage mit Roddy aufs Land. Du weißt doch, wer Roddy ist? Mein Exfreund, der es als Rockstar zum Millionär gebracht hat.

»Vielleicht doch lieber nicht«, murmelte sie, während sie Logans Klingelknopf drückte.

»Jau«, meldete er sich.

»Da scheint aber jemand gute Laune zu haben«, sagte sie zur Begrüßung und musste lächeln.

»Hallo. Komm rauf.«

Ein Summton ertönte, und die Tür entriegelte sich. Rebecca drückte dagegen und betrat das Treppenhaus. Kahle, verputzte Wände, zweifarbig gestrichen: unten gelb und oben rot.

Als sich Logans Wohnungstür öffnete, hallte das Geräusch durchs ganze Treppenhaus. In dem Gebäude war es deutlich kühler als draußen, auf Rebeccas nackten Armen bildete sich Gänsehaut. Langsam machte sie sich an den Aufstieg und bemühte sich, möglichst gleichmäßig zu atmen – ein Vorhaben, das jedoch vom Hämmern des großen roten Muskels in ihrer Brust und dem warmen Kribbeln, das sich zwischen ihren Schenkeln bemerkbar machte, durchkreuzt wurde.

Logan lehnte mit verschränkten Armen am Türrahmen. Er trug sein eng anliegendes CPO-Polohemd, das den Blick auf seine kräftigen Muskeln gestattete, die er sich mit Chris Washington antrainiert hatte und auf die er zu Recht stolz war. Auch Rebecca hatte durchaus nichts gegen eine kräftige Brust und breite Schultern einzuwenden – nur auf den Bizeps konnte sie gut verzichten.

Sie streckte sich und hauchte ihm einen Kuss auf den Mund. Das warme Kribbeln in ihr wuchs zu einem wohligen Lodern. Sie betrat die Wohnung, er schloss die Tür hinter ihr und folgte ihr ins Wohnzimmer, wo tonlos der Fernseher lief – irgendeine Samstagnachmittagsportsendung. Köpfe mit sich bewegenden Mündern gaben lautloses Blabla von sich.

»Ich habe dich gestern im Fernsehen gesehen«, sagte er. »Endlich bist du berühmt.«

Sie wusste, dass er sich alle Mühe gab, möglichst beiläufig zu klingen, trotzdem konnte er seine Besorgnis nicht ganz verhehlen. Nun, sie war eben Polizistin und konnte nicht aus ihrer Haut.

»Das war ziemlich peinlich, nicht wahr? Es tut mir leid, dass ich am Telefon so komisch gewesen bin.«

Er steckte die Hände in die Taschen seiner Khakihose und zuckte mit den Achseln. Die Geste erinnerte sie an einen Fünfjährigen, der eine Moralpredigt über sich ergehen lassen musste.

»Der Abend gestern war – wie soll ich sagen? Ich glaube, ich habe mich danebenbenommen.«

»Aber dir ist nichts passiert?«, fragte er und blickte auf seine nackten Füße. »Nach dem, was ich davon mitbekommen habe, scheint es ja ziemlich schlimm gewesen zu sein.«

»War's auch. Aber mir geht's gut. Unkraut vergeht eben nicht.«

Sie wurde zunehmend verlegen, merkte, wie gekünstelt ihre Stimme klang, wenn sie so tat, als nähme sie das Erlebte auf die leichte Schulter, obwohl eher das Gegenteil der Fall war. Gott, das hier war wirklich verkrampft. Warum musste es zwischen ihnen immer so kompliziert sein? Wahrscheinlich hatten sie beide einfach zu viel hinter sich.

»Du bist doch kein Unkraut«, sagte er und sah sie an.

Küss mich, zieh mich zu dir, küss mich, reiß mir die Klamotten vom Leib und fick mich endlich.

Aber sie hielt sich zurück. Brave Mädchen benutzten keine Wörter wie »ficken«.

Stattdessen setzte sie sich auf die Couch und starrte aus dem Fenster. Logan rührte sich nicht von der Stelle. Würde es so enden, dachte sie, bevor es auch nur richtig begonnen hatte?

»Ich war bei Roddy im Krankenhaus.«

»War ja nicht zu übersehen.«

Hörte sie einen Vorwurf in seiner Stimme? War er auf Streit aus?

»Er war in einer ziemlich üblen Verfassung. Drogen und so.«

Sie sah zu ihm hoch, merkte gerade noch, dass er sie angesehen hatte. Jetzt wandte er den Blick von ihr ab und dem stummen Bildschirm zu. Was hatte sie in seinen Augen gesehen? Eifersucht? Vielleicht Verlangen? Oder war das reines Wunschdenken?

Jemand oder etwas in ihrem Kopf stieß einen Schrei aus.

Warum musste er es ihr nur so schwer machen? Warum musste dieses Gespräch so einseitig verlaufen? Aber er blieb so stumm wie die quasselnden Köpfe auf dem Bildschirm.

Sie erhob sich und spuckte ihm alles vor die Füße, sprach in stakkatohaften Sätzen. »Er hat mich gefragt, ob ich ihm helfen kann. Ob ich eine Zeit lang mit ihm wegfahre, damit er von alldem wegkommt. Von den Verlockungen. Ich habe Ja gesagt.«

Logan schwieg weiterhin und starrte den Fernseher an. In diesem Moment wurde Rebecca bewusst, dass sie ihn noch niemals wütend erlebt hatte. Vielleicht ließ er seine Wut nicht nach draußen dringen. Vielleicht fraß er sie in sich hinein.

»Ich fahre heute noch. Jetzt gleich. Ich wollte es dir nur sagen, damit du es weißt …«

Er sah sie an, Schatten unter den Augen von den Gewitterwolken, die sich in seinen Gedanken zusammenbrauten. »War's das?«, fragte er.

Zitterte seine Stimme etwa? Gab es Anzeichen von aufwallenden Gefühlen?

Küss mich, schrie die Stimme in ihrem Kopf.

»Nein«, sagte sie und machte einen Schritt auf ihn zu. »Logan …«

Was? Ich liebe dich? Ich will dich? Was? Sag doch etwas, Becky!

Sein Mund schließt sich um den ihren, seine Hände streichen über ihren Rücken. Er zerrt an ihrem Hemdchen. Sie fühlt, wie die Haut auf ihrem Rücken entblößt wird, als der Stoff hochrutscht. Spürt einen Stromschlag, als seine Finger über ihre nackte Haut gleiten.

Ob Ellie wohl hier ist? Sie kann nur noch daran denken, ehe eine heiße Flut über sie hinwegspült und ihre Zungen in einem Mund verschmelzen.

Sie wartet nicht auf ihn. Zu viele Monate liegen hinter ihr. Sie zieht ihm das Polohemd über den Kopf und berührt mit den Händen seine Brust. Ihre Finger drücken sich in die weiche Haut und die harten Muskeln darunter.

Dann manövriert er sie aus dem Wohn- in sein Schlafzimmer, während ihre Münder nicht voneinander lassen können.

Sie stolpern durch die Tür, er stößt sich am Rahmen den Ellbogen, lässt aber nicht von ihr ab. Nichts kann sie jetzt noch trennen.

Im Schlafzimmer streckt er die Arme aus und zieht ihr das Hemdchen über den Kopf. Luft liebkost ihre Haut. Und dann ist er hinter ihr, seine Finger lösen den Verschluss ihres BHs und wandern um sie herum, bis sie unter ihrem Busen sind. Er streicht an ihren Brüsten hoch, streift ihre Brustwarzen.

An die Einzelheiten dessen, was danach passiert, würde sie sich später nur noch schemenhaft erinnern können.

Er stößt sie aufs Bett, bedeckt ihren Bauch mit Küssen und dann …

Und dann.

Sie spürt seine angespannten Muskeln, während er sich an ihr hochschiebt und dann in sie eindringt. Sie öffnet die Augen und blickt in sein Gesicht über dem ihren. Auch er lässt sie mit seinen Augen nicht los.

Er bewegt sich in ihr. Zuckende Stöße, die sie zur Ekstase treiben.

Sie streicht mit ihren Händen über seinen Rücken; umschließt ihn mit ihren Beinen und presst ihre Füße auf seinen Po, treibt ihn zum Weitermachen an, drückt ihn in sich hinein.

Sein Atem geht schneller, sein Tempo verlangsamt sich.

Sie fühlt, wie er in ihr pulsiert.

Eine Weile lang sagen sie nichts, liegen Seite an Seite auf dem Bett. Dann dreht sie sich zu ihm um, greift seine Hand. »Das habe ich so dringend gebraucht«, sagt sie.

Er lacht und nickt.

Roddy kann warten.

20

Als Rebecca zum Krankenhaus fuhr, spürte sie beim Lenken und Schalten immer noch ein Muskelzittern in ihren Armen. Konnte es sein, dass die Sache mit Logan doch nicht zum Scheitern verurteilt war? Jedenfalls nicht, was den Sex betraf.

Sie versuchte sich zu erinnern, ob es mit Tom je so schön gewesen war.

Oder überhaupt mit jemandem.

Nein, beschied sie. Oder war es einfach nur schon zu lange her?

Als sie auf den Parkplatz einbog, hatte sich die Medienpräsenz im Vergleich zu vor wenigen Stunden verringert. Vor der Tür der Notaufnahme wartete ein einziges Aufnahmeteam, und selbst das schien nicht mehr allzu erpicht darauf zu sein, auf Biegen und Brechen eine Story zu ergattern. Der Kameramann saß in der geöffneten Laderaumtür des Aufnahmewagens, schlürfte Cola und wirkte gelangweilt. Da es so aussah, als würde niemand sterben, verzogen sich die Geier, wie Rebecca mit Erleichterung konstatierte. Nachdem sie sich schließlich selbst inmitten des Tumults befunden hatte, überraschte es sie noch immer, dass es keine Toten gegeben hatte.

Roddy war prominent und schwer verletzt, also eigentlich ein gefundenes Fressen für die Medien, doch der Umstand, dass in der Panik, die seinem Sturz von der Bühne gefolgt war, niemand zu Tode gekommen war, bedeutete, dass weder die Boulevardpresse noch die lokalen Nachrichtensender ihm etwas anhängen konnten. Ein gebrochenes Bein und mehrere Gehirnerschütterungen waren die ernstesten Verletzungen, von denen zu berichtet war.

Rebecca hoffte, sich an dem Aufnahmeteam vorbeischleichen zu können, ohne ihren Miniauftritt als Star im Reality-TV wiederholen zu müssen. Sie kurvte so lange auf dem Parkplatz in der Hoffnung herum, dass irgendwo in unmittelbarer Nähe der Ausfahrt eine Lücke frei würde, sodass sie bei Bedarf rasch verschwinden konnte, bis ihr das Glück hold war. Eine zu Tode erschöpft wirkende Schwester, die nicht einmal ihren Dienstkittel abgelegt hatte, ließ sich zwei Reihen von der Ausfahrt entfernt auf den Fahrersitz eines Ford Fiesta fallen und fuhr davon.

Nachdem sie den Wagen abgestellt hatte, band Rebecca sich das Haar mit einem schwarzen Gummi hoch, setzte ihre Sonnenbrille auf und zog sich eine von Logans Baseballkappen so tief ins Gesicht, dass der Schirm fast den oberen Brillenrand berührte.

Als sie sich von ihrem Auto entfernte, behielt sie den Wagen des Fernsehteams im Auge und bewegte sich parallel dazu, bis sie sich hinter ihm befand. Dann ging sie rasch um das Heck des Fahrzeugs herum und zum Eingang des Krankenhauses – unbemerkt sowohl vom Kameramann als auch von der Reporterin, die auf dem Beifahrersitz gerade ihr Make-up auffrischte.

In der Notfallaufnahme herrschte relative Ruhe. Die meisten der Verletzten vom Messezentrum waren bereits versorgt und entweder nach Hause entlassen oder auf andere Abteilungen verlegt worden. Die Schwester vom Abend zuvor hatte wieder Dienst, und als sie Rebecca sah, winkte sie sie sofort durch die automatische Tür, durch die man in die grün getünchten inneren Heiligtümer des Krankenhauses gelangte.

Irgendwo hatte Rebecca gelesen, dass Grün eine beruhigende Farbe sein sollte. Wahrscheinlich wählten die meisten Krankenhäuser irgendeinen Grünton – hier eher eine Art Türkis – für ihre Wände, um die Patienten in eine ausgeglichene Stimmung zu versetzen. Und trotzdem wurde ihr von der Farbe in Verbindung mit den grellen Neonröhren an der Decke und dem typischen Krankenhausgeruch aus Desinfektions- und Reinigungsmitteln sowie Blut und anderen Körperflüssigkeiten schlecht.

Rebecca hasste Krankenhäuser, hatte sich durch ihren Beruf schon viel zu häufig in ihnen aufgehalten.

Und sie hatte zu viel Blut gesehen.

Während ihrer bisherigen Laufbahn hatte es vier Tote gegeben: genau vier zu viel.

Im zweiten Monat nach Beendigung ihrer Ausbildung an der Polizeiakademie von Tulliallan Castle war sie zu einem Einsatz gerufen worden, weil Nachbarn in einem Block mit Sozialwohnungen im Osten von Glasgow sich über Partylärm beschwert hatten. Als sie und ihr älterer Kollege dort eintrafen, fanden sie auf der Straße vor dem Haus eine Gruppe Minderjähriger vor, die allesamt zu tief ins Glas geschaut hatten und das auch jeden Anwohner der Straße wissen ließen – um drei Uhr morgens.

Die Party löste sich sofort auf, nachdem sie an der betreffenden Wohnungstür geklingelt hatten. Die Drogen wurden die Toilette hinuntergespült, die Dealer suchten das Weite, der Auftrag schien erledigt.

Bevor sie aufs Revier zurückfuhren, um den Bericht aufzusetzen, wollten Rebecca und ihr Kollege allerdings noch ein letztes Mal durch die Wohnung gehen. Sie hatte den Jungen gefunden. Allerhöchstens drei Jahre alt, lag er in dem winzigsten Zimmer zusammengerollt unter seinem Bettchen. Rebecca glaubte, er würde schlafen. Als es ihr nicht gelang, den blonden Fratz zu wecken, kniete sie sich auf den Fußboden und griff unter das Bett, um ihn wachzurütteln. Dabei bemerkte sie eine Flasche mit flüssigem Methadon in seiner kleinen Hand. Eine leere Flasche.

Bloß noch ein schwacher Puls, Blaulicht, Notfallmediziner in grünen Kitteln.

Dann eine lange Nacht im Krankenhaus.

Für den Kleinen die längste Nacht. Nicht enden wollend. Für immer und ewig.

Es war das letzte Mal, dass ihre Arbeit sie zum Weinen gebracht hatte. Die Tränen trockneten sechs Monate nicht, bis die Gerichtsverhandlung gegen die Eltern beendet war, bei der auch Rebecca in den Zeugenstand hatte treten müssen. Zumindest konnten sie die Köpfe nicht aus der Schlinge ziehen, indem sie sich schuldig bekannten. Beide saßen in Untersuchungshaft, bekamen aber einen Pflichtverteidiger. Finanziert durch Rebeccas Steuern – damit die Mörder eines kleinen Engels, den sie eigentlich hätten beschützen sollen, bis er selbst ein Mann war, möglichst den besten Kronanwalt weit und breit bekamen.

Auch wenn die Eltern am Ende doch schuldig gesprochen würden – der Umstand machte Rebecca krank.

Lasst Recht walten. Aber das genügte nicht; man musste auch *sehen* können, wie es waltete. Der Angeklagte gilt als unschuldig, bis die Anklage seine Schuld bewiesen hat. Jeder hat Anspruch auf ein faires Verfahren, auf kompetente Verteidigung vor Gericht. Menschenrechte und all das.

Nemo me impune lacessit.

Das Motto auf dem Wappenschild in jedem schottischen Gerichtssaal.

Niemand reizt mich ungestraft.

Wie wäre es also mit je fünf Jahren Haft? Nach der Hälfte kämen sie sowieso raus. Ihr Kind liegt unter der Erde, und die Eltern würden im Pub feiern.

21

Roddy saß auf einem Stuhl neben seinem Bett. Er trug eine Cargohose und ein verwaschenes schwarzes Sex Pistols-Shirt, nippte an einem angeschlagenen Krankenhausbecher mit Tee und blätterte in einer drei Monate alten Ausgabe der Zeitschrift *Hello!*.

Die einzige weitere Person im Raum war seine Bandmanagerin, eine dünne Frau mit elfengleichen Zügen und kurzen schwarzen Haaren, die den Eindruck, sie stamme nicht von dieser Welt, noch verstärkte. Mit ihrem Handy telefonierend lief sie vom einen Ende des Zimmers zum anderen und zurück. Es war die Frau, die nach Roddys Sturz von der Bühne zu ihm hinuntergesprungen war.

Die Bandmanagerin verzog das Gesicht, als Rebecca hereinkam, und beendete abrupt ihr Telefonat. »Ich melde mich dann später wieder.« Roddy blickte auf und lächelte.

»Weißt du eigentlich noch, was du dabei bist zu tun?«, beschwerte sich die Managerin bei ihrem Schützling. »Mitten während der Tour Ferien zu machen! Die werden uns mit ihren Schadenersatzansprüchen die Bude einrennen.«

Unüberhörbar Engländerin. Public School in Reinkultur. Trotzdem redete sie, als wäre sie lieber Amerikanerin. Wahrscheinlich sagte sie auch *Pampers* statt *Windeln* und *Lift* statt *Fahrstuhl*.

»Es ist meine Sache«, bemerkte Roddy, »nicht deine.«

»Du weißt ganz genau, was ich meine.«

»Außerdem kann man das wohl kaum als Ferien bezeichnen. Bist du gestern Abend etwa nicht dabei gewesen, als ich einen Hechtsprung von der Bühne gemacht habe?«

»Der Arzt sagt, dass du in etwa einer Woche wieder voll auf dem Damm bist«, sagte sie mürrisch. »Wir sind noch vier Wochen lang ausgebucht. Hast du vergessen, dass wir wegen deiner … Vorlieben nur eine begrenzte Ausfallversicherung abschließen konnten?«

»Ich muss mal raus aus allem, klar? Mein Entschluss steht fest. Ich hätte es schon längst tun sollen. Entweder das, oder sie können mich bald einbuddeln.«

»Das wäre vielleicht gar nicht mal so schlecht«, warf Rebecca ein. »Was meinst du, wie die Verkäufe deiner Platten dann in die Höhe schnellen?«

Roddy grinste, aber die Managerin warf Rebecca einen finsteren Blick zu. »Es gibt wohl nichts, womit ich dich umstimmen könnte?«, fragte sie.

»Nichts«, antwortete Roddy.

Sie seufzte und spielte mit ihrem Handy. »Ist dir klar, mit was für einem Haufen Scheiße ich mich jetzt beschäftigen muss? Von der Plattenfirma über den Konzertveranstalter bis hin zu …«

»Dafür kriegst du auch nicht gerade wenig Kohle. Stell dich also nicht so an.«

Rebecca musterte die Frau von oben bis unten. Sie sah tatsächlich nach Geld aus: manikürte Hände und pediküre te Füße, exquisit lackierte Fingernägel, Designerklamotten vom Scheitel bis zur Sohle.

Die Managerin machte keine Anstalten, klein beizugeben, aber Roddy erhob sich und ergriff einen auf abgewetzt getrimmten grünen Seesack, dem man trotzdem ansah, dass er gerade erst gekauft worden war. »Gehen wir.« Noch etwas unsicher auf den Beinen umrundete er das Bett und reichte Rebecca sein Gepäck. »Es macht dir doch nichts aus, oder? Ich fühle mich immer noch ein bisschen wackelig.«

»Ist es denn gut, wenn du jetzt schon das Krankenhaus verlässt?«

»Nein«, beantwortete die Managerin ihre Frage.

»Aber ich halt's hier keine Minute länger aus«, erklärte Roddy.

Rebecca nahm den Seesack und warf ihn sich über die Schulter, während Roddy sich an ihrem Ellbogen festhielt. Sie musterte ihn kritisch, aber er wirkte tatsächlich fit genug, um zu verreisen.

»Na gut, wenn ich dich schon nicht aufhalten kann«, sagte seine Managerin, »dann lass mich dir wenigstens helfen, das Krankenhaus zu verlassen, ohne dass du den Pressetypen in die Arme läufst.«

»Von denen sind nicht mehr viele da«, sagte Rebecca.

»Vermutlich sind die bloß einen Happen essen. Der Arzt hat ihnen gesteckt, dass Roddy mindestens noch einen weiteren Tag bleibt.«

»Oh.« Mehr fiel Rebecca nicht ein, aber sie war froh, einen günstigen Zeitpunkt abgepasst zu haben.

»Jetzt wartest du schön brav hier, bis ich jemanden organisiert hab, der dich durch einen Seiteneingang herauslässt.«

»Mein Auto steht ganz hinten auf dem Parkplatz, gleich bei der Ausfahrt.«

»Dann würde ich damit mal näher ranfahren, meine Guteste.«

Rebecca nahm einen tiefen Atemzug und zählte im Geist bis zehn.

22

Nummer drei war sauer, weil Hudson ihn vorhin so abgefertigt hatte. Er war schließlich kein Idiot und schätzte es dementsprechend auch nicht, wie einer behandelt zu werden. Das hatte er in der Armee zu Genüge ertragen müssen. Jetzt, wo er ein professioneller Dienstleister war, erwartete er, dass ihm etwas mehr Respekt entgegengebracht wurde. Trotzdem war ihm bewusst, dass man auch im zivilen Leben nicht ohne eine gewisse Hierarchie auskam, also schluckte er seinen Ärger hinunter und konzentrierte sich wieder auf den Job, den er zu erledigen hatte.

Nummer fünf hatte am Steuer gesessen, als sie der Polizistin zum Krankenhaus gefolgt waren. Mit seinen knapp eins achtzig war Drei fünf Zentimeter größer als Fünf, aber dafür war dieser ein häufiger Besucher des Fitnessstudios, wo er seinen muskelbepackten Körper trainierte.

Sie hatten beschlossen, außerhalb des Krankenhausgeländes ihren Posten zu beziehen und der Frau nicht auf den Parkplatz zu folgen. Das hätte nicht nur ihren Verdacht wecken können, auch konnten sie von hier aus besser sehen, wenn sie wieder herauskam.

Dann war es so weit, und sie trat aus der Tür. Es war kurz vor zwei, und die Sonne brannte heiß vom wolkenlosen Himmel. Noch immer trug sie diese Baseballmütze und legte ein flottes Tempo an den Tag, als sie den Parkplatz zu ihrem Auto überquerte.

Sie wechselten sich damit ab, versäumten Schlaf nachzuholen, und Nummer fünf döste gerade auf dem Fahrersitz. Drei versetzte ihm einen Rippenstoß und wies mit dem Kinn auf die Polizistin. Fünf rieb sich die Augen und blinzelte in Richtung Parkplatz, bis er sie entdeckt hatte. Sie hatte gerade ihren Wagen erreicht.

»Überprüf mal den Tracker«, sagte er, während er die Polizistin nicht aus den Augen ließ.

Drei klappte den Handschuhkastendeckel auf und nahm ein kleines Gerät heraus, mit dem man einem GPS-Signalgeber folgen konnte. Einen solchen hatten sie an der Unterseite ihres Autos befestigt, als sich die Polizistin vorhin in der Wohnung aufgehalten hatte. Weil der Wagen nicht weit entfernt stand, ertönte ein lautes Signal, und Nummer drei nickte zufrieden.

Schweigend beobachteten sie, wie die Frau in den Wagen stieg.

»Jetzt ist sie unterwegs«, sagte Nummer drei, als der Wagen rückwärts aus der Parkbucht fuhr und hinter einem Krankenhausgebäude verschwand.

Sie warteten darauf, dass der Wagen wieder an der Ausfahrt des Parkplatzes erschien, aber vergeblich. Drei sah seinen Partner fragend an und griff wieder nach dem GPS.

»Sie fährt nicht weiter«, stellte er fest.

Fünf rieb sich die Bartstoppeln an seinem Kinn. Er war sechs Jahre älter als Drei und arbeitete seit achtzehn Monaten in Hudsons Team. So gesehen war er der Ranghöhere von ihnen beiden.

»Sieh mal nach, was sie macht«, befahl er Drei.

Drei ließ das GPS in den Schoß von Fünf fallen, stieg aus, lief über die Straße, betrat dann etwas langsamer den Parkplatz und ging um die Hausecke herum, hinter der der Wagen der Polizistin verschwunden war.

Das Auto stand neben der Notaufnahme und vor der Station für ambulante Patienten. Die Polizistin saß am Steuer, während eine dünne, wie eine Discomieze gekleidete Frau dem Sänger auf den Beifahrersitz half. Als er sicher saß, wendete die Polizistin, fuhr an Drei vorbei und warf ihm einen Blick zu.

Drei eilte zu ihrem eigenen Wagen zurück und stieg gerade ein, als das Auto der Polizistin vor ihnen nach links abbog. »Mist«, sagte er. »Sie hat mich gesehen.«

Fünf warf ihm einen kurzen Blick von der Seite zu und sah dann wieder auf die Straße.

»Tut mir leid«, sagte Drei.

»Lässt sich nicht mehr ändern. Wohin fährt sie?«

Drei blickte auf das GPS in seiner Hand und verfolgte eine Minute lang die Bewegungen der Polizistin, bis er sicher war, dass sie permanent in eine Richtung fuhr.

»Alles klar«, sagte er. »In Richtung Norden.«

»Keine Zweifel?«

»Ganz sicher. Übrigens hat sie diesen Sänger dabei.«

Fünf sah ihn stirnrunzelnd an. »Ruf den Boss an und sag es ihm. Das wird ihm nicht gefallen.«

23

Hudson war auf dem Weg zu seinen Mitarbeitern, die mit den Vorbereitungen für den morgigen Job beschäftigt waren, als er den Anruf von Drei erhielt. Er hatte sich gerade mit dem Typen wegen des *Notwendigen* getroffen, das jetzt in einer braunen Papiertüte auf dem Beifahrersitz lag.

»Schieß los«, sagte Hudson.

»Wir haben sie auf dem GPS. Sie fährt nach Norden.«

»Gut. Seht zu, dass ihr die Sache heute noch erledigt, wenn es geht. Ich möchte eigentlich nicht, dass sich das noch länger hinzieht. Ich habe so schon alle Hände voll zu tun.«

»Sie ist nicht allein.«

Hudson hatte die Freisprechfunktion seines Handys aktiviert. Im Wagen befand sich über seinem Kopf ein Mikrofon, auf dem Getriebetunnel ein Lautsprecher. Trotzdem fuhr er jetzt an den Fahrbahnrand.

»Was heißt das, sie ist nicht allein? Wer ist bei ihr?«

»Sieht aus wie der Typ aus dem Fernsehen.«

Hudson hatte keine Ahnung, von wem Drei redete und grunzte unmissverständlich.

»Der Sänger«, erklärte Drei. »Der von dem Konzert.«

Das hatte gerade noch gefehlt – ein echter Prominenter stand der Erfüllung ihres Auftrags im Weg. Wenn sie ihn gleich mit abservierten, würde es einen riesigen Medienzirkus geben, viel größer als bei der Ermordung nur einer Polizistin. Hudson rieb sich mit den Fingern beide Schläfen. Er wusste, dass es nur Einbildung war, aber er hatte das Gefühl, so besser nachdenken zu können.

»Was sollen wir tun?«, fragte Drei.

»Zunächst einmal bleibt ihr an ihnen dran, klar?«

»Also machen wir es doch nicht heute Abend?«

Hudson kniff die Augen zusammen und holte tief Luft. »Nicht, solange sie mit ihm zusammen ist. Nein.«

»Aber was ist, wenn sie sich nicht trennen? Wie lange sollen wir dann warten?«

Hudson überlegte. Seinem Plan nach wollte er den Job spätestens morgen Abend erledigt haben. Die Erfahrung hatte ihn gelehrt, dass sich die Gefahr, dass etwas schiefginge oder man geschnappt würde, erheblich potenzierte, wenn sich eine Sache in die Länge zog. Aber dann kam ihm der Gedanke, dass die simultane Erledigung beider Jobs vielleicht sogar die Zustimmung seines Auftraggebers finden könnte.

»Morgen Abend muss alles vom Tisch sein«, sagte er. »Außerdem werden wir nach der Sache in der Stadt alle eine Weile von hier verschwinden. Der Boden wird zu heiß.«

»Also warten wir bis morgen, und wenn sie dann immer noch mit ihm zusammen ist …«

»Dann müsst ihr improvisieren.«

»Und der Macker soll auch dran glauben?«

»Wenn es sein muss.«

Das wird übel ausgehen, dachte Hudson, als er das Gespräch beendete.

2. Teil: Die Ausführung

1

Alex Cahill war auf der Waterloo Street in Richtung Hilton unterwegs, bevor er am Ende der Straße scharf rechts abbog. Neben ihm auf dem Beifahrersitz saß Tom Hardy. Chris Washington, Bailey Judd und Carrie Richardson folgten in einem zweiten Wagen.

Sie fuhren eine Rampe hinunter zu der Tankstelle an der Rückseite des Hotels, dann rechts unter einem alten Telecoms-Gebäude hindurch und anschließend wieder nach links, genau vor den Hoteleingang. Cahill ließ den Wagen am Straßenrand ausrollen, statt in die Auffahrt des Hotels einzubiegen.

Vor ihm parkte ein Taxi, dessen traditionelles Schwarz den grellen Farben einer Werbung hatte weichen müssen. Eine weitere Tradition, die vor die Hunde ging. Cahill wartete auf die anderen, dann gingen sie zu fünft an dem geparkten Taxi vorbei und nach links die Auffahrt vom Hilton hoch. Cahill war sich durchaus bewusst, dass sie, wie sie da zusammen aufmarschierten, einer ziemlich finsteren Gruppe ähneln mussten. Aber eigentlich war genau diese Wirkung auf eine gewisse Weise auch der Grund dafür, hier gemeinsam aufzulaufen: Jeder, der Tara Byrne ein Haar zu krümmen gedachte, konnte sie jetzt sehen und es sich noch anders überlegen – denn nach diesem Auftritt sollte klar sein, dass sie vor Ort waren und die Augen offen hielten. Der Eindruck war die Mühe wert.

»Die Reihe der Taxen reicht bis zum Eingang«, sagte Hardy und deutete auf die Schlange auf der gesamten linken Seite der Auffahrt.

Vier oder fünf Taxifahrer standen bei den vordersten Wagen zusammen und beobachteten, wie das Team von CPO Security die leichte Steigung zu den Drehtüren des Hotels hinaufging. Das Hilton ragte hoch vor ihnen auf, in den Fenstern der Sandsteinfassade spiegelte sich das nachmittägliche Sonnenlicht.

Washington ging auf eins der Taxis zu und deutete auf ein Metallschildchen neben dem Kennzeichen am Heck des Wagens.

»Das haben die alle«, sagte er. »Die Plakette bedeutet, dass sie offiziell als Taxi der Stadt Glasgow zugelassen sind.«

»Dann sollten wir uns morgen also vergewissern, dass auch wirklich sämtliche Taxen hier über dieses Täfelchen verfügen«, sagte Cahill. »Damit wir wissen, dass auch alle Wagen hier etwas zu suchen haben.«

Washington pflichtete ihm mit einem Kopfnicken bei und gesellte sich wieder zu dem CPO-Team, das nun seinen Weg an den Taxifahrern vorbei, die unwillkürlich näher an ihre Wagen getreten waren und das verdächtig wirkende Grüppchen im Auge behielten, zum Eingang des Hotels fortsetzte.

Am Ende der Zufahrt blieb Cahill stehen und blickte an der langen Reihe der Taxen entlang. Was er sah, gefiel ihm nicht. Die Taxen beanspruchten so viel Platz, dass für alle anderen Fahrzeuge nur eine schmale Durchfahrt blieb. Es konnte leicht passieren, dass man unversehens feststeckte und ein Heckenschütze den Wagen, in dem man saß, mit Kugeln durchsiebte.

»Nicht gerade ideal«, bemerkte Hardy. »Uns bleibt

nur eine einspurige An- und Abfahrt – in nur eine Richtung.«

»Die leicht blockierbar ist und zur Falle werden kann«, fügte Bailey Judd hinzu.

Obwohl Judd der Jüngste im Team war und sozusagen noch mitten in der Ausbildung zum Personenschützer steckte, nahmen seine Hemmungen, den erfahreneren Kollegen seine Sichtweise von einer bestimmten Situation mitzuteilen, immer stärker ab. Alex Cahill erwog, ihn für künftige Führungsaufgaben aufzubauen.

»Angenommen, dies wäre ein Kriegsgebiet«, sagte Washington und schüttelte dabei den Kopf, »dann würde ich nicht davon ausgehen, dass wir uns allzu viele Gedanken darüber machen müssten, eingekesselt und in eine Schießerei verwickelt zu werden.«

Cahills Meinung nach brachte Washington ideale Voraussetzungen für seinen Job mit: Er hatte Muckis, Schneid und zierte sich nicht lange, wenn es hart auf hart ging. Selbst jetzt, da er einen kleinen Sohn hatte und ein zweites Kind unterwegs war, ließ er es nicht an Einsatzbereitschaft mangeln. Vielleicht war er nicht gerade eine geborene Führungspersönlichkeit, aber jeder Gruppenführer benötigte schließlich einen fähigen Stellvertreter, so wie ihn Cahill in Tom Hardy gefunden hatte.

Sie defilierten an dem Hoteleingang vorbei; Carrie nickte als einzige Frau im Team dem uniformierten jungen Portier mit ihrem bezauberndsten Lächeln zu, das selten seine Wirkung verfehlte. Carrie hatte keine Skrupel, ihre Weiblichkeit einzusetzen, wenn ein Auftrag es erforderte.

Die Hotelauffahrt führte – wieder ziemlich beengt – in einer Kurve zurück auf die Straße. An der Einfahrt zu der unterirdischen Garage des Hotels gab es eine Schranke.

»Ich werde mich darum kümmern, dass hier alles in Ordnung ist, wenn wir morgen zur Premiere aufbrechen«, sagte Judd und deutete auf die Garageneinfahrt.

Cahill nickte zustimmend, dann drehte sich die Gruppe um und schaute wieder zu dem Hoteleingang hinauf.

»Wenn es hier nicht bloß darum ginge, ein Filmsternchen zu babysitten«, bemerkte Washington und nahm seine Sonnenbrille ab, »dann würde mir das Ambiente hier echt Kopfzerbrechen bereiten. Diese Örtlichkeit schreit geradezu danach, dass etwas schiefgeht.«

Cahill wusste, dass sein Kollege mit dieser Einschätzung vermutlich richtiglag, wollte aber nicht, dass seine Leute den Auftrag auf die leichte Schulter nahmen, weil es sich um einen vermeintlich harmlosen Job handelte. So etwas ging ihm gegen den Strich, gegen seine tief verwurzelte Professionalität.

»Aber wir gehen trotzdem nicht anders vor als sonst, oder?«, fragte Carrie.

»Natürlich nicht«, sagte Cahill. »Jeder hat hundertprozentig auf dem Posten zu sein.«

Carrie stellte sich neben Washington und knuffte ihn mit dem Ellbogen in die Rippen. »Da hörst du es, starker Mann. Und was machst du jetzt daraus?«

Washington warf ihr einen abschätzigen Blick zu und setzte seine Sonnenbrille wieder auf. »Ich bin verheiratet«, brummte er. »Halt dich mal ein bisschen zurück.«

Sie zog eine Fratze.

Schweigend sahen die Taxifahrer zu, wie das Grüppchen wieder auf den Hoteleingang zuging. Cahill bedachte die Männer mit einem Kopfnicken, weil er nicht unhöflich wirken wollte. Dann betraten sie durch die Drehtür das plüschige Foyer mit Marmorboden und mit Walnussholz verkleideten Säulen, die einen zentralen Bereich mit Sitzgelegenheiten umrahmten. Sie verteilten sich nach allen Seiten, überprüften alles und machten sich ein Bild von dem Grundriss der Eingangshalle. Carrie und Washington zogen kleine Blöcke aus der Tasche und machten sich Notizen, die anderen kamen ohne aus.

Nachdem sie das Foyer komplett abgegangen waren, versammelten sie sich an einem der Tische und bestellten Kaffee.

»Für meinen Geschmack ist das hier alles zu offen nach allen Seiten«, beklagte Hardy sich bei Cahill. »Sowohl hier drinnen als auch im Außenbereich. Zu viele Eingänge und Ausgänge, als dass man sie bequem überwachen könnte, zu viele Türen.«

»Die dort drüben«, Judd deutete auf eine Tür gleich rechts neben dem Eingang, »führt zu einer Treppe, über die man sowohl das oberste Stockwerk als auch die Parkgarage erreichen kann.«

»Ich werde mit Taras Sicherheitsteam reden. Vielleicht ist es ja möglich, unseren Aufbruch woandershin zu verlegen«, sagte Cahill. »Trotzdem sollten wir darauf vorbereitet sein, von hier loszufahren.«

»Was ist überhaupt mit ihren Leuten?«, erkundigte sich Washington. »Setzen wir uns noch mit denen zusammen und gehen die ganze Sache durch?«

»Nicht alle von uns«, sagte Cahill. »Ich bin nachher mit Phil Hanson, dem Boss des Sicherheitsteams, verabredet. Wir können morgen noch über alles reden, bevor wir herfahren.«

»Möchtest du, dass dich jemand zu diesem Hanson begleitet?«, fragte Hardy.

Cahill überlegte einen Augenblick. »Vielleicht ist das gar

keine so schlechte Idee«, sagte er schließlich. »Tara wird auch anwesend sein, also ist es vielleicht ganz nützlich, wenn wir unsere Stärke präsentieren. Könnte sie beruhigen.«

Hardy pflichtete ihm mit einem Kopfnicken bei. »Dann nimm am besten den größten, hässlichsten und am gefährlichsten aussehenden Kerl mit, den wir haben«, schlug er vor.

Alle sahen Washington an.

»Wie bitte?«, sagte der, versuchte indigniert zu wirken, konnte sich aber ein Lächeln nicht verkneifen.

2

Roddy lümmelte sich bei heruntergelassenem Seitenfenster auf dem Beifahrersitz und hielt den Kopf so, dass ihm der Fahrtwind ins Gesicht blies. Rebecca warf ihm ab und zu einen kurzen Blick zu, um sich zu vergewissern, dass alles mit ihm in Ordnung war. Sie bildete sich ein, dass er immer noch an den Folgen seiner Gehirnerschütterung leiden musste, doch eigentlich sah er zwar blass, ziemlich mitgenommen und längst nicht so gut wie möglich aus – dass er so ausgesehen hatte, lag wahrscheinlich an die zehn Jahre zurück –, doch er war munter und gesprächig.

»Wohin fahren wir denn jetzt eigentlich?«, fragte er zum ungefähr hundertsten Male in der letzten Stunde. »Ist das ein Geheimnis?«

»Das ist es, also hör auf, mich zu fragen.«

Er steckte den Kopf noch weiter zum Fenster hinaus und tat so, als würde er schmollen, aber sie konnte sehen, dass sich einer seiner Mundwinkel in die Höhe zog. Bestimmt war er einfach froh, einmal alles hinter sich zu lassen, und genoss nun, was ihm im Vergleich zu seinem sonstigen Leben, in dem er sich die meiste Zeit in Aufnahmestudios, Proberäumen, Konzertsälen oder Fernsehstudios aufhielt, wie die große Freiheit vorkommen musste.

Auf der Fahrt von Logans Wohnung zum Krankenhaus war ihr eine grandiose Idee gekommen, aber dann hatte sie sich gefragt, ob nicht vielleicht der Kick, den sie beim Sex mit Logan verspürt hatte, und die heiße, auf ihrer Haut prickelnde Dusche, als sie ganz allein mit ihm und feucht und nass in seinem Badezimmer …

Immer langsam, Mädchen. Hol erst einmal tief Luft.

Jedenfalls hatte die großartige Idee darin bestanden, dass sie in Richtung Norden, nach Glencoe und Fort William und vielen anderen typisch schottischen Orten fahren würde, damit Roddy wieder an sein vergangenes Leben anknüpfen konnte und damit auch …

»Was noch?«, fragte sie sich plötzlich laut.

»Was?«, fragte Roddy und sah sie erstaunt an.

»Nichts. Tut mir leid.«

»Geht's dir gut?«

»Wahrscheinlich nicht«, sagte sie, musste aber lachen. »Du brauchst dir ja nur mal anzugucken, was in den letzten vierundzwanzig Stunden alles passiert ist.«

»Da gebe ich dir recht.«

Wieder fiel ihr sein aufgesetzter amerikanischer Akzent mit nasalem Einschlag auf – L. A. mit Anklängen aus Südwestglasgow.

Die Landschaft rauschte an ihnen vorbei. Mein Gott, sie konnte sich schon gar nicht mehr erinnern, wann sie sich das letzte Mal die Zeit genommen hatte, ein wenig auf das zu achten, was links und rechts der Straße lag. Die hier schlängelte sich in diesem Moment am Loch Lomond entlang. Im Vorbeifahren blitzte das vom Wasser reflektierte Sonnenlicht wie Scherben eines zerbrochenen Spiegels zwischen den Bäumen am Ufer auf und blendete sie, und man roch … eigentlich gar nichts. Auf jeden Fall keine urbanen Ausdünstungen von Glasgow mehr. Kein Geruch von Menschen, kein Zigarettenrauch, kein alkoholisierter Atem, keine Abgase.

Wie aus heiterem Himmel schoss ihr ein Gedanke durch den Kopf.

Als sie damals Ellie gerettet haben, müssen sie auch diese Straße gefahren sein. Logan und Cahill und die anderen.

Die Erkenntnis veränderte alles. Der unverdorbene, pure Geruch des Waldes wich einem scharfen, ätzenden Geschmack auf ihrer Zunge, der einen Würgereiz auslöste. Es war der Geschmack von Tod und Verzweiflung.

Rebecca sah Penny – Ellies Mutter – auf dem Fußboden des Hauses liegen, in das sie an ihrem ersten Arbeitstag als Ermittlerin der Kriminalabteilung der Strathclyde Police gerufen worden war. Pennys Gesicht war eine einzige blutige Masse gewesen.

Der Geschmack von Erbrochenem im Mund, als sie noch einmal in das Haus zurückgegangen war, um die Kleider und das Tagebuch für Ellie zu holen. Sie hatte nicht mehr an sich halten können.

Blut, Schweiß und Urin in der Toilette der Bar, in der Logans Verfolger niedergeschossen worden war.

Rote und graue Gehirnmasse, die an der Toilettentür klebte.

Das war mehr als nur eine Erinnerung, das alles war real. So als würde Rebecca mit einer Zeitmaschine in die Vergangenheit reisen und noch einmal die absolute Trostlosigkeit empfinden. Dann die ewig lange darauffolgende Zeit mit Tom und Logan und …

Rebecca verriss das Lenkrad, sodass der Wagen quer über die Gegenspur schoss. Die Reifen wirbelten Grassoden, trockene Erde und eine Wolke aus Straßenstaub auf. Roddy klammerte sich an den Türgriff und stützte sich mit der anderen Hand am Armaturenbrett ab.

Sie trat hart auf die Bremse, lockerte aber dann den Druck auf das Pedal und ließ den Wagen ausrollen. Das Fahrzeug hinter ihnen überholte sie mit Müh und Not, während sein Fahrer einen wütenden Blick zu ihnen hinüberwarf und während seines Ausweichmanövers stur die Hand auf der Hupe behielt.

Ohne Roddy auch nur anzusehen, riss Rebecca die Tür auf und wäre beinahe aus dem Auto gefallen. Gierig sog sie die Luft ein, versuchte ihre Nase und ihren Mund von den schrecklichen Gerüchen und dem würgenden Beigeschmack zu befreien. Aber die Empfindungen waren mehr als nur physische Begleitumstände.

Sie waren für immer und ewig Teil von ihr geworden.

Sie hörte, wie Roddy über den Fahrersitz zu ihr kletterte, während sie sich auf den Grasstreifen plumpsen ließ. Sie schloss die Augen und sah wieder die Fernsehbilder von der Hütte vor sich: Es wimmelte von Kriminaltechnikern in weißen Overalls mit Mundschutz. Und dann die Zelte, in denen sie ihre gesammelten Beweismittel beschrifteten, in Beutel verpackten, aufbewahrten.

Fernsehteams und Fotografen mit riesigen Objektiven am Seeufer – des anderen Sees –, die darauf warteten, dass man die Toten in Säcken heraustrug, einen nach dem anderen.

Und ich mittendrin, dachte sie.

Cahills sich ständig wiederholender Kommentar: »Selbst schuld.«

Vielleicht hatte er ja recht. Die polizeiliche Untersuchung förderte nicht viel zutage, und nach einer oder zwei Wochen blutrünstiger Schlagzeilen über einen Krieg russischer Banden, der in Schottlands lieblicher Landschaft ausgetragen wurde, ließ auch das Medieninteresse rapide nach.

Jeder hatte ihnen ihre Geschichte abgekauft; dabei hatte es sich als günstiger Umstand erwiesen, dass die DNA an Pennys Leiche mit der des Russen, der in der Bar erschossen worden war, übereinstimmte. Die Polizei war immer zufrieden, wenn sie etwas durch ihren Computer laufen ließ und der Übereinstimmungen ausspuckte. So konnte man die Akte schließen, ohne allzu viel darüber nachdenken zu müssen, wie denn ansonsten alle Fakten zusammenpassten. Es gab einen gewaltbereiten Kriminellen, der unbestritten am Tatort gewesen war, und die Tatsache, dass er nicht mehr lebte, ersparte dem Staat zudem die Kosten einer Gerichtsverhandlung und der Unterbringung im Gefängnis. Die Sache war wie ein hübsch verpacktes Geschenk.

Sie hatten Glück gehabt – so viel stand fest.

Doch Ellie hatte ein schweres Trauma erlitten. Auch daran bestand kein Zweifel, obwohl man es ihr kaum anmerkte. Sie sprühte scheinbar vor Energie.

Wacht sie mitten in der Nacht auf? So wie ich? Oder Logan? Sehen wir alle die gleichen Gespenster?

Es gibt einen Traum, den Rebecca immer wieder träumt. Sie ist in Ellies Zimmer, greift gerade nach dem Tagebuch, das in dem Fach ihres Wandschranks liegt, als sich plötzlich etwas in dem Schrank bewegt. Sie kann nicht widerstehen. So sehen ihre Albträume aus.

Unerbittlich.

Unerträglich.

Sie betritt den Wandschrank, aber es ist nicht so wie in den »Chroniken von Narnia«. Im Schrank herrscht Finsternis. Dann sieht sie, was sich bewegt hat – ein Sack, in dem man normalerweise Leichen abtransportiert. Der Reißverschluss bewegt sich nach unten, wird von innen aufgezogen, und eine Hand kommt zum Vorschein …

Rebecca öffnete die Augen und blinzelte in die Sonne. Roddy hatte sich neben sie gekniet, eine leichte Brise wehte ihm Haarsträhnen ins Gesicht. Dieser alberne Verband um seinen Kopf. Wollten die, dass er wie ein Idiot aussah?

Dann war es ihnen fast gelungen.

»Was ist los mit dir?«, fragte er, als er ein Lächeln ihre Lippen umspielen sah.

Sie streckte den Arm aus, wischte ihm das Haar aus der Stirn und schob es hinter sein Ohr. »Alles in Ordnung«, sagte sie mehr zu sich als zu ihm. Dann schloss sie wieder die Augen und holte tief Luft.

Der Harz der Bäume, kristallklares Wasser – dann dröhnte auf der anderen Seite des Sees ein Jetski vorbei.

Roddy bewegte sich. Die Erde knirschte unter seinen Schuhsohlen, und seine Knie knackten, als er sich aufrichtete, um den kurzen Abhang zum See hinunterzuschlendern. Sie sah, wie er sich bückte und Wasser über seine Hände spritzte. Sie runzelte die Stirn, wunderte sich, was er tat, aber da drehte er sich auch schon wieder zu ihr um. Diamantene Tropfen fielen von seinen Händen, mit denen er eine Schale geformt hatte. In ihnen brach sich das Sonnenlicht.

Vorsichtig ging er auf sie zu, verlor unterwegs etwas von dem Wasser, und als sie aufblickte, öffnete er seine Hände. Das Wasser fühlte sich eiskalt an, als es auf ihre Haut fiel. Rebecca ließ es sich über das Gesicht rinnen und wischte es sich dann von der Wange ins Haar, während die Sonne auf ihre Stirn brannte. Mit ihr in seinem Rücken stand Roddy über ihr, nur noch eine Silhouette.

Sie erhob sich, bedankte sich und ging zurück zum Wagen.

Eine halbe Stunde lang schwieg er, während sie den See hinter sich ließen, in nordwestliche Richtung fuhren und auf Rannoch Moor und das Tal von Glencoe zusteuerten.

»Sieht so aus, als bräuchten wir beide mal eine Auszeit«, sagte er schließlich.

»Ich danke dir, Roddy. Dafür, was du getan hast, meine ich – und dafür, dass du nicht gefragt hast.«

»Schon gut. Aber eins würde ich nun doch gern wissen: Dieser Typ, den du besucht hast und für den du mich im Krankenhaus hast warten lassen – ist er es wert, dass du dir das alles für ihn antust? Sieh doch nur, was er mit dir anstellt.«

Sie starrte ihn verständnislos an.

»Was sonst hätte dich aufhalten können, nachdem du mich im Krankenhaus zurückgelassen hattest?«, beantwortete er ihre unausgesprochene Frage. »Habt ihr so lange gebraucht, um euch voneinander zu verabschieden?«

»Aber warum unterstellst du, dass mit meiner Beziehung zu ihm irgendetwas nicht stimmt?«

»Hatte das vorhin etwa nichts mit ihm zu tun?«

»Doch, irgendwie schon, aber nicht richtig. Wir teilen …«

Wie kann man das nur ausdrücken?

»… eine gemeinsame Vergangenheit.«

Er schwieg, wandte sich wieder dem geöffneten Fenster zu und ließ sich den Wind übers Gesicht streichen.

3

Logan wartete in seiner Wohnung darauf, dass Ellie nach dem Abendessen mit seinen Eltern wieder nach Hause kam. Am abendlichen Himmel schimmerten rosafarbene Staubpartikelchen des Sonnenuntergangs, und durch die offenen Fenster drang der Geruch des Spätsommers in alle Räume.

Es war ein merkwürdiger Nachmittag gewesen, nachdem Rebecca ihn verlassen hatte, um zu ihrer Odyssee – falls das der passende Ausdruck dafür war – mit Roddy aufzubrechen. Nach ihrem Beisammensein hatte er wie unter Strom gestanden, aber das Gefühl hatte sich inzwischen gelegt, und so blieb Logan nichts zu tun, als darüber nachzudenken, was er aus Rebeccas Entscheidung machen sollte, ein paar Tage mit Roddy zu verbringen – vor allem im Hinblick darauf, dass sie vorher noch bei ihm vorbeigeschaut hatte, und erst recht auf das, was dann passiert war.

Nachdem sie fort war, hatte er mindestens drei Mal das Telefon in die Hand genommen, um sie anzurufen. Doch er wollte nicht das, was zwischen ihnen gewesen war, nachträglich dadurch ruinieren, dass er klammerte oder eifersüchtig war – obwohl er genau das doch tat beziehungsweise war.

Nachdem er sich halbherzig ein paar Stücke von Bruce Springsteen angehört hatte – »Wer ist denn der alte Knacker?«, hatte Ellie gefragt, als sie das Foto auf dem Cover seiner jüngsten CD gesehen hatte –, trat er an seinen DVD-Schrank und fuhr mit dem Finger an den Regalen entlang, bis er bei Hitchcocks Film »Rebecca« innehielt. Wie sie wurde auch er von der Vergangenheit verfolgt: Während seines ersten Mals mit Penny nach dem Konzert im *Barrowland Ballroom* war dieser Film im Fernsehen gelaufen.

Doch als er sich diesmal ihr Gesicht im Regen ins Gedächtnis rufen wollte – ihre Lippen, die seine berührten –, sah er nur Rebecca Irvine. Vielleicht war das ein gutes Zeichen, vielleicht auch nicht. Er konnte es nicht sagen.

Er fragte sich, ob er sie liebte. Rebecca.

»Ich liebe dich, Becky«, sagte er leise zu den Fremden, die unter seinem Fenster vorbeigingen. Er wollte testen, wie sich die Worte anhörten, wie es war, sie auszusprechen. Sie machten ihn weder verlegen, noch waren sie ihm peinlich, aber was er sonst bei ihnen empfand, konnte er nicht sagen.

Er war bei einer schrecklichen Samstagabendshow im Fernsehen auf der Couch eingedöst, als er plötzlich Ellies Stimme hörte. Sie kam die Treppe heraufgestürmt, steckte ihren Schlüssel ins Türschloss und lachte dabei über seinen Vater, der vergeblich mit ihr Schritt zu halten versuchte. Als sich die Tür knarrend öffnete, hatte er sich bereits von der Couch erhoben.

»Hallo, Logan«, begrüßte sie ihn, als sie ins Wohnzimmer kam, sich auf die Zehenspitzen stellte und ihm einen Kuss auf die Wange gab.

Mit einem Mal war die Welt wieder in Ordnung.

Sein Blick fiel auf die Einkaufstüten voller Kleider und Schuhe, die sein Vater hinter ihr in die Wohnung schleppte.

»Du verwöhnst sie zu sehr, Dad.«

»Du bist Anwalt. Verklag mich doch.«

Logan lachte.

Ellie riss ihrem Großvater eine der Tüten aus der Hand und verschwand in ihrem Schlafzimmer. Über die Schulter rief sie ihm noch zu, dass sie ein paar der neuen Sachen anziehen wolle, damit Logan sie darin bewundern könne. Dann hörte er seine Mutter die Stufen hochschnaufen. Sein

Vater beugte sich zu ihm vor und flüsterte: »Sie hat uns gebeten, mit ihr zu Pennys Grab zu fahren, um dort Blumen für sie niederzulegen.«

»Und? Habt ihr es gemacht?«

»Natürlich nicht. Aber ich habe ihr gesagt, dass sie dich darauf ansprechen soll, dass es die Aufgabe ihres Vaters ist, das mit ihr zu tun.«

»Ich werde mit ihr darüber reden. Vielleicht fahren wir schon morgen Vormittag hin.«

Sein Vater nickte. »Also, Liebes«, sagte er, als das rot angelaufene Gesicht seiner Frau in der Tür erschien. »Wollen wir bald los, damit wir noch *X Factor* gucken können?«

»Aber ich bin doch gerade erst angekommen«, protestierte sie. »Kriege ich nicht einmal eine Tasse Tee?«

»Mach lieber gleich wieder eine Kehrtwende und überlass dem Jungen die Ellie-Modenschau.«

Schon hatte er Logans Mutter wieder zur Tür hinaus und in Richtung Treppe bugsiert. Mit einem Augenzwinkern drehte er sich nach Logan um und rief Ellie einen Abschiedsgruß zu. Sie kam in den Hausflur gerannt, schlang die Arme um ihre beiden Großeltern und flitzte dann sofort wieder zurück in ihr Zimmer.

»Pass auf dich auf, Sohn«, sagte sein Vater, als er die Treppe hinunterging.

Dann blieb er unvermittelt stehen, drehte sich noch einmal um, kam die Stufen wieder hinauf, nahm Logan in die Arme und küsste ihn heftig auf die Wange. Es war das erste Mal seit vielen Jahren, dass Logan eine derartig unverhohlene Zuneigungsbekundung seitens seines Vaters erlebt hatte.

»Und auf sie gibst du genauso acht, sonst kriegst du's mit mir zu tun, verstanden?«

Logan nickte, sein Vater wandte sich ab, und er schloss die

Tür. Dann stand er da, starrte vor sich hin und spürte dem trockenen Kuss auf seiner Wange nach. Die einen Tag alten Bartstoppeln seines Vaters hatten auf seiner Haut gekratzt.

4

Nachdem Ellie ihrem Vater ihre Neuerwerbungen vorgeführt hatte, sahen sich beide noch einen Film an, ehe Logan in die Küche ging, um heiße Schokolade zu machen. Er lehnte gegen den Küchentresen, wartete darauf, dass die Milch aufkochte, und dachte gleichzeitig darüber nach, wie er das Gespräch am besten auf den Besuch von Pennys Grab bringen sollte, als Ellie in die Küche kam und das Problem für ihn löste.

»Granddad hat gesagt, du würdest mit mir zu Mum fahren.«

Sie sprach immer von Penny, als wäre sie noch da.

»Gern, wenn du das möchtest. Wie wäre es gleich morgen?«

»Okay.« Sie zwirbelte mit den Fingern die Spitze ihres Jerseytops.

»Was ist?«, fragte Logan.

»Können wir für sie eine Karte und ein paar Blumen besorgen?«

Logan versicherte ihr, dass sie das natürlich könnten.

»Eine lustige Karte, meine ich«, sagte Ellie. »Sie hat mir mal erzählt, dass sie von dir immer welche bekommen hat.«

»Okay.« Logan musste mit den Augen zwinkern, als er sich wieder dem Kochtopf zuwandte. Dies schien ein Tag für Erinnerungen zu sein, für gute wie auch für traurige.

Sie setzten sich zusammen ins Wohnzimmer und nippten an ihrer heißen Schokolade, während die abendliche Kühle schon durch das Fenster drang. Logan stand auf und schloss es.

»Darf ich dich etwas fragen?«, hörte er Ellie hinter sich.

»Klar.« Er zog die Jalousie herunter und setzte sich wieder neben sie auf die Couch.

»Es ist wegen damals – als du und Alex mich gefunden habt.«

Logan schwieg, wartete, dass sie den Mut aufbrachte auszusprechen, was immer sie von ihm wissen wollte. Über das Thema hatten sie bisher kaum ein Wort verloren.

»Wie war das? Als du den Mann erschossen hast?«

Die Frage traf Logan unvorbereitet. »Wie meinst du das?«

»Wie hast du dich dabei gefühlt?«

»Ich hatte kein schlechtes Gefühl dabei, wenn du darauf hinauswillst. Er wollte dir etwas zuleide tun, er wollte uns beiden wehtun. Kannst du das verstehen?«

»Schon … Aber war es nicht falsch, ihn einfach so umzubringen?«

»Nein. Nicht wenn man dadurch jemanden davor bewahrt hat, dass ihm … wehgetan wird.« Er brachte es nicht über sich, sich anders auszudrücken.

»Denkst du noch manchmal darüber nach? Träumst du davon?«

»Du meinst, ob ich schlechte Träume habe?«

»Ja.«

Er legte den Arm um sie und zog sie näher zu sich heran, bis ihr Kopf auf seiner Schulter zu liegen kam. Ihre Hände lagen in ihrem Schoß, kamen aber nicht zur Ruhe, sie wanden sich um-, spielten miteinander. »Ja, manchmal schon … Aber dann wache ich auf und muss daran denken –« *Was er deiner Mutter angetan hat und dass er das bekommen hat, was er verdiente.* »Ich muss an dich denken und was wir jetzt alles zusammen haben, und dann verschwinden die schlechten Gedanken.«

Sie schwieg einen Moment, hielt ihre Hände aber noch immer nicht still. »Warum hat die Polizei mich deswegen nie befragt? Zu diesen Männern, meine ich, und zu der Hütte und allem anderen.«

»Du weißt doch, dass Becky Polizeibeamtin ist, oder?«

Bei dem Namen schien sie sich zu verkrampfen. Sie ließ seine Frage unbeantwortet.

»Becky hat uns geholfen, der Polizei zu erklären, wie du in meine Wohnung gekommen bist, und man hat ihr geglaubt.«

»Aber warum konntest du denen nicht erzählen, wie es gewesen ist? Warum musste sie denen etwas vorlügen?«

»Wir konnten nicht die Wahrheit sagen, Schatz. Wir wollten dich und alle anderen schützen, die mit mir und Alex dabei waren. Es bestand die Gefahr, dass die Polizei nicht verstanden hätte, dass wir das alles tun mussten, um dich zu retten.«

»Aber wenn es doch richtig war, wieso habt ihr nicht die Wahrheit gesagt?«

Aus Ellie könnte tatsächlich eine gute Staatsanwältin werden. Sie bohrte mit ihren Fragen so lange nach, bis sie auf den wunden Punkt stieß. Logan musste bei dem Gedanken fast grinsen.

»Weil man deswegen Ärger kriegen kann. Manchmal glaubt die Polizei einem nicht, auch wenn man sagt, dass man das Richtige getan hat.«

»Das hört sich unfair an.«

»Ist es auch. Aber es kommt vor.«

»Aber jetzt können sie doch nicht mehr kommen und dich mir wegnehmen, oder?«

Ihre Hände glitten um seine Taille und zogen ihn dicht zu sich heran.

»Nein, das können sie nicht.«

Viele kleine Notlügen.

Als Ellie ins Bett ging, blieb Logan auf der Couch sitzen. Er genoss die Stille und gab sich alle Mühe, an nichts anderes zu denken als an neue Kleider und die Umarmung und den Kuss seines Vaters.

Bevor er sich selbst schlafen legte, schaute er noch einmal in Ellies Zimmer. Als er sich über sie beugte, um ihr einen Gutenachtkuss zu geben, öffnete sie die Augen und sah ihn an, sagte aber nichts, sodass er zunächst glaubte, sie würde schlafen. Das war schon manchmal vorgekommen. Sie wirkte dann hellwach, befand sich aber im Reich der Träume, kicherte und redete albernes Zeug. Beim ersten Mal hatte ihm das eine Heidenangst eingejagt.

»Warum magst du sie?«, fragte Ellie.

Logan setzte sich aufs Bett und strich ihr ein paar dunkle Haarsträhnen aus dem Gesicht. »Du meinst Becky?«

Ellie nickte.

»Ich weiß es nicht.«

»Weil sie hübsch ist?«

»Bestimmt, aber das ist es nicht allein. Ich mag es, mich mit ihr zu unterhalten, mit ihr zusammen zu sein.«

»Mehr als du meine Mum gemocht hast?«

»Deine Mum war jemand ganz Besonderes, Ellie. Becky kann sie nicht ersetzen, aber ich mag sie trotzdem sehr.« Er legte ihr die Hand an die Wange. Sie fühlte sich warm und feucht an.

»Erzählst du mir von Mum, Logan? Als sie noch jung war

und du mit ihr zusammen warst. Wie sie war und was sie gern gemocht hat? Erzähl mir alles über sie.«

Und das tat er.

Sie schliefen gemeinsam ein; aneinandergekuschelt, als wären sie eins – Vater und Tochter, verbunden durch Logans aufgefrischte Erinnerungen an Penny, wie sie wirklich gewesen war. Nicht an den leblosen Körper, zu dem sie am Ende geworden war, geschlagen, zerschmettert und mutterseelenallein, sondern an die richtige Penny, die lebensfrohe Penny, die sie beide liebten und in ihren Herzen am Leben erhielten.

5

Rebecca hielt bei einem Café in Glencoe, wo sie ein paar Stunden – viel länger als beabsichtigt – damit verbrachten, zu essen und zu schwatzen und sich gegenseitig zu erzählen, wie es jedem in der Zwischenzeit ergangen war.

Roddy war offenherziger, als sie ihn in Erinnerung hatte. Geradezu peinlich freimütig erzählte er ihr von seinen Liebesnächten mit Groupies im Tourbus oder in noblen Hotelzimmern.

»›Geile Weiber, geiler Wein‹, hat Dougie dazu immer gesagt«, lachte er.

»Ich habe ihn nie gemocht«, sagte Rebecca und musste lächeln, obwohl ihr nicht danach zumute war. »Schmieriger Schleimscheißer.«

Roddy lachte kurz laut auf, dann krümmte er sich, weil ihm ein Schmerz durch den Kopf schoss. »Aber ein klasse Drummer, das musst du ihm lassen, Becky Reid.«

Schon den ganzen Nachmittag lang hatte er sie bei ihrem vollen Mädchennamen genannt. Das war ihr gar nicht mal unrecht, denn so charmant er manchmal sein konnte, würde Roddy doch immer ein kleiner Spinner bleiben, und sie wollte von Zeit zu Zeit daran erinnert werden, dass diese Fahrt keine Ferien- oder, Gott behüte, gar Liebesreise war. Es ging ausschließlich darum, Roddy aus der Gefahrenzone rauszuhalten.

Als die Rede schließlich auf seinen Drogenkonsum kam, nahm seine Redseligkeit prompt ab.

»Wie hat es angefangen?«, wollte sie von ihm wissen. »Ich meine, jemand muss dich doch darauf gebracht haben. Deine Managerin vielleicht, diese nuttige Bohnenstange aus dem Krankenhaus? Der wäre das zuzutrauen.«

»Nein. Sie wirkt zwar ein bisschen schräg, aber letztendlich ist sie es, die dafür zu sorgen versucht, dass wir straight bleiben. Als wir in den Staaten waren, hat sie für mich sogar ein paar Termine bei Ärzten organisiert, die sich auf Entziehung spezialisiert hatten.«

»Und warum haben die nichts gebracht?«

»Meine Schuld. Bin nie hingegangen.«

»Warst wohl zu sehr damit beschäftigt, dein Leben kaputt zu machen?«

Roddy nickte. »Oder gefickt zu werden.«

»Bring mich nicht dauernd in Verlegenheit, Roddy.«

»Ach, komm. Früher warst du nicht so empfindlich.«

Rebecca ließ den letzten Rest ihres Kaffees am Boden des Bechers kreisen, bevor sie ihn hinunterstürzte. Sie schüttelte sich bei dem bitteren Geschmack, den er in ihrer Kehle hinterließ.

»Du hast meine Frage noch nicht beantwortet, Roddy. Wie hat das mit den Drogen angefangen?«

Er lehnte sich in seinem Stuhl zurück und ließ den Blick in dem leeren Café umherschweifen. Die Kellnerin, die sie bedient hatte, stand hinter dem niedrigen Tresen und sah sich in einem kleinen Fernseher die Wiederholung der Nachrichten vom Vorabend an. Rebecca verzog das Gesicht, als sie sich auf dem Bildschirm erblickte.

»Der Alk hat's einfach nicht mehr gebracht, weißt du«, sagte er schließlich. »Eines Morgens bin ich mit einem Mordskater aufgewacht und musste nur kotzen, einfach nur kotzen. Und zwar nicht zu knapp. Ich habe mich den ganzen Tag wie Scheiße gefühlt und konnte mich bei den Proben nicht konzentrieren.«

»Wo war das?«

»Wieso? Das ist doch völlig egal, oder?«

»Ich hab ja nur gefragt.«

»Ich weiß es nicht mehr. In Charlotte, glaube ich. Kann aber auch Portland gewesen sein.«

Die Geografie der Vereinigten Staaten war nicht gerade Rebeccas Stärke, sie hatte keine Vorstellung davon, wo diese Orte lagen. Sie hatte gehofft, dass er L. A. sagen würde, das hätte sie wenigstens einordnen können.

»Jedenfalls«, nahm Roddy den Faden wieder auf, »hat dieser Roadie, so ein großer, fetter Typ, mich mit nach draußen genommen und gesagt, er hätte etwas, womit man mich wieder aufpäppeln könnte. Das Zeug würde mir helfen, alles durchzustehen. So hat's angefangen.«

»Und danach ist man dann auf der ständigen Jagd nach diesem Gefühl, stimmt's?«

Er nickte schweigend.

»Mir kannst du nichts vormachen«, sagte sie. »Ich habe die Geschichte schon hundertmal gehört. Wahrscheinlich noch öfter.«

Er zuckte mit den Achseln.

»Aber wenigstens versuchst du es jetzt«, fügte Rebecca hinzu. Sie hatte das Gefühl, sich ihm gegenüber zu sehr wie die Mutter, die immer alles besser weiß, aufgeführt zu haben.

»Und was ist deine Geschichte?«, fragte er. »Wieso bist du nicht mehr verheiratet?«

»Nichts Aufregendes. Wir konnten einfach … Ach, ich weiß nicht. Wir waren einander einfach überdrüssig. Ich konnte ihn nicht mehr sehen.«

»Konnte an mich nicht heranreichen, was?«

»Ganz bestimmt. Aber jeder hätte es nach dir schwer gehabt.«

»Ich muss aufs Klo.« Abrupt stand er auf, wobei die Stuhlbeine über den gefliesten Boden scharrten.

»Muss ich mitkommen und auf dich aufpassen?«

Er blieb stehen und zog eine Augenbraue in die Höhe. »Nur wenn du's unbedingt willst.«

6

Rebecca blieb am Tisch sitzen und schaute durch das große Fenster auf die Straße hinaus. Der Tag neigte sich seinem Ende entgegen, die Sonne verschmolz bereits mit dem Horizont. Auf der gegenüberliegenden Straßenseite fiel ihr ein geparkter Wagen auf. Zwei Männer saßen darin; einer von ihnen, der Beifahrer, hatte seine Sitzlehne verstellt und schien zu schlafen, der Mann am Steuer las eine Zeitung.

Irgendetwas an dem Auto oder den Insassen kam ihr vage bekannt vor und ließ ihr keine Ruhe – wie ein tropfender

Wasserhahn. Aber sie konnte das Gefühl an nichts festmachen, außerdem waren beide Personen im schwindenden Licht ohnehin nur undeutlich zu erkennen. Rebecca winkte der Bedienung und verlangte die Rechnung.

In diesem Moment faltete der Fahrer seine Zeitung zusammen und fuhr los. Wahrscheinlich waren es doch nur zwei Reisende, die eine Pause gemacht hatten – so wie sie und Roddy.

Die Bedienung nahm gerade das kleine Plastikschälchen mit der Rechnung und Rebeccas Geld vom Tisch, als Roddy von der Toilette zurückkam.

»Du hättest mich das erledigen lassen sollen«, sagte er. »Das ist mein Ausflug, also kann ich auch dafür bezahlen. Ich möchte es sogar. Du sollst nicht auch noch dein Geld dafür ausgeben, mir zu helfen.«

»Du kannst beim nächsten Mal die Rechnung übernehmen. Außerdem die beiden Hotelzimmer. Und alles andere auch.«

»Zwei Zimmer?«

»Du willst doch nicht, dass ich das hier bereue, oder?« Sie schob sich an ihm vorbei zur Tür.

Im Wagen bemerkte Rebecca, dass Roddy etwas gesünder aussah. Möglicherweise hatten die frische Luft und das Essen ihm gutgetan, auf jeden Fall wirkte sein Teint nicht mehr so fahl wie vorhin, als sie ihn im Krankenhaus abgeholt hatte.

»Wo bleiben wir heute Nacht?«, wollte er wissen.

»Keine Ahnung, aber weit kommen wir heute nicht mehr. Ich bin hundemüde.«

Sie folgten der Straße, bis sie die Brücke bei Ballachulish erreichten. Als Rebecca in Richtung Oban abbog, entdeckte sie die Werbetafel eines Hotels. Nachdem sie die Brücke unterquert hatten, sahen sie das Hotel am Seeufer vor sich. In Rebeccas Augen wirkte es ganz passabel: ein altes Haus mit einem modernen Anbau.

»Hier machen wir Halt?«, fragte Roddy.

»Jawohl. Es gefällt mir.«

Knirschend rutschte der Wagen auf dem losen Kies des Parkplatzes, als Rebecca beherzt eine Lücke nahe dem Eingang ansteuerte, der sich in dem Hauptgebäude des Hotels befand.

»Du wartest hier«, sagte sie zu Roddy. »Ich schaue, ob noch etwas frei ist.«

Roddy sah ihr nach, wie sie in dem Gebäude verschwand, und blickte dann über die Straße hinweg, wo sich der verblassende orangerote Schimmer der Sonne auf der glatten Oberfläche des Sees spiegelte. In weiter Ferne ragte der Ben Nevis über dem Loch auf, und Roddy fragte sich nicht zum ersten Mal, warum er Schottland je verlassen hatte, um in Amerika zu leben.

Ein Auto überquerte die Brücke und verlangsamte sein Tempo, als es sich dem Hotel näherte. Roddy schenkte ihm keine Beachtung.

Nummer fünf stellte den Wagen so entfernt wie möglich von dem Hoteleingang ab, doch wiederum in nicht so großer Distanz zu den anderen Autos, als dass es auffällig gewirkt hätte. Er war auf Diskretion bedacht, wollte aber auch nicht unnötig Aufmerksamkeit auf sich ziehen.

»Der Typ hockt noch im Auto«, sagte er zu Nummer drei, der den Kopf wandte, um aus dem Fenster zu schauen. »Um die Zeit werden sie sich vermutlich nur ein Zimmer nehmen und sich gleich hinlegen.«

»Wahrscheinlich. Also keine Chance, jetzt noch an sie ranzukommen.«

»Ich gehe mal rein und finde heraus, welches Zimmer sie haben.«

»Und wie willst du das machen?«

»Das lass mal meine Sorge sein, mein Junge.«

7

Rebecca Irvine stand am verwaisten Empfangstresen und räusperte sich wiederholt in der Hoffnung, jemand würde ihre Anwesenheit bemerken. Es war ihr schon immer gegen den Strich gegangen, die in jedem Hotel dafür bereitstehende Klingel zu betätigen – viel zu aufdringlich.

Nach ungefähr einer Minute erschien eine junge Frau in dunkelblauem Rock, weißer Bluse und mit einem Seidentuch mit Schottenmuster um den Hals hinter dem Tresen und fragte, womit sie behilflich sein könne. Als Rebecca sich nach zwei aneinandergrenzenden Zimmern erkundigte, erfuhr sie, sie könne eine Suite im historischen Teil des Hotels haben, etwas anderes sei heute Abend leider nicht mehr frei. Rebecca erklärte sich einverstanden, und die Frau schob ihr ein Anmeldeformular zum Ausfüllen hin.

Als sie hinter sich die Tür gehen hörte, drehte sie sich um. Sie hatte Roddy erwartet, doch stattdessen lächelte ihr ein stämmiger Mann in etwa ihrer Größe und ihrem Alter zu und stellte sich hinter ihr an.

Sie hatte das Formular gerade ausgefüllt und nahm sich einen Hotelprospekt aus dem Display auf dem Tresen, als sie spürte, wie der Mann hinter ihr sie mit seinem Arm streifte – dass er einen Blick auf den Anmeldebogen mit der Zimmernummer geworfen hatte, war ihr allerdings entgangen.

»Verzeihen Sie«, entschuldigte er sich.

Rebecca sagte, es wäre schon in Ordnung, und schob der Frau die Anmeldung hin. Sie blieb am Tresen stehen, während die Hotelangestellte in das kleine Zimmer hinter der Rezeption ging, um die Schlüssel zu holen. Sie spürte die lautlose Anwesenheit des Fremden in ihrem Rücken. Ihr war unbehaglich, ohne dass sie dafür einen plausiblen Grund hätte nennen können.

Dann hörte sie, wie der Mann sich umdrehte und zur Tür hinausging. Wahrscheinlich hatte er sich den Empfangsbereich und den Hotelprospekt angucken wollen und hatte dann entschieden, dass es doch nicht das Richtige für ihn war.

Nachdem sie die Schlüssel entgegengenommen hatte, suchte sie sich in der Eingangshalle eine ruhige Ecke, um ihre Mutter anzurufen. Ihr Sohn musste bereits im Bett sein – zum Glück, denn sie fühlte sich zu erschlagen, um sich mit ihm zu unterhalten. Es war erst das dritte Mal in seinem Leben, dass er die Nacht getrennt von ihr verbrachte – abgesehen von den Nächten, in denen eine Tatortuntersuchung dies erfordert hatte.

»Wie geht's Connor?«, fragte sie nach einer auf beiden Seiten etwas frostigen Begrüßung.

»Du fehlst ihm. Als ich ihn ins Bett gebracht habe, wollte er mit seiner Mummy kuscheln.«

Wieder dieser vorwurfsvolle Unterton: Seit sie sich von Tom getrennt hatte, ging das ständig so.

»Er fehlt mir auch, Mum, also fang nicht wieder damit an. Ich kann jetzt keinen Streit mit dir gebrauchen.«

Augenblicklich tat es ihr leid, dass sie so scharf reagiert hatte. Ihre Mutter zeichnete eine sonderbare Kombination von Strenge und Gefühlsbetontheit aus, dennoch war es eigentlich nicht schwierig, mit ihr auszukommen. »Entschuldige, Mum«, seufzte sie. »Es ist für uns beide eine anstrengende Zeit gewesen, bis die Scheidung durch war – und überhaupt.«

»Mir tut es auch leid. Ich vergesse manchmal, dass du jetzt meine Unterstützung brauchst. Ich weiß, dass ich bisweilen zu viel herumkritisiere.«

»Können wir noch einmal von vorn anfangen?«

»Ja, das können wir gern tun.« Rebecca hatte das Gefühl, ein Lächeln aus der Stimme ihrer Mutter herausgehört zu haben.

»Also, wie läuft's mit ihm?«, fragte sie.

»Er ist ein Schatz. Wir sind mit ihm im Park gewesen und danach essen gegangen. Er war so erschöpft, dass er nach seinem Bad, ohne zu murren, ins Bett gegangen ist.«

»Ich danke dir. Ich werde ja nur ein paar Tage weg sein und rufe morgen wieder an. Dann spreche ich auch mit Connor. Würdest du ihm das sagen?«

»Das werde ich.«

Sie verabschiedeten sich, und Rebecca blieb noch einen Moment lang an Ort und Stelle stehen, um sich wieder zu sammeln. Es gelang ihr fast.

»Zimmer dreiundzwanzig«, sagte Nummer fünf, als er wieder in den Wagen einstieg. »In der oberen Etage.«

»Du bist ja richtig gut«, konstatierte Nummer drei anerkennend.

»Ich weiß.«

»Also schnappen wir sie uns in ihrem Zimmer?«

»Vielleicht. Zumindest wäre das eine Möglichkeit. Lass

uns noch warten, bis sie sich eingerichtet haben, dann sehen wir weiter.«

Schweigend sahen sie zu, wie Rebecca auf den Parkplatz kam, mit Roddy zusammen das Gepäck aus dem Auto lud und es ins Hotel trug.

»Sollten wir uns nicht besser mit dem Boss abstimmen?«, fragte Nummer drei.

Fünf nickte. Gerade verschwand der letzte Rest von Sonnenlicht, und der See verwandelte sich in eine kalte schwarze Fläche.

8

Cahill und Washington trafen am Abend um kurz vor acht wieder im Hilton ein. Phil Hanson, Tara Byrnes Sicherheitsbeauftragter, erhob sich von seinem Sessel und winkte ihnen zu, als sie die Lounge betraten. Nachdem man sich per Handschlag begrüßt hatte, erkundigte sich Hanson nach ihrem ersten Eindruck.

»Nun«, begann Cahill, »wir haben uns alles angesehen. Wäre ich Tourist, würde ich, ohne zu zögern, hier einchecken, aber vom Sicherheitsstandpunkt aus betrachtet bleibt so einiges zu wünschen übrig.«

»Die vielen Ein- und Ausgänge missfallen uns«, ergänzte Washington, nachdem er seinem Chef mit einem Kopfnicken beigepflichtet hatte. »Viel zu eng. Ehe man sichs versieht, kann man in einer Falle stecken.«

»Wäre es denn möglich, dass wir Tara durch einen Hintereingang rausbringen?«, erkundigte sich Cahill. »Oder gibt es noch eine weitere Möglichkeit?«

Hanson schüttelte den Kopf. »Kommt nicht in Frage«, sagte er. »Devon hat die Medien schon angefüttert. Er will, dass es eine ganz große Show wird. Die Sache hier könnte einen Karrieresprung für Tara bedeuten, sie muss Präsenz zeigen.«

»Dann müssen wir wohl das Beste daraus machen«, sagte Cahill.

»Möchten Sie jetzt die Zimmer sehen?«, fragte Hanson.

Cahill nickte ihm zu vorauszugehen.

Hudson saß seiner Nummer zwei gegenüber in der Hotelbar, trank Bier aus der Flasche und beobachtete die Eingangshalle, als sich Phil Hanson von seinem Sessel erhob und zwei Männer begrüßte, die gerade das Foyer betreten hatten.

»Da will wer was von ihrem Sicherheitschef«, sagte Hudson und wies mit einer Kopfbewegung auf Cahill und Washington.

Nummer zwei war Hudsons erfahrenster Mitarbeiter und hütete sich davor, sich auf der Stelle umzudrehen und hinter sich zu blicken. »Wie sieht er aus?«, fragte er.

»Es sind zwei«, sagte Hudson. »Ehemalige Militärs. Erkennt man sofort.« Er stützte die Hände auf die Knie und beugte sich vor, um dem Gespräch der drei Männer zu lauschen.

»Könnte sein, dass es Amis sind«, sagte er schließlich. »Aber aus der Entfernung bin ich mir nicht sicher.«

Die beiden nickten einander zu, standen auf und stellten sich an den Bartresen, von wo aus sie die Halle noch besser im Blick hatten. Die drei Männer unterhielten sich noch kurz und gingen dann zu den Aufzügen. Hudson nahm eine Schale mit Erdnüssen vom Tresen und trug sie zu dem Tisch, an dem sie bis eben gesessen hatten, wobei er auf dem Weg schon einige davon aß.

»Wahrscheinlich irgendwelche Sicherheitsleute von auswärts«, sagte er schließlich, nachdem er registriert hatte, dass der Lift in den zehnten Stock gefahren war.

»Stimmt«, gab ihm Nummer zwei recht. »Der Schwarze sieht aus wie ein ziemlich harter Bursche.«

»Mit dem werde ich schon fertig«, sagte Hudson.

Nummer zwei wusste, dass es im direkten Kampf nur wenige mit Hudson aufnehmen konnten, was nicht allein an dessen Körperkraft lag. Sein Chef kannte keine Furcht, wenn es zur Sache ging. Es wirkte fast so, als wäre ihm nur der Wettstreit wichtig: ob er siegte oder unterlag.

»Die sind wohl hier, um sich für morgen alles anzugucken«, sagte Nummer zwei. »Wird ihnen nicht gefallen.«

»Wenn sie etwas von ihrem Job verstehen, dann ja«, stellte Hudson fest. »Weder die Strecke von hier zum Kino noch die zurück.«

Nummer zwei grinste und strich sich eine dunkle Haarsträhne aus seinem sonnengebräunten Gesicht.

In der Gesäßtasche seiner Jeans vibrierte Hudsons Handy. Er streckte den Rücken durch und erhob sich, um an das Telefon zu gelangen.

»Sie sind's«, sagte er zu Nummer zwei, nachdem er einen Blick auf das Display geworfen hatte. Eine Weile hörte er schweigend zu. Nummer zwei fragte sich bereits, ob er möglicherweise nur eine Nachricht auf seiner Mailbox abhörte und gar kein Gesprächspartner am anderen Ende der Verbindung war.

»Es ist also noch immer nicht erledigt. Das ist es doch, was du mir sagen willst, oder?«, ließ sich Hudson schließlich vernehmen.

Während er der Erwiderung lauschte, warf er Nummer zwei einen tadelnden Blick zu, als dieser sich eine Handvoll Erdnüsse in den Mund stopfte.

»Das ist euer Problem. Ich kann euch nicht sagen, wie ihr arbeiten sollt, wenn ich nicht dabei bin.«

Wieder eine Pause für eine Erklärung vom anderen Ende. »Ruf mich später wieder an«, sagte Hudson schließlich, beendete den Anruf und steckte das Mobiltelefon zurück in seine Hosentasche.

»Fünf wird schon dafür sorgen, dass der Job erledigt wird«, versicherte ihm Nummer zwei. »Alles wird gut.«

»Da bin ich aber froh, dass du das so siehst.«

»Das tue ich. Behalten Sie nur einen kühlen Kopf und genießen Sie Ihr Bier, okay?«

Sie tranken schweigend aus, dann stand Hudson auf. Nummer zwei erhob sich ebenfalls und folgte ihm durch die Eingangshalle in die kühle Abendluft. Sie blieben vor dem Hoteleingang stehen, während Nummer zwei sich eine Zigarette anzündete und sich von seinem Kollegen abwandte, um ihn nicht mit dem Rauch zu belästigen. Er wusste nur zu gut, dass Hudson Zigarettenqualm verabscheute. Einmal hatte er ihn jemanden mit einem einzigen Schlag ins Reich der Träume schicken sehen, weil derjenige neben ihm geraucht hatte.

Hudson schob die Hände in die Taschen seiner Jeans und versuchte sich daran zu erinnern, wann er zum letzten Mal etwas bei einem Mord empfunden hatte. Ihm wurde bewusst, dass die Antwort wohl lauten musste: noch nie. Doch das bereitete ihm keine Kopfschmerzen.

9

Nachdem sie die gesamte Etage, auf der sich die Zimmer von Tara Byrne und ihrer Begleiter befanden, überprüft hatten – einschließlich der Feuertreppe und der Fahrstühle –, folgten Cahill und Washington Hanson in die Suite der Schauspielerin.

Tara bot einen tollen Anblick – schon etwas anderes, als sie fünfzehn Meter entfernt auf einer Kinoleinwand zu sehen. Sie war gertenschlank, wie es sich für Stars gehört, besaß aber noch genügend Kurven, um weiblich zu wirken. Ihr dunkles Haar, das ihr ins Gesicht und auf ihre Schultern fiel, war elegant zerzaust gestylt, das Blau ihrer Augen umwerfend. Sie saß auf einer riesigen Couch neben einer großen, massiv wirkenden Frau von ungefähr fünfundzwanzig Jahren.

»Tara«, sagte Hanson, »das sind Alex Cahill und Chris Washington von CPO Security. Sie werden uns helfen, morgen Abend bei der Premiere auf dich aufzupassen.«

Sie nickte den beiden zu und stellte die Frau an ihrer Seite als ihre persönliche Assistentin vor. »Und wie sieht's aus?«, wollte diese von Hanson wissen.

»Wir schaffen das ohne Probleme«, beantwortete Cahill ihre Frage.

Hanson stellte sich ans Fenster und blickte auf die Autobahn hinunter, deren bedrückend monotones Betonband sich im Süden an der Stadt vorbeiwand. Tara beobachtete ihn dabei, und Cahill überlegte, ob die beiden vielleicht mehr verband als nur der Beruf. Es war etwas in Taras Blick, den sie nicht von Hanson am Fenster abwenden konnte.

»Das hört sich nicht gerade überzeugend an«, bemerkte Tara an Cahill gewandt. »Wenn Sie wollen, dass ich mich wohler in meiner Haut fühle, ist Ihnen das nicht gerade sonderlich gut gelungen.«

Sie lächelte, aber auf Cahill wirkte es gezwungen. »Was soll ich dazu sagen?«, erwiderte er. »Ich kann nicht versprechen, dass es ein Kinderspiel wird.«

»Nein, das können Sie wohl nicht.«

Die Assistentin stand auf und verschwand durch eine Tür in einen anderen Teil der Suite. Tara legte die Beine auf die Couch und zog sie zu sich heran.

»Niemand will mir sagen, worum es eigentlich geht.« Sie sprach zu Cahill, aber der Blick aus ihren Augen schoss immer wieder zu Hanson hinüber. »Warum noch zusätzliche Sicherheitskräfte nötig sind.«

Cahill ging zu dem Sofa, setzte sich neben sie und sah sie an. Hanson wandte sich vom Fenster ab und beobachtete die beiden, während Washington sitzen blieb, wo er war. Er schien mehr Platz einzunehmen als jeder andere im Raum.

»Passen Sie auf«, sagte Cahill, »ich werde Ihnen erklären, worum es geht, wenn Sie das hören wollen. Ich schätze es nicht, wenn meine Klienten nicht wissen, was um sie herum vorgeht. Aber vielleicht möchten Sie es auch gar nicht so genau erfahren. Das hängt allein von Ihnen ab.« Er lehnte sich auf der Couch zurück.

Tara sah wieder Hanson an. »Jemand hat etwas gegen mich«, sagte sie zu Cahill. »Um ehrlich zu sein, ist Abneigung für sein Gefühl eine ziemliche Untertreibung, wie ich erfahren habe.«

Cahill nickte.

»Das ist alles, was ich wissen muss«, sagte sie.

»Ich werde Ihnen etwas sagen, was ich auch schon Phil gesagt habe, als wir uns heute früh trafen«, sagte Cahill.

»Nur zu.«

»Derjenige, der etwas Böses im Schilde führt, hat es immer am leichtesten – das wäre die nicht so gute Nachricht. Aber normalerweise sind die Bösen nicht so gut wie wir. Nicht so gut vorbereitet und nicht so schlagkräftig.«

Sie lächelte zaghaft.

»Am besten geht man mit solchen Situationen um, indem man das Schlimmste annimmt«, fuhr Cahill fort. »Auf diese Weise minimieren wir das Risiko, etwas zu übersehen. Bei einer Aufgabe wie dieser sind Ausgangs- und Endpunkt – also das Hotel und die Premierenfeier – die Schwachpunkte, weil sie festgelegt sind. Es gibt nichts, was wir tun könnten, um etwas an diesen Örtlichkeiten zu ändern, also müssen wir dort besonders wachsam sein und alles gründlichst überprüfen.«

»Wir achten auf alles, was irgendwie ungewöhnlich erscheint«, fügte Washington hinzu. »Dazu scannen wir die Örtlichkeit in einem Radius von dreihundertsechzig Grad. In dieser Branche macht uns niemand etwas vor. Wir wissen beispielsweise auch, dass man bei Menschen zuerst auf die Hände achten muss.«

»Wieso?«, fragte Tara ernst. Für Cahill war ihr Interesse ein gutes Zeichen. Es konnte bedeuten, dass sie begann, ihnen zu vertrauen. Und täte sie das, dann wäre sie auch bereit, gewisse Instruktionen zu befolgen.

»Hände sind der gefährlichste Körperteil eines Menschen«, erklärte Washington. »Die Hand ist es, die den Abzug betätigt oder den Knopf drückt ...«

Tara rutschte nervös hin und her.

»Hören Sie«, schaltete Cahill sich wieder ein, »ich will

nicht so tun, als wäre das ein Kinderspiel. Der potenzielle Täter legt den Plan fest – den Zeitpunkt, den Ort, die Art und Weise des Angriffs und alles, was noch dazugehört. Uns fällt der schwierigere Part zu, denn wir müssen darauf reagieren.«

»Stimmt es eigentlich«, unterbrach Tara ihn, »dass es unmöglich ist, jemanden aufzuhalten, wenn derjenige nur fest genug entschlossen ist? Wie die Attentäter vom 11. September?«

Cahill seufzte. »Bei Selbstmordattentätern – und um solche handelte es sich beim 11. September – lautet die Antwort vermutlich: ja. Aber mit solchen Leuten haben wir es hier nicht zu tun.« Er sah sie an. »Und ich habe noch nie einen Klienten verloren«, fügte er hinzu.

Washington nickte Tara aufmunternd zu. »Das stimmt.«

Doch Cahill sah, dass sie noch immer angespannt war. »Hören Sie«, sagte er, »ich weiß, dass sich das für Sie ziemlich bedrohlich anhört, aber sowie wir morgen erst einmal mit dem Auftrag begonnen haben, wird alles wie am Schnürchen laufen. Wir werden in der Menschenmenge nicht auffallen, und das Erste, was der Typ von uns merkt, wird der Ellbogen sein, der gegen sein Ohr schlägt, und der Fuß auf seiner Kehle, sowie er zu Boden gegangen ist.«

»Es ist gar nicht so schlecht, wenn Sie sich der Situation bewusst sind«, sagte Washington. »Sie achten dann mehr auf das, was um Sie herum vorgeht. Es kann sein, dass Ihnen etwas nicht ganz koscher vorkommt, wovon wir gar nichts wissen können. Am besten werden Sie ein Teil unseres Teams und nehmen nicht nur passiv teil.«

»Haben Sie so etwas schon einmal gemacht?«, fragte Tara Cahill.

»Sie meinen, ob wir eine Prominente beschützt haben?«

»Ja.«

»Natürlich. Ich habe schon alles und jeden beschützt – vom Politiker bis zum Filmstar, vom Vier-Sterne-General bis zum privaten Geschäftsmann. Ich kenne mich mit Menschenansammlungen aus und weiß bestens, worauf ich zu achten habe, und trotzdem können Sie uns helfen.«

»Da hat er recht, Tara«, sagte Hanson.

Sie lächelte schon ein wenig entspannter. »Wie soll es morgen also ablaufen?«, fragte sie. »Von hier aus gehen wir runter zum Auto, und dann?«

»Wie ich heute Morgen schon im Büro zu Phil gesagt habe, werden wir mit drei Wagen unterwegs sein, Ihrer wird in der Mitte fahren. Ähnlich werden wir es auch handhaben, wenn wir zu Fuß unterwegs sind.«

»Wie meinen Sie das?«

»Wir arbeiten in drei Teams. Zwei meiner Leute, Chris ist einer von ihnen, bilden die Vorhut. Sie gehen voraus und überprüfen noch einmal alles. Wir folgen erst, wenn wir von den beiden grünes Licht bekommen haben. Das andere Zweierteam sichert uns nach hinten ab.«

»Und ich bin in der Mitte?«

»Korrekt. Und ich bin jederzeit an Ihrer Seite.«

»Aber wenn wir von hier aus aufbrechen, brauchen Sie doch niemanden, der anschließend noch das Zimmer bewacht.«

»Nein. Die Vorhut wartet unten in der Halle und vergewissert sich, dass dort niemand auf uns wartet. Die Nachhut kümmert sich währenddessen um den Flur, den Fahrstuhl und die Treppen und deckt uns, bis wir im Lift auf dem Weg nach unten sind. Dann folgt sie uns.«

»Es ist immer jemand bei dir, vor dir und hinter dir«, betonte Hanson noch einmal, der sich neben Washington gestellt hatte. »Es wird schon klappen.«

»Und du bist auch mit mir im Auto?«, wollte Tara von ihm wissen.

Hanson sah Cahill an, der nickte. »Wie immer«, sagte er.

Der eigentümliche Tonfall, den Hansons Stimme bei der letzten Bemerkung angenommen hatte, war Cahill nicht entgangen.

10

Cahill und Washington begleiteten Hanson in sein Zimmer, um sich dort die Gästeliste der Premiere anzusehen und abschließend alles dafür vorzubereiten, dass ein Mitglied des CPO-Teams bereits am nächsten Vormittag Zugang zu dem Kino haben würde.

Gern hätte Cahill Hanson über seine Beziehung zu Tara Byrne ausgefragt. Nicht etwa, weil ihm an Klatsch und Tratsch gelegen war, vielmehr könnte selbst dieser Umstand Auswirkungen auf den reibungslosen Ablauf haben. Cahill wollte sich darauf verlassen können, dass Hanson an nichts anderes als an Taras Schutz dachte, wenn er mit ihr im Wagen saß. Trotzdem beschloss er, vorerst abzuwarten, ob ihm Hanson nicht vielleicht von sich aus etwas erzählen würde. Falls er der Profi war, für den Cahill ihn hielt, würde er das Thema heute Abend noch anschneiden.

Hansons Zimmer war kleiner als Taras Suite – ein normales Doppelzimmer mit zwei separaten Betten, einem kleinen Tisch am Fenster und einem Flachbildfernseher, der gegenüber den Betten an der Decke montiert war. Alles war in Braun und Beige gehalten – die neuen Trendfarben.

Hanson trat ans Sideboard und blätterte in der Gästeliste für die Premierenfeier – zwei fotokopierte DIN-A4-Bögen. Nachdem er sie Cahill gegeben hatte, setzte er sich auf das Sofa.

»Könnte es nicht sein, dass der Kram, der ihr geschickt wurde, von einem Exfreund stammt?«, fragte Washington, während Cahill die Liste überflog. »Oder von einem Provinzschauspieler, der sich in sie verknallt hat, als er an ihrer Seite eine kleine Nebenrolle spielen durfte?«

»Es stehen keine Männer aus ihrem früheren Leben auf der Liste«, sagte Hanson leicht pikiert angesichts der Frage. »Jeden Namen auf der Liste hat Tara abgezeichnet, also dürften wir auf der sicheren Seite sein.«

Cahill stand unter dem Fernseher, faltete die Liste zusammen und steckte sie in seine Gesäßtasche. »Und haben Sie sie ebenfalls abgezeichnet?«

Hanson nahm eine Cola aus dem Kühlschrank, trank einen Schluck und starrte Cahill an.

»Das wäre doch Ihr Job«, hakte der nach, »nicht der von Tara.«

»Verstehe«, sagte Hanson, »und wir sind sie auch durchgegangen, bevor sie an Tara weitergeleitet wurde. Tut mir leid, ich hätte mich klarer ausdrücken sollen.«

»Kein Problem. Die Situation ist für Menschen, die Tara nahestehen, bestimmt keine leichte, und es liegt ein langer Tag hinter uns. Wir sollten uns deshalb nicht in die Haare kriegen, okay? Morgen müssen wir als ein Team zusammenarbeiten.«

»Natürlich«, sagte Hanson. »Mein Fehler. Die Sache macht mich ziemlich fertig, und Devon geht mir deswegen auch schon tierisch auf die Nerven.«

»Inwiefern?«

»Er geht einem so oder so schon auf den Geist, müssen

Sie wissen. Aber in dieser Woche war er die reinste Nervensäge.«

»Sein Goldesel ist ja auch in Gefahr«, spottete Washington.

»Daran wird's wohl liegen.«

»Einer von meinen Leuten wird Sie morgen früh anrufen, damit er ins Kino kann«, sagte Cahill. »Später treffen wir uns alle hier, um uns für die Fahrt vorzubereiten, okay?«

»Okay. Welche Strecke nehmen wir?«

»Das braucht Sie nicht zu interessieren. Je weniger Leute es wissen, desto besser.«

»Aber ich fahre«, protestierte Hanson. »Da muss ich doch vorher die Route kennen.«

»Falsch, ich werde am Steuer sitzen. Anders läuft es bei mir nicht.«

»Tara untersteht meiner vollen Verantwortung«, sagte Hanson. »Ich möchte Ihnen nicht zu nahe treten, Alex, aber für Sie ist das hier eine einmalige Sache. Nehmen Sie sich da nicht ein bisschen zu wichtig?«

Cahill seufzte. »Sie scheinen mir ein anständiger Kerl zu sein, Phil, und ich denke, Sie wissen auch, was Sie tun. Und das ist gut so. Aber das hier ist mein Auftrag, deshalb übernehme ich auch die Verantwortung. Ich werde Leute einsetzen, die ich kenne und denen ich vertraue, und genau deshalb wird nichts schiefgehen. Wir wissen doch beide, dass bei einer solchen Sache jeder verdächtigt werden muss, also muss ich als Außenstehender alles kontrollieren können.«

Hanson tippte mit den Fingern nervös auf die Tischkante und atmete geräuschvoll durch die Nase aus.

»Ich merke doch, dass sie Ihnen viel bedeutet«, wagte Cahill einen Vorstoß. »Deswegen lasse ich Sie auch im Wagen mitfahren. Aber das ist der einzige Kompromiss.«

Er wartete darauf, dass Hanson etwas erwiderte. Vergeblich.

Also ließ Cahill die Katze aus dem Sack. »Ich muss wissen, ob Sie an Tara noch ein anderes Interesse haben als nur ein rein berufliches.«

»Was wollen Sie damit andeuten?«, fragte Hanson und sah ihn endlich direkt an.

»Besteht zwischen Ihnen und Tara eine Beziehung?«

»Nein.«

Die Antwort kam wie aus der Pistole geschossen. Verdächtig, fand Cahill. »Phil …«

»Okay, schon gut. Da war mal etwas, aber es wurde nie etwas Ernstes daraus. Es wäre auch schwierig für Tara gewesen. Sie kann im Augenblick nichts gebrauchen, was sie von ihrer Arbeit ablenkt. Nicht jetzt, wo Hollywood bei ihr angeklopft hat.«

»Ich mache mir keine Sorgen darüber, dass sie abgelenkt sein könnte.«

»Ich bin immer auf dem Posten«, sagte Hanson. »Darüber brauchen Sie sich keine Gedanken zu machen.«

»Ich hoffe, ich kann Sie beim Wort nehmen.«

II

Kaum hatte sich Roddy ins Bett gelegt, war er auch schon eingeschlafen. Rebecca verließ das Zimmer, schloss leise die Tür und setzte sich in den Wohnbereich ihrer Suite. Sie hatte sich Bettzeug mitgenommen, da sie beabsichtigte, die Nacht auf dem Sofa zu verbringen. Roddy sollte seinen versäumten Schlaf nachholen.

Die Suite war nicht besonders geräumig, aber praktisch geschnitten. Wahrscheinlich war sie erst jüngst renoviert worden, denn Rebecca konnte noch den Geruch neuen Teppichbodens wahrnehmen. Die Räume befanden sich am Ende des Korridors im ersten Stock, im Wohnbereich nahm ein original gusseiserner Kamin fast die gesamte Wand gegenüber der Tür ein. Vor dem Feuer stand eine von zwei etwas helleren Sesseln flankierte braune Ledercouch.

Rebecca bereitete die Couch für die Nacht vor und holte ein Nachthemd aus ihrer Reisetasche. Eigentlich war es kaum mehr als ein übergroßes blau-rosafarbenes T-Shirt, auf dem »SAUER, ABER SÜSS« aufgedruckt stand. Tom hatte es ihr vor langer Zeit zum Geburtstag gekauft, und sie hing immer noch daran, obwohl die Farben längst ausgeblichen waren und die Nähte bereits ausfransten.

Bevor sie sich umzog, wollte sie noch Logan anrufen. Erfolglos suchte sie nach ihrem Handy, bis ihr einfiel, dass sie es wahrscheinlich im Wagen liegen gelassen hatte. Sie öffnete die Tür zum Schlafzimmer, sah, dass Roddy tief und fest schlief, und schlüpfte auf den Flur hinaus.

Draußen hatte es sich etwas abgekühlt. Milde Abendkälte hatte die Wärme abgelöst. Rebecca spürte eine Gänsehaut auf ihren nackten Armen, als sie im Licht der schummerigen Parkplatzbeleuchtung zu ihrem Wagen eilte und dabei in ihrer Tasche nach dem Schlüssel suchte. Sie hatte die Fahrertür fast erreicht, als sie ein kleines Stück weiter einen parkenden Wagen sah, der ihr bekannt vorkam. Er war verlassen, kam ihr aber so vor, als hätte sie ihn schon einmal irgendwo gesehen. Sie blieb stehen und starrte ihn an, versuchte sich zu erinnern.

In diesem Moment hörte sie Gelächter. Als sie sich umdrehte, kamen zwei Männer aus dem Hotel. Instinktiv duckte sie sich hinter ihren eigenen Wagen, fand ihre Reaktion aber augenblicklich albern. Trotzdem: Jetzt war sie sich sicher, dass sie den Wagen und einen der beiden Männer heute schon gesehen hatte. Zuerst vor dem Krankenhaus und dann vorhin vor dem Café in Glencoe.

Ihr erster Gedanke: Paparazzi! Vielleicht auch nur Journalisten von der Boulevardpresse. Sie mussten sie nach ihrem unfreiwilligen Fernsehauftritt wiedererkannt haben und hatten sich nun an ihre und Roddys Fersen geheftet, um eine Exklusivstory zu bekommen, mit der sie das große Geld scheffeln würden.

Dann erinnerte sie sich auch an den anderen Mann, der beim Einchecken an der Hotelrezeption hinter ihr gestanden hatte. Vermutlich hatte er nur wissen wollen, welches Zimmer sie hatten.

»Mist«, fluchte sie leise in sich hinein.

Der Kies auf dem Parkplatz knirschte unter den Schuhsohlen der Männer, als sie auf Rebeccas Wagen zugingen. Da sie mit der Presse bisher ausschließlich schlechte Erfahrungen gemacht hatte, hielt sie es für das Beste, den Leuten aus dem Weg zu gehen. Möglichst leise schlich sie um ihr Auto herum, konzentriert darauf, nicht ins Blickfeld der beiden Unbekannten zu geraten. Als sie an ihr vorbeigegangen waren, lief Rebecca noch einmal halb um ihren Wagen, hob den Kopf und beobachtete durch die Autoscheiben, wie die Männer zu ihrem eigenen Fahrzeug gingen.

Als sie das Schlagen der Türen hörte, duckte sie sich wieder und wartete ab. Sie hoffte, dass die beiden davonfahren würden. Dann könnte sie unbemerkt ihr Handy holen und zurück ins Haus verschwinden. Doch kein Motor wurde angelassen, stattdessen konnte sie gedämpft die Stimmen der Männer aus dem Wageninneren hören.

Auch auf die Gefahr hin, gesehen zu werden, warf sie rasch einen Blick in ihr Auto. Das Handy lag in dem Becherhalter zwischen den Vordersitzen. Wenn sie die Tür öffnete, würde die Innenbeleuchtung angehen und die Männer würden sie entdecken.

Sie lehnte sich mit dem Rücken gegen die Beifahrertür und ließ sich nach unten rutschen, bis sie mit dem Hintern auf dem Kies saß. Warum kann nicht auch nur irgendetwas im Leben einfach mal reibungslos verlaufen, dachte sie und fuhr sich mit den Händen durchs Haar.

Schließlich überwog ihre Sturheit. Zum Teufel, sie würde sich auf keinen Fall abzocken lassen, indem sie ein sündhaft teures Gespräch vom Hotel aus führte – auch wenn Roddy die Kosten übernehmen würde. Selbst wenn die Rechnung von jemand anderem bezahlt wurde, brachte sie es nicht über sich, Geld zu verschwenden. Also erhob sie sich und öffnete die Wagentür.

Nummer fünf hatte Rebeccas Wagen gerade den Rücken zugekehrt, doch Nummer drei hatte sofort gesehen, was passierte. Er riss seine Seitentür auf und war schon aus dem Wagen gesprungen, ehe Nummer fünf auch nur realisierte, was geschah.

»He!«, rief er Rebecca zu. »Brauchen Sie Hilfe?«

Rebecca hielt halb in ihren Wagen gebeugt inne. Hatte sie ihn überhaupt richtig verstanden? Drei hörte, wie Fünf ebenfalls ausstieg und ihm nacheilte. Er selbst legte noch einen Schritt zu.

»He!«, rief er wieder.

Rebecca kam aus ihrem Wagen hervor, schloss die Tür und blickte Nummer drei entgegen. Er konnte das Gefühl nicht abschütteln, dass sie sich sein Gesicht einprägte.

12

Auch Nummer fünf erhöhte sein Tempo, um zu seinem Kollegen aufzuschließen. Sie waren noch etwa zwei Wagenlängen von ihr entfernt, als die Frau die Autotür zuschlug und Richtung Hoteleingang eilte. Sie würden sie auf dem Parkplatz nicht mehr einholen. Was sollten sie also tun? In der Rezeption oder noch auf der Treppe das Feuer auf sie eröffnen?

»Lass sein«, zischte er Drei zu.

Rebecca blieb stehen und wandte sich verunsichert um.

Sie standen fünf Meter voneinander entfernt, während sich tief hängender Nebel über den See legte.

Keiner der beiden Männer trug einen Fotoapparat oder sonst etwas bei sich, was auf Journalisten auf der Jagd nach einer Story hindeutete. Vielleicht hatte Rebecca sie ja nur in einem unvorbereiteten Augenblick angetroffen, andererseits sahen die Kerle auffallend durchtrainiert aus – schmale Hüften, breite Schultern. Journalisten trugen normalerweise vom vielen Herumsitzen am Schreibtisch und vom ungesunden Essen einen Wanst vor sich her. Der Mann, der einen Schritt näher stand, war der jüngere von beiden, und danach zu urteilen, wie er auf das Kommando des Älteren augenblicklich stehen geblieben war, schien er einen niedrigeren Rang zu bekleiden – falls das der treffende Ausdruck war.

Der ältere Mann trat einen Schritt vor, neben seinen Kollegen. Rebecca ging langsam rückwärts und ließ die Männer dabei nicht aus den Augen. Das Schweigen der beiden wurde ihr unheimlich.

»Lasst ihn in Ruhe!«, rief sie ihnen zu, um nur irgendetwas zu sagen, und setzte ihren schrittweisen Rückzug fort, bis sie das Gefühl hatte, nahe genug beim Hoteleingang zu sein. Dann drehte sie sich um, unterdrückte aber den dringenden Impuls, die Stufen hinaufzurennen. Sie wollte nicht den Eindruck erwecken, sich vor ihnen zu fürchten. Vor der Tür wandte sie sich noch einmal um. Die beiden gingen zu ihrem Wagen zurück.

Sowie sie wieder in ihrer Suite war, kippte sie ein Fläschchen Single Malt aus der Minibar hinunter. Die brennende Glut, mit der die Flüssigkeit ihr die Kehle hinunter und in ihr tiefstes Inneres rann, tat gut. Ihre Hände zitterten noch immer ein wenig, als sie im Adressbuch ihres Handys Logans Nummer suchte. Sie wollte gerade die Anruftaste drücken, als ihr bewusst wurde, dass es bereits nach elf war. Sie zögerte kurz, wählte dann aber trotzdem. Dann war sie eben egoistisch, egal. Sie wollte seine Stimme hören.

Das Freizeichen erklang, dann schaltete sich der Anrufbeantworter ein. Sie wollte gerade auflegen, als sich Logan mit verschlafener Stimme meldete.

»Mmm … Hallo?«

»Hallo, du Schlafmütze.«

»Becky?« Mit einem Mal war er hellwach. »Was ist los?«

»Nichts, ich wollte mich nur melden und hören, wie's dir so geht.«

»Nun, unser Nachmittag vorhin war … interessant.«

»So nennst du das also? Da hätte ich dich ja nicht zu stören brauchen.«

»Wenn die Nachmittage mit dir immer so werden, kannst du mich stören, so oft du willst.«

Sie musste lächeln.

»Und wie läuft es mit deinem Begleiter?«, erkundigte er sich.

»Gut. Er schläft jetzt. Ich glaube, er kommt klar. Es scheint, als würde er sich wirklich am Riemen reißen wollen. Das ist der erste Schritt.«

»Wird wohl so sein.«

»Ach, leg dich einfach wieder schlafen«, sagte sie. »Tut mir leid, dass ich dich geweckt habe.«

Sie hätte gern mit anderen Worten das Gespräch beendet, wusste aber nicht, mit welchen.

Ich liebe dich?

»Pass auf dich auf«, sagte er.

»Du auch.«

Sie legte das Handy beiseite und lehnte sich auf der Couch zurück. Bloß nichts überstürzen, sagte sie sich, sie hatten noch jede Menge Zeit.

Um viel vom Leben zu haben.

13

Gegen acht wachte sie auf. Ein Streifen Sonnenlicht drang durch einen Spalt zwischen den Vorhängen und fiel auf ihre Wange. Sie wälzte sich auf den Rücken und streckte sich. Ihre Hände berührten den Lederbezug der Couch. Auch ohne richtiges Bett hatte sie gut geschlafen und fühlte sich erholt.

Sie dachte an den gestrigen Tag und an Logan, aber dann drängte sich die spätabendliche Begegnung mit den beiden Männern auf dem Parkplatz in den Vordergrund. Sie versuchte sie aus ihren Gedanken zu verbannen, trat ans Fenster und zog die Vorhänge beiseite. Es bot sich ihr ein atemberaubender Blick auf den See und die Berge dahinter. Das Wasser glitzerte in der Morgensonne.

Als sie das Bettzeug von der Couch nahm, bemerkte sie plötzlich das Geräusch der Dusche. Roddy sang etwas. Sie lauschte und erkannte »The Dock of the Bay«. Nachdem sie sich eine Tasse Tee gemacht hatte, stand sie daran nippend am Fenster, als Roddy in ausgewaschener Jeans und einem grauen Poloshirt mit dem Aufdruck »ROAD CREW« auf dem Rücken aus dem Schlafzimmer trat. Um seinen Kopfverband zu verbergen, trug er eine Baseballmütze. Sie musste zugeben, dass sie ihm gut stand. Als er sie erblickte, blieb er stehen, musterte sie von Kopf bis Fuß, grinste und nickte dann anerkennend.

»Du bist so ordinär«, sagte sie, stellte ihre Tasse ab und ging an ihm vorbei ins Bad.

Im Speisesaal luden sie sich zum Frühstück Würstchen, Speck und Eier auf die Teller, um sich für den Tag zu stärken. Sie wollte ihre Eier pochiert, er gebraten. Rebecca schoss die Frage durch den Kopf, was Logan wohl zum Frühstück bevorzugte, und freute sich schon darauf, es herauszufinden.

»Und wie lautet der Plan für heute, Boss?«, erkundigte sich Roddy.

»Ich dachte, wir fahren erst einmal weiter«, sagte sie, »packen unsere Sachen zusammen und essen in Fort William zu Mittag. Dann könnten wir einen Spaziergang durch die Stadt machen und so tun, als wären wir Touristen.«

Obwohl Rebecca das Hotel eigentlich ganz gut gefiel und sie unter normalen Umständen auch erwogen hätte, eine weitere Nacht zu bleiben, hatte ihr das Erlebnis auf dem Parkplatz die Freude an ihrem Aufenthalt verdorben. Sie wollte schnellstmöglich weg.

»Aber es ist doch nett hier«, sagte Roddy und ließ seinen

Blick über das geschäftige Treiben im Frühstücksraum gleiten. »Warum bleiben wir nicht noch ein bisschen?«

»Lass uns lieber in Bewegung bleiben. Die Abwechslung wird dir guttun. Wir könnten auch rüber nach Skye fahren. Aber nicht über die Brücke, sondern mit der Fähre, das ist viel schöner.«

»Meinetwegen. Du bestimmst.«

Nach dem Frühstück luden sie ihr Gepäck in den Wagen. Rebecca sah sich auf dem Parkplatz um, ob auch niemand in einem der anderen Autos auf sie wartete, und warf ängstliche Blicke auf die Straße, ob sich dort etwas Verdächtiges tat. Dabei hatte dies doch eine erholsame Pause vom Alltag sein sollen. Immerhin Roddy schien heute besserer Stimmung zu sein.

Rebecca wartete im Wagen, während Roddy zur Rezeption ging, um die Rechnung zu bezahlen. Die Basketballkappe hatte er sich tief ins Gesicht gezogen, damit man ihn nicht gleich erkannte – zumindest war es ein Versuch, auch wenn der wohl hier nicht notwendig war. Im Hotel waren überwiegend ältere Leute und Familien abgestiegen, die nicht auf seine Band zu stehen schienen. Das Publikum bei seinen Konzerten bestand überwiegend aus Mädchen und Jungen im Teenageralter – vor allem aus Mädchen.

Sie fuhren auf die Hauptstraße zurück und folgten dann den Schildern nach Fort William. Roddy hatte wieder das Seitenfenster heruntergelassen, sodass der Wind ins Wageninnere blies. Rebeccas Nacken wurde kalt, aber sie beschwerte sich nicht. Sie machten diese Fahrt für ihn, nicht für sie.

»Weißt du«, sagte Roddy, nachdem sie zehn Minuten gefahren waren, »ich besitze wahrscheinlich mehr Geld, als ich je ausgeben kann. Sogar meine Steuern sind bezahlt. Vielleicht sollte ich mich einfach zur Ruhe setzen und mir hier in der Gegend etwas kaufen.«

»Hört sich gut an«, sagte Rebecca. »Warum nicht?«

»Aber ich werde Gesellschaft brauchen. Ich würde verrückt werden, wäre ich die ganz Zeit allein.« Er sah sie von der Seite an. Sie ignorierte ihn. »Wie wär's, Becky Reid, hast du nicht Lust, mich zu heiraten?«

»Ganz bestimmt.«

»Im Ernst?« Der plötzliche Enthusiasmus in seiner Stimme machte ihr Sorgen.

»Nein, Roddy. Nicht im Ernst.«

»Ach, jetzt komm schon. Merkst du denn nicht, wie gut wir miteinander zurechtkommen? Und du warst doch mal ganz schön scharf auf mich, stimmt's?«

»Du vergisst, dass ich dir damals den Laufpass gegeben habe. Die Antwort lautet also Nein. Ich mag dich wirklich gern, Roddy, aber falls du dir Hoffnungen machst, dass auf dieser Reise oder zu einem späteren Zeitpunkt etwas zwischen uns passiert, schlag dir das lieber ganz schnell aus dem Kopf.«

»Aber ich könnte dich von allem befreien, was du hasst. Von dem ganzen Ballast, den du in deinem Kopf wälzt und der dich gestern so durcheinandergebracht hat.«

»Weißt du was, Roddy? Wenn's mir nicht um dich ginge, wäre ich gestern um ein Haar umgekehrt.«

Er warf sich in seinen Sitz und schmollte.

»Man kann's ja mal versuchen«, sagte er.

14

Nummer fünf und Nummer drei übernachteten in dem größten Hotel an der Straße nach Fort William. Man blieb lieber anonym, als in einem kleinen B&B noch aufzufallen. Fünf war immer noch sauer, weil Drei gestern Abend aus dem Auto gestiegen war und die Polizistin angesprochen hatte, obwohl zu diesem Zeitpunkt keine auch nur halbwegs realistische Aussicht bestanden hatte, die Aufgabe zu erledigen. Aber das hatten sie bereits ausdiskutiert. Es machte keinen Sinn, sich noch weiter darüber aufzuregen.

Nummer fünf hatte den GPS-Tracker mit an den Frühstückstisch genommen. Die Polizistin und der Typ schienen bereits wieder unterwegs zu sein, sogar in ihre Richtung. Vielleicht würde sich heute ja eine Möglichkeit ergeben, die Sache zu einem Abschluss zu bringen.

»Ist das eines von diesen neuen iPhones?«

Nummer fünf blickte von seiner Schale mit Früchten und Joghurt auf. Die Bedienung hatte schwarzes Haar, in das ein pinkfarbenes Band eingeflochten war.

»So etwas Ähnliches«, sagte er und lächelte ihr zu.

Das Mädchen schob ihre Oberlippe über die winzige Metallkugel, die als Piercing in ihrer Unterlippe hing, und spielte mit ihrer Zunge daran herum.

»Kann ich mir das mal angucken?«, fragte sie und wollte schon nach dem Tracker greifen.

»Nein«, sagte Fünf und legte die Hand darauf.

Das Mädchen wirkte überrascht, ging aber nicht weiter darauf ein, sondern fragte professionell freundlich, ob sie Tee oder Kaffee wünschten. Als sie wieder allein waren, erkundigte sich Nummer drei nach ihren Plänen für den Tag.

»Wir bringen es hinter uns und sehen zu, dass wir von hier wegkommen, verflucht noch mal«, setzte Fünf ihn ins Bild. Er hielt den GPS-Tracker hoch, sodass Drei das Display sehen konnte. »Sie sind auf dem Weg hierher, also seien wir diesmal auf sie vorbereitet.«

Nummer drei nickte und schaute aus dem Fenster in den Garten des Hotels. Aus der Ferne zogen Wolken heran.

15

Friedhöfe sind etwas für den Winter, dann passen Stimmung und Himmel zu dem grauen Granit der Grabsteine.

Logan und Ellie gingen zusammen die leichte Anhöhe hinauf, die zu den neu angelegten Gräbern auf dem Hügel führte. Die Erweiterung des ursprünglichen Friedhofs war durch die ständig wachsende Zahl an zu Begrabenden erforderlich geworden. Ellie war sehr still, so wie immer, wenn sie herkamen, aber sie würde schon wieder etwas sagen, wenn ihr danach war.

Die Grabsteine erstreckten sich in ordentlichen Reihen in alle Richtungen. Im Vorübergehen überflog Logan die Inschriften, neugierig, wie alt diejenigen geworden waren, die hier unter der Erde lagen.

Vierundsiebzig.

Dreiundzwanzig.

Einundvierzig.

Fünfundachtzig.

Zwei.

Es waren immer die Gräber der Kinder, die ihm am meisten an die Nieren gingen: Sie hatten zu wenig Zeit gehabt.

Er erinnerte sich an das letzte Mal, als er bei einem Begräbnis – dem eines Großelternteils – gewesen und einen ähnlich trostlosen Weg wie diesen entlanggegangen war. Plötzlich war er auf den Grabstein eines drei Monate alten Babys gestoßen. Nur ein Vierteljahr war ihm bestimmt gewesen.

Schlafe tief und fest, kleiner Mann.

Die Worte waren unter dem Namen und den Geburts- und Sterbedaten in den Stein gemeißelt. Liebevolle Worte am Ende eines jeden Tages. Aber was schwang darin mit? *Wir sehen uns dann morgen wieder.*

Logan schluckte. Seine Emotionen schnürten ihm die Kehle zu, als Ellie an all den Mahnmalen für die Toten vorüber- und auf Pennys Platz zuging. Als sie sich der höchsten Stelle des Hügels näherten, griff Ellie nach seiner Hand und drückte sie fest.

Nebeneinander standen sie vor dem schmucklosen Stein, den Ellie ausgesucht hatte. Logan hätte alles, was sie sich wünschte, bezahlt, aber gerade die Schlichtheit des Steins passte zu seiner Tochter: Jegliche Protzerei und Verherrlichung war ihr fremd; sie erinnerte sich an Penny so, wie sie zu Lebzeiten gewesen war.

»Ich geh zu ihr«, sagte Penny und betrat die Grasfläche.

Sie kniete nieder und legte den Strauß so ab, dass er gegen den Stein lehnte. Dann nahm sie die Karte und steckte sie zwischen die Blumen.

Logan blickte die Anhöhe hinunter und entdeckte ein paar Grabsteine, die flach auf dem Boden lagen – umgestoßen von Jugendlichen, denen nichts heilig war, die nicht verstehen konnten, dass sie damit den Witwen, Witwern, Söhnen und Töchtern Kummer bereiteten, die ihre Lieben besuchen wollten und deren Ruhestätten durch sinnlosen Vandalismus geschändet vorfanden.

Ellie sprach flüsternd zu ihrer Mutter, erzählte, wie es ihr ginge, sagte, Logan sei gut zu ihr. Er entfernte sich ein paar Schritte, wollte Ellie in diesem Moment der Zweisamkeit mit ihrer Mutter nicht belauschen.

Als sie ihre Andacht beendet hatte, küsste sie den Stein und versprach, bald wiederzukommen. Dann gesellte sie sich zu Logan, presste ihr Gesicht gegen seine Brust und schlang die Arme um ihn. Er merkte, wie ihre Tränen durch sein T-Shirt drangen, spürte ihre Wärme auf seiner Haut, nahm sie in die Arme und versicherte ihr, dass alles gut werden würde und er immer für sie da wäre. Er war sich nicht sicher, ob er das Versprechen würde halten können – aber wie konnte man schon sicher sein? Und trotzdem sagte man das so dahin.

Als sie sich von ihm löste und sich mit der Hand über Augen und Nase wischte, nahm er ihr Gesicht in die Hände und beugte sich so weit zu ihr hinunter, bis ihre Nasenspitzen sich berührten.

»Ich liebe dich, Ellie«, sagte er.

Sie hatte nie etwas darauf geantwortet, wenn er das bisher zu ihr gesagt hatte – und er hatte es oft getan. Trotzdem sagte er es immer wieder. Es war ihm weder peinlich, noch fürchtete er sich vor einer Zurückweisung.

Er sagte es, weil sie die Worte hören musste.

Er sagte es, weil es stimmte.

Als sie den Hügel hinuntergingen, sah Logan, dass sich im Norden eine Wolkenfront aufbaute. Die für die Jahreszeit viel zu warme Atmosphäre machte sich bereit, sich in einem Wärmegewitter zu entladen.

»Ich dich auch«, sagte Ellie, als sie auf das Friedhofstor zugingen.

Sie fuhren zu einem kleinen, preiswerten Café in der Nähe von Shawlands Cross, wo man es sich an einem Sonntagmorgen so richtig gut gehen lassen konnte: Es gab French Toast mit jeder Menge Sirup für Ellie, Rührei auf Toast für Logan.

»Möchtest du, dass ich dich Dad nenne?«, fragte Ellie mit halb vollem Mund und ohne ihn dabei anzusehen. Sie war viel zu sehr damit beschäftigt, eine weitere Ecke von ihrem Toast abzuschneiden und sie im Sirup zu versenken.

»Du kannst mich nennen, wie du willst, Ellie. Es ist mir egal.«

Nun blickte sie doch auf. »Echt?«

»Klar. Ich heiße Logan, also kannst du mich auch so nennen, wenn du möchtest.«

»Aber du bist auch mein Dad.«

»Und solange wir das wissen, brauchst du es nicht extra zu sagen.«

Sie lächelte, und er streckte den Arm über den Tisch, um ihr mit einer Serviette einen Klecks Sirup aus dem Mundwinkel zu wischen.

»Danke, Logan.«

Irgendwie hörte sich das richtig an.

16

Hudson hielt sich mit Nummer zwei und vier gerade in dem Apartment am Ostende der Stadt auf, als im Wohnzimmer sein Mobiltelefon klingelte. Er ging hinüber und nahm das Gespräch an. Die Nummer auf dem Display sagte ihm nichts, aber der Anruf schien aus London zu kommen.

»Wie laufen die Vorbereitungen für heute Abend?«

Einen Augenblick lang hatte Hudson das Gefühl, als zöge sich ihm der Magen zusammen. Wie konnte jemand außer ihm wissen, was für heute Abend geplant war? Dann erkannte er die Stimme seines Auftraggebers. »Von wo aus rufen Sie an?«, fragte er.

»Von zu Hause. Ich genieße gerade auf meiner Terrasse den Sonntagmorgen nach einem sehr anregenden Abend mit weiblicher Gesellschaft, falls Sie wissen, was ich meine.«

»Sie sollten mich nicht von Ihrem Privatanschluss aus anrufen«, sagte Hudson. »Das ist nicht sicher.«

»Wovon reden Sie da? Vor wem nicht sicher?«

»Nun, ich muss es wohl Ihnen überlassen, wie Sie Ihre Geschäfte führen«, erwiderte Hudson. »Ich benutze jedenfalls nie ein zurückverfolgbares Telefon, um berufliche Dinge zu besprechen.«

»Es ist gut, dass Sie so vorsichtig sind, Carl, wirklich gut. Aber hören Sie auf, sich so anzustellen, sonst gehen Sie mir noch auf die Nerven.«

»Was immer Sie wünschen«, sagte Hudson und atmete langsam durch.

»Ich wiederhole also meine Frage: Wie laufen die Vorbereitungen?«

»Wir liegen gut in der Zeit. Die abschließenden Vorbereitungen finden heute Vormittag statt, heute Abend sind wir dann bereit. Und dann ...« Hudson sprach nicht weiter, es widerstrebte ihm, den Satz zu beenden.

»Mir gefällt Ihre Feinfühligkeit.«

Hudson schwieg. Er wünschte sich, dass dieser Anruf endlich vorüber wäre.

»Also haben Sie alles Nötige gestern von meinem Mann erhalten?«, fragte der Auftraggeber.

»Ja.«

»Und? Ist damit alles okay?«

»Es ist in Ordnung.«

»Was ist los mit Ihnen, Carl? Sind Sie nicht in der Stimmung für einen kleinen Plausch?«

Dass dieser Typ aber auch immer seine Machtspielchen treiben, immer hervorkehren musste, dass er der Chef war und alles nach seinen Vorstellungen zu laufen hatte.

»Hören Sie«, sagte Hudson, »ich muss jetzt los. Ich habe noch zu tun.«

»Wunderbar, Carl. Ich verstehe, was Sie mir sagen wollen.«

»Ich rufe Sie an, wenn es erledigt ist.«

»Ich freue mich darauf.«

Sie verließen das Apartment gemeinsam und fuhren in einem unauffälligen Mazda zu einer Lagerhalle, die sie außerhalb der Stadt angemietet hatten – gegen Barzahlung und ohne Mietvertrag. Die Halle lag in einem überschaubaren Industriegebiet, sie war die letzte in einer Reihe von fünf gleichartigen Gebäuden und für ihre Bedürfnisse wie geschaffen.

Nachdem sie die Halle betreten hatten, streifte sich Nummer vier einen dunkelblauen Overall über und machte sich daran, das Etwas zu bearbeiten, indem er das, was Hudson gestern noch bekommen hatte, hinzufügte. Hudson fühlte sich nie wohl in seiner Haut, wenn er Zeug wie diesem zu nahe kam. Er bewunderte Nummer vier dafür, mit welch offensichtlicher Leichtigkeit er mit dem Material hantierte. Schon in der Armee waren solche Sachen sein Spezialgebiet gewesen, das hatte ihn wahrscheinlich gegen jegliches Risiko abgestumpft.

Nummer zwei stand vor der Tür, rauchte genüsslich eine Zigarette und versuchte nicht so auszusehen, als würde er den Eingang bewachen. Er war gut darin, nonchalant zu wirken.

»Wie lange dauert's noch?«, wollte Hudson von Nummer vier wissen. Er hasste den Geruch in der Halle – nach Öl und glühendem Lötmetall, dazu drang noch der Anflug von Zigarettenrauch von draußen herein.

»Ungefähr eine halbe Stunde. Es muss so aussehen, als wäre dieses Teil hier das, worauf es ankommt. Ich werde es so verdrahten, dass es echt aussieht, aber die eigentliche Funktion nicht beeinträchtigt.«

Hudson ging nach draußen, um frische Luft zu schnappen. Er lief mitten in den Zigarettenrauch von Nummer zwei hinein.

»Verfluchte Scheiße!«, schimpfte Hudson, hustete und wandte das Gesicht ab.

»Tut mir leid, Boss«, entschuldigte sich Nummer zwei. Er ließ die Zigarette fallen und zertrat sie mit dem Fuß auf dem Betonboden. »Wenn Sie was gesagt hätten, dass Sie rauswollen …«

Hudson schnappte nach Luft, um den Geschmack nach Rauch aus der Kehle zu verdrängen.

»Wie kommt er da drin klar?«, fragte Zwei.

»Dauert nicht mehr lange.«

»Mir wird jedes Mal ganz anders dabei. Warum, zum Teufel, muss das unbedingt so gemacht werden? Das bringt uns doch alle in Gefahr.«

Hudson blickte über die Straße auf die niedrigen Gewerbegebäude aus Ziegelstein mit ihren ausgeblichenen Reklameschildern, auf denen neben ein paar anderen Billiganbietern auch eine Druckerei und eine Autowerkstatt für sich warben. Ein sanfter Wind blies eine Plastiktüte vom Tesco-Supermarkt dicht über dem Boden an ihnen vorbei.

»Ich glaube, ich steige nach diesem Job aus«, sagte Hudson. »Es reicht zwar noch nicht, um mich zur Ruhe zu setzen, aber ich halte es nicht mehr aus, länger für diesen Typen zu arbeiten. Außerdem muss ich jetzt auch an meinen Sohn denken.«

»Also nicht so von der Bühne gehen, wie man's in den Filmen immer sieht, was?« Zwei warf Hudson einen Blick von der Seite zu.

»Wohl kaum«, schnaubte Hudson.

Einen Augenblick lang standen beide schweigend da, lauschten dem Fluss, der hinter den Gewerbegebäuden auf der anderen Straßenseite vorbeirauschte, und dem gedämpfte Summen der einen knappen Kilometer entfernten Autobahn.

»Und wie sieht's mit dir aus?«, fragte Hudson schließlich. »Du kannst alles übernehmen, wenn du willst. Das Team, meine ich. Sie werden dich als neuen Boss akzeptieren.«

»Ich weiß, und ich weiß das Angebot auch zu schätzen, Boss, ehrlich. Aber Sie kennen mich doch – immer nur einen Job, schön nacheinander. Ich mag es nicht, mir zu sehr den Kopf zerbrechen müssen.«

Hudson nickte und wandte sich ab, um wieder in die Halle zu gehen.

»Werden Sie's den anderen sagen?«, fragte Nummer zwei.

Hudson blieb mit der Hand auf der Türklinke stehen. »Danach«, sagte er und verschwand.

Nummer zwei holte eine Schachtel Marlboro hervor, zog eine Zigarette heraus und hielt sie einen Moment lang zwischen seinen Lippen, ehe er sie sich ansteckte.

»Schon ein Scheißjob«, sagte er an niemanden gewandt.

17

Im Norden von Fort William entdeckte Rebecca Irvine ein ansprechendes Hotel und bog in die Einfahrt ein. Sie wollte sich erkundigen, ob noch Zimmer frei wären. Komisch, dachte sie, wie rasch man sich darauf einstellt, auf Reisen zu sein, die Gedanken sich nur noch um das nächste Bett für die Nacht oder die nächste Mahlzeit drehen.

Sie hatte Glück und bekam zwei Zimmer. Nachdem sie eingecheckt und ihr Gepäck ausgeladen hatten, klopfte sie an Roddys Tür, um ihn zu fragen, ob er mit ihr das Hotel erkunden wolle. Sie hatte einen Hinweis auf einen Wellnessbereich gesehen und hoffte, es würde dort auch einen Swimmingpool geben.

»Nein«, stöhnte Roddy. »Ich bin echt ziemlich kaputt. Wenn's dir recht ist, haue ich mich ein bisschen aufs Ohr, bevor wir zum Abendessen gehen.«

»Klar doch«, sagte Rebecca. »Du entspannst dich, und ich wecke dich dann nachher zum Essen.«

Er nahm seine Baseballkappe ab, legte sie auf den kleinen Beistelltisch und zog auf dem Bett die Beine an die Brust. Rebecca trat ans Fenster, um die Vorhänge zuzuziehen. »Möchtest du im Hotel essen oder in die Stadt gehen?«, fragte sie.

»Du entscheidest. Ich bezahle.«

Rebecca warf einen Blick in das Hotelrestaurant, der ihre Ahnung bestätigte. Zwei ältere Ehepaare saßen mit Scones und anderem Gebäck beim Nachmittagstee. Sie konnte sich kaum vorstellen, dass Roddy sich hier wohlfühlen würde.

Der Wellnessbereich inklusive eines Indoorpools war im

Keller untergebracht. Sie hatte zwar keinen Badeanzug eingepackt, erfuhr aber, dass man an der Rezeption einen kaufen konnte.

Die Bedienung am Tresen war nicht älter als zwanzig, hatte glatte, seidig schimmernde Haut und kam ganz ohne Make-up aus. Das blonde Haar trug sie zu einem Pferdeschwanz gebunden. Sie gab sich alle Mühe, freundlich zu sein, schlug Rebecca sogar vor, eine kleinere Größe zu nehmen, was bei jeder Frau gut ankommt.

Am flachen Ende des Schwimmbeckens planschte eine Familie. Ein Vater warf ein Kleinkind immer wieder hoch in die Luft, während die Mutter mit leicht besorgter Miene zusah. Im Whirlpool saß ein älteres Mädchen, das sich zweifellos wünschte, woanders zu sein. Auf dem Weg zu den Umkleidekabinen lächelte Rebecca ihm im Vorbeigehen zu, erntete aber bloß einen mürrischen Blick.

Dann sieh eben zu, wie du zurechtkommst.

Im Umkleideraum war sie die Einzige, konnte sich und ihren neuen Badeanzug also unbefangen in dem bis zum Boden reichenden Wandspiegel betrachten. Nachdem die Geburt ihres Sohnes die Proportionen ihres Körpers unwiderruflich durcheinandergebracht hatte, war es ihr doch gelungen, sich eine einigermaßen sportliche Figur zu bewahren. Nur ihre Brüste hatten sich anscheinend für immer verändert, obwohl sie Connor nicht länger als sechs Wochen lang gestillt hatte. Zudem waren in dem kalten, grellen Licht der Neonröhren zweifellos Anzeichen von Cellulitis an ihren Oberschenkelrückseiten zu erkennen. Und trotzdem: Unterm Strich betrachtet sah sie gar nicht mal so übel aus.

Am tiefen Ende des Pools ließ Rebecca sich ins Wasser gleiten und schwamm dann zwanzig Minuten lang immer wieder die Länge des Beckens ab. Die leichte Anstrengung machte sie wieder munter; anschließend ließ sie sich auf dem Rücken treiben, sodass ihr Haar sich wie ein Heiligenschein rund um ihren Kopf herum ausbreitete.

Unter lautem Geschnatter verließ die Familie, die mit ihr das Becken geteilt hatte, das Schwimmbad, und sie war allein. Rebecca genoss den seltenen Moment der Stille, bis in der Ecke der Whirlpool zu blubbern und zu schäumen begann. Offenbar schaltete er sich automatisch ein und aus. Sie kraulte in den Nichtschwimmerbereich und stieg in das Sprudelbad. Die Wärme im Unterwassermassagebecken tat ihr nach der Anstrengung gut.

Im Geiste ging sie noch einmal die Ereignisse des Vorabends durch – dachte an die beiden Schlägertypen auf dem Hotelparkplatz – und schalt sich dafür, so dünnhäutig und – wenn sie ehrlich zu sich war – sogar ein bisschen ängstlich gewesen zu sein. Als Polizeibeamtin war sie seit nunmehr zwei Jahren nicht mehr auf Streife gewesen und hatte den Instinkt der Straße verloren, dieses wie ein Radar funktionierende Vorwarngefühl, das meldete, wenn etwas passieren würde. Aber vielleicht wirkten das Konzert und die Panik, die ausgebrochen war, als Roddy von der Bühne stürzte, immer noch nach.

Sie legte ihren Kopf auf den Beckenrand des Whirlpools, schloss die Augen und ließ sich von der Wärme umarmen, ließ sie die verstörenden Gedanken vertreiben.

Als sie anschließend wieder in ihr Zimmer kam, zog sie sich aus und legte sich in Unterwäsche auf das Bett. Wieder schloss sie die Augen, um ein erfreulicheres Bild heraufzubeschwören. Ihre Erinnerung wanderte zu dem, was am Vortag in Logans Wohnung passiert war. Schon begann es zwischen ihren Beinen zu kribbeln, und ein wohlig warmes Gefühl breitete sich in ihr aus. Sie rollte sich auf die Seite, griff nach ihrem Handy und rief ihn an.

Ellie war am Apparat.

»Oh, hallo, Ellie, ich bin's, Becky. Wie geht es dir?«

»Gut.«

»Schön.« Kein bisschen schüchtern, dachte sie. »Ist dein Dad auch da?«

»Logan!«, hörte sie Ellie rufen. »Für dich. Becky.« Sie wusste, dass sie sich mit ihm über ihre Beziehung zu seiner Tochter unterhalten musste, falls es mit ihnen etwas Ernstes werden sollte.

»Hallo«, meldete sich Logan, »wo bist du?«

»In Fort William.«

»Nett. Bist du durch Glencoe gefahren? Wunderschön, nicht wahr? Ich liebe die Strecke.«

»Ganz nett, ja.«

»Du weißt, dass du deine Begeisterung nicht übertreiben musst.«

»Entschuldige. Es ist bloß … Ich habe das Gefühl, dass uns zwei Kerle verfolgen. Gestern Abend bin ich ihnen mitten in die Arme gelaufen.«

»Was meinst du mit verfolgen?«

»Wahrscheinlich nur Journalisten. Aber sie machen mich nervös.«

»Mach dir bloß keine Gedanken darüber, ja? Du hast es ja schon zu Berühmtheit gebracht, als sie dich im Krankenhaus filmten, was soll jetzt also noch groß passieren?«

Es tat ihr gut, dass er darüber scherzen konnte. »Wenn mich das aufmuntern sollte, warst du nicht erfolgreich.«

»Was würde dich denn dann aufmuntern? Soll ich dir ein paar anzügliche Dinge ins Ohr flüstern?«

»Ich liege nur in Unterwäsche auf dem Bett, das könnte durchaus wirken.«

Logan schwieg.

»Du musst nicht verlegen sein«, ermunterte Rebecca ihn. »Ich weiß inzwischen, wie du nackt aussiehst, falls du dich erinnerst.«

»Telefonsex ist gut und schön, Becky, aber ich glaube nicht, dass Ellie davon angetan ist, wenn sie mittendrin hereinplatzt. Darf ich mir das für unser nächstes richtiges Zusammensein aufheben? Wann auch immer das sein wird.«

»Hört sich gut an. Und vielleicht sollten wir dann auch über Ellie reden.«

»Was meinst du damit?«

»Das ist alles neu für sie. Dass du und ich zusammen sind, meine ich.«

»Sie hat mich schon nach dir und nach ihrer Mutter ausgefragt. Wir waren heute auf dem Friedhof. Ich glaube, sie kommt damit klar. Das haut sie nicht um.«

»Kann sein. Ich will damit nur sagen, dass wir trotzdem behutsam sein müssen. Wir sollten sie mit einbeziehen, damit sie merkt, dass sie dazugehört und sich nicht ausgeschlossen fühlt.«

»Auch für uns ist das alles noch ganz neu, aber wir werden uns da schon durchbeißen. Wenn es uns gelungen ist, die Ereignisse der Vergangenheit zu verkraften, wird uns das auch mit der Gegenwart gelingen.«

»Wahrscheinlich. Ich werde mich jetzt noch ein bisschen hinlegen, bevor wir zum Essen gehen.«

»Okay. Sag rechtzeitig Bescheid, wenn du nach Hause kommst, damit ich vielleicht auch etwas zu essen im Haus habe.«

»Was hast du heute Abend vor?«

»Nicht viel. Aber weißt du was?«

»Was denn?«

»Alex arbeitet heute Abend für Tara Byrne. Sie kommt zu irgendeiner Filmpremiere nach Glasgow. Wie findest du das?«

»Tara Byrne? Die Schauspielerin? Du machst Witze.«

»Würde ich nie tun. Willst du ein Autogramm von ihr?«

»Wie sieht sie denn im wirklichen Leben aus?«

»Keine Ahnung. Ich hatte noch keine Gelegenheit, sie kennenzulernen. Aber wahrscheinlich ist sie sehr heiß.«

»Trotzdem wirst du wohl mit mir vorliebnehmen müssen.«

Nach dem Telefonat wusch Rebecca sich das Gesicht und legte etwas Make-up auf. Dann schlüpfte sie in eine schwarze Jeans, ein schwarzes Oberteil mit kurzen Ärmeln und eine hellblaue Baumwolljacke. Ein paar Minuten lang versuchte sie noch ihr Haar zu richten, aber das gechlorte Wasser im Schwimmbecken hatte es zumindest für diesen Tag hoffnungslos ruiniert. Sie arrangierte sich damit, dass sie es sich aus dem Gesicht strich und im Nacken zusammenband.

Roddy hörte sich noch ziemlich müde an, als sie ihn in seinem Zimmer anrief, wollte sich aber in einer halben Stunde im Foyer mit ihr treffen.

In der Lobby war allerhand los, doch Rebecca fand einen freien Tisch in einer Ecke und bestellte sich ein Glas trockenen Weißwein, an dem sie in kleinen Schlucken nippte, während sie amüsiert den Gesprächen um sie herum lauschte. Die Unterhaltung mit Logan hatte ihr geholfen, die beiden Männer vom Parkplatz zu vergessen, und sie war fest entschlossen, sich heute Abend zu entspannen, gut zu essen und es nicht bei einem Glas Wein zu belassen.

Sie wäre nicht so gut gelaunt gewesen, hätte sie geahnt, dass binnen vierundzwanzig Stunden ihr Konterfei erneut über die Fernsehschirme flimmern würde.

18

Die Make-up-Spezialisten und die Haarstylistinnen hatten ihren zweistündigen Termin mit Tara beendet, und Phil Hanson nickte Cahill zu, dass sie nun zum Aufbruch bereit wären. Cahill wies Tom Hardy und Carrie Richardson an, auf dem Flur nach dem Rechten zu sehen. Sie würden dann die Nachhut bilden und Hanson, Cahill und Tara folgen, nachdem diese sicher im Fahrstuhl waren. Unten in der Halle warteten bereits Bailey Judd und Chris Washington als Vorhut, nachdem sie sich vorab gründlich in der unterirdischen Parkgarage und den Räumlichkeiten im Erdgeschoss umgesehen hatten.

Nachdem Hardy und Carrie das Zimmer verlassen hatten, holte Cahill sein Mobiltelefon hervor und rief im Kino an, wo Harry Shields, einer der wenigen echten Schotten im CPO-Team, den Tag über bereits damit beschäftigt gewesen war, die dortigen Gegebenheiten zu überprüfen und die Vorbereitungen für Taras Auftritt zu überwachen.

»Alex hier. Wie sieht's bei dir aus, Harry?«

»Alles in Ordnung. Sie sind ziemlich gut organisiert, und das Security-Team macht auch einen professionellen Eindruck.«

»Sie sind also auf alles eingegangen, was du verlangt hast?«

»Ja, keine Sorge. Die Sauchiehall Street rauf sind Barrieren aufgestellt worden, niemand kann vom Gehweg auf die

Straße gelangen. Außerdem ist der oberste Straßenabschnitt abgesperrt worden, und man hat einen Polizeiwagen dort postiert, falls irgendetwas passiert.«

»Und wie sieht's im Kino aus?«

»Ein wirkliches Kino der alten Schule. Riecht ein bisschen nach Kaninchenstall. Ich habe dafür gesorgt, dass sämtliche nach außen führende Türen verschlossen und doppelt überprüft wurden. Solange wir kontrollieren, wer von außen ins Gebäude kommt, sollte alles paletti sein.«

»Gut. Wir sind zum Aufbruch bereit, also sollten wir in spätestens fünf bis zehn Minuten bei euch auftauchen.«

»Verstanden. Dann bis gleich.«

Als er hörte, wie die Tür zu Taras Schlafzimmer geöffnet wurde, drehte Cahill sich um. Er musste zugeben, sehr wohl nachvollziehen zu können, warum sie so begehrt war. Sie mochte nicht die schönste Frau sein, die er je aus der Nähe gesehen hatte, aber fast. In ihrem eng geschnittenen schwarzen Kleid erinnerte sie ihn an Audrey Hepburn.

»Alles bereit?«, fragte sie und sah ihn an. Er hörte die Nervosität in ihrer Stimme, den Anflug eines Zitterns.

»Wir sind fertig«, sagte er. »Warten nur noch auf grünes Licht von draußen.«

Sie sah Hanson an und schien sich zu entspannen, als der ihr zulächelte.

Hanson würde den gesamten Abend lang nicht von Taras Seite weichen. Als ihr Beschützer sollte er für jedermann sichtbar sein, und in seinem schwarzen Anzug und dem schwarzen Hemd mit dem offenen Kragen wirkte er auch sehr imposant. Cahill war etwas salopper, unauffälliger gekleidet – er trug einen grauen Anzug mit weißem Hemd. Er sollte so aussehen, als wäre er ihr ständiger Chauffeur. Allerdings handelte es sich um einen sehr teuren Anzug. Er war maßgeschneidert, sodass er Cahills kräftige Statur bestmöglich kaschierte – und aus gutem Grund eine Spur zu weit.

Carrie, Tom und die anderen vom CPO-Team waren noch dezenter gekleidet, um unter dem Premierenpublikum nicht aufzufallen. Das Kino-Event war keine Veranstaltung, zu der man mit schwarzer Fliege erschien, sondern eher ein lockeres Treffen der schottischen Künstlerszene, die Jeans und Sportsakko bevorzugte.

Der Empfänger in Cahills Ohr klickte, als Hardy in das Mikro sprach, das unter dem Revers seines Sakkos versteckt war. »Alles klar hier draußen.« Mithilfe der Vorrichtung konnte er unbeachtet frei sprechen. »Verstanden, Tom. Wir sind gleich da.«

Cahill wandte sich Tara zu. »Okay«, sagte er, »wenn Sie fertig sind, können wir.«

»Jederzeit bereit.«

»Fährt Mr Leonard nicht mit uns?«, fragte Cahill mit einem Blick auf Hanson.

»Nein«, sagte Hanson, »ich glaube, die zusätzlichen Sicherheitsvorkehrungen waren etwas zu viel für ihn.«

»Typisch«, sagte Cahill. »Lautes Mundwerk und nichts dahinter.«

Er gab Tara ein Zeichen vorwegzugehen, ehe er sich wieder an Hardy wandte. »Wir kommen jetzt raus, Tom.«

Unter dem Aspekt des Personenschutzes betrachtet war das Verlassen des Hotels der reinste Spaziergang. Sie mussten sich lediglich mit den Fotografen und Journalisten abgeben, die vor dem Eingang auf Tara gewartet hatten. Anschließend fuhr der aus drei Fahrzeugen bestehende Konvoi langsam die Auffahrt des Hotels hinunter.

Cahill saß am Steuer, Hanson auf dem Beifahrersitz neben

ihm. Die Rückbank hatte Tara für sich allein. Der Wagen war eine große silberfarbene Limousine deutscher Produktion, solide gebaut und von geschmeidiger Eleganz.

»Schöner Wagen«, bemerkte Hanson. »Gepanzert?«

»Nein«, sagte Cahill und schüttelte den Kopf. »So einen haben wir zwar auch, wenn Bedarf besteht, aber heute Abend ist das nicht der Fall.«

»Gott sei Dank«, sagte Tara und kicherte nervös.

Cahill ließ seinen Blick ständig hin und her schweifen und ließ auch den Innen- und die beiden Außenspiegel nie lange aus dem Auge. Aber an diesem Abend war in der Stadt nicht viel los, so wie sonst auch an einem Sonntagabend.

Ungefähr fünf Wagenlängen vor ihnen fuhren Washington und Judd; hinter ihnen hielten Hardy und Carrie etwa den gleichen Abstand. Diese beiden Teams waren in eher unauffälligen Fahrzeugen unterwegs: Wagen der unteren Mittelklasse, europäische Modelle in gängigen Farben und auch schon ein paar Jahre alt – sie gingen im Straßenbild unter.

Sie bogen in das westliche Ende der Sauchiehall Street ein. Schon am Fuße der kurzen Steigung vor dem Kino standen die Menschen dicht gedrängt. Cahill konnte das erwartungsvolle Gemurmel der Menge hören.

»Harry«, sagte er in sein Mikro, »wir nähern uns jetzt.«

»Verstanden. Ich bin an der Tür. Alles klar so weit.«

»Gut. Tu mir einen Gefallen und geh um die Absperrung herum. Sag mir, was du siehst.«

»Mach ich.«

Cahill blickte in den Innenrückspiegel und versicherte Tara, am Kino sei alles in Ordnung. Kein Grund zur Besorgnis.

Noch nicht jedenfalls.

19

Hudson vertraute die Ablieferung des Pakets Nummer vier an, der Experte für solche Sachen war. Zumindest war das die Begründung, die Hudson sich einredete. In Wirklichkeit hasste er es, sich in der Nähe von so etwas aufzuhalten, und war froh, dass jemand anderes es für ihn an Ort und Stelle platzierte. In der Armee hatte er mehr als einen Kameraden durch eine Fehlfunktion verloren.

Er selbst saß auf dem Beifahrersitz, während Nummer zwei die Position ansteuerte, für die sie sich entschieden hatten.

»Hat dieser Paul sich klar ausgedrückt, was passieren soll?«, fragte Nummer zwei. »Ich meine, wen's erwischen muss?«

»Kristallklar«, seufzte Hudson.

Zwei schüttelte den Kopf und lachte. »Sie können den Typen wohl echt nicht leiden, Boss?«

»Ich würde wahrscheinlich auch lachen, würde ich mir nicht Sorgen machen, dass er uns in die Scheiße reitet. Ich hätte es gleich wissen müssen, als ich mich mit ihm in dem Straßencafé getroffen habe. Alles viel zu öffentlich.«

»Anscheinend hat er einen Sprung in der Schüssel?«

»Habe ich dir erzählt, dass er mich heute früh von seiner Wohnung aus angerufen hat?«

»Über Festnetz?« Zwei sah ihn fassungslos an.

»Genau.«

»Mein Gott.« Zwei wandte den Blick wieder auf die Straße. »Das ist nicht gut. Hat er Ihre Privatnummer?«

»Scheiße, nein. Niemand hat die. Nicht einmal du.« Hudson sah durch das Seitenfenster die Stadt an sich vorüberziehen. »Ich glaube, wir alle sollten sämtliche Verbindungen zu dem Kerl abbrechen, sobald wir die Sache heute Abend hinter uns gebracht haben.«

»Wenn das mal so einfach ist«, gab Zwei zu bedenken. »Der Typ kommt mir nicht wie die Sorte vor, der man einfach so Lebewohl sagt. Bis irgendwann mal und vielen Dank für die schöne Zeit.«

»Was für eine andere Wahl haben wir denn? Der Kerl wird früher oder später auffliegen, und er wird keine Sekunde zögern, uns zu verpfeifen, wenn er damit seinen Kopf aus der Schlinge ziehen kann. Ich kenne ihn doch. Der hält sich für was Besonderes, weil er in Sandhurst seine Offiziersausbildung gemacht hat. Hockt da in seinem Zelt und schickt ins Blaue hinein Spähtrupps los, und wenn die Scheiße dann passiert, erwischt es uns arme Schweine, und er ist fein raus. Habe ich recht?«

Nummer zwei nickte.

Einen Moment lang schwiegen sie. Sie hatten die letzte Abzweigung vor ihrem Ziel erreicht.

»Und was wollen Sie ihm sagen?«, fragte Nummer zwei.

»Ich weiß selbst noch nicht, was ich ihm sagen soll. Es ist bloß ...« Hudson beendete den Satz nicht.

»Nach dem, was ich gehört habe, hat der Typ Verbindungen«, sagte Zwei. »Wir müssen uns also überlegen, worauf wir uns einlassen, wenn wir die Verbindung zu ihm abbrechen.«

»Ich weiß.«

Zwei lenkte den Wagen zum Kantstein und ließ ihn ausrollen.

Hudson öffnete das Handschuhfach und nahm ein Hochleistungsfernglas heraus. »Ich denke manchmal nur laut«, sagte er. »Das ist alles.«

Nummer zwei sah ihn an. »Wie Sie meinen, Boss«, sagte er und öffnete die Tür, um auszusteigen.

Jetzt geht's los, dachte Hudson. Nun gibt es kein Zurück mehr.

20

Die Hauptsaison war bereits vorüber, in Fort William herrschte nicht mehr viel Betrieb, sodass Rebecca und Roddy im Hinblick auf ein Restaurant freie Auswahl hatten. Sie einigten sich auf einen kleinen Chinesen in einer schmalen Gasse, die von der Haupteinkaufsstraße abzweigte und zur Uferpromenade des Loch Linnhe führte.

Die Wolken, die am Vormittag noch Regenfälle hatten befürchten lassen, hatten keine wirkliche Wetterveränderung bewirkt; sie hatten sich am Nachmittag längst aufgelöst. Allerdings war es etwas kälter geworden. Unwillkürlich hielt Rebecca sich ihre Jacke vor der Brust zusammen. In der Ferne kreisten schreiend die Möwen über dem Wasser.

Für einen Chinesen an der schottischen Westküste gab sich der Innenraum des Restaurants erstaunlich dezent: Weiß- und Grautöne dominierten, und auch mit dekorativem Schnickschnack hatte man sich zurückgehalten. Rebecca gefiel das, für Roddy zählte im Moment nur, dass er hier endlich etwas zu essen bekommen würde.

Eine ungewöhnlich große Kellnerin führte sie zu einem Tisch im hinteren Bereich, wogegen nichts einzuwenden war. Aus dem einzigen Fenster des Lokals hatte man ohnehin keine besondere Aussicht – nur auf die gegenüberliegende Häuserwand. Sie bestellten Wasser und eine Flasche Sancerre und vertieften sich dann in die Speisekarte. Rebecca machte Roddy auf die fangfrischen Fischgerichte aufmerksam.

»Schön und gut«, sagte er, »aber zunächst möchte ich einen Toast ausbringen.«

Rebecca bereitete sich innerlich auf etwas Schwülstiges vor, griff aber dennoch nach ihrem Weinglas.

»Auf gute Freundschaft und ein paar ruhige Tage weit weg von allem«, sagte Roddy.

Sie wartete darauf, dass er noch eine alberne Pointe hinzufügen würde, aber es schien ihm ernst mit seinem Trinkspruch zu sein. An ihrer Körpersprache schien Roddy ihre Skepsis zu bemerken.

»Ich weiß, dass ich manchmal ein bisschen schwer zu ertragen sein kann ...«

»Ein bisschen«, bestätigte Rebecca.

»Gib's mir nur, ich hab's ja verdient. Aber der Ausflug hat mir bisher gutgetan, und ich weiß, dass du das alles nur mit mir machst, weil du ein guter Mensch bist. Und dafür möchte ich mich bei dir bedanken.«

Wieder wartete Rebecca, ob noch etwas käme.

»Danke«, sagte er. »Und das meine ich ernst.«

»Gerne«, sagte Rebecca. Er schien ehrlich zu sein.

Sie stießen mit dem kalten Wein an.

»Aber ganz so uneigennützig ist diese Fahrt vielleicht doch nicht von mir«, sagte sie.

Roddy sah sie abwartend an.

»Was ich sagen will ... Hinter mir liegen ein paar schwierige Jahre. Aus einer ganzen Reihe von Gründen. Einer davon ist meine Scheidung. Und dann noch so dieses und jenes ...«

»Kann ich dir dabei helfen?«

Sie lächelte. »Nein, Roddy. Ich glaube nicht, dass du das kannst. Jedenfalls wollte ich gerade sagen, dass es mir hierbei nicht nur um dich, sondern auch darum geht, selbst mal rauszukommen. Ich bin kein Engel, der auf die Welt gekommen ist, um dir deinen Weg zu weisen.«

»Für mich spielt es keine Rolle, was du damit bezweckst.«

Die Kellnerin kam wieder an ihren Tisch, und Rebecca bestellte Seebarsch mit gebratenem Reis für sie beide. Als das Hauptgericht nach dem Appetizer serviert wurde, duftete es so verführerisch nach Ingwer und Frühlingszwiebeln, dass Rebecca das Wasser im Mund zusammenlief.

»Donnerwetter«, sagte Roddy, »das riecht ja mal klasse.«

Sie genossen gemeinsam ihr Essen, leerten die Flasche Wein und konnten sich seit ihrer Abreise zum ersten Mal vollkommen entspannen. Beide hatten ihre Positionen abgesteckt und waren zufrieden mit sich und dem, was sie taten.

»Wie steht's denn mit deinem Liebesleben?«, erkundigte sich Roddy, nachdem sie Kaffee bestellt hatten.

Rebecca kniff ihre Augen zu schmalen Schlitzen zusammen und betrachtete ihn. Sie fühlte sich gerade beschwipst genug, um ihm von Logan zu erzählen.

»Komm, spuck's schon aus«, drängte Roddy. »Von mir hast du auch die ganzen grausamen Einzelheiten erfahren.«

Rebecca machte eine abwehrende Handbewegung, sie hatte mehr als genug Geschichten davon gehört, was sich im Tourbus der Band abspielte. »Na schön«, sagte sie, »wo soll ich anfangen?«

»Wo du magst.«

»Er hat eine Tochter.«

»Okay, also ist er auch geschieden. Oder noch verheiratet?«

»Er war nie verheiratet.«

»Interessant. Hört sich gar nicht nach deinem Typ Mann an.«

»Ich weiß. Und trotzdem ist er voll mein Typ.«

Sie hob ihr Glas und stürzte den letzten Rest Wein hinunter. Als sie auf ihre Uhr blickte, ging es bereits auf zehn zu. Draußen war es fast schon völlig dunkel.

»Es ist wirklich eine lange Geschichte«, sagte sie. »Bis vor Kurzem wusste er nichts davon, dass er eine Tochter hat, aber jetzt wohnt sie bei ihm, und er kümmert sich um sie.«

»Was ist aus der Mutter geworden?«

»Sie ist gestorben.«

»Du musst mir das nicht erzählen, wenn du nicht magst.«

»Nein, ich möchte es. Das Mädchen ist jetzt dreizehn. Ich glaube, Logan und seine Tochter kämpfen noch darum, mit ihrer relativ neuen Beziehung klarzukommen. Ich habe die beiden schon gekannt, bevor er und ich zusammenkamen. Damals habe ich mich mit ihr gut verstanden.«

»Aber nun, da du zu ihrer Konkurrentin um ihren Vater geworden bist …«

»Mein Gott, findest du nicht, dass sich das nach einem schrecklichen Klischee anhört?«

»Es gibt eine Menge alleinerziehender Eltern und gestörter Kinder.«

»Ich weiß.«

»Ist er es wert?«

Rebecca lehnte sich in ihrem Stuhl zurück und streckte einen Arm über ihrem Kopf aus.

»Sie sind es beide wert«, sagte sie.

»Dann gibt's dagegen nichts zu sagen. Du musst weiter daran arbeiten und zusehen, dass es funktioniert. Die ideale Beziehung gibt es sowieso nicht.«

»Abgesehen vielleicht von den Groupies, mit denen man's im Bus treibt …«

»Na ja …«

21

Cahill war fünfzig Meter weit die ansteigende Straße hinaufgefahren, als er das Fahrzeug abbremste und an dem vorwegfahrenden Wagen vorbeischielte, sowie dieser den Blinker betätigte und die Fahrtrichtung änderte. Er nahm das, was er sah, in drei unterschiedlichen Abständen in sich auf: entfernt, in der Nähe, in unmittelbarer Nähe.

Bis jetzt schien alles okay zu sein.

»Ich kann dich jetzt sehen«, vernahm er Harry Shields' Stimme in seinem Ohr, als der Wagen vor ihm abbog und hinter der Menschenmenge verschwand. »Alles klar.«

»Verstanden«, bestätigte Cahill. »Alles hält ab jetzt die Augen offen.«

Hardy und Carrie schlossen zu ihnen auf, und beide Wagen umrundeten fast Stoßstange an Stoßstange das Publikum. Cahill hatte mit einem großen Andrang gerechnet und war nicht überrascht, dass er recht behalten hatte. Die Menschen hinter den Absperrungen streckten die Arme aus, um den Wagen zu berühren. Im Blitzlichtgewitter der Handykameras wurde die Straße wie eine Landebahn erhellt.

Washington und Judd hatten mit ihrem Wagen gegenüber dem Kinoeingang gehalten, um Cahill und ihrem Schützling von hier aus Deckung zu geben. Sie standen vor dem Fahrzeug und behielten die Menge im Auge.

Der Wagen hinter ihnen verlangsamte nun ebenfalls sein Tempo und blieb dann stehen, womit er sämtlichen nachfolgenden Fahrzeugen den Weg versperrte. Als zwei weitere Autos von der Sauchiehall Street hinaufkamen, wurden sie zum Halten gezwungen. Gewiss wunderten sich die Insassen über die überraschende Straßensperrung.

Cahill lenkte seinen Wagen in die Haltebucht vor dem Eingang. Die etwas grelleren Blitzlichter der Profifotografen flammten in Schüben vor ihm auf.

Hanson drehte sich zu Tara und fragte, ob alles in Ordnung sei.

Sie nickte lächelnd, hatte ihre Nervosität unter Kontrolle.

»Wartet hier.« Cahill öffnete die Seitentür und stieg aus dem Wagen, während Hanson nach hinten griff und Taras Hand sanft drückte, ehe er seinerseits ausstieg.

Wieder ein Blitzlichtfeuer, als Cahill sich anschickte, die hintere Wagentür zu öffnen. Für Tara auf dem Rücksitz hatte er keinen Blick übrig, seine Aufmerksamkeit galt ausschließlich der Menge. Immer auf der Hut. Einigen der Presseleute war es anscheinend entgegen seiner Anweisung gestattet worden, mit ihren Autos in den abgesperrten Bereich zu fahren.

Sowie er die Tür geöffnet hatte, trat auch Hanson um den Wagen herum, um Tara von den Umstehenden abzuschirmen.

Die Blitzlichter steigerten sich zu einer einzigen Explosion, hell wie die Sonne. Alle riefen Taras Namen; jeder wollte, dass sie in seine Kameralinse schaute. Man brauchte ihr Bild für die Titelseite.

Tara stieg aus dem Wagen, stellte sich vor die Menschenmenge auf der anderen Seite und winkte lächelnd so lange, bis jeder Fotograf sein Bild im Kasten hatte. Ein echter Profi.

Cahill hatte noch immer nur Augen für die Menge vor dem Eingang. Harry Shields kam aus dem Kino und nickte. Alles klar.

Einer der beiden Wagen, die auf der Straße zum Kino nicht weiterkamen, begann plötzlich zu hupen. Aus dem Augenwinkel registrierte Cahill, wie Hanson in die entsprechende Richtung schaute und nicht mehr auf die Menschenmenge um sie herum achtete.

»Phil«, sagte er in scharfem Ton, und Hansons Kopf fuhr herum. »Augen nach vorn«, ermahnte ihn Cahill. »Nicht ablenken lassen.«

Hanson verstand.

Cahill ging voran, und Tara folgte ihm mit Hanson auf dem Fuß. Shields deutete auf die rechte Eingangsseite, wo ein Mitarbeiter des hauseigenen Sicherheitsdienstes darauf wartete, sie hineinzubegleiten.

Noch einmal hielt Tara für eine letzte Fotogelegenheit auf dem Gehweg inne. Lächelnd drehte sie sich nach allen Seiten.

Cahill und Hanson postierten sich links und rechts von Tara, beide mit dem Rücken zu ihr, um die Fotografen und Fans im Blick zu haben, die sich in fünf Reihen hintereinander vor dem Kino versammelt hatten.

Als Tara endlich das Gebäude betrat, ließ Cahills Anspannung ein wenig nach.

Das war der erste Streich, dachte er. Jetzt müssen wir sie nur noch heil wieder ins Hotel zurückbringen, dann haben wir's geschafft.

Er schaute die Sauchiehall Street hinunter. »Okay, Tom«, sagte er ins Mikro. »Du kannst die Straße wieder freigeben. Wir sind hier oben so weit.«

»Verstanden, Alex«, antwortete Hardy. »Und immer locker bleiben.«

Cahill schmunzelte und gab Washington und Judd auf der anderen Straßenseite ein Zeichen.

»Gut gemacht«, sagte er, bevor er Hanson ins Kino folgte.

22

Gegen halb elf leerte sich das Restaurant zusehends, sodass Rebecca und Roddy mit ihrem Kaffee die letzten Gäste waren. Hinter dem Bartresen lauerten die Angestellten darauf, dass die beiden endlich zahlten, damit sie das Lokal schließen und nach Hause gehen konnten.

»Wie fühlst du dich?«, fragte Rebecca. Sie vermutete, dass Roddy noch längst nicht wieder völlig hergestellt sein dürfte.

»Gar nicht so übel«, antwortete Roddy. »In meinem Kopf hämmert es ein bisschen, aber das kommt vielleicht auch nur von dem Wein.«

Rebecca nickte einem der Angestellten hinter der Bar zu und schrieb mit einem imaginären Stift ihren Namen in die Luft – das universell verständliche Zeichen für die Rechnung. Zum ersten Mal in ihrem Leben wurde ihr bewusst, wie lächerlich die Geste eigentlich war, und sie legte rasch verlegen die Hände in den Schoß.

Die Kellnerin, die sie bedient hatte, brachte den Rechnungsausdruck auf einem weißen Vorspeisenteller und stellte ihn vor Rebecca ab, die ihn sogleich zu Roddy hinüberschob.

»Und? Worauf beläuft sich der Schaden?«, fragte sie.

»Ein Gentleman schweigt und zahlt.«

»Deswegen habe ich ja gefragt.«

»Du bist echt seltsam. Hat dir das schon mal jemand gesagt?«

Rebecca schaute in Richtung Tür, während Roddy seine Brieftasche zückte und eine von seinen diversen Gold- und Platinkreditkarten herauszog.

Über dem Eingang des Restaurants hing eine Laterne,

die einen so matten Lichtschimmer in die Gasse warf, dass kaum die gegenüberliegende Wand beleuchtet wurde. Rebecca meinte, jemanden gegen die Wand gelehnt zu sehen, glaubte, in der Dunkelheit die vage Andeutung einer Bewegung erkannt zu haben. Sie beugte sich vor, um besser sehen zu können, aber alles war wieder still. Falls sich überhaupt etwas bewegt hatte.

»Paranoid«, sagte sie laut.

»Was?« Roddy blickte von dem Apparat auf, in den er gerade seine PIN eintippte, um die Rechnung zu bezahlen. Die Kellnerin stand gelangweilt neben ihm.

»Nichts«, sagte Rebecca. »Ich glaube, ich bin ziemlich müde.«

Aus der Maschine schnurrte leise die gedruckte Quittung. »Wollen wir dann los?«, fragte Roddy.

»Sicher«, sagte sie, nahm ihre Jacke von der Rückenlehne ihres Stuhls und zog sie an. »Wirst du dich jetzt auch wie ein Gentleman benehmen und mich zurück auf mein Zimmer führen?«

Er stand auf und verbeugte sich schwungvoll, wobei seine Mütze auf den Boden fiel.

»Okay, du Schleimer«, lachte sie. »Übertreib's nur nicht, ja?«

Er wirkte ein wenig enttäuscht, bückte sich, um seine Mütze aufzuheben, und rückte sie auf seinem Kopf zurecht. »Lass mich doch mal galant sein«, sagte er.

»Ach, jetzt sei doch nicht gleich eingeschnappt.« Rebecca versetzte ihm einen leichten Schlag in die Rippen und schob ihn in Richtung Tür. »Ab ins Bett«, sagte sie.

Er sah sie über die Schulter an und schob seine Mütze etwas höher. Rebecca schnalzte missbilligend mit der Zunge. »Du gibst es wohl nie auf, was?«

Roddy öffnete die Tür und trat hinaus in die Gasse.

23

Bis zum Beginn des Films war Cahill kein Augenblick zum Durchatmen vergönnt. Er und Hanson hielten sich stets in Taras unmittelbarer Nähe, während diese sich unter die übrigen Gäste mischte. Dann war es Zeit, die Plätze im Saal einzunehmen. Cahill bemerkte, dass Hanson ein oder zwei Mal den Arm um Taras Hüfte legte, während er sie durch die Menge führte.

Sie hatten bereits zuvor entschieden, dass nur einer des Teams während des Films neben ihr sitzen würde, während die anderen an den Eingängen und Notausgängen Posten bezogen. Widerwillig hatte Cahill zugestimmt, dass Hanson den Platz neben Tara bekäme, doch nachdem er draußen beobachtet hatte, wie leicht Hanson abzulenken war, und nun auch noch mit ansehen musste, dass es ihm scheinbar in erster Linie darum ging, ihr körperlich näher zu kommen, fühlte er sich nicht mehr an sein Wort gebunden. Er rief Carrie zu sich, bevor alle ihre Plätze einnahmen. Tara beendete an der Bar des Kinos gerade ein Interview mit einem Journalisten, als Cahill Carrie zu ihr schickte. Er selbst kümmerte sich um Hanson.

»Sie werden Carrie Ihren Platz abtreten«, sagte er.

Hanson runzelte die Stirn. »Aber warum? Nur weil ich vorhin eine Sekunde lang woanders hingeschaut habe? Jeder hätte das getan.«

»Ich nicht«, betonte Cahill.

»Aber …«

»Auch niemand aus meinem Team hat sich ablenken lassen.«

Hanson sah zu Tara hinüber. Cahill konnte an seiner Miene ablesen, dass er über die Entscheidung nicht glücklich war.

»Schauen Sie, Phil«, sagte er, »Sie sind kein schlechter Kerl, aber das hier ist mein Auftrag, also entscheide ich, wie alles abläuft.« Hanson vermied es, ihn anzusehen. »Ich mache den Job schon eine ganze Weile. Es braucht Jahre, bis man den Bogen raushat, und ich bin mehr als nur ein alter Hase auf meinem Gebiet.«

Nun blickte Hanson ihn doch an. »Und was macht Sie so besonders gut?«, fragte er ärgerlich. »Sie sind doch auch nur ein ehemaliger Soldat, so wie ich.«

Cahills Stimme blieb ruhig. »Falsch, Phil. Ich habe nach dem Armeedienst nicht gleich in dieser Branche begonnen. Ich habe eine sehr gründliche Ausbildung genossen, aber mehr brauchen Sie nicht zu wissen.« Hanson sah aus, als wollte er sich weiterstreiten, aber Cahill gab ihm ein Zeichen zu schweigen. »Es bleibt dabei, Phil. Sie sind zu stark persönlich involviert, und ich muss sichergehen, dass alle im Team ausschließlich auf Taras Sicherheit konzentriert sind.«

Hanson blickte zu Boden und schnaubte laut und vernehmlich durch die Nase.

»Na schön«, sagte er schließlich, »wo soll ich mich stattdessen postieren?«

Cahill stellte sich während des Films an die hintere Saalwand. So konnte er nicht nur das Publikum, sondern auch jedes einzelne Mitglied seines Teams überwachen. Hanson tat genau das, was er von ihm verlangt hatte, und Cahill war froh, die Fronten geklärt zu haben. Wenn man ihm etwas Zeit gab und ihm noch ein wenig mehr beibrachte, könnte wahrscheinlich ein guter Mitarbeiter aus ihm werden.

Von dem Film nahm er nur am Rande Notiz. Erst als die

Zuschauer aufstanden, um zu applaudieren, die Lichter angingen und alle Blicke sich Tara zuwandten, merkte Cahill, dass er bereits zu Ende war. Tara war sichtbar entspannt. Sie lächelte und winkte nach allen Seiten.

»Sieh zu, dass sie an Ort und Stelle bleibt, bis der Saal sich leert«, sagte er ins Mikrofon. »Wir wollen nicht in der Menge auf sie aufpassen müssen. Das wird zu eng.«

»Verstanden«, bestätigte Carrie.

Auch Cahill verharrte, wo er war, sah zu, wie Tara sich mit ein paar Premierengästen unterhielt, vergewisserte sich, dass sein Team alles im Griff hatte, und achtete nebenher darauf, ob irgendwer sich auffällig verhielt. Wieder verlief alles glatt, und nach zehn Minuten hatte sich der Saal geleert. Cahill ging die Stufen zu Tara hinunter.

»Phil«, sagte er, »Sie tauschen jetzt mit Carrie die Plätze. Und Tom, du und Carrie, ihr verschwindet jetzt nach draußen und überprüft alles für unseren Abgang. Chris und Bails gehen ins Foyer und klären, ob dort alles in Ordnung ist. Wir halten hier die Stellung.«

Jeder bestätigte die erhaltene Anweisung und machte sich daran, sie auszuführen.

»Wie war's?«, fragte Tara, als Cahill zu ihr trat.

»Wie war was?«, gab Cahill zurück.

»Der Film. Wie fanden Sie ihn?«

»Ich habe nicht wirklich darauf geachtet.«

»Wenn Sie ihn schlecht fanden, können Sie's mir ruhig sagen. Ich bin nicht so leicht zu beleidigen.«

»Nein, ich bin nur ehrlich. Ich habe ihn nicht richtig gesehen, weil ich damit beschäftigt war, auf Sie aufzupassen.«

»Sie nehmen das alles wirklich ernst«, sagte sie lächelnd.

»Klar tue ich das.«

24

Roddy wandte sich zur Hauptstraße, aber Rebecca wollte noch einmal zum See hinunter, auf dessen schwarzer Wasserfläche das Mondlicht glitzerte.

»Lass uns am Ufer entlanggehen«, schlug sie vor.

Er blieb stehen und drehte sich um.

Hinter ihm lösten sich zwei Schatten aus der Mauer, die zu zwei Männern wurden.

Rebecca blieb das Herz fast stehen.

Plötzlich wurde neben den beiden Männern die Hintertür des Restaurants geöffnet und ein Müllsack in die Gasse geworfen. Dabei fiel etwas Licht auf das Gesicht des einen Mannes, doch Rebecca konnte nichts außer einer dunklen, formlosen Masse erkennen.

Dann wurde die Tür wieder zugeschlagen.

Rebecca fühlte sich immer noch ein wenig beschwipst von dem Wein und war sich dementsprechend unsicher, ob sie ihren Augen trauen durfte.

»Roddy …«, setzte sie an.

Aus drei Metern Entfernung hörte sie das klatschende Geräusch einer Ohrfeige und konnte noch sehen, wie Roddys Kopf zur Seite flog. Dann holte der Mann erneut aus und traf Roddy mit solcher Wucht, dass er zu Boden ging.

Der andere Mann kam auf sie zu.

Jetzt erkannte sie, dass beide Männer Masken trugen, um ihre Gesichter zu verbergen. Die Beleuchtung der Hauptstraße warf nur ein schwaches Licht in die Gasse.

Roddy war in die Knie gegangen und gab Geräusche von sich, die Rebecca noch nie zuvor gehört hatte. Mit den Händen hielt er seinen Hals umklammert.

Der zweite Mann war fast bei ihr.

Sie war wie erstarrt, unfähig, sich zu rühren.

Roddy beugte sich vor und legte die Hände auf das Pflaster. Von seinem Gesicht und seinem Hals troff eine dunkle Flüssigkeit. Dann hob der Mann, der über Roddy stand, den Arm, und Rebecca sah es.

Das Messer.

Der Mann versenkte es in Roddys Nacken, riss es dann wieder heraus und stach noch einmal zu. Und noch einmal.

Rebecca trat einen Schritt zurück, blieb mit dem Fuß an irgendetwas hängen, stolperte und fiel auf ihren Hintern.

Sie begann rückwärts zu robben. Ihre Schuhe scharrten über das Pflaster, während der zweite Mann sich mit einem Messer in Hüfthöhe über sie beugte.

Roddy lag flach auf dem Boden. Der andere Mann kniete auf ihm und …

Rebecca blinzelte in der verzweifelten Hoffnung, dass alles nur ein böser Traum wäre.

Doch dem war nicht so.

Ihre Hand glitt auf etwas Feuchtem aus – einer halb leeren Styroporverpackung mit Reis –, und sie fiel auf die Seite.

Der Mann trat einen raschen Schritt vor und war dann über ihr, bereit zuzustechen.

»Nein!«, schrie sie und trat nach ihm. Mit ihrem Fuß traf sie sein Knie, hörte es laut knacken und sah dann, wie es widernatürlich nach hinten wegknickte.

Der Mann grunzte, unterdrückte einen Schmerzensschrei und ging nun ebenfalls zu Boden, wobei sein Messer auf dem Pflaster der schmalen Gasse landete.

Rebecca sah zu, dass sie schnellstens wieder auf die Füße kam, während der Mann noch mit seinem Knie beschäftigt war. Roddys Angreifer richtete sich nun ebenfalls auf, um die Situation zu überblicken.

Roddy lag regungslos am Boden. Um ihn herum bildete sich eine Pfütze aus Blut.

Zu viel Blut.

Rebecca trat mit aller Kraft auf das Knie ihres zu Boden gegangenen Widersachers, ein Mal, zwei Mal, dann verpasste sie ihm einen Tritt in die Leistengegend, bei dem sie selbst ungewollt aufschrie.

Als sie den anderen Mann auf sich zukommen sah, bückte sie sich blitzschnell, griff nach dem Messer und schleuderte es ihm entgegen. Er riss den Arm hoch, um sein Gesicht zu schützen, das Messer prallte ab und flog über seine Schulter.

Heftig atmend blieb der Mann stehen und griff mit der anderen Hand nach seinem Arm. Unter dem dunklen Stoff seines Jackenärmels war an der Stelle, an der das scharfe Messer glatt das Material durchtrennt hatte, ein Streifen Haut zu sehen.

»Nein!«, schrie Rebecca und hielt beide Hände in die Höhe.

Der Mann zu ihren Füßen schlug ihr gegen das Bein, aber der Angriff blieb wirkungslos. Sie entzog ihren Fuß seinem geschwächten Zugriff, winkelte das Bein an, trat in seine Maske und hörte seinen Schädel auf das Pflaster schlagen.

Wieder schrie sie etwas, was, wusste sie selbst nicht, und trat einen Schritt zurück. Sie blinzelte die Tränen aus ihren Augen und verschmierte ihr Make-up, als sie sich mit dem Ärmel über das Gesicht wischte.

Der Mann am Boden war still geworden; sein Bein war verdreht. Sein Kollege schaute mit zur Seite gelegtem Kopf zu ihm hinunter. Als er Rebecca ansah, konnte sie seine Augen durch die Löcher in der Maske erkennen.

Eine gefühlte Ewigkeit lang standen sie sich gegenüber, doch in Wirklichkeit war es höchstens eine Sekunde.

Der Mann wollte einen Satz in ihre Richtung machen, das Messer hielt er bereits stoßbereit vor der Brust.

Rebecca dankte Gott dafür, ihre Turnschuhe und keine Pumps angezogen zu haben, so war sie viel behänder.

Dreh dich um und renn.

Aber Roddy …

Roddy ist tot.

Aber …

Beweg dich. Jetzt.

Plötzlich wurde die Tür des Restaurants geöffnet, und ihr Peiniger stand den Angestellten des Restaurants gegenüber, die nach einem langen Arbeitstag nach Hause gehen wollten.

Rebecca drehte sich um und floh.

Auf der Straße vor ihr fuhren Autos vorbei.

Würde sie im Laufen noch innehalten können? Und wollte sie das überhaupt?

Weiter, nur nicht stehen bleiben. Über die Straße, über den Zaun in Richtung Wasser. Sie rannte so schnell, dass sie gewiss ans andere Ufer flutschen würde – wie ein mit viel Kraft geworfener flacher Stein.

Hinter ihr Geräusche. Nicht umdrehen.

Aber als sie die Straße erreichte, war sie viel zu schnell. Sie hätte einen Haken schlagen müssen, aber ihre Füße verloren den Halt. Sie rutschte aus, schlitterte in ein geparktes Auto hinein – doch das hinderte sie daran, auf die Fahrbahn zu laufen, wo in dieser Sekunde ein Wagen vorbeiraste. Nur verschwommen konnte Rebecca ein Gesicht hinter der Seitenscheibe erkennen, das sie erschrocken ansah.

Sie drehte sich um und warf einen Blick die Gasse hinauf. Jemand schrie.

Sie spürte kurz dem Schmerz in der Hüfte nach, mit der sie gegen den geparkten Wagen geprallt war, dann rannte sie weiter.

25

Auf dem Weg zum Hilton bog der Konvoi in die Waterloo Street ein. Tara saß wieder auf dem Rücksitz des Wagens und telefonierte mit ihrer Mutter. Der Wirbel, der um sie veranstaltet wurde, war noch so neu für sie, dass sie davon immer gleich ihrer Familie erzählen wollte. Cahill wünschte ihr, dass ihr die Unbekümmertheit möglichst lange erhalten bliebe, wusste aber, dass dies kein permanenter Zustand sein würde. Schon so manche Schauspielerin und so mancher Musiker hatten unter seinem persönlichen Schutz gestanden, und er hatte zusehen können, wie der Leistungsdruck und der Mangel an Privatsphäre einem Menschen zusetzen konnten.

»Echt«, sagte Tara gerade, »es war klasse, Mum. Jeder hat sich hinterher nett über den Film geäußert.«

Hanson war nach der kleinen Auseinandersetzung zuvor still geworden. Er war wohl immer noch beleidigt, weil Cahill ihn abgestraft hatte. Andererseits konzentrierte er sich seither ausschließlich auf seinen Job und ließ sich nicht mehr so leicht von Tara ablenken.

Vor ihnen bog der Wagen mit Washington und Judd nach rechts ein und fuhr den Hügel zum Hintereingang des Hilton hinunter. Cahill folgte ihm, ansonsten waren weit und breit keine Fahrzeuge unterwegs.

Noch ist es nicht geschafft, ermahnte er sich. Noch ein paar Minuten äußerster Konzentration.

»Wie sieht's bei euch hinten aus?«, fragte er in sein Mikro.

»Alles klar«, antwortete Hardys Stimme.

»Gleich sind wir da.«

»Verstanden. Du gibst dann einen aus.«

»Klar, wie immer.«

Am Fuße des Hügels bogen sie noch einmal nach rechts ab, dann sah Cahill auch schon das Hilton-Logo, das über dem Hoteleingang prangte. Er fädelte sich hinter den vorausfahrenden Wagen ein, musste aber plötzlich heftig abbremsen, weil vor ihm die Bremslichter grell aufleuchteten. Die drei Wagen blieben hintereinander stehen, der vorderste war gerade in die Auffahrt des Hotels eingebogen.

»Wieso halten wir?«, wollte Cahill wissen.

Eine Sekunde lang Schweigen.

»Irgendein Streit unter den Taxifahrern«, meldete sich Judd. »Sie blockieren die Zufahrt.«

»Kannst du erkennen, worum es geht?«

»Nein. Nichts zu sehen.«

Cahill legte die Hände aufs Lenkrad und wartete. Er war sich sicher, dass die Taxifahrer den Weg sofort freimachen würden, wenn sie sahen, dass andere Fahrzeuge durch sie aufgehalten würden. Beunruhigt war er nicht. Jedenfalls noch nicht.

»Es geht weiter«, hörte er Judd schließlich sagen.

Cahill nahm den Fuß von der Bremse, fuhr langsam an und war gerade in die Auffahrt eingebogen, als Judd erneut scharf bremste.

»Was haben die Typen nur für ein Problem?«, hörte er Judd kommentieren.

Cahill sah Hanson an. »Gehen Sie mal nach vorn und schauen, was da los ist«, sagte er.

Hanson öffnete die Beifahrertür, stieg aus und ging die

leichte Schräge hoch an Judds Wagen vorbei. Cahill konnte erkennen, dass ein paar der Taxifahrer vor Judds Wagen standen und in Richtung ihrer eigenen Wagen gestikulierten.

»Warum geht es nicht weiter?«, fragte Tara.

»Wie's aussieht, haben die Taxifahrer eine kleine Auseinandersetzung, wer vor wem in der Reihe steht.«

Tara beugte sich vor und legte die Hände auf die beiden Rückenlehnen der Vordersitze.

Er konnte ihr dezentes Parfüm riechen und warf ihr im Rückspiegel einen Blick zu.

»Typisch«, sagte sie und ließ sich wieder in die Polster sinken.

Weiter vorn hatte es den Anschein, als würde Hanson in die Streitigkeiten hineingezogen werden. Auch Washington stieg aus seinem Wagen aus.

Cahills Instinkt sagte ihm, dass es jetzt gefährlich werden könnte.

26

Cahill stand in der geöffneten Fahrertür und wandte sich nach hinten zu Hardy um. Er gab ihm ein Zeichen, zurückzusetzen und von der anderen Seite in die Hotelzufahrt einzubiegen – entgegen der Fahrtrichtung. Hardy nickte und legte den Rückwärtsgang ein.

Er selbst setzte sich wieder hinters Steuer, wartete, bis Hardy den Weg freigemacht hatte, und fuhr dann ebenfalls rückwärts aus der Auffahrt.

Er legte den ersten Gang ein und wartete einen Moment,

während er noch einmal einen Blick auf das Palaver am Taxistand warf. Ihm fiel auf, dass eines der Taxis – ein schlichter schwarzer Wagen ohne Reklame – nicht zu dem vor ihm aufgeschlossen, sondern eine Lücke von zwei Wagenlängen gelassen hatte. Einer der Fahrer ging gerade zu dem Fahrzeug und hielt die Hand gegen die Scheibe, um durch das Seitenfenster ins Wageninnere zu schauen.

Hanson warf Cahill einen Blick zu und zuckte mit den Achseln.

Judd wartete in seinem Wagen, während Washington sich zu der gestikulierenden Gruppe gesellte.

Irgendetwas an dem schwarzen Taxi schmeckte Cahill nicht, obwohl er nicht sagen konnte, was. »Was ist da vorn los?«, fragte er in sein Mikrofon.

»Die Fahrer meinen, dass der Wagen schon ziemlich lange den Taxistand blockiert. Sie haben die Nase jetzt voll«, sagte Washington.

»Haben die keine anderen Sorgen? Sag ihnen, sie sollen den Weg endlich freigeben.«

Als er noch einmal an der Reihe der Taxis entlangblickte, wurde ihm klar, was ihn an dem schwarzen Taxi gestört hatte. Es war noch nicht da gewesen, als sie vorhin zur Premierenfeier aufgebrochen waren, und die städtische Zulassungsplakette am Heck fehlte.

Damit herrschte höchste Alarmstufe.

»Alles zurück in die Wagen. Verschwinden wir von hier«, drängte er über sein Mikrofon.

»Verstanden«, sagte Washington.

Hanson wandte sich eilig um und hätte dabei fast einen Taxifahrer über den Haufen gerannt. Der Mann versetzte ihm als Rache einen derben Schubs, und Hanson baute sich vor ihm auf.

»Lassen Sie's gut sein, Phil«, ermahnte Cahill ihn über Funk.

Washington ging zu Hanson, während Judd schon den Rückwärtsgang einlegte und nur darauf wartete, dass Washington einstieg.

Cahill warf einen Blick auf Hardys Wagen, der kurz vor dem Ende der Hotelzufahrt gehalten hatte. Ein ganzes Stück dahinter fiel ihm jetzt noch ein weiteres Auto auf, das auf dem Standstreifen der gegenüberliegenden Seite der Stadtautobahn parkte. Er kniff die Augen zusammen, um besser sehen zu können. Ein Mann schien sich auf die Motorhaube zu lehnen.

Hanson lamentierte noch immer mit dem Taxifahrer, den er fast umgerannt hatte.

Cahill stieg aus und blickte angestrengt hinüber zur Autobahn. Er meinte zu erkennen, dass der auf das Auto lehnende Mann sie durch ein Fernglas beobachtete.

Washington griff sich Hanson und zog ihn von den Taxifahrern weg.

Als Cahill einfiel, dass Tara allein im Wagen saß, blickte er sich um, sah aber niemanden in ihrer Nähe. Er ging zu Washington und Hanson und ließ dabei immer wieder seinen Blick zu dem Wagen in der Ferne schweifen. Er wusste nicht, was er von ihm halten sollte – aber er war sich sicher, dass etwas damit nicht stimmte.

»Phil!«, rief er und verfiel unwillkürlich in einen Laufschritt. Hanson sah in seine Richtung.

Plötzlich spürte Cahill, wie sich seine Nackenhaare sträubten – als wäre die Luft elektrisch aufgeladen.

Aus dem unbekannten Taxi zischte etwas Weißes heraus, dann entstand ein gewaltiger Luftdruck, der sich schneller als mit Schallgeschwindigkeit ausdehnte, als die Bombe im Motorraum des Taxis explodierte.

Cahill hatte noch das Gefühl, mit dem Kopf gegen eine Ziegelmauer zu laufen, dann wurde er in die Luft geschleudert.

Ihm blieb die Luft weg, sein Zwerchfell wurde gequetscht, als der Druck ihm den Brustkorb zusammenpresste.

Blut im Mund.

Der durchdringende Knall der Bombe, das kreischende Geräusch, mit dem Metall in Fetzen gerissen wurde.

Dann fiel er.

Alles um ihn herum wurde schwarz.

Er fiel und fiel.

27

Während sie aus der Gasse flüchtete und in ihr Hotel – oder zumindest in dessen Richtung rannte, verspürte Rebecca Irvine einen pochenden Schmerz in ihrer Hüfte. Zwei Mal hastete sie eine Straße hinauf, die vom Seeufer wegführte, und glaubte, gleich das Gebäude vor sich sehen zu müssen – nur um dann festzustellen, dass sie die falsche Abzweigung genommen hatte. Sie war kurz davor, in Panik auszubrechen, trotzdem entging ihr nicht, dass die wenigen Passanten, die um diese Zeit unterwegs waren, sie verwundert anstarrten.

Als sie die dritte Straße hinauflief, sah sie endlich den kleinen Park vor dem Hoteleingang und das warme Licht in den Fenstern im Erdgeschoss. Dahinter saßen Gäste, tranken Wein oder Bier und ahnten nichts von den Grausamkeiten, die ein Mensch einem anderen antun konnte. Auf zitternden Beinen wankte sie zum Straßenrand, stützte die Hände auf die Knie und übergab sich in den Rinnstein. Selbst als ihr Magen schon leer war, ließ der Würgereiz nicht nach. Ihre Augen füllten sich vor Anstrengung mit Tränen.

Sie schleppte sich durch den Park, stieß die Glastür zur Hotelhalle auf und schlich sich auf ihr Zimmer. Als sie sich aufs Bett fallen ließ, rebellierte ihr Magen erneut. Im Badezimmer warf sie sich vor der Toilettenschüssel auf die Knie und erbrach gelbliche Galle. Als sie die Spülung betätigte, kamen ihr wieder die Tränen. Diesmal jedoch nicht vom Würgen, sondern von der düsteren Erkenntnis dessen, was ihr gerade widerfahren war – ihr und Roddy. Sie stützte sich auf den Toilettensitz und schluchzte hemmungslos.

Auf dem Gang hörte sie Männerstimmen und leise Schritte, die sich ihrer Zimmertür näherten. Augenblicklich verstummte sie und setzte sich kerzengerade hin. Sie wollte gerade panisch werden, als die Stimmen sich wieder entfernten und sie hörte, wie ein Stück den Flur hinunter eine Tür aufgeschlossen wurde.

Dann dämmerte es ihr, dass die beiden Männer, denen sie am Vorabend auf dem Parkplatz begegnet war, möglicherweise nicht Reporter, sondern Killer waren. Selbst für sie als Polizistin klang das Wort lächerlich. Unwillkürlich musste sie lachen. Doch von dem melodramatischen Aspekt einmal abgesehen – konnte es nicht wirklich sein, dass sie hinter Roddy her gewesen waren und sein Drogenkonsum der Grund dafür war? Schuldete er eine größere Summe vielleicht irgendwelchen Leuten, die ihm das jetzt heimgezahlt hatten? Natürlich hatte Rebecca von gewaltbereiten Dealern gehört, aber warum sollte man Roddy einfach so umbringen, ohne zu versuchen, Geld aus ihm herauszupressen? Das machte doch keinen Sinn.

Und wenn es nun um etwas Persönlicheres ging? Um einen eifersüchtigen Ehemann oder Freund?

Wie auch immer, sie musste den Vorfall schnellstens melden, ohne sich vorher zu waschen oder umzuziehen. Sie durfte keine Beweise vernichten, die möglicherweise noch an ihr hafteten.

Sie ging zurück in ihr Zimmer und wählte von dem Telefon neben ihrem Bett die Notrufnummer. Als sie zum örtlichen Polizeirevier durchgestellt wurde, gab sie zu Protokoll, in der Stadt überfallen worden zu sein, nannte die Adresse und fügte noch hinzu, ihr Begleiter sei schwer verletzt worden und befände sich vielleicht noch am Tatort. Sie brachte es nicht über sich zu sagen, dass er wahrscheinlich tot war.

Zu viel Blut.

Viel zu viel.

Man bot ihr an, sie abzuholen, worauf sie dankbar einging. Bevor sie auflegte, nannte sie noch den Namen des Hotels und ihre Zimmernummer. Dann ließ sie sich zurück aufs Bett fallen. Als sie zur Lampenfassung in der Mitte der Zimmerdecke hinaufblickte, entdeckte sie ein Spinnennetz voller Insektenüberreste. Plötzlich fühlte sie sich müder als je zuvor in ihrem Leben. Sie konnte kaum noch die Augen offen halten, hatte das Gefühl, als würden ihr gleich die Sinne schwinden – dann verlor sie das Bewusstsein.

3. Teil: Aus den Trümmern

1

Logan Finch öffnete die Augen und setzte sich auf. In seinem Kopf drehte sich alles: die Folge von zu wenig Schlaf. Angestrengt lauschte er in die Dunkelheit, erwartete, Ellie in der Küche oder im Bad rumoren zu hören, aber da war nichts.

Er streckte den Arm, drehte den Digitalwecker zu sich: kurz vor elf. Er hatte nur ungefähr eine Stunde geschlafen, wurde aber trotzdem das Gefühl nicht los, dass etwas nicht stimmte. Er erschrak, als die Tür zu seinem Zimmer geöffnet wurde und Ellie hereinkam.

»Was war das für ein Lärm?«, fragte sie.

»Was für ein Lärm?«, fragte er zurück. Seine Augen hatten sich noch nicht an die Dunkelheit gewöhnt.

»Weiß nicht.«

Sie klang müde und rieb sich die Augen. Logan warf die Bettdecke beiseite und schwang die Beine auf den Fußboden.

»Hast du schlecht geträumt?«, fragte er.

»Nein. Ich dachte bloß, ich hätte etwas gehört.«

»Was denn?«

Hatte sie vielleicht wieder einen ihrer Wachtraummomente?

»Bist du ganz da, Ellie? Wach?«

»Mhm.«

Logan stand auf, ging an ihr vorbei zur Schlafzimmertür und knipste das Licht im Korridor an. Es war so hell, dass er die Augen zusammenkneifen und dann blinzeln musste.

»Ein Krachen oder so was«, sagte Ellie. »Wie ein Feuerwerk, aber ziemlich weit weg.«

»Das war bestimmt irgendwo draußen, meinst du nicht?«, fragte er, war aber besorgt, dass jemand versucht haben könnte, in die Wohnung einzubrechen.

Sie nickte, blickte zu Boden und hielt sich gegen das Licht die Hand über die Augen.

»Na gut«, sagte er, »du gehst wieder ins Bett, und ich schaue mich mal um, okay?«

Langsam tapste sie in ihr Zimmer zurück.

Logan ging durch sämtliche Räume, vergewisserte sich, dass alle Fenster und auch die Wohnungstür fest verschlossen waren. Alles war, wie es sein sollte, nirgendwo schien sich jemand zu schaffen gemacht zu haben. Nachdem er alles überprüft hatte, ging er ins Wohnzimmer, zog die Vorhänge beiseite und blickte auf die Straße hinaus. Sie lag verlassen da, nur ein junges Paar war ziemlich unsicher auf der gegenüberliegenden Straßenseite unterwegs. Vermutlich auf dem Heimweg vom Pub.

Er ging ins Schlafzimmer zurück, nahm sein BlackBerry. Niemand hatte versucht ihn anzurufen, und seit er um acht zum letzten Mal nachgeschaut hatte, waren auch keine neuen E-Mails eingegangen.

Ellie lag zusammengerollt unter ihrer Bettdecke, als er noch einmal in ihr Zimmer ging. Er glaubte, sie wäre schon wieder eingeschlafen, dann aber hörte er ihre Stimme.

»Was war es?«, wollte sie wissen.

»Nichts«, sagte er. »Jedenfalls konnte ich nichts entdecken.«

»Hast du auch vor meinem Fenster nachgeguckt?«

Er trat an ihr Fenster, zog auch hier die Gardine beiseite und überprüfte den Fensterriegel, der fest an Ort und Stelle saß. Ellies Fenster ging aufs Stadtzentrum hinaus, aber auch hier konnte er nichts Ungewöhnliches entdecken.

Ellie stieg aus dem Bett und stellte sich neben ihn. Ihr Haar war zerzaust und fiel ihr ins Gesicht. Sie schob es sich hinter ihre Ohren und lehnte den Kopf gegen seinen Arm.

»Aber was hat dann so geknallt?«, fragte sie.

»Ich kann's dir nicht sagen, Schatz. Ehrlich nicht.«

2

Irgendetwas rührte sich in Cahills Bewusstsein.

Er bekam keine Luft, hatte Angst, den Mund zu öffnen und einzuatmen. Angst, die Finsternis könnte durch seinen Mund und seine Nase in seine Lunge dringen, seine Atemwege verstopfen und sich in sein Blut mischen. Von so etwas erholte man sich nicht.

Nie wieder.

Flammen knisterten, Hitze legte sich über sein Gesicht, rote und goldene Zungen leckten die Luft und versengten sie.

Um sich herum konnte er nichts erkennen.

Auch nichts ertasten – alles fühlte sich taub an.

Immerhin stürzte er nicht weiter in die Tiefe, sondern befand sich in einer Art schwerelosem Schwebezustand. Wieder spürte er das Feuer glühend heiß auf seiner Haut.

Etwas berührte ihn. Er blickte nach unten und sah, wie eine Gestalt sich zu formen begann, Farben ineinander verliefen – die Farben seiner Vergangenheit: Grün, Braun und Beige.

Du bist jetzt in der Army, mein Sohn.

Die Farben vervielfachten sich und wurden zu einer Reihe von Körpern. Arme in tarnfarbenen Wüstenkampfuniformen streckten sich nach ihm aus, in seinem Kopf hörte er Stimmen, die nach ihm riefen.

Komm, schließ dich uns an, bei uns gibt es keinen Schmerz, keinen Schmerz mehr.

Er konnte sie nur ansehen, vermochte nicht, sich zu rühren, und so verblassten sie wieder, und ihre Rufe wurden schwächer, bis er sie nicht mehr hörte.

Er realisierte, dass nicht sie es waren, die versanken, sondern dass er vielmehr in die Höhe stieg.

Er trat um sich, wieder zäh und stark, sah über sich das Feuer prasseln, fühlte wieder dessen Glut.

Nun, da die Stimmen verstummt waren, hörte er andere, die von oben zu kommen schienen. Diese waren nicht verheißungsvoll, umschmeichelten ihn nicht. Die Stimmen über ihm kannten nur Schmerz.

Wieder trat er um sich, um an die Oberfläche zu gelangen, das Rot und Orange und das Gold des Feuers verschwammen vor seinen Augen, als er sich darauf konzentrierte. Er hatte das Gefühl, zu schwer zu sein, musste sich anstrengen, um an die Oberfläche zu gelangen.

»Nichts, was sich zu haben lohnt, ist leicht zu bekommen.« Die Stimme seines Vaters aus der Vergangenheit.

»Ich weiß«, antwortete er im Geiste. »Glaubst du etwa, ich wüsste das nicht?«

Wieder trat er um sich, diesmal mit aller Kraft, die er aufbringen konnte. Er fühlte sich so bleischwer. Einen Moment lang glaubte er, es nicht zu schaffen, hatte das Gefühl, nach unten zurückzugleiten, sah, wie das Licht über ihm zu verblassen begann.

»Verflucht sollst du sein!«, brüllte er in Gedanken. »Ihr

alle sollt verflucht sein. Schon einmal bin ich hier unten gewesen, und damals habt ihr mich auch nicht festhalten können.«

Dann bewegt er sich plötzlich rasend schnell nach oben. Die Finsternis fliegt nur so an ihm vorüber, ein Lichtschein kommt auf ihn zu. Doch je schneller er sich bewegt, umso schwerer wird er wieder.

Der Schmerz überfließt ihn in Wellen, bricht in ihm auf.

Das Licht ist zum Greifen nahe.

Ein letztes Mal noch, denkt er. Ich schaffe es.

Er blickt nach unten, und sie sind wieder da: die Arme, die sich nach ihm hochstrecken, die klagenden Stimmen. Doch alle werden von einer roten Flut verschluckt.

»Mich kriegt ihr nicht. Nicht jetzt.«

Er wendet das Gesicht von den blutigen Wogen ab, die aufsteigen, um ihn zu verschlingen, streckt die Arme aus und zieht sich aus eigener Kraft hinauf ins Licht.

3

Cahill öffnete die Augen.

Blinzelte angestrengt.

Alles war unscharf.

Er rieb sich die Augen, stellte fest, dass Blut an seinen Händen klebte, spürte die Hitze des Feuers auf seiner Haut und den Geschmack nach Rauch auf seiner Zunge.

Als er hustete, wurde ihm bewusst, dass er nichts hörte. Stattdessen war da nur ein Summen in seinen Ohren. Noch einmal wischte er sich über die Augen, diesmal mit seinem Ärmel.

Jetzt formten sich wieder Bilder vor seinen Augen.

Er fühlte Metallstreben an seinem Rücken und stemmte sich in eine sitzende Position hoch. Als er einatmete, spürte er einen stechenden Schmerz, der ihn jäh zusammenzucken ließ.

Ich muss unter Schock stehen.

Wieder wollte er durchatmen, Sauerstoff in seine Blutbahn pumpen, und wieder verspürte er den Schmerz wie etwas Hartes, Scharfes, das sich in seine Brust bohrte.

Wahrscheinlich sind bloß ein paar Rippen angebrochen. Keine Panik, du hast schon ganz andere Sachen mitgemacht.

In dem Hotel waren sämtliche Lichter erloschen.

Noch immer war da dieses Summen in seinen Ohren, aber immerhin konnte er es jetzt von anderen Geräuschen trennen, von den Schreien um ihn herum.

Schnelle Schritte kamen auf dem Pflaster näher. Ein Gesicht tauchte vor ihm auf, jemand redete auf ihn ein, schrie ihn an.

Tom Hardy.

Tom. Wie immer.

»Hilf mir hoch.«

Hardy legte ihm die Hände auf die Schultern, sagte, er solle bleiben, wo er war, und auf den Krankenwagen warten.

»Quatsch«, widersprach Cahill. »Hilf mir auf, Tom.«

Hardy beugte sich vor, bis seine Lippen fast Cahills Ohren berührten. »Du bleibst sitzen!«, schrie er, erhob sich und stieß dabei mit einem Finger nach ihm.

Cahill wusste, dass Tom recht hatte, der ihm nun die Hand auf die Schulter legte und zur anderen Straßenseite hinüberschaute. Cahill folgte seinem Blick. Ein Arm lag auf dem Pflaster, verkohlt und einsam.

»Was ist passiert?«, wollte er wissen.

Hardy sah ihn an. »Eine Bombe«, sagte er. »Eine gottverdammte Autobombe.«

4

Cahill hielt sich an Hardys Ratschlag und blieb an die Absperrung gelehnt auf dem Boden sitzen. Um seine Körpertemperatur konstant zu halten und einen durch den Schock bedingten weiteren Blutdruckabfall zu vermeiden, hatte Hardy ihm seine Jacke um die Schultern gelegt. Er hatte ihn auch schon oberflächlich untersucht und festgestellt, dass die einzigen äußeren Verletzungen in einer langen klaffenden Stirnwunde und diversen Kratzern und Schnitten an Armen, Händen und in seinem Gesicht bestanden.

Hardy sah ihn besorgt an, als Cahill laut vermutete, er habe sich bei der Explosion wahrscheinlich ein paar Rippen gebrochen und verspüre deshalb bei jedem Versuch zu atmen Schmerzen. Beide wussten, dass ein Lungenriss nicht auszuschließen war. Cahills innere Organe konnten durch die Druckwelle der Detonation verletzt worden sein.

»Du kennst ja die Regel«, sagte Hardy. »Sie werden keine Ambulanzen und keinen Notarztwagen herschicken, solange sie sich nicht sicher sein können, dass nicht noch eine weitere Bombe hochgeht.«

Cahill nickte.

»In Anbetracht der Umstände siehst du gar nicht mal so schlecht aus«, sagte Hardy. »Trotzdem wirst du erst einmal schön brav hier sitzen bleiben, verstanden?«

Er wusste, was Hardy damit sagen wollte: Äußerlich scheint alles in Ordnung mit dir zu sein, aber mehr kann ich im Moment auch nicht sagen oder für dich tun.

Schöner Trost.

Hardy ließ ihn sitzen, und Cahill konnte den Blick nicht von dem abgetrennten Arm abwenden.

Seine Erinnerung setzte immer wieder aus. Die Erinnerungslücken machten es ihm schwer zu rekonstruieren, was genau sich abgespielt hatte. Er wusste noch, dass er bei einer Kinopremiere gewesen war, um auf diese Schauspielerin aufzupassen.

Wie war noch gleich ihr Name?

Er drehte den Kopf und schaute sich nach allen Seiten um. Keine zehn Meter von ihm entfernt parkte ein großer silberfarbener Wagen. Er konnte einfach nicht glauben, dass er ihm vorher nicht aufgefallen war. Auf dem Rücksitz saß eine junge Frau und starrte verständnislos auf das, was sich vor ihren Augen abspielte. Die beiden vorderen Türen des Wagens standen weit offen, sämtliche Scheiben waren eingedrückt. Das ist wohl die Schauspielerin, dachte er. Wenn mir doch nur ihr Name einfiele!

Sie wandte den Kopf, und für einen langen Moment blickten sie sich an. Er konnte keine Gemütsregung in ihrem Gesicht erkennen, ihre Haut war so hell, dass sie fast durchsichtig schien.

Dann richtete sich seine Aufmerksamkeit auf das, was sich hinter dem Auto mit der Schauspielerin befand – das brennende Wrack des Taxis, in dem die Bombe explodiert war. Das Feuer hatte kaum mehr als ein metallenes Skelett übrig gelassen; verbogen und verglüht lag es in einem flachen Krater im Asphalt.

Er hatte das Gefühl, es hätte sich neben der Frau noch jemand in der Limousine befunden, konnte sich aber nicht an denjenigen erinnern.

Niemand von seinem Team. Aber irgendwer war da gewesen.

Da stand noch ein weiteres Auto. Auch eines von seinen? Auf der Zufahrt zum Hotel, das Fensterglas war ebenfalls gesplittert. Niemand drin. Er versuchte sich zu erinnern, wer vom CPO-Team mit ihm hier gewesen war, aber es wollte ihm nicht einfallen.

Wo waren die Leute aus diesem Auto?

Seine Leute?

Er schaute sich nach Hardy um und entdeckte ihn zu seiner Rechten, er beugte sich gerade über jemanden am Boden.

Eine Frau kniete sich vor ihm hin, sie war klein, aber von kräftiger Statur.

Hinter ihr wimmerte jemand vor Schmerzen. Das Wimmern steigerte sich zu einem Schreien, bevor es dann jäh abbrach.

»Carrie?«, fragte er.

Sie nickte und reckte den Hals, um die Verletzung an seiner Stirn besser begutachten zu können. Vorsichtig betastete sie sie mit den Fingern. Er ließ sie schweigend machen, verspürte keine Schmerzen, als sie die Wunde untersuchte.

»Nicht so schlimm«, sagte sie schließlich. »Muss nur mit ein paar Stichen genäht werden, dann bist du wieder so gut wie neu.«

Das Summen im Ohr hallte noch immer in seinem Kopf; alle Geräusche nahm er nur gedämpft wahr, die Menschen um ihn herum klangen so, als sprächen sie unter Wasser. Carrie lächelte ihm zu – oder zumindest sah es so aus, als versuchte sie es. Ihr Gesicht war mit Schmutz und Blut verschmiert, Tränenspuren hatten darin ihre Bahnen hinterlassen. Er hob den Arm und berührte mit einer Fingerspitze ihr Gesicht. Sie ergriff seine Hand und drückte sie, als sich eine weitere Träne löste und ihr über die Wange rann.

»Wer war alles dabei?«, fragte er. »Wie viele von uns?«

Sie blickte zu Boden. Er merkte, dass sie seine Hand noch fester hielt, sah die Tränen, die aus ihren Augen auf das Pflaster tropften.

»Carrie«, sagte er.

Ihre Schultern hoben und senkten sich, während sie versuchte ihre Emotionen zu kontrollieren. Sie streckte sich und zog die Nase hoch, dann wischte sie sich mit dem Arm über ihr Gesicht und verschmierte Tränen, Blut und Schmutz zu einer Art Tarnmaske.

»Chris hat's übel erwischt«, sagte sie. »Ich weiß nicht, ob er durchkommt. Und mit Bails sieht's auch nicht viel besser aus.«

Er hörte zwar die Worte, doch zu begreifen, was sie ihm damit sagen wollte, fiel ihm schwer. Das zu verstehen, was Carrie gerade *nicht* aussprechen wollte.

»Hanson ist tot.«

»Wer ist Hanson?« Ihm war, als hätte er den Namen schon einmal gehört, aber es gelang ihm nicht, ihn mit einer Person zu verknüpfen.

Sie ignorierte seine Frage und schaute zu Hardy hinüber, der sich noch immer um den am Boden liegenden Mann kümmerte. Cahill folgte ihrem Blick, als Hardy ihr hektische Zeichen gab. Carrie sah ihn an.

»Was ist?«, fragte er.

»Es ist Chris. Ich muss zu ihm.«

Er schaute ihr nach, als sie zu Hardy hinübereilte, und ein hohles Geräusch wie der Hauch des Todes erfüllte die Nachtluft.

5

Cahill hielt es nicht mehr aus, untätig herumzusitzen, während die Mitglieder seines Teams vor seinen Augen durch die Hölle gingen. Er griff hinter sich, umschloss die Stäbe des Geländers und versuchte sich an ihnen hochzuziehen. Schon auf halber Höhe überkam ihn der Brechreiz, und er ging schmerzhaft wieder zu Boden.

Wieder hörte er eine Stimme aufschreien, aber durch den dichten schwarzen Qualm, der noch immer von dem ausgebrannten Taxi aufstieg, konnte er nicht erkennen, wer es war, der so litt.

Er kniff die Augen zusammen, holte tief Luft und zog sich erneut hoch. Diesmal schaffte er es auf die Füße.

Wieder übermannte ihn der Brechreiz. Er beugte sich vor und übergab sich auf die Straße. Als er seinen auf dem Pflaster verteilten Mageninhalt betrachtete, stellte er zu seiner Erleichterung fest, dass er kein Blut enthielt. Eine Prellung, sagte er sich, mehr nicht.

Er lehnte sich wieder gegen das Geländer und versuchte seine Lunge mit Sauerstoff zu füllen. Jeder Atemzug wurde von einem Röcheln begleitet. Er sammelte Speichel in seinem Mund, um den Geschmack des Erbrochenen wegzuspülen, und spuckte aus.

Die Frau, die allein im Auto saß, beobachtete ihn noch immer mit teilnahmslosem Gesichtsausdruck. Irgendwo in der Ferne heulten Sirenen, auf der Brücke über ihnen und auf der Autobahn im Westen sah man Blaulichter von Polizeiwagen, die in sicherer Entfernung ihre Beobachtungsposten einnahmen.

Neun Monate lang hatte er für die Strathclyde Police als

externer Berater in Sicherheitsfragen der Terrorismusbekämpfung gearbeitet. Er wusste, dass die Polizei sich auf Distanz halten würde, bis das Gebiet vom Bombenentschärfungsteam für sicher erklärt worden war. Bis dahin waren sie hier auf sich allein gestellt.

Unsicher ging er auf die Frau in dem Wagen zu, immer wieder musste er nach ein paar Schritten innehalten, weil ihm schlecht wurde oder er mit Schwindel zu kämpfen hatte. Als er das Auto endlich erreichte, öffnete er die hintere Tür und setzte sich auf die Kante der Rücksitzbank. Die Frau ließ sich nicht anmerken, dass sie seine Präsenz überhaupt wahrnahm.

»Miss?«, sprach er sie an.

Sie zuckte zusammen und starrte ihn an.

»Wir müssen von hier verschwinden«, sagte er. »Es ist nicht sicher hier.«

Sie sah ihn fragend an und fasste sich ins Haar, um ein Stück Glas zu entfernen. Von ihrem Haaransatz rann ein dünner Faden Blut in ihr linkes Auge. Sie blinzelte, strich darüber, und ein gereizter Ausdruck huschte über ihr Gesicht.

Tara. So hieß sie. Jetzt fiel es ihm wieder ein.

»Tara, wir müssen weg von hier. Haben Sie mich verstanden?«

Er streckte den Arm aus und griff nach ihrer freien Hand. Mit der anderen wischte sie sich noch immer das Blut aus dem Auge.

»Kommen Sie mit«, sagte er.

Sie rutschte über den Rücksitz und schwang die Beine aus dem Wagen. Ihm fiel auf, wie neu ihre Schuhe aussahen – als hätte sie sie gerade erst aus ihrer Verpackung genommen. Es war schon sonderbar, auf welche Belanglosigkeiten man in so einer Situation achtete.

Er trat einen Schritt zurück, damit sie Platz zum Aussteigen hatte, ließ ihre Hand dabei aber nicht los. Als sie beide neben dem Wagen standen, legte er ihr den Arm um die Hüfte und drückte sie an sich – auch um selbst nicht aus dem Gleichgewicht zu geraten, denn schon wieder überkam ihn ein Schwindelgefühl.

»Wohin gehen wir?«, fragte sie. »Wo ist Phil?«

Phil Hanson. Er erinnerte sich wieder.

»Wir müssen von hier weg.«

»Wo ist Phil? Wo?«

Ihre Stimme war schrill geworden. Er zog sie zu sich heran, damit sie ihm ins Gesicht sah, und legte ihr eine Hand auf die Wange. Angesichts des Schmerzes, der dabei von seinen Rippen ausging, musste er die Zähne zusammenbeißen.

»Zunächst müssen wir uns selbst in Sicherheit bringen. Um die anderen kümmern wir uns später.«

Sie versuchte sich von ihm loszureißen, sich ihm zu entwinden, hatte aber keine Chance gegen ihn.

»Reißen Sie sich zusammen, Tara«, ermahnte er sie mit fester Stimme. »Phil holen wir schon noch, aber jetzt müssen Sie mit mir kommen.«

Sie ließ ihre Schultern sinken, ihre Augenlider flatterten, und er glaubte schon, sie würde das Bewusstsein verlieren, doch dann richtete sie sich wieder auf und nickte ihm zu.

Blitzschnell fuhr sein Kopf herum, als er ein Auto mit hohem Tempo auf sie zufahren hörte. Instinktiv stellte er sich schützend vor Tara. Mit quietschenden Reifen kam der Wagen neben ihnen zum Stehen. Hardy und ein kaum noch ansprechbarer Judd saßen vorn, Carrie hielt auf der Rückbank Washingtons Kopf in ihrem Schoß. Chris Washington sah am bedenklichsten aus, sein Gesicht war mit Blut verklebt, seine Kleidung war verkohlt und hing in Fetzen an ihm herunter.

Man konnte nur hoffen, dass das Blut seine Verletzung schlimmer aussehen ließ, als sie wirklich war.

Hardy stieß von innen die Beifahrertür auf. »Kannst du fahren?«, rief er Cahill zu.

»Muss ich ja wohl.«

Hardy machte eine ernste Miene. »Dann verfrachte Tara jetzt in den anderen Wagen und folge mir.«

Hardy fuhr ein Stück vor, stoppte dann wieder und kam zurückgelaufen, um Cahill dabei zu helfen, Tara auf den Beifahrersitz der silberfarbenen Limousine zu hieven. Cahill klemmte sich hinter das Lenkrad, wobei seine Rippen Zeter und Mordio schrien. Hardy rannte zu seinem Wagen zurück und trat das Gaspedal durch, während Cahill den zweiten Wagen in Position brachte, um ihm zu folgen.

Sie bogen nach rechts ab, fuhren unter dem Gebäude neben dem Hotel hindurch und steuerten dann gleich wieder scharf nach links auf die Bothwell Street zu. Auf der Straße war eine Blockade aus zivilen Polizeifahrzeugen errichtet worden, vier Beamte zielten mit ihren Waffen auf die beiden Wagen. Im Hintergrund wartete ein Ambulanzwagen mit kalt pulsierendem Blaulicht.

Hardy trat auf die Bremse, und der Wagen kam schleudernd zum Stehen. Cahill folgte seinem Beispiel und konnte gerade noch verhindern, dass er auf den Wagen vor ihm auffuhr. Tara stützte sich mit einer Hand am Armaturenbrett ab. Die bewaffneten Polizisten hatten sich hinter ihren Wagen verschanzt, nur noch ihre Kevlar-Helme mit den angespannten Gesichtern und die Mündungen ihrer Waffen waren sichtbar. Cahill bemerkte, dass sie ihnen etwas zuriefen, konnte aber immer noch nicht richtig hören und verstand kein Wort. Vor ihm war Hardy aus dem Wagen gesprungen.

»Sie wollen, dass wir aussteigen und uns flach auf den Boden legen!«, rief Hardy ihm zu.

»Aber wir können Chris nicht aus dem Wagen heben!«, schrie Carrie vom Rücksitz des vorderen Wagens. »Er muss ins Krankenhaus!«

Hardy schnaubte wütend, hob die Hände und verschränkte sie hinter seinem Kopf. »Wir sind unbewaffnet!«, rief er in Richtung der Polizeiabsperrung. »Wir haben Verletzte bei uns, die sofortige ärztliche Hilfe benötigen!«

Einer der Polizisten wies Hardy mit einer Geste an, sich auf den Boden zu legen, während die anderen drei die beiden Wagen im Visier behielten.

Lass uns jetzt bloß nicht noch von diesen Spinnern abgeknallt werden, betete Cahill.

6

Hardy gab Cahill ein Zeichen auszusteigen und zu tun, was die Polizei verlangte, dann kniete er sich hin und verschränkte die Hände wieder hinter seinem Kopf. Cahill stieß die Seitentür auf und forderte Tara auf, das Gleiche wie Hardy zu tun, aber sie sah ihn nur mit ängstlichen Augen an und schüttelte den Kopf.

»Es ist alles in Ordnung«, versuchte er sie zu beruhigen. Durch das ständige Summen in seinen Ohren hörte er seine eigene Stimme nur gedämpft. »Wir müssen aus dem Wagen raus, damit sie sehen, dass sie von uns nichts zu befürchten haben. Ich steige gleich nach Ihnen aus.«

Tara blickte stur geradeaus und schüttelte erneut heftig den Kopf. Ihr ganzer Körper war verkrampft, jedem Versuch, sie von der Stelle zu bewegen, würde sie Widerstand leisten.

»Tara«, sagte er, »in dem Wagen da vorn liegen meine Freunde im Sterben, sie müssen schnellstens ins Krankenhaus, und dafür müssen Sie aussteigen. Bitte.«

Sie rührte sich nicht, ihre Hände lagen noch immer auf dem Armaturenbrett. Er wusste, dass er nicht in der Verfassung war, sie mit Gewalt aus dem Wagen zu zerren – was vermutlich ohnehin nur einen kontraproduktiven Effekt haben würde. Würde Tara aus dem Wagen treten und sich weigern, die Anweisungen der Polizei zu befolgen, würde man sie wahrscheinlich erschießen. Und möglicherweise sie alle gleich mit. Die Bullen würden wie bei einem Terrorangriff vorgehen, bei dem jeder Insasse der beiden Wagen eine potenzielle Bedrohung darstellte.

Cahill warf einen Blick auf Hardy, der sich flach auf das Pflaster gelegt hatte und zu ihnen hinübersah.

»Sie will sich nicht bewegen, Tom!«, rief Cahill durch die Öffnung, in der sich einmal die Windschutzscheibe befunden hatte.

Hardy drückte die Nase auf den Boden und hustete, ehe er wieder in Richtung der Straßensperre blickte. »Wir haben Verletzte in den Wagen!«, rief er. »Wir können sie allein da nicht raustragen.«

Auf Cahills Stirn und seiner Oberlippe bildeten sich salzige Schweißtropfen, die auf seiner versengten Haut brannten.

Der Polizist, der sich aufgerichtet hatte, trat von einem seiner Kollegen gefolgt um seinen Wagen herum. Langsam gingen die beiden auf Hardy zu, die Waffen in Schulterhöhe auf die zwei Autos gerichtet.

Tara begann erst zu zittern und dann zu schreien; ein Zucken überwältigte ihren Körper. Cahill wollte sie berühren, als ihn ein rasender Schmerz durchfuhr, der ihn selbst aufschreien ließ. Die Polizisten blieben stehen und gingen in die Hocke, nach wie vor schussbereit.

»Tara«, presste Cahill zwischen den Zähnen hervor, »ich weiß, dass Sie so etwas noch nie erlebt haben, aber Sie müssen sich jetzt einfach beruhigen. Haben Sie mich verstanden?«

Sie schlug die Hände vors Gesicht, schluchzte laut auf und sackte vornüber. Cahill wusste, dass jede Bewegung im Wagen die Polizisten noch nervöser machte.

»Alex!«, hörte er Carrie aus dem Wagen vor ihm rufen, »Chris' Puls wird schwächer. Wir müssen weiter, verdammt!«

Cahill schaute nach vorn. Die beiden Polizisten hatten sich wieder aufgerichtet und kamen langsam auf sie zu. Sie waren nur noch fünf Meter von dem ersten Wagen entfernt.

»Ich kann nichts tun!«, rief er und warf Hardy einen Blick zu. »Sie will nicht aussteigen.«

»Dann müssen wir einfach stillhalten«, zischte Hardy zwischen seinen Lippen hindurch.

»Hier spricht die Polizei!«, rief der leitende Beamte. »Keine Bewegung, oder es wird geschossen.«

Cahill beobachtete, wie die beiden Stück für Stück vorrückten. Der hintere Beamte hielt seine Waffe auf Hardy gerichtet, während der andere den vorderen Wagen ins Visier nahm. Beide trugen schwarze Overalls, schwarze Kampfstiefel und schusssichere Westen, auf denen in Weiß POLICE geschrieben stand. Cahill wusste aus eigener Erfahrung, dass ihre eng sitzenden Helme sowohl die Bewegungsfreiheit als auch das Hörvermögen beeinträchtigten – aber das war ein geringer Preis, den man gern dafür zahlte, davor geschützt zu sein, sich von einem Heckenschützen das Gehirn wegpusten zu lassen.

Der vordere Beamte näherte sich dem Wagen. Cahill verfolgte jede seiner Bewegungen. Die Mündung der Waffe zielte genau auf seinen Kopf.

»Polizei!«, rief der Mann noch einmal. »Steigen Sie sofort einzeln aus den Wagen aus und legen Sie sich flach auf den Boden.«

Tara presste sich die Hände auf die Ohren, schüttelte noch immer den Kopf und weinte.

Der zweite Beamte war bei Hardy angelangt und gab seinen beiden Kollegen oben an der Straße ein Zeichen. Sie kamen hinter den Wagen hervor, um ihren Kollegen Deckung zu geben.

»Polizei. Kommen Sie aus dem verdammten Wagen raus, sofort!«

Das letzte Wort, das er gebrüllt hatte, erlöste Tara endlich aus ihrem Schock. Sie hob die Hände und stellte sich neben den Wagen.

»Langsam«, sagte der leitende Beamte und trat einen Schritt zurück. »Und jetzt legen Sie sich auf den Boden.«

Sie leistete dem Befehl keinen Widerstand, genauso wenig wie Cahill auf seiner Seite des Wagens.

Zwei der Beamten hielten Carrie und Judd in Schach, während die beiden anderen Hardy, Cahill und Tara nach Waffen durchsuchten. Cahills Rippen protestierten wütend, als er aufs Pflaster gestoßen wurde und ihm die Hände auf dem Rücken mit Handschellen gefesselt wurden. Als man ihn wieder hochriss, musste er ein weiteres Mal die Zähne zusammenbeißen. Er konnte nur darauf warten, dass dies hier ein Ende nahm.

Carrie stieg aus dem Wagen und erklärte den Polizisten,

dass Washington das Bewusstsein verloren habe und sich in sehr schlechter Verfassung befände, ehe auch sie gefesselt wurde. Dann mussten sie sich mit dem Rücken zur Wand des Gebäudes aufstellen, vor dem sich alles abspielte, während ein Polizist sich in den Wagen beugte, um auf Judd und Washington einen Blick zu werfen.

Die Polizisten schwitzten aus sämtlichen Poren, der Stress zeichnete sich auf ihren Gesichtern ab. Als der leitende Beamte sich ihnen zuwandte, erkannte er, um wen es sich bei Tara handelte.

»Sind Sie Tara Byrne?«, fragte er.

Kopfnicken.

»Und Sie?«, wollte er von Hardy wissen.

»Wir sind ihr PS-Team«, sagte der.

Der Polizist sah ihn verständnislos an.

»Personenschutz«, erklärte Hardy. »Ihre Leibwächter.«

»Sind Sie bewaffnet?«

»Nein.«

»Und die da gehören auch zu Ihnen?« Er deutete auf den vorderen Wagen, in dem Washington und Judd lagen.

»Ja. Hören Sie, wir sind in diesen Bombenanschlag verwickelt worden. Die beiden müssen dringend ins Krankenhaus.«

»Was ist da drüben passiert?«

»Autobombe«, sagte Hardy.

»Himmel.«

»Könnten Sie jetzt den Notarztwagen da drüben herrufen? Bitte.«

Der Mann musterte Hardy noch einmal, dann gab er dem Ambulanzwagen einen Wink.

In Cahills Kopf begann sich wieder alles zu drehen, und er rutschte, den Rücken noch immer gegen die Hauswand gelehnt, in eine sitzende Position hinunter.

»Könnten Sie uns nicht diese Dinger abnehmen?«, fragte Carrie.

»Können Sie sich ausweisen?«

»Im Handschuhfach!«, schrie Cahill, er konnte sich noch immer nicht richtig hören. »Empfehlungsschreiben und Ausweispapiere!«

Der Beamte senkte die Waffe und schob sie sich auf den Rücken, wo sie durch den Riemen gesichert wurde. Er ging zu der silbernen Limousine, holte die Papiere aus dem Handschuhfach, blätterte sie durch und inspizierte sie aufs Genaueste. Schließlich wandte er sich Cahill zu.

»Das hier ist aus der Downing Street Nr. 10.« Verwundert hielt er das Empfehlungsschreiben in die Höhe.

Cahill nickte kurz und senkte wieder den Kopf.

Er war hundemüde.

7

Nachdem er Ellie ins Bett gebracht hatte, fand Logan Finch keinen Schlaf mehr. Wieder stand er auf und machte noch einmal seine Runde durch die Wohnung. Ein weiteres Mal überprüfte er, ob die Wohnungstür und sämtliche Fenster verschlossen und verriegelt waren. Anschließend ging er ins Wohnzimmer zurück und schaltete den Fernseher ein. Das Gerät war auf den 24-Stunden-Nachrichtenkanal der BBC eingestellt.

»... die neuesten Nachrichten über die Bombenexplosion im Zentrum von Glasgow heute Abend«, sagte die Sprecherin gerade und presste den Finger auf ihren Kopfhörer, über den sie die Nachrichten aus der Studiokabine erhielt.

Logan saß auf der Couch und starrte wie gebannt auf den Bildschirm.

»Über die Zahl der Toten ist noch nichts bekannt«, fuhr die Frau fort. »Die Rettungskräfte konnten bisher noch nicht zu der Stätte des Anschlages vor dem Hilton-Hotel vordringen. Es muss erst abgewartet werden, bis die Umgebung nach eventuellen weiteren Sprengkörpern abgesucht worden ist.« Sie hatte sichtlich Mühe damit, aus den wenigen Informationen, über die sie verfügte, vollständige Sätze zu machen.

»… sprach von einem vermuteten terroristischen Hintergrund.«

Logan griff nach seinem Telefon, wählte Cahills Mobilnummer, erreichte aber nur die Mailbox, die sich sofort einschaltete. Er wartete die kurze Ansage und den Piepton ab und hinterließ dann seine Nachricht.

»Alex, ich bin's, Logan. Ruf mich an, sobald du das abgehört hast, ja?«

Unschlüssig, was er noch tun konnte, versuchte er es bei Hardy, erreichte aber auch nur dessen Mailbox. Bei Bailey Judd und Chris Washington hatte er genauso wenig Glück.

Er presste sich das Mobiltelefon gegen die Stirn und spürte, wie sich sein Magen vor Unruhe verkrampfte.

Ellie kam aus ihrem Zimmer und blieb an den Türrahmen gelehnt stehen. Sie rieb sich die Augen und schaute auf den Fernseher.

»Was ist los?«, fragte sie. Logan antwortete nicht.

Die Frau auf dem Bildschirm sprach nun über die zu erwartenden Reaktionen seitens der Polizei im Falle eines terroristischen Anschlags.

»Ist etwas passiert?«, fragte Ellie.

Logan nickte schweigend.

»Was denn?«, hakte sie nach und klang verängstigt.

Logan ging zu ihr und legte seinen Arm um sie. »Etwas Schlimmes.«

8

Hudson stand noch immer unter der Wirkung des Adrenalinstoßes, den die Detonation der Bombe bei ihm ausgelöst hatte. Sein Puls raste, das Herz trommelte in seiner Brust. Er versuchte gleichmäßig zu atmen und seinen Herzschlag zu beruhigen.

»Wie viel Sprengstoff hat er bloß in das Ding reingepackt?«, wollte Nummer zwei wissen. »Das ist ja hochgegangen wie ich-weiß-nicht-was. Du lieber Himmel.«

»Es sah nur so schlimm aus, weil es mitten in der Stadt passiert ist. War gar keine so große Bombe.«

»Trotzdem.«

»Tja.«

Sie schwiegen, während sie in südlicher Richtung über die Autobahn fuhren. Hudson achtete darauf, weder die Geschwindigkeit zu überschreiten noch zu langsam zu fahren und dadurch aufzufallen. Er wollte Distanz zwischen sich und das Hilton bringen, ehe er anhielt. Vielleicht würde er sogar erst den Motor ausschalten, nachdem sie die Grenze zu England passiert hatten. In Gretna gab es eine Raststätte, bei der er abfahren wollte.

Sein Handy auf dem Armaturenbrett klingelte. Der Anruf kam von Nummer fünf – hoffentlich wollte er den erfolgreichen Abschluss der Sache mit der Polizistin melden. Hudson nahm das Gespräch entgegen. »Alles erledigt?«, fragte er.

Zunächst herrschte Schweigen. War die Verbindung vielleicht gar nicht zustande gekommen? Dann hörte Hudson über den Lautsprecher der Freisprechanlage jemanden atmen.

»Was ist los?«, fragte er mit einem Seitenblick auf Nummer zwei.

»Wir haben's versaut«, meldete sich Nummer fünf.

Hudson schloss eine Sekunde lang die Augen. »Erzähl«, sagte er schließlich.

»Wir haben den Typen erwischt.«

»Was für einen Typen?«

»Den Sängertypen, wissen Sie nicht mehr? Der aus dem Krankenhaus.«

Hudson hatte ihn schon vergessen gehabt. »Aber die Polizistin lebt noch. Ist es das, was du mir erklären willst? Dass sie noch immer rumläuft?«

»Ja.«

Hudson trat auf die Bremse und lenkte den Wagen auf den Standstreifen. Wütend schlug er mit beiden Händen auf das Lenkrad ein.

»Da wäre noch etwas«, meldete sich Fünf wieder zu Wort.

Hudson legte seine Stirn aufs Lenkrad. »Und das wäre?«

»Nummer drei sieht nicht gut aus. Sein Knie. Und auf den Kopf und ins Gesicht hat sie ihm auch getreten. Ich meine … Er kann aufstehen, aber mit dem Gehen ist's schwierig. Ich glaube, er hat eine Gehirnerschütterung.«

»Ein Weib und ein Junkie haben euch vermöbelt, erzählst du mir das gerade?«

Nummer fünf tat das einzig Richtige und hielt den Mund.

»Und dabei sollte das der einfache Auftrag sein«, sagte Hudson und sah Nummer zwei an. »Wie kann es sein, dass unserer so glatt über die Bühne gegangen ist und die beiden nicht einmal einen kleinen Job hinkriegen?«

Auch Zwei schwieg besser.

Hudson dachte darüber nach, wie man das mit der Frau vielleicht doch noch erfolgreich beenden konnte. »Seid ihr noch mit dem GPS-Tracker an ihr dran?«

»Ja«, sagte Nummer fünf.

»Und er ist eingeschaltet?«

Sie hörten Nummer fünf am anderen Ende der Leitung mit etwas herumhantieren.

»Wo seid ihr jetzt?«, erkundigte sich Nummer zwei.

»Wieder im Hotel. Aber keine Sorge, niemand hat etwas gesehen.«

»›Keine Sorge‹?« Zwei schüttelte den Kopf.

Hudson hätte am liebsten laut gelacht, hielt aber an sich.

»Das GPS funktioniert noch«, sagte Fünf. »Ihr Auto ist noch immer im Ort, es bewegt sich nicht. Vielleicht ist sie ja zu Fuß zu den Bullen unterwegs?«

»Würdest du was anderes machen?«, fragte Hudson.

Wieder ging Fünf nicht auf die Bemerkung ein.

»Jedenfalls muss die Sache erledigt werden«, sagte Hudson. »Keiner von uns sieht irgendwelche Kohle, bis das nicht abgeschlossen ist. Ihr bleibt an Ort und Stelle und behaltet sie im Auge, aber unauffällig und ohne viel Aufheben. Benutzt das GPS, sonst werdet ihr beiden Idioten noch eingebuchtet, und das war's dann.«

»Aber was sollen wir tun?«, fragte Nummer fünf. »Wir können doch nicht einfach so in die Polizeiwache marschieren und drauflosballern, oder?«

»Ich weiß nur eines: Irgendwer muss das erledigen, wozu ihr nicht in der Lage seid.«

»Also kommen Sie her, Boss?«

Nummer zwei sah Hudson an und verzog den Mund.

»Wir sind schon auf dem Weg«, seufzte Hudson.

9

Cahill saß noch immer auf dem Straßenpflaster und wartete auf einen weiteren Ambulanzwagen, der ihn ins Krankenhaus fahren sollte. Carrie stand bei den Notärzten, die Washington und Judd versorgten, stellte die eine oder andere Frage, überließ die Spezialisten aber ansonsten ihrer Arbeit. Einer der Rettungssanitäter hatte auch sie medizinisch erstversorgen wollen, aber sie hatte abgelehnt. Er sollte sich lieber um ihre Kollegen kümmern.

Nach einer ganzen Weile – Cahill hätte nicht sagen können, wie viel Zeit verstrichen war – fuhr der erste Notarztwagen mit Washington mit Blaulicht und Tatütata los.

Ein paar Minuten später trafen weitere Rettungswagen ein und zwei Sanitäter. Ein älterer Mann und eine junge Frau hatten ihn in Nullkommanichts auf eine Trage gehievt und festgeschnallt. Sie schoben ihn in ihren Wagen, setzten ihm eine Sauerstoffmaske auf und schlossen ihn an ein EKG an. Hardy kam hinzu und stellte sich an die geöffneten Hecktüren des Fahrzeugs, als auch der Rettungswagen mit Bailey Judd an Bord losfuhr. Mit Cahills Hörvermögen stand es immer noch nicht zum Besten, aber er konnte schon wieder klare Gedanken fassen. Er gab Hardy mit der Hand ein Zeichen näher zu kommen.

»Ruf meine Frau an«, sagte er, indem er die Sauerstoffmaske abnahm. »Ruf Samantha an.«

Hardy musterte ihn einen Augenblick lang. »Und was soll ich ihr sagen?«

Einer der Sanitäter nahm Cahill die Maske aus der Hand und setzte sie ihm wieder aufs Gesicht, wobei er ihn mit strengem Blick tadelte.

»Sag, es hätte einen Autounfall gegeben. Ich sei okay, aber man hätte mich für alle Fälle doch ins Krankenhaus gebracht. Irgendwie stimmt das ja auch.«

»Sie wird mir die Geschichte nicht abnehmen. Außerdem wird doch alles längst im Fernsehen laufen.«

»Gut, dann sag ihr eben, wie's wirklich gewesen ist. Hauptsache, sie erfährt, dass es mir gut geht.« Er versuchte sich aufzurichten, zuckte aber zusammen, als seine Rippen wieder knirschten, und beschloss, vorerst lieber liegen zu bleiben.

»Du siehst aber gar nicht gut aus«, bemerkte Hardy.

»Ich lebe. Im Moment zählt nur das.«

Draußen brausten gerade zwei blaugraue Land Rover Defender die Straße zum Hilton hinunter. Sie sahen aus, als wären sie schwer mit Panzerplatten aufgerüstet. Wahrscheinlich das Bombenräumkommando von der Basis der Royal Navy in Faslane, vierzig Kilometer nördlich von der Stadt. Das bedeutete, dass der Katastrophenplan der Polizei unmittelbar nach der Detonation in Kraft getreten worden war und man vermutlich bereits eines der Krankenhäuser in der Stadt evakuiert hatte, indem man die dortigen Notfallpatienten in andere Kliniken verlegte, damit die medizinische Hilfe für die Explosionsopfer dort gebündelt werden konnte.

Man schien keine Zeit verstreichen zu lassen und sofort zu handeln, immerhin ein positiver Aspekt. Möglicherweise hatten die Sicherheitsbehörden ja doch etwas von dem Anschlag auf den Glasgower Flughafen gelernt.

Vermutlich war auch schon eine Sondereinheit der Strathclyde Police hinzugezogen worden, um die kriminalpolizeilichen Ermittlungen zu führen; bestimmt unter Leitung von Neil Livingstone und George Kelly, zwei alten Hasen der Sonderabteilung, die Cahill beide gut kannte.

Am Fuße des Hügels leuchteten die Bremslichter der Land Rover auf, deren Insassen nahmen Anweisungen der vier bewaffneten Polizisten entgegen, die hier Aufstellung genommen hatten, und verschwanden um die Ecke.

Als die Türen des Ambulanzwagens zugeschlagen wurden, trat Hardy einen Schritt zurück.

»Welches Krankenhaus?«, rief er noch, bevor die Türen sich vollständig schlossen.

»Ins Royal.«

Als die Türen verriegelt wurden und der Wagen sich in Bewegung setzte, fiel Cahill plötzlich ein, dass er in den letzten Minuten Tara Byrne gänzlich aus den Augen gelassen hatte. Da hatte er sich ja nicht gerade mit Ruhm bekleckert.

Der Krankenwagen raste mit heulender Sirene auf das Glasgow Royal Infirmary im Nordosten des Stadtzentrums zu. Zwischendurch wurde das Wageninnere immer wieder in blaues Licht getaucht, und Cahill sah schweigend zu, wie der ältere Sanitäter sich um ihn und die Geräte kümmerte, während seine Kollegin fürs Fahren zuständig war.

»Herztätigkeit ist gut«, versicherte ihm der Mann. Der Wagen schaukelte, als er scharf um eine Straßenecke bog. »Weitere Schmerzen außer von den Rippen?«

Cahill schüttelte den Kopf.

Der Mann leuchtete ihm mit einer Minitaschenlampe ins Auge, um zu sehen, ob Cahills Pupillen sich erweiterten. Dann warf er wieder einen Blick auf den Ausdruck des EKGs, nickte und knüllte den Papierstreifen zu einer Kugel zusammen.

»Immer noch gut«, sagte er und berührte vorsichtig Cahills Brust.

Sie hatten sein Gesicht weder mit Salbe behandelt noch

einen Verband angelegt, was Cahill als Zeichen dafür nahm, dass seine Verbrennungen harmloser Natur waren. Wichtiger war es anscheinend, ihn mit Sauerstoff zu versorgen.

Wieder zog er sich die Maske vom Gesicht, um etwas sagen zu können. »Was hat man Ihnen erzählt?«

»Explosion!«, rief der Sanitäter. Bei dem Sirenengeheul und dem Summen in seinem Ohr musste Cahill sich darauf konzentrieren, ihn zu verstehen. »Wahrscheinlich ein Terroranschlag. Die Polizei hat uns erst reingelassen, nachdem sie das Gelände untersucht hatte. Sie können von Glück reden, dass Sie da noch rausgekommen sind.«

Cahill setzte sich die Maske wieder aufs Gesicht.

Er war nicht der Meinung, dass er von Glück reden konnte.

Der Rettungswagen hielt, und die Sanitäter beeilten sich, die Türen zu öffnen und die Trage mit ihm herauszuziehen.

Als man Cahill in die Notaufnahme rollte, warf er einen Blick zur Seite. Der Wartebereich war menschenleer – zweifellos als Folge der Evakuierung des Gebäudes. Die Reihen blauer Plastikstühle waren ebenso verwaist wie die Erfrischungsautomaten.

Man schob ihn an einer großen Glasscheibe vorbei und rammte sich mit der Trage auf Rädern durch die schweren Doppeltüren den Weg in den Operationsbereich frei.

Cahill hatte hier Chaos und Lärm erwartet, aber auch hier war es ruhig. Das Ärzteteam kümmerte sich in einer durch einen Vorhang abgetrennten hinteren rechten Ecke des großen Saals um Washington. Judd lag auf einer Trage rechts von ihm. Erleichtert bemerkte Cahill, dass seine Augen geöffnet waren und er mit dem Personal sprach. Er streckte sich, um zu sehen, was mit Washington geschah, wurde aber sanft wieder ins Kissen gedrückt.

»Ihre Freunde werden gut versorgt«, sagte eine Notärztin. »Sie müssen jetzt an sich selbst denken.«

Als sein Transportbett zum Stillstand kam, half man ihm, sich unter Schmerzen auf das danebenstehende Klinikbett zu wälzen. Ein neues Gesicht erschien über ihm – eine Asiatin in einem blauen Kittel.

Cahill lag still da und lauschte, während die beiden in Grün gekleideten Sanitäter der Ärztin einen Bericht über seinen Zustand gaben. Sie redeten ein ausgesprochen unverständliches Kauderwelsch aus umgangssprachlichem Glaswegian und medizinischen Fachausdrücken, sodass Cahill es bald aufgab, der Unterhaltung folgen zu wollen. Als alles gesagt war, klopfte ihm der Mann auf die Schulter und sagte, er überließe ihn nun der Ärztin. Dann verschwand er, zweifellos um zu der Stätte der Explosion zurückzufahren und ein weiteres Opfer zu versorgen.

Die Zeit zog sich. Cahill wurde immer nervöser, weil er erfahren wollte, wie es um Washington stand und was mit den anderen war. Während er auf dem Bett lag und sich abtasten, Spritzen geben, verbinden und einreiben ließ – Diamorphin sei Dank –, entging ihm nicht, wie die Eingangstüren immer häufiger aufgestoßen wurden und sich immer mehr Ärzte um neue Verwundete kümmerten. Die Lampen über ihm, die mit ihrem hellen Licht eigentlich den Ärzten bei ihren Untersuchungen helfen sollten, schmerzten in seinen Augen.

Nach einer Weile wurde ihm mitgeteilt, dass man ihn jetzt in ein Krankenzimmer bringen und ihm ein Beruhigungsmittel geben würde. Eigentlich widerstrebte ihm das, andererseits wusste er, dass es die Mediziner nur gut mit ihm meinten, also ergab er sich der angenehmen Wirkung des Medikaments, als dieses in seinem Blut zu zirkulieren begann.

Dann fiel er in einen tiefen Schlaf.

Noch ehe er die Augen geöffnet hatte, hörte er schon die Stimmen. Er konnte die einzelnen Worte nicht verstehen, konnte aber sofort Samanthas Stimme ausmachen.

Es dauerte ein Weilchen, bis er aus dem durch das Sedativum herbeigeführten Schlaf wieder voll erwacht war. Sofort spürte er den pochenden Schmerz in seinen Rippen, und auch sein Gesicht fühlte sich seltsam an. Er hob die Hand, um es zu berühren. Es war voller Salbe. Er hatte keine Ahnung, wie viel Zeit vergangen war, seit er in den Schlaf gefallen war.

Jemand ergriff seine Hand und sagte seinen Namen.

Er hörte die Stimmen seiner Kinder; hörte sie weinen.

Er riss die Augen auf und erblickte Samantha und die Mädchen vor seinem Bett, dann merkte er, wie ihm selbst die Tränen kamen.

Seine Frau beugte sich über ihn und küsste ihn zärtlich auf die Lippen – es war, als würde er ihren allerersten Kuss noch einmal erleben.

»Ich liebe dich«, flüsterte sie, und er spürte den sanften Hauch ihres Atems an seinem Ohr.

Dann warfen sich seine beiden Töchter in seine Arme. Er drückte alle drei fest an sich, wollte sie nie wieder loslassen.

10

Rebecca Irvine wachte schlagartig auf. Jemand klopfte laut an ihre Zimmertür.

»Hier ist die Polizei. Ist alles in Ordnung mit Ihnen?«

Sie war sich nicht sicher, wie lange sie geschlafen hatte, und sah auf die Uhr: An die zwei Stunden waren seit ihrem Anruf vergangen.

Wieso hatte die Polizei so lange gebraucht?

Sie musste ihre ganze Kraft aufwenden, um sich vom Bett zu erheben und zur Tür zu gehen. Durch den Spion erkannte sie das vertraute, beruhigende Schwarz einer Polizeiuniform.

»Können Sie sich bitte ausweisen?« Rebecca beobachtete, wie der Mann seinen Dienstausweis hervorholte und ihn für sie lesbar vor die kleine Öffnung hielt. Dann erst schloss sie die Tür auf.

Der Beamte war noch jung, höchstens fünfundzwanzig, doch als er seine Mütze abnahm, konnte Rebecca seinen Bizeps spielen sehen. Ihr jungen Polizisten macht heutzutage alle Krafttraining, um euch fit zu halten, aber warte es nur ab, bis du erst Frau und Kinder hast, dachte sie, dann wird auch dir ein Bierbauch wachsen wie deinen älteren Kollegen.

»Ich gehöre zur Abteilung für strafrechtliche Ermittlungen der Strathclyde Police«, sagte sie.

Die Bezeichnung schien ihn zu verwirren, zwischen seinen Augen bildeten sich zwei dünne Falten. »Ach so … Ja … Sie haben uns wegen eines Überfalls angerufen, Miss?«

»Ja, genau. Tut mir leid. Ich hatte bloß gedacht …«

Was redete sie denn da? Der Kerl musste sie ja für betrunken halten, was sie nach all dem Wein zum Dinner de facto auch noch war, auch wenn die angenehm berauschende Wirkung längst nachgelassen hatte.

Auf jeden Fall gewann er gleich einen unguten ersten Eindruck von ihr: verschmiertes Make-up plus eine Fahne mit Beigeschmack von Erbrochenem.

Doch wider Erwarten entspannten sich seine Züge. Er setzte die Mütze wieder auf und warf seiner Kollegin, die neben ihm im Hotelkorridor stand, einen Blick zu. Die Frau war ungefähr in Rebeccas Alter.

»Ich schätze, Sie stehen unter Schock«, sagte er. »Lassen Sie uns zusammen aufs Revier fahren, dann erzählen Sie uns alles, einverstanden?«

Rebecca nickte. Sie fröstelte, obwohl es nicht kalt war.

»Sind Sie verletzt?«, fragte der Beamte und betrat das Zimmer, sodass sie einen Schritt zurücktrat. Einen Augenblick lang hatte sie die irrationale Befürchtung, dass die beiden gar keine richtigen Polizisten waren.

»Nein, ich glaube nicht«, sagte sie, als die Polizistin ihrem Kollegen in das Zimmer folgte. »Wissen Sie, es ist bloß ...«

Die Polizistin nickte und setzte ein wohlwollendes Lächeln auf. »Sie sollten noch Ersatzkleidung mitnehmen, wir werden Ihre Sachen zwecks Beweissicherung dabehalten müssen.«

»Ja, natürlich.«

Die beiden Beamten sahen ihr zu, wie sie ein sauberes Paar Jeans, ein schlichtes T-Shirt und ein schwarzes Kapuzenshirt aus ihrer Reisetasche kramte. Sie drückte die Sachen dem männlichen Polizisten in die Hand und folgte den beiden dann hinaus auf den Flur.

Die weibliche Beamtin hielt sich hinter ihr, als sie die Treppe hinuntergingen und an der Rezeption vorbeikamen. Der Blick des Nachtportiers folgte ihr, für ihn musste es so aussehen, als würde sie verhaftet werden.

Und so fühlte sie sich auch.

Als sie hinten im Streifenwagen saß und die Häuser an sich vorbeifliegen sah, fiel ihr auf, dass die Beamten bisher noch kein Wort über Roddy verloren hatten. Sie beugte sich nach vorn.

»Haben Sie ihn gefunden? Haben Sie Roddy gefunden?«

Der Polizist saß am Steuer; er blickte seine Kollegin neben sich an, dann wieder stur geradeaus.

»Was soll das bedeuten?«, fragte Rebecca, obwohl sie bereits ahnte, was so ein Verhalten zu bedeuten hatte.

Die Frau wandte sich zu ihr um und setzte eine mitfühlende Miene auf. Sie verhielt sich so, wie es jedem Beamten in der Polizeischule beigebracht wurde. Rebecca wusste, was jetzt kam. Sie wollte es nicht hören, wünschte sich, die Frage nie gestellt zu haben.

»Es tut mir leid«, sagte sie. »Es tut mir wirklich leid.«

Rebecca ließ sich in ihren Sitz zurücksinken, fühlte sich plötzlich innerlich leer. Die Straßenlaternen huschten an ihr vorüber.

Dunkel, dann wieder hell.

Dunkel, dann wieder hell.

Und dann nichts mehr.

Roddy.

II

Das Polizeirevier war größer, als Rebecca es in einer so kleinen Stadt wie Fort William erwartet hätte – dreigeschossig thronte es ein wenig abseits der Hauptstraße.

Sie betraten das Gebäude durch die Vordertür und fanden sich in einem kleinen Wartebereich mit Auskunftstresen hinter einer Glasscheibe wieder. Wenigstens führten sie sie nicht durch den Hintereingang herein wie eine Verbrecherin.

Die Frau hinter der Glasscheibe war offenbar eine Zivilangestellte. Sie trug eine hellblaue Bluse mit dem Logo der Northern Constabulary, begrüßte den männlichen Beamten mit Kopfnicken, als dieser zur Tür hereinkam, und drückte auf einen unter ihrem Tresen angebrachten Summer, der eine Tür öffnete, die in den Bereich führte, in dem die eigentliche Polizeiarbeit gemacht wurde.

Man brachte Rebecca in einen Raum, in dem sich ein Tisch mit Kunststoffplatte, ein Spülbecken und eine Anrichte mit den Utensilien für die Zubereitung von Tee und Kaffee befanden. Sie setzte sich auf einen Plastikstuhl und nahm das Angebot einer Tasse Tee an. Noch nie hatte sie auf dieser Seite des Tisches gesessen: auf der Seite des Opfers.

Wenn sie die Augen schloss, sah sie immer wieder vor sich, wie das Messer in Roddys Genick gestoßen wurde. Sie rieb sich die Augenlider – als würde das die Erinnerung auslöschen – und hoffte, dass sie keine posttraumatische Belastungsstörung entwickeln würde, bei dem etwas im Gehirn ein ständiges plastisches Nacherleben eines schrecklichen Augenblicks auslöst.

Kein Wunder, dass die Soldaten, die aus dem Irak oder aus Afghanistan zurückkamen, so verstört waren. Was mussten sie erlebt haben!

Die weibliche Beamtin kam zurück und nahm ihr gegenüber Platz. Sie legte ihre Mütze auf den Tisch und strich sich das dunkle Haar glatt.

»Trinken Sie«, sagte sie, »das wird Ihnen guttun.«

»Meinen Sie etwa, davon wird es besser?«

»Tut mir leid. Ich fürchte, dafür braucht es wohl mehr als nur eine Tasse Tee.«

Rebecca nickte, nahm aber trotzdem dankbar einen Schluck von dem heißen, süßen Tee.

»Wenn Sie so weit sind«, begann die Beamtin, »müssen wir Ihnen ein paar Fragen stellen. Das CID wird dann Ihre Aussage aufnehmen.«

Wiederum nickte sie.

»Außerdem müssten Sie sich umziehen und uns Ihre Kleidungsstücke übergeben.«

»Ich weiß«, sagte Rebecca.

»Natürlich. Sie sind bei der Kriminalabteilung der Strathclyde Police, nicht wahr? Wo genau?«

Rebecca wusste nur zu gut, dass die Frau sie gezielt in eine Plauderei verwickeln wollte, damit sie sich ein wenig entspannte. Sie ließ die standardmäßige psychologische Manipulation gern über sich ergehen, fühlte sie sich dadurch doch auf vertrautem Terrain.

»Im Augenblick nirgendwo. Ich bin beurlaubt.«

»Warum?«

»Ich bin vor Kurzem geschieden worden. Mein Superintendent hat mir geraten, mir etwas Zeit zu nehmen, um mich zu regenerieren.«

»Und das wollten Sie hier in Fort William tun?«

Rebecca nippte noch einmal an dem Tee und sah ihr Gegenüber durch den aufsteigenden Dampf hindurch an.

»Gehört das schon zu meiner Aussage?«

»Wenn Sie anfangen wollen, kann es losgehen. Ansonsten können wir auch noch über dieses und jenes reden.«

Glaubt sie etwa, ich wäre irgendwie in die Sache verwickelt? Oder bin ich schon paranoid?

»Nein«, sagte Rebecca nach einem weiteren Schluck, »ich habe nur einem alten Freund geholfen – oder habe es zumindest versucht. Hat nicht so recht geklappt.«

»Woher kannten Sie ihn?«

Rebecca war sich nicht sicher, ob die Beamten überhaupt wussten, wer Roddy eigentlich war – ein berühmter Rockstar. Gott, wie abgedroschen sich das anhörte.

»Sie wissen, um wen es sich handelt?«

Die Beamtin nickte bedächtig. Sie hat wirklich eine sonderbare Art und Weise, eine Aussage aufzunehmen, dachte Rebecca.

»Wir waren früher mal enger befreundet«, sagte sie. »Als wir noch Teenager waren.«

»Und heute?«

»Er brauchte Hilfe, also habe ich ihm geholfen.«

»Weshalb brauchte er Hilfe?«

Also haben sie bis jetzt noch keine Blutuntersuchung gemacht, dachte Rebecca. Wahrscheinlich noch keine Zeit. Andererseits müssen sie ihn wenigstens gegoogelt und von seinen Drogengeschichten gelesen haben.

»Er hatte mit Drogenproblemen zu kämpfen. Aber das dürften Sie bereits wissen.«

Wieder nur ein Kopfnicken. Anscheinend wahrte man hier selbst dann professionelle Distanz, wenn man einer Kollegin gegenübersaß. Nein, man wahrte sie gerade dann, wenn es jemand von der eigenen Truppe war. Zu viel schlechte Presse hatte in den letzten Jahren dafür gesorgt, dass man beim Umgang mit den eigenen Kollegen vorsichtiger war als mit echten Verbrechern.

»Jedenfalls«, fügte Rebecca hinzu, »ging es ihm besser. Er war schon eine ganze Weile clean.«

»Wollte er vielleicht vor etwas davonlaufen? Oder vor jemandem?«

»Ich weiß nicht, glaube es aber nicht. Dennoch war das heute Abend auch mein erster Gedanke, nachdem …«

Tief durchatmen.

»Nachdem es passiert ist.«

Die Beamtin beugte sich vor und legte ihre Handflächen aneinander.

»Möchten Sie jetzt erzählen?«

»In Ordnung.«

Die Beamtin überließ Rebecca sich selbst und einer braunen Papiertüte, in die sie ihre Kleidung packen sollte. Sie fühlte sich allein, als sie sich bis auf die Unterwäsche auszog. Ihre Sachen ließ sie zunächst auf dem Tisch liegen, während sie sich wieder ankleidete. Sie wollte nicht halb nackt sein, wenn die Leute vom CID kamen.

Nachdem sie ihre Kleidungsstücke ordentlich zusammengelegt hatte, steckte sie sie in die Tüte, dann setzte sie sich wieder an den Tisch und trank den letzten Schluck ihres inzwischen nur noch lauwarmen Tees. Die Beamtin kam zurück und betrat ohne anzuklopfen den Raum. Sie führte Rebecca in ein etwas formelleres Vernehmungszimmer, in dem ein ältlicher Kassettenrecorder bereitstand, um ihre Aussage aufzunehmen. Anschließend verschwand sie wieder, wahrscheinlich um ihre Kleidung in die Asservatenkammer zu bringen.

Als sie an die Zimmerdecke blickte, entdeckte Rebecca in einer der Ecken eine auf sie gerichtete Kamera. So also musste man sich fühlen, wenn man eines Verbrechens beschuldigt wurde.

12

Als sich die Tür erneut öffnete, betrat ein großer, schlanker Mann im dunkelgrauen Anzug, gefolgt von der Polizistin, den Raum. Unter seinem streng nach hinten gekämmten Haar waren die Geheimratsecken bereits zu erkennen.

Rebecca erhob sich und streckte ihm die Hand entgegen. Sie wertete es als gutes Zeichen, als er diese ohne Zögern ergriff und schüttelte.

»Ich bin Detective Sergeant Campbell«, stellte er sich vor. »Bleiben Sie doch sitzen, das muss ja die reinste Horrornacht für Sie gewesen sein.«

»Das kann man wohl sagen.«

»Sollen wir jemanden für Sie anrufen?«

»Ich denke, es ist ziemlich spät, um jetzt noch jemanden aus dem Bett zu holen.«

»Natürlich«, sagte er verlegen lächelnd. »Im Dienst verliert man manchmal jedes Gefühl für Zeit. Geht es Ihnen nicht auch so?«

Rebecca nickte zustimmend, auch wenn sie es höchst unwahrscheinlich fand, dass die Abteilung für Kriminalermittlungen in diesem abgelegenen Teil der Welt an Sonntagabenden regelmäßig Nachtschichten schob. Wahrscheinlich hatte man den Detective speziell für diesen Fall von zu Hause kommen lassen.

Campbell wandte seine Aufmerksamkeit dem Kassettenrecorder zu, überprüfte die Funktion beider Laufwerke und vergewisserte sich, dass die Bänder auch bis zum Anfang zurückgespult waren. Als er mit allem zufrieden war, drückte er die Aufnahmetaste beider Laufwerke und wartete einen Augenblick, um dann Datum und Uhrzeit aufs Band zu sprechen.

»Hier spricht Detective Sergeant Campbell. Ich nehme jetzt die Aussage von Rebecca Catherine Irvine zu den Umständen des Todes von Roddy James Hale zu Protokoll.«

Rebecca erzählte alles, was sie wusste, angefangen von dem Konzert über die Geschehnisse im Krankenhaus bis zu dem, was danach passiert war. An den Reaktionen der beiden Polizeibeamten, der Art, wie sie rasche Blicke miteinander tauschten, konnte sie ablesen, dass man ihrer Theorie, die beiden Männer vom Parkplatz könnten Roddy hierhergefolgt sein, mit Skepsis begegnete. Für ihre Zuhörer aus den schottischen Highlands klang sie wohl ein wenig zu sehr nach James Bond.

»Sind Sie diesen Männern vor dem Krankenhaus schon einmal begegnet?«, fragte Campbell, der sich mit einem billigen Füllfederhalter seine eigenen Aufzeichnungen in ein schwarzes Notizbuch machte, das vor ihm auf dem Tisch lag.

»Nein, ich glaube nicht.«

»Was denn nun? Nein, oder glauben Sie es nur nicht?«

»Nein.«

»Und Sie sind sich absolut sicher, dass es sich um dieselben Männer gehandelt hat, denen Sie während Ihres Aufenthalts in Ballachulish auf dem Parkplatz des Hotels begegnet sind?«

»Ja, dessen bin ich mir sicher. Und einen von ihnen hatte ich zuvor vor dem Krankenhaus gesehen.«

»Aber es war doch dunkel, nicht wahr?«

»Ja, es war Abend. Aber der Parkplatz war beleuchtet.«

»Aha.«

Rebecca schwieg und wartete auf die nächste Frage.

»Zufällig kenne ich das Hotel. Die Beleuchtung auf dem Parkplatz ist ziemlich schwach, nicht wahr? Korrigieren Sie mich bitte, falls ich mich irre.«

»Es war nicht gerade taghell, aber ich habe keinen Zweifel, dass es derselbe Mann gewesen ist.«

»Also gut. Derselbe Mann.«

Er machte eine Pause und notierte sich etwas in seinem Büchlein. Vermutlich eine Strategie, um Zeit zu gewinnen. Falls sie damit recht hatte, war es eine gute Taktik, die sie nach ihrer Rückkehr in den Dienst möglicherweise ebenfalls anwenden würde.

»Und was lässt Sie schlussfolgern, dass Sie und Mr Hale von diesen Männern heute Abend angegriffen wurden?«

»Eigentlich nichts. Ich denke, es ist nur Spekulation. Ich möchte mir selbst erklären, warum jemand so etwas getan hat.«

»Natürlich. Das ist nachzuvollziehen.«

Wieder notierte er etwas. Rebecca warf der Beamtin einen Blick zu, doch die verzog keine Miene.

»Aber heute Abend trugen sie Masken, sodass Sie ihre Gesichter nicht erkennen konnten?«

»Korrekt.«

»Sie haben nicht zufällig gesehen, was für einen Wagen sie fuhren? Oder vielleicht sogar das Kennzeichen?«

Peinlicherweise musste sie verneinen. Natürlich, eine Polizeibeamtin hätte auf solche Dinge achten müssen, aber schließlich war sie nicht im Dienst gewesen und hatte die Begegnung auf dem Parkplatz auch noch nicht in diesem Licht gesehen. Es kam ihr vor, als wollte Campbell sie gezielt in die Enge treiben.

Erfolgreich.

»Können Sie sich vorstellen«, fuhr der Detective fort, »warum der Angriff eventuell gegen Sie gerichtet war? Und nicht gegen Mr Hale?«

Diese Möglichkeit hatte sie bisher noch nicht in Erwägung gezogen und sagte es Campbell auch so.

»Sie haben aus persönlichen Gründen Sonderurlaub, nicht wahr?«, fragte er.

Rebecca nickte. Also hatte er sich schon über sie informiert.

»Dürfte ich den Grund erfahren?«

»Führt das nicht ein wenig zu weit? Was soll der Grund mit den Ereignissen von heute Abend zu tun haben?«

»Wissen Sie, ich möchte nur sämtliche Fakten zusammentragen.« Campbell klopfte mit seinem Federhalter auf die Tischplatte und wartete, dass sie seine Frage beantwortete.

»Ich habe gerade die Scheidung von meinem Mann hinter mir und muss mich um meinen kleinen Sohn kümmern, also empfahl mir mein Superintendent, eine Weile freizunehmen.«

Campbell zog die Augenbrauen in die Höhe. Rebecca ärgerte sich, dass sie sich von ihm so in die Defensive drängen ließ.

»Fassen wir also kurz zusammen«, sagte Campbell. »Sie sind geschieden, Sie haben einen kleinen Sohn, und Sie waren hier mit Ihrem früheren Geliebten unterwegs, der Mitglied einer Rockband war und Drogenprobleme hatte. Korrekt?«

Rebecca beugte sich vor und legte die Handflächen auf die Tischplatte. »Korrekt«, sagte sie so ruhig wie möglich.

»Wo ist Ihr Sohn jetzt?«

»Bei meinen Eltern in deren Haus. Für ihn ist das wie Ferien.«

»Soso, Ferien.«

Rebecca lehnte sich in ihrem Stuhl zurück, legte die Hände in den Schoß und beglückwünschte sich dazu, sich von seinen schäbigen Andeutungen nicht ins Bockshorn gejagt haben zu lassen. Zweifellos war Campbell ein guter Ermittler, gleichzeitig aber machte er sie wütend, weil er sie grundlos so herablassend behandelte.

»Wie steht Ihr Ehemann zu alldem?«

»Mein Exmann? Ich weiß es nicht. Wir reden nicht mehr viel miteinander.«

»Hat er Kontakt zu seinem Sohn?«

»Nein, eigentlich nicht.«

»Finden Sie das nicht merkwürdig?«

»Nein. Das Verhalten passt voll und ganz zu ihm.« Es befriedigte Rebecca, dass Campbell auf diese Antwort nicht gefasst gewesen war.

»Gut«, lautete sein einziger Kommentar.

Sie rieb sich die Augen. Eine bleierne Müdigkeit hatte sie übermannt, und sie wollte nichts als raus hier.

»Ist Ihr Gatte«, setzte Campbell erneut an, »ich meine natürlich Ihren Exgatten, ist er der Typ Mann, dem es übel aufstoßen würde, wenn er erfährt, dass Sie sich so kurz nach der Scheidung mit einem anderen einlassen?«

»Falls Sie wissen wollen, ob ich glaube, dass er jemanden auf mich angesetzt hat, um mir einen Denkzettel zu verpassen, lautet die Antwort Nein. Das ist vollkommen absurd. Wir leben schon seit geraumer Zeit getrennt, und er scheint froh und glücklich zu sein, mit so vielen Frauen wie möglich ins Bett gehen zu können. Außerdem war ich mit Roddy nicht so zusammen, wie Sie es darzustellen versuchen.«

»Also gut«, sagte Campbell. Als er sich erhob, wirkte er nicht mehr ganz so sicher. »Ich denke, dass wir die Einvernahme damit abschließen können.«

»Könnte mich jemand zurück zu meinem Hotel fahren?«

»Selbstverständlich. Wie lange beabsichtigen Sie, noch in Fort William zu bleiben?«

»Wollen Sie mir damit sagen, dass ich die Stadt nicht verlassen darf?« So hieß es doch immer in Hollywood-Filmen, Rebecca musste selbst darüber lachen.

»Sie wissen, dass mir das nicht zusteht«, erwiderte Campbell. »Aber es wäre unseren Ermittlungen dienlich, wenn Sie zur Verfügung stünden, um nötigenfalls noch die eine oder andere Frage zu beantworten.«

»Ich wohne in Glasgow«, sagte sie. »So weit entfernt ist

das nicht. Alles andere können wir auch telefonisch besprechen, nicht wahr?«

»Gewiss können wir das, aber wenn Sie ohnehin geplant hatten, ein paar Tage hier zu verbringen, würden Sie uns wirklich helfen, wenn Sie in der Umgebung blieben.«

Rebecca war nicht daran gelegen, Campbells möglichem Argwohn, sie oder ihr Exmann könnten irgendwie in diese Sache verwickelt sein, Vorschub zu leisten, also wollte sie jede Konfrontation mit dem Beamten vermeiden.

»Ich habe nur noch für heute Nacht gebucht«, sagte sie, »aber ich denke, es spricht nichts dagegen, einen Tag länger zu bleiben.«

»Das käme uns sehr entgegen.« Campbell nahm eine Visitenkarte aus seiner Brieftasche und reichte sie ihr. Wenn ihr noch etwas einfiele, sagte er, könne sie ihn jederzeit anrufen. Rebecca interpretierte seine Worte so, dass sie sich melden sollte, sobald sie ihm eine Geschichte, die Hand und Fuß hatte, erzählen könnte.

13

Logan konnte kaum die Augen offen halten, als er Ellie am nächsten Morgen zur Schule fuhr. Jetzt, gegen Ende der morgendlichen Rushhour, gab es besonders viele Staus.

Logan war gegen drei ins Bett gegangen, nachdem die Nachrichten nichts Neues mehr über die Explosion brachten, da die Polizei den Tatort abgeriegelt hatte. Das wenige, was Logan jedoch aus dem Fernsehen wusste – dass die Bombe im oder in der Nähe vom Hilton Hotel hochgegangen war –, und die Vergeblichkeit seiner Versuche, mit jemandem vom CPO-Team Kontakt aufzunehmen, machten ihn jedoch sicher, dass Cahill und seine Leute mit in die Sache hineingezogen worden waren. Er hatte kaum Schlaf gefunden.

Im Wagen ließ er das Radio ausgeschaltet, weil er Ellie nicht beunruhigen wollte – obwohl es ihn schon brennend interessierte, ob es Neuigkeiten gab. An Ellie hingegen schienen die Ereignisse abzuprallen. Sie schrieb einer ihrer Freundinnen eine SMS, kicherte pausenlos und verbarg das Handy vor Logans neugierigen Blicken. Als er anhielt, war sie im Nu ausgestiegen, rief ihm einen schnellen Abschiedsgruß zu und lief los, um sich am Schuleingang zu einer Gruppe von Mädchen in roten Blazern und karierten Röcken zu gesellen.

Logan schaltete das Radio ein und machte sich auf den Weg in die Stadt. Wahrscheinlich wäre es das Beste, ins Büro zu fahren, um dort in Erfahrung zu bringen, was passiert war. Er ging die voreingestellten Sender durch, bis er bei einem Nachrichtenkanal hängen blieb.

»... nun zu den weiteren Nachrichten des Tages. Breites Entsetzen hat die Ermordung des Sängers Roddy Hale ausgelöst. Hale war gestern Abend in Fort William bei einer Messerattacke tödlich verletzt worden ...«

Logan stieg in die Bremsen. Der Fahrer des nachfolgenden Wagens wurde zu einem Ausweichmanöver gezwungen, um einen Zusammenstoß zu verhindern.

»Die Polizei geht davon aus, dass er nach dem Verlassen eines Restaurants in der Stadt in eine Auseinandersetzung verwickelt wurde.«

Er rollte an den Straßenrand, um die Meldung bis zum Ende zu hören. Er hoffte, auch etwas über Rebecca zu erfahren, doch sie blieb unerwähnt. Er stellte das Radio leiser und wählte ihre Handynummer. Es klingelte, dann schaltete sich die Mailbox ein. Und das, obwohl es schon kurz vor neun war. Einen Moment lang blieb er sitzen, sah den Autos zu, die sich an ihm vorbeischoben, und überlegte, was er jetzt tun sollte.

Dann klingelte sein Handy auf dem Beifahrersitz. Ein Blick auf das Display: Es war Rebecca.

»Becky!«, rief er. »Mein Gott, ich habe das mit Roddy gerade im Radio gehört. Geht es dir gut? Was ist passiert?«

»Logan«, seufzte sie. Sie hörte sich noch verschlafen an. »Es war furchtbar.«

»Aber mit dir ist alles in Ordnung, ja?«

»Ja, mir geht's gut. Ich bin einfach nur todmüde. Ich war noch hier auf der Polizeiwache und bin erst nach zwei ins Bett gekommen.«

»Im Radio haben sie gesagt, es hätte eine Messerstecherei gegeben.«

Sie schwieg einen Moment lang. »Ich habe keine Ahnung«, sagte sie schließlich. »Ich meine, wir kamen aus dem Restaurant, und die zwei Schläger warteten auf uns. Sie trugen Masken und …«

Ihr versagte die Stimme. Logan hörte, dass sie am Ende war.

»Himmel«, sagte er. »Denkst du, der Mord könnte etwas mit seinen Drogengeschichten zu tun haben?«

»Ich weiß nicht, was ich denken soll. Wirklich nicht. Das CID hat mich nach Tom gefragt. Sie wollten von mir wissen, ob er eifersüchtig sein könnte, weil ich mich mit einem anderen träfe. Es war echt heftig.«

»Tom? Niemals. Das ist nicht sein Stil.«

»Das weiß ich auch.«

Er wollte sie fragen, ob sie von der Explosion gehört hatte, doch sie kam ihm mit einer Frage zuvor.

»Und wie ist es bei dir? Wie geht's Ellie?«

»Uns geht es gut. Ich habe sie gerade vor der Schule abgesetzt.«

»Hört sich ja alles ganz normal an.«

»Eigentlich ist es das nicht wirklich.«

»Was willst du damit sagen?«

»Du hast nicht mitbekommen, was gestern Abend hier passiert ist, oder?«

»Nein. Ich war leider anderweitig beschäftigt.«

»Natürlich, entschuldige. Vor dem Hilton ist eine Bombe hochgegangen. Man geht davon aus, dass es ein Terroranschlag war.«

»Das wird ja immer schlimmer.«

»Wenn's nur das wäre. Die Schauspielerin, die Alex gestern Abend beschützen sollte, sie ...«

»Tara Byrne?«

»Ja, die. Sie war in dem Hotel abgestiegen, und bis jetzt konnte ich weder Alex noch jemand anderen von seinem Team erreichen, der bei dem Auftrag dabei war.«

»Du glaubst doch nicht ...? Was wirst du jetzt unternehmen?«

»Ich fahre ins Büro von CPO. Vielleicht weiß dort jemand etwas.«

»Dann will ich dich nicht länger aufhalten. Mir geht's gut, also kümmere dich um die anderen.«

»Mache ich. Wann kommst du zurück?«

»Ich bleibe noch eine Nacht hier und fahre dann wahrscheinlich morgen.«

»Gut. Ich rufe dich später wieder an, wenn ich mehr weiß. Pass auf dich auf, hörst du?«

Als er sich dem Stadtzentrum näherte, fiel Logan die verstärkte Polizeipräsenz auf. An den Straßenrändern standen bewaffnete Polizisten, überall waren Einsatzfahrzeuge unterwegs.

Auch an dem Eingang zum unterirdischen Parkdeck des Gebäudes an der St. Vincent Street, in dem CPO Security seine Büros hatte, stand ein Polizeiposten. Die Zufahrt war durch ein Auto blockiert. Logan fuhr langsam heran und ließ das Seitenfenster herunter. Der Beamte wollte ihn weiterwinken, doch Logan stoppte seinen Wagen und rief dem Mann zu, er arbeite in dem Gebäude und wolle sein Fahrzeug abstellen.

»Niemand darf heute das Parkdeck betreten, Sir«, antwortete der Polizist und beugte sich hinunter, um in das Innere von Logans Wagen schauen zu können. »Wie heißen Sie, und für wen arbeiten Sie?«

»Logan Finch. Ich arbeite bei CPO.«

»Nun, hier können Sie heute jedenfalls nicht parken. Die Angestellten von CPO werden gerade in den Büroräumen im dritten Stock vernommen. Sie müssen sich einen anderen Parkplatz suchen und sich dann oben melden.«

Schon wieder krampfte sich Logans Magen zusammen. »Hat das etwas mit dem Anschlag von gestern Abend zu tun?«

»Ich kann Ihnen nicht weiterhelfen, Sir. Melden Sie sich bitte in dem Büro, dann wird Ihnen jemand Genaueres sagen können.« Er trat einen Schritt zurück und winkte Logan weiter.

Ende der Diskussion.

14

»Wo bist du?«, fragte Tom Hardy, als Logan seinen Anruf entgegennahm.

»Auf dem Weg ins Büro. Was, zum Teufel, ist los? Gestern Abend habe ich niemanden ans Telefon gekriegt, und vor dem Haus stehen bewaffnete Bullen, die mir sagen, dass wir alle vernommen werden.«

Logan saß in seinem Wagen im Parkhaus eines Einkaufszentrums in der Nähe.

»Du hast von der Explosion gehört?«, fragte Hardy.

»Natürlich habe ich das. In den Nachrichten ist ja von nichts anderem die Rede.«

»Vermutlich. Ich habe seit gestern nicht mehr ferngesehen.«

»Wo bist du? Und wo ist Alex?«

»Wir sind beide im Krankenhaus. Im Royal Infirmary.«

Die ausweichende Art, mit der Hardy reagierte, gefiel Logan nicht. »Tom«, sagte er, »erzähl mir, was passiert ist. Geht es allen gut?«

»Nein, Logan. Es geht nicht allen gut.« Hardy musste sich räuspern. Während Logan wartete, schlug ihm das Herz bis zum Hals. »Chris ist in einem sehr schlechten Zustand. Er wird gerade operiert.«

»Und Alex?«

»Geht es den Umständen entsprechend gut. Er hat sich ein paar angebrochene Rippen und einige oberflächliche Verbrennungen an Händen und im Gesicht eingehandelt, aber er wird wieder auf die Beine kommen, das ist zumindest das, was die Ärzte sagen.«

»Was ist vorgefallen?«

»Vor dem Hotel ist eine Autobombe explodiert – in dem Moment, als wir eintrafen.«

Logan war sprachlos. Unvorstellbar, dass so etwas mitten im Herzen der Stadt passieren und Washington dabei etwas Ernsthaftes zugestoßen sein könnte – dass er möglicherweise sterben würde.

»Einer von Taras Sicherheitsteam ist dabei draufgegangen«, sagte Hardy.

»Aber der Anschlag galt nicht ihr, oder?«, fragte Logan.

»Warum nicht?«

»Ich weiß nicht … Es hört sich so … so unwahrscheinlich an.«

»Na ja, hätte man es tatsächlich auf sie abgesehen gehabt, hätte es wahrscheinlich einfachere Methoden gegeben, das stimmt schon.«

»Geht es ihr gut?«

»Schon. Allerdings hat sie einen Schock erlitten. Sie haben sie noch zur Beobachtung hierbehalten.«

»War es dann also bloß Pech, dass ihr in einen Terroranschlag geraten seid?«

»Keine Ahnung. Niemand weiß es. Die Bullen beantworten unsere Fragen nicht, und die Firma ist versiegelt. Wir haben nicht einmal mehr auf unser System Zugriff und können niemanden von unseren Leuten kontaktieren.«

»Die glauben doch wohl nicht, dass wir etwas damit zu tun haben, oder?«

»Kann ich mir nicht vorstellen. Aber sie halten erst einmal die Hand auf alles, bis sie mit der Analyse der Indizien beginnen können. Und da wir am Ort des Geschehens waren, kann man es ihnen nicht verdenken, dass sie uns schon unserer Branche wegen unter die Lupe nehmen.«

»Was ist mit unserem Lagerhaus in der Scotland Street?«

»Offiziell hat CPO nichts mit dem Gebäude zu tun. Die Eigentumsverhältnisse verlieren sich in einer Reihe von Briefkastenfirmen in Übersee.«

»Ist einer von euch schon vernommen oder über seine Rechte belehrt worden? Soll ich für irgendjemanden einen Strafverteidiger besorgen?«

»Nein, nichts dergleichen. Solange die Sache als terroristischer Anschlag gilt, liegt sie in den Händen einer Sonderabteilung von Scotland Yard. Zu denen haben wir einen guten Draht – haben ein paar von denen sogar ausgebildet. Also sind wir erst einmal außen vor.«

»Gut. Dann gehe ich jetzt ins Büro und rede mit der Polizei. Mal sehen, ob ich etwas Neues erfahre.«

»Wir halten uns erst einmal bedeckt und beantworten brav ihre Fragen. Das ist die Parole, die ich überall ausgebe.«

»Auf das, was damals am See passiert ist, gibt es im Büro keinerlei Hinweise, oder?«

Hardy schwieg.

»Tom?«

»Alles in Ordnung, Logan. Alex und ich kommen heute hier raus, dann reden wir.«

Logan hatte eine der Kardinalregeln von CPO verletzt – man sprach nie am Telefon über wichtige oder heikle Angelegenheiten, vor allem nicht übers Handy. Was die Möglichkeit betraf, Telefone abzuhören oder sich in Computer einzuloggen, war Cahill geradezu paranoid. Bei jeder Sitzung entfernte er den Akku und die SIM-Karte aus seinem Handy, schließlich könnte das Gerät von außen angezapft und somit als Abhörgerät missbraucht werden, wenn man keine Vorkehrungen traf. Logan wusste bis heute nicht, ob all das stimmte, aber er wusste ganz genau, dass es Hardy offenbar nicht gepasst hatte, dass er den Lagerschuppen und den See erwähnt hatte.

»Verstehe, Tom«, sagte Logan. »Wir sehen uns später.«

»Pass auf dich auf.«

Die Worte klangen wie eine Warnung.

15

Rebecca rief bei der Hotelrezeption an, um ihr Zimmer für eine weitere Nacht zu buchen, bevor sie eine Dusche nahm. Sie hielt das Gesicht in den starken Wasserstrahl und fuhr sich mit den Händen durch das Haar, um es glattzustreichen. Sie benutzte die billige No-Name-Kombination aus Duschgel und Shampoo, die im Bad gestanden hatte und die stärker nach Chemikalien als nach den Orangenblüten roch, die auf dem Etikett abgebildet waren.

Sie rieb sich die Flüssigkeit ins Haar, als sie eine so heftige Gefühlsaufwallung überkam, dass sie sich mit den Händen auf ihren Knien abstützen musste. Wieder sah sie die Ereignisse der vergangenen Nacht lebhaft vor sich und spürte das Gefühl, das sie empfunden hatte, als sie dem Unbekannten mit voller Wucht den Fuß ins Gesicht rammte. Das Geräusch war furchtbar gewesen.

Rasch trocknete sie sich ab und zog die Sachen an, die sie getragen hatte, als sie vom Polizeirevier gekommen war. Sie föhnte ihr Haar und trug das allernötigste Make-up auf, ohne das sie der Welt nie unter die Augen trat.

Sie rief bei ihren Eltern an, doch niemand war zu Hause. Möglichst unbeschwert hinterließ sie auf dem Anrufbeantworter die Nachricht, dass sie es bald noch einmal versuchen würde.

Wenig später nahm Rebecca an einem Tisch neben dem Erkerfenster des Hotelrestaurants Platz und bestellte sich ein Frühstück, um einigermaßen für den Tag gewappnet zu sein. Sie war gerade noch zur Frühstückszeit eingetroffen, und als ihr das Essen serviert wurde, war sie der einzige noch im Saal verbliebene Gast.

Das Frühstück war unerwartet reichhaltig, und sie fühlte sich besser, als sich ihr Magen zu füllen begann. Nun konnte sie in Ruhe über den nächtlichen Überfall nachdenken und ihre Schlüsse daraus ziehen. Sie wollte das Erlebnis bewältigen, statt vor ihm davonzulaufen.

Sie zweifelte nicht daran, dass die beiden Männer ihnen bis zu dem Restaurant gefolgt waren und dann darauf gewartet hatten, dass sie wieder herauskamen. Ihre Maskierung bewies, dass sie den Überfall geplant haben mussten, der sich schnell in ein Chaos ausgewachsen hatte. Falls es sich bei den beiden um Berufskiller gehandelt hatte – wovon Rebecca ausging –, dann standen sie wohl noch ziemlich am Anfang ihrer Karriere.

Es wollte ihr einfach nicht in den Kopf, dass Schulden aus Drogengeschäften dahintersteckten. Falls Roddy ihr die Wahrheit gesagt hatte und er clean werden wollte – und davon war sie überzeugt –, dann hatte er schon eine ganze Weile lang nichts mehr mit Drogen zu tun gehabt. Warum also plötzlich dieser Überfall? Außerdem besaß Roddy Geld genug, um eventuelle Schulden zu bezahlen. Wer mit Drogen handelte, den interessierten höchstens zwei Dinge – so viel Geld wie möglich zu scheffeln und dem Gefängnis fernzubleiben. Roddy zur Zahlung zu zwingen wäre beiden Zielen dienlicher gewesen, als ihn umbringen zu lassen.

Es war ein schöner Tag, wenn auch wolkiger und kühler als die vorherigen. Nach dem Frühstück ging Rebecca zum

See hinunter, um dem Treiben auf dem Wasser zuzusehen. Sie genoss den Wind, der sie umfing, und das Geschrei der Vögel, die in der Hoffnung auf Nahrung die Boote verfolgten.

Sie kaufte eine Zeitung, um etwas über die Explosion in Glasgow zu erfahren. Wie für Boulevardblätter typisch, traten in dem Bericht die Fakten gegenüber allerhand Spekulationen in den Hintergrund. Vermutlich hatte die Polizei noch nicht allzu viel herausgefunden und wollte keine Pressemitteilung herausgeben, solange man nichts Handfestes vorweisen konnte.

Tara Byrne und ihrer Rolle bei alldem war hingegen jede Menge Druckerschwärze gewidmet worden. Der Zwischenfall lieferte einen willkommenen Vorwand, Fotos von ihr abzudrucken und damit die tägliche Quote fürs Auge zu erfüllen. Rebecca bereute, ein Boulevardblatt statt einer seriösen Tageszeitung gekauft zu haben.

Von offizieller Seite hieß es, dass es vier Todesopfer und zehn Verletzte gegeben hatte, doch über die vier Toten war nicht mehr zu erfahren, als dass es sich um drei Taxifahrer und eine Person aus dem »Umfeld« Tara Byrnes handelte. Umfeld, ein Lieblingsausdruck der Boulevardpresse, mit dem angedeutet werden sollte, dass Prominente stets einen übertrieben großen Tross an Gefolgsleuten mit sich schleppten, damit ihr Ego befriedigt wurde – leisten konnten sie es sich ja.

Wieder im Hotel, machte Rebecca es sich mit einer Kanne Tee auf einem Sofa in der Lounge gemütlich und las noch einmal die wichtigsten Berichte in der Zeitung. Die Sorgen darüber, wie es Logan und dem CPO-Team inzwischen in Glasgow ging, versuchte sie zu verdrängen.

16

Auf einem Parkplatz am südlichen Stadtrand von Fort William stützte sich Hudson auf die geöffnete Autotür und genoss den leichten Wind und die Sonne in seinem Gesicht, während Nummer zwei im Wagen mit Nummer fünf telefonierte. Hudson war es überdrüssig, sich anhören zu müssen, dass es mit der Polizistin wieder nicht geklappt hatte, und hatte Nummer zwei beauftragt, mit Nummer fünf zu reden und einen Treffpunkt zu vereinbaren. Ganz bestimmt würde es nicht ihr Hotel sein, denn falls Nummer drei und fünf jemandem aufgefallen waren und sich verdächtig verhalten hatten, wollte er auf Distanz bleiben. Und im äußersten Notfall konnte man sich auch die beiden kurzfristig vom Hals schaffen.

Nachdem er seinen Anruf beendet hatte, stieg Zwei aus dem Wagen und stellte sich neben seinen Boss. Er wartete darauf, dass Hudson etwas sagte, denn er hatte seinen Chef schon einmal in einer solchen Stimmung erlebt und wusste, dass man ihn dann besser nicht reizte.

»Was ist?«, wollte Hudson schließlich wissen.

»Er sagt, Drei ginge es heute Morgen schon besser, aber das Knie müsste auf jeden Fall von einem Arzt behandelt werden.«

»Das muss jetzt eben warten.«

»Er besteht nach wie vor auf der Version, dass sie bei niemandem Verdacht erweckt hätten. Als sie im Hotel gefrühstückt haben, hätten sich die Leute viel mehr über die Sache in Glasgow aufgeregt als über das, was in der Stadt passiert ist.«

»Und wie lautet nun sein Plan, um die Sache endlich zu

einem Abschluss zu bringen, damit ich mein Geld kassieren kann?«

»Ich dachte, Sie wollten …«

»Schon gut«, fuhr ihm Hudson dazwischen. »Nach allem, was die bisher zustande gebracht haben, traue ich den beiden Clowns nicht mehr zu, dass sie auch nur irgendetwas auf die Reihe kriegen. Wo ist sie jetzt?«

»In ihrem Hotel. Hat sich nicht von der Stelle gerührt.«

»Wir müssen sie aus Fort William fortschaffen, sie weglocken. Ich möchte nach letzter Nacht nicht, dass hier noch einmal so etwas passiert.«

»Das hab ich Fünf auch schon gesagt.« Nummer zwei wartete darauf, dass Hudson etwas erwiderte, erhielt aber keine Antwort. »Was machen wir jetzt?«, fragte er schließlich.

»Ruf die Idioten noch einmal an und sag ihnen, sie sollen sich in der Nähe des Hotels aufhalten und die Frau im Auge behalten. Ich möchte mich nicht auf so ein GPS-Teil verlassen müssen, das die beiden wo auch immer angebracht haben. Wenn sie sich von der Stelle bewegt, will ich es sofort erfahren.«

»Und dann?«

»Dann sorge ich persönlich dafür, dass der Auftrag erledigt wird. Wenn dieser Knabe neulich nur nicht von der Bühne gesprungen wäre …« Er sponn den Gedanken nicht zu Ende, es war müßig, darüber nachzudenken.

Ich war ihr so nahe. Alles wäre jetzt unter Dach und Fach. So nahe.

17

Vor dem Gebäude, in dem sich die Büros von CPO Security befanden, stand ein bewaffneter Polizeibeamter neben einer Kollegin und einem Kollegen in Uniform. Die ernst wirkende junge Beamtin fragte Logan nach seinem Namen, glich diesen mit einer Liste auf einem Klemmbrett ab und wies ihn an, in den dritten Stock hinaufzufahren und dort an der Rezeption zu warten, bis jemand ihn holen würde.

Da er den Lift für sich allein hatte, betrachtete er sich in den verspiegelten Wänden. Dunkle Ringe zeichneten sich unter seinen Augen ab. Ein Klingelton kündigte die dritte Etage an, und die Türen öffneten sich. An der Rezeption saß ebenfalls ein uniformierter Beamter. Ganz schönes Aufgebot, dachte Logan.

»Name?«

»Logan Finch.«

»Ihre Funktion in der Firma?«

»Ich denke, man könnte mich einen internen Rechtsberater nennen.«

»Also Anwalt«, stellte der Beamte fest. Nur mit Mühe konnte er seine Verachtung verhehlen, als er Logan ansah.

»Ja.«

»Nehmen Sie Platz, Sir. Es wird gleich jemand kommen, um mit Ihnen zu sprechen.«

Logan setzte sich auf eines der Sofas im Rezeptionsbereich, während der Polizist über das an seiner Uniform befestigte Mikrofon ihn jemandem ankündigte. Vom CPO-Personal war niemand zu sehen, dafür allerdings jede Menge Polizeibeamte, die Kartons mit Unterlagen aus den Büroräumen in den Fahrstuhl trugen. Die Beweissicherung.

Nach ungefähr zehn Minuten erschien ein dünner Mann in einem schlichten blauen Anzug mit weißem Hemd und rot gemusterter Krawatte und ging schnurstracks auf Logan zu.

»Mr Finch?«

»Ja.« Logan erhob sich und streckte ihm die Hand entgegen, die der Mann fest schüttelte und dann schnell wieder losließ.

»George Kelly von der Sonderkommission der Strathclyde Police.«

Logan nickte. Der Mann hatte fast schlohweißes Haar.

»Wenn Sie mir bitte folgen, damit wir uns unterhalten können?« Er lächelte, doch in seinen Augen war keine Spur von Herzlichkeit.

Logan folgte ihm in den großen Besprechungsraum und ließ sich von ihm die Tür aufhalten. An dem langen Tisch saß bereits ein weiterer Mann, der einen Stapel Papiere durchging und sich auf einem Block Notizen machte. Er war etwa zehn Jahre jünger als Kelly und trug eine ähnliche Kombination aus dunkelblauem Anzug und weißem Hemd, hatte allerdings eine rosa-blau gestreifte Krawatte dazu gewählt. Er war blond, stämmig gebaut, aber nicht fett.

»Neil, das ist Logan Finch.« Kelly schloss die Tür. Logan ging um den Tisch herum und schüttelte die Hand des jüngeren Mannes.

»Neil Livingstone, Sonderkommission.«

Logan nickte, ging zur Anrichte und nahm sich eine Flasche Mineralwasser, um seine Nerven zu beruhigen. Er ließ sich Zeit damit, das Wasser in ein hohes Glas einzuschenken, wobei er dem Tisch den Rücken zuwandte. Nachdem er einen Schluck getrunken hatte, drehte er sich um und setzte sich den beiden Männern gegenüber.

»Wie kann ich Ihnen helfen?«, fragte er.

Livingstone beugte sich vor und blätterte in seinem Notizblock, während Kelly sich mit im Schoß gefalteten Händen in seinem Sessel zurücklehnte.

»Wie geht es Detective Constable Irvine?«, wollte er wissen.

Logan begriff den Sinn der Frage nicht, beschloss aber, gute Miene zum bösen Spiel zu machen und zu antworten.

»Der geht's gut.«

»Aha«, kommentierte Kelly. »Und Ihrer Tochter Ellie?«

»Auch gut. Wieso?«

»Muss eine anstrengende Zeit für Sie gewesen sein«, sagte Kelly, ohne auf Logans Frage einzugehen. »Nach allem, was Ellie und ihrer Mutter passiert ist, meine ich.«

Logan wusste, dass die Polizei ihm die Variante, Ellie wäre aus heiterem Himmel an seiner Wohnungstür aufgetaucht, nie ganz abgekauft hatte, aber er war zuversichtlich gewesen, dass man die Sache auf sich beruhen lassen würde, nachdem feststand, wer für den Tod von Ellies Mutter verantwortlich gewesen war.

»Wir sind beide noch dabei, die Ereignisse zu verarbeiten. Aber es ist ein Trost für mich, dass Ellie jetzt bei mir ist.«

»Muss schwierig sein für ein Mädchen ihres Alters. Erst verliert sie ihre Mutter, und dann zieht sie zu ihrem Vater, den sie bis dahin nicht kannte. Und auch Sie haben sie ja erst nach dem Tod ihrer Mutter kennengelernt.«

»Wie ich schon sagte – wir raufen uns zusammen. Aber das braucht seine Zeit.«

Kelly nickte, als wäre ihm die Situation vertraut.

»Zumindest hat man den Täter geschnappt«, bemerkte Livingstone, »nicht wahr?« Wieder blätterte er in seinen Notizen, bevor er weitersprach »Vasily Renko. Ist in einer Bar nicht weit von hier niedergeschossen worden.«

»Das stimmt«, bestätigte Logan. Er verstand noch immer nicht, worauf sie hinauswollten.

»Komisch, oder?«, sagte Livingstone. »Dass das hier gleich um die Ecke passiert ist?«

Logan zuckte mit den Achseln. Der Verlauf der Befragung behagte ihm nicht.

»Sie werden noch nichts davon gehört haben«, schaltete sich nun wieder Kelly ein, »aber es sieht so aus, als gäbe es eine Verbindung zwischen diesem Renko und ein paar Leuten, die damals im Norden, beim Loch Awe, ermordet wurden.«

Logan hielt seinem Blick stand.

Livingstone grinste. »Die Hütte, in der man die Leichen gefunden hat, ist angezündet worden, sodass es eine Weile gedauert hat, bis brauchbare DNA-Spuren vorlagen. Aber jetzt haben wir welche. Seit letzter Woche, um genau zu sein.«

»Es hat sich herausgestellt, dass Renko zu einer russischen Bande gehörte, die hier in Schottland agierte«, sagte Kelly. »Allesamt ziemlich schlimme Finger, das kann man mit Fug und Recht sagen. Handel mit Drogen und Waffen und was sonst noch alles. Einer von den Typen war in seiner Heimat bereits als Kinderschänder verurteilt worden.«

»Tja, wenn man sich auf so etwas einlässt, sollte man sich hinterher nicht beschweren, wenn's einen erwischt«, sagte Logan. Zufrieden registrierte er, dass seine Stimme ruhig geklungen hatte.

18

Kelly und Livingstone musterten ihn schweigend. Wahrscheinlich warteten sie darauf, dass er noch etwas sagte, aber den Gefallen würde er ihnen nicht tun.

»Worin bestand beim Personenschutz für Tara Byrne eigentlich Ihre Rolle?«, fragte Kelly schließlich.

Logan war froh, dass er das Thema Loch Awe fallen ließ.

»Alex hat mich am Freitagabend angerufen. Ich sollte am Samstag ins Büro kommen, um beim Aufsetzen des Vertrages für diesen Auftrag dabei zu sein. Die Rechtsangelegenheiten von CPO sind mein Gebiet.«

»Alex ist Alexander Cahill?«

»Ja. Tara Byrnes Manager hatte bereits einen Vertragsentwurf vorgelegt, als ich eintraf. Ich brauchte ihn nur noch durchzusehen, dann wurde er hier an Ort und Stelle unterzeichnet. War alles ganz unkompliziert.«

»Was wissen Sie über die Logistik des gestrigen Abends?«

»Gar nichts. Das geht mich auch nichts an.«

»Wird das Vorgehen bei solchen Aufträgen vorher schriftlich festgehalten? Und werden die Aufzeichnungen hier aufbewahrt?«

»Das ist von Mal zu Mal unterschiedlich. Wenn es sich um eine größere oder langfristigere Überwachung handelt, kann es schon sein, dass etwas schriftlich festgehalten wird. Aber bei so etwas wie gestern ist das eher nicht der Fall.«

»Was meinen Sie mit ›so etwas wie gestern‹?«

»Die Sache sollte nur ein paar Stunden dauern.«

»Hatten Sie gestern Abend mit Alex Cahill oder mit sonst jemandem bezüglich der Sicherheitsvorkehrungen für Miss Byrne Kontakt?«

»Nein.«

»Nicht einmal per Handy oder E-Mail?«

»Absolut nicht. Sowie der Vertrag unterzeichnet ist, besteht für mich hier kein Bedarf mehr. Der eigentliche Personenschutz ist die Sache von Alex.«

Kelly sah Livingstone an. Logan spürte ihren wachsenden Unmut. Sie hatten ganz offensichtlich erwartet, mehr aus ihm herauszubekommen. Es schien das Beste für ihn zu sein, in Ruhe abzuwarten.

Als Livingstone auf etwas in seinem Notizbuch deutete, beugte sich Kelly vor, um es zu lesen. Dann sah er seinen Partner an und nickte, ehe er sich wieder in seinem Sessel zurücklehnte.

»Haben Sie noch Kontakt mit Robert Crawford von der Anwaltskanzlei Kennedy Boyd?«, wollte Livingstone wissen.

»Nein«, sagte Logan und nahm eine bequemere Haltung ein.

»Kommen Sie noch manchmal mit jemandem aus Ihrer alten Firma zusammen, privat oder geschäftlich?«

»Privat nicht. Aber wenn die juristischen Fragen, die hier zu klären sind, meine Fachkenntnisse übersteigen, wende ich mich an Kennedy Boyd.«

»Aber nicht speziell an Bob Crawford?«

»Nein.«

»Gibt es dafür einen besonderen Grund?«

»Dass ich mich nicht an Bob wende, meinen Sie?«

Livingstone wiegte den Kopf bedächtig von rechts nach links.

»Ich kenne Bob schon eine ganze Weile, seit der Uni ...«

»Das wissen wir«, warf Kelly ein.

»Wir haben uns über die Jahre auseinandergelebt. Außerdem ist er nicht für die Bereiche zuständig, wegen derer ich mich an die Firma wende. Er könnte mir nicht weiterhelfen.«

»Es hat also nichts mit seinem Ruf zu tun?«

Von einigen seiner ehemaligen Kollegen hatte Logan die Gerüchte gehört, dass Bob Crawford in ein paar zwielichtige Geschäfte verwickelt war. Er konnte sich gut vorstellen, dass die Gerüchte durchaus ein Körnchen Wahrheit enthielten.

»Hören Sie, es war eine lange Nacht, in der ich kaum geschlafen habe«, sagte er. »Ich kann mir nicht erklären, was Bob Crawford mit alldem zu tun haben soll.«

»Wir uns auch nicht, Mr Finch«, sagte Livingstone. »Wir ermitteln nur in alle Richtungen, bis die Indizien klar und deutlich für eine davon sprechen. Sie verstehen sicherlich, dass wir so vorgehen müssen? Dass wir uns nach allen Seiten umschauen und -hören müssen?«

»Gewiss doch, aber …«

»Sie haben also gehört, was man sich über Crawford erzählt?«

»Das habe ich.«

»Ist das der Grund, aus dem Sie sich nicht an ihn wenden, wenn Sie einen fachlichen Ratschlag benötigen?«

»Dazu habe ich bereits alles gesagt. Aber ja, ich würde mich auch dann nicht an Bob wenden, wenn meine Frage sein Fachgebiet beträfe, falls es das ist, worauf Sie hinauswollen.«

»Wir behalten so etwas gern im Auge, wissen Sie? Anwälte, die bis zum Hals in etwas drinstecken.«

»Nichts anderes hätte ich von Ihnen erwartet.«

»Ist Ihnen etwas von gewissen Geschäften bekannt, in die Crawford verwickelt gewesen ist und die etwas mit organisiertem Verbrechen zu tun haben könnten? Oder mit gewissen Ausländern?«

Logan hielt Livingstones Blick stand. Zu gern hätte er gewusst, wie viel die Polizei über Crawfords Verbindung zur Russenmafia herausgefunden hatte. Ihm war klar, dass man nur wenig in diese Richtung ermitteln musste, um dahinterzukommen, dass Crawford damals mit Ellies Entführern unter einer Decke gesteckt hatte. Und diese Tatsache konnte sowohl ihm als auch Logan allerhand Scherereien einbringen.

»Mit gewissen Ausländern meinen Sie wohl Terroristen?«, fragte er und wollte die Frage in eine andere Richtung lenken.

»Nicht unbedingt.«

»Nein, von so etwas weiß ich nichts. Natürlich hat er mit Sicherheit auch Geschäftskontakte außerhalb Großbritanniens, aber nichts Illegales, soweit mir bekannt ist.«

Livingstones Blick schweifte zu Kelly, dann wieder zu Logan.

»Okay, Mr Finch«, sagte Kelly. »Ich denke, fürs Erste haben wir keine weiteren Fragen mehr an Sie. Wenn Sie uns sagen, wie wir Sie am besten erreichen, melden wir uns dann wieder.«

19

»Falls sie die Explosion als Terroranschlag einstufen, wird eine Spezialeinheit die Ermittlungen übernehmen«, erklärte Rebecca Logan gerade am Telefon.

Im Fernsehen ihres Hotelzimmers lief eine entsetzliche Talksendung. Der Moderator lief inmitten einer Schar von Gästen herum, die allesamt so aussahen, als hätte man sie geradewegs aus dem nächstgelegenen Gefängnis ins Studio gekarrt. Gemeinsam diskutierten sie über das »heiße Tagesthema«, das da lautete: »Ich habe mit meiner Schwiegermutter geschlafen, und jetzt ist sie schwanger.«

Eigentlich hatte Rebecca sich die Nachrichten anschauen wollen, aber als sie das Bild von sich vor dem Krankenhaus erblickt hatte, hatte sie umgeschaltet und nach etwas Unverfänglichem gesucht – ein Kriterium, das diese Talksendung gerade so erfüllte. Sie gab sich alle Mühe, sich zu schämen, weil sie so etwas schaute, konnte sich aber nicht überwinden, den Ausknopf zu drücken.

»Aber warum fragen sie mich wegen all dieser anderen Sachen aus?«, wollte Logan von ihr wissen.

»Was weiß ich? Vielleicht wollen sie dich nur nervös machen, dich aus der Reserve locken?«

»Tom Hardy sagt, CPO hätte zu der Terrorsonderabteilung vom Yard einen guten Draht. Wenn sie also wissen, womit Alex sein Geld verdient, warum nehmen sie uns dann in die Mangel? Das will mir einfach nicht einleuchten.«

»Auch die haben Vorgesetzte, die Erfolge sehen wollen und denen sie zeigen müssen, dass sie nichts unversucht lassen und jeden Stein umdrehen. Ich würde mir vorerst keine weiteren Gedanken machen.«

»Meinst du?«

»Natürlich. Wenn die ernsthaft etwas von dir oder von CPO wollten, würdest du noch immer mit denen herumsitzen. Für mich hört es sich eher so an, als wärst du noch einmal mit einem blauen Auge davongekommen.«

»Das kann man leider nicht von jedem sagen.«

Logans Stimme klang belegt. Es hätte ihr schon gleich am Gesprächsbeginn auffallen sollen, dass er sich heiserer als sonst anhörte.

»Was meinst du damit?«, fragte sie und richtete sich auf ihrem Stuhl am Fenster auf. »Was ist passiert, Logan?«

»Chris Washington ist bei der Explosion schwer verletzt worden. Man weiß nicht, ob er durchkommt.«

Rebecca öffnete den Mund, um etwas zu erwidern, aber ihr kamen ausschließlich Floskeln in den Sinn, also schwieg sie lieber.

»Er liegt jetzt im OP. Das ist das Letzte, was ich von ihm gehört habe«, sagte Logan.

»Mein Gott, das habe ich ja nicht gewusst. Was ist mit Alex und den anderen?«

»Ich glaube, sie sind okay, aber ich weiß eben nicht mehr, als ich aus dem kurzen Anruf von Tom erfahren habe, bevor die von der Spezialabteilung mir die Hölle heißgemacht haben. Ich werde mich gleich noch einmal bei Tom melden, um zu hören, wie die Chancen für einen Krankenhausbesuch stehen.«

»Die werden dich auf keinen Fall reinlassen, Logan. Das ist dir doch wohl klar?«

»Aber was soll ich denn sonst tun?«

Rebecca wusste, dass es für Logan nichts Schlimmeres gab als das Gefühl, dass ihm die Hände gebunden waren und er nicht für seine Freunde da sein konnte – vor allem für die Freunde, die seiner Tochter das Leben gerettet hatten. Sie war sich nur allzu bewusst, wie sehr es ihn drängte, ihnen zurückzugeben, was er ihnen schuldig zu sein glaubte. Bei mehr als nur einer Gelegenheit hatten sie sich darüber unterhalten.

»Ich fühle mich so hilflos«, sagte er schließlich.

»Ich weiß.«

»Nach allem, was passiert ist, sitze ich hier fest, und Alex ist im Krankenhaus. Ich möchte ihn einfach sehen, wissen, dass mit ihm alles in Ordnung ist und …« Er sprach nicht weiter.

»Und was, Logan? Sag es mir.«

»Und bei dir sein.«

»Das möchte ich auch.«

Rebecca schaltete den Fernseher aus und starrte aus dem Fenster.

»Hör zu«, sagte sie. »Ruf jetzt Tom Hardy an und dann sieh zu, ob du Alex nicht doch besuchen kannst. Ich komme schon klar, und wir sehen uns bald, ja? Dann knüpfen wir dort an, wo wir aufgehört haben.«

Sie beobachtete, wie eine kleine Autofähre durch den See pflügte, während über ihr die Wolken den Himmel verdunkelten, und musste trotz allem lächeln.

20

»Ich muss mit meinem Knie zum Arzt, Mann«, beklagte sich Nummer drei bei Nummer fünf, während beide vor Rebecca Irvines Hotel in ihrem Wagen warteten.

»Verdammt, würdest du vielleicht mal mit dem Gejammer aufhören? Wir können von Glück reden, dass wir nicht im Knast sitzen oder unter der Erde liegen. Lass uns die Sache jetzt endlich zu Ende bringen.«

Fünf warf seinem Kollegen auf dem Beifahrersitz einen Blick zu. Drei betastete vorsichtig den Riss in seiner Lippe, den er der Polizistin verdankte, die ihn gestern Abend ins Gesicht getreten hatte. Das Blut war zu einem schwarzen Klümpchen geronnen, die Lippe doppelt so dick wie normal, was ihn aussehen ließ, als würde er permanent schmollen.

»Wir müssen zusehen, dass wir von hier verschwinden«, sagte Fünf. »Vor allem mit so einer Fresse wie deiner.«

»Da ist sie!« Drei deutete auf das Zimmerfenster.

Sie stand mit dem Telefonhörer am Ohr am Fenster und schaute auf den See hinaus. Mit dem Finger zog sie auf der Scheibe ein Muster nach, das nur sie allein sehen konnte. Fünf musste daran denken, wie sie in dem schmalen Durchgang reagiert hatte, und konnte nicht umhin, sie zu bewundern. Die meisten, vor allem die meisten Frauen, hätten klein beigegeben. Aber nicht sie.

»Für einen Bullen sieht sie gar nicht mal so übel aus«, bemerkte Drei. »Wird schade sein, wenn sie dran glauben muss.«

Fünf sah Drei an, dessen Grinsen durch die Verletzung eher einer grotesken Fratze ähnelte.

Was man von dir nicht gerade behaupten kann, dachte Nummer fünf.

21

Cahill saß auf dem Klinikbett in seinem Einzelzimmer und unterhielt sich mit seiner Frau Samantha, als zwei Männer hereinkamen. Es war kurz nach elf Uhr vormittags.

Etwas verunsichert erhob sich Samantha. Sie war lange genug mit Cahill verheiratet, um Polizeibeamte auf den ersten Blick zu erkennen.

»Morgen, Jungs.« Cahill nickte den beiden Männern zu, die sich neben sein Bett stellten.

»Schön, dich wiederzusehen, Alex«, sagte der ältere der beiden.

»Sam«, sagte Cahill an seine Frau gewandt, »das sind George Kelly und Neil Livingstone von der Spezialabteilung des Scotland Yard.«

Auch Samantha begrüßte die Besucher. »Ich gehe dann mal, damit ihr ungestört reden könnt«, sagte sie zu ihrem Mann.

Cahill öffnete den Mund, um Einwände zu erheben, aber sie legte den Finger an ihre Lippen und verließ den Raum. Cahill fühlte sich ungewohnt verletzbar, als er auf dem Bett saß. Jedes Mal wenn er sich zu bewegen versuchte, jagte ein Schmerz durch seine Rippen. Es wäre ihm lieber gewesen, wenn Sam dabeigeblieben wäre.

»Siehst gar nicht so übel aus – in Anbetracht der Umstände.« Kelly musterte Cahills Gesicht.

»Sie haben mich mit Salbe eingerieben, damit die Verbrennungen heilen. Zum Glück sind sie nur oberflächlich.«

Cahills Handballen steckten in Verbänden, sein Haar war von der Explosion strohig geworden. Es sah aus, als hätte er sich zu lange in der Sonne aufgehalten.

»Wollt ihr euch nicht setzen?«, fragte er.

»Nein, Alex«, sagte Kelly. »Wir haben ja nicht gewusst, in was für einem Zustand wir dich vorfinden. Wir sind vorerst nur hier, um deine Fingerabdrücke zu nehmen.«

»Nun, wie ihr seht, geht es mir gut. Wenn ihr wollt, können wir uns gern auch jetzt schon unterhalten.«

Kelly sah Livingstone an, ehe er antwortete. »Wir haben gehört, was deinem Team zugestoßen ist, Alex.«

Cahill betrachtete seine Hände.

»Tut uns leid«, sagte Livingstone. »Hoffentlich wird alles wieder gut.«

»Wir müssen von euch allen die Fingerabdrücke nehmen«, sagte Kelly, »damit wir sie mit denen vom Tatort vergleichen und dann ausschließen können. Das verstehst du doch?«

»Habt ihr denn schon etwas gefunden?«, erkundigte sich Cahill. »Etwas Nützliches wie ein Empfangsteil, meine ich?«

»Du glaubst, dass die Bombe ferngezündet wurde?«, fragte Livingstone.

Er hatte leicht überrascht geklungen – so als wüssten sie bereits etwas über den Sprengsatz, was seiner Vermutung widersprach.

»Kurz vor der Detonation habe ich in der Dämmerung jemanden auf der anderen Seite der Autobahn gesehen«, sagte er. »Vielleicht haben sie von dort aus alles beobachtet und dann die Bombe gezündet.«

»Du meinst, deine Schutzperson ist das Ziel des Anschlags gewesen? Tara Byrne? Wie kommst du darauf?«

»Nun, schließlich bin ich als ihr Bodyguard angeheuert worden. Sagt euch Jungs das nicht etwas über das Ausmaß der Bedrohung, die ihr Management für sie angenommen hat?«

»Daran hatten wir auch schon gedacht …«, begann Livingstone, beendete den Satz aber nicht.

»Ja?«, hakte Cahill nach.

»Sieh mal, Alex«, sagte Kelly. »Das hier ist eine hochsensible laufende Ermittlung. Ganz ungeachtet dessen, was uns verbindet, gibt es gewisse Grenzen für das, was wir dir anvertrauen können. Damit kommst du klar, oder?«

»Sicher, ich hatte nur gedacht, dass ihr an sämtlichen Informationen interessiert seid, die euch helfen könnten, den Verursacher der Explosion zu fassen. Oder liege ich da falsch?«

»Selbstverständlich sind wir interessiert.«

Cahill berichtete den beiden, was er am Samstag im Büro

von CPO Security von Tara Byrnes eigenen Sicherheitsleuten gehört und gezeigt bekommen hatte, und versuchte sich dann daran zu erinnern, was er unmittelbar vor der Explosion wahrgenommen hatte.

»Ich habe verstanden, was du uns sagen willst«, erklärte Kelly, nachdem Cahill seinen Bericht beendet hatte. »Aber die Puppen, die Miss Byrne erhalten hat, scheinen mir nicht auf die Sorte Person hinzudeuten, die so etwas macht. Eher hört es sich so an, als hätte es dieser Jemand ganz gezielt auf Miss Byrne abgesehen.«

»Früher wäre ich geneigt gewesen, dir recht zu geben, aber jetzt sieh dir an, was dabei herausgekommen ist.« Cahill breitete die Arme aus, bereute es aber sogleich, als ihm ein Schmerz in die Seite fuhr. »Ihr werdet die Sache auch unter diesem Gesichtspunkt betrachten, oder?«, fragte er und stieß zischend den Atem durch die Zähne aus.

»Du weißt, dass wir das tun werden.«

»Die Metropolitan Police ist schon an dem Fall dran«, fügte Livingstone hinzu. »Sie durchsuchen Tara Byrnes Wohnung in London. Vielleicht finden sie dort irgendetwas, was uns weiterhilft.«

»Neil …«, sagte Kelly. Sein jüngerer Kollege plauderte ein wenig zu viel.

Cahill verstand die Geheimnistuerei nicht. »Ich habe euch doch gerade erzählt, dass ich jemanden in der Nähe des Tatorts beobachtet habe.« In seine Stimme mischte sich unterschwelliger Unmut. »Das scheint euch nicht besonders zu interessieren, oder?«

»Wir haben mit deiner Ärztin gesprochen«, sagte Kelly und gab sich alle Mühe, besorgt zu klingen. »Sie meint, du hättest Probleme mit deinem Kurzzeitgedächtnis, was aber nach dem, was dir widerfahren ist, nur verständlich ist.«

»Mit anderen Worten: Ihr glaubt mir nicht?«

»Nein«, seufzte Kelly, »das will ich nicht sagen. Es ist nur, dass wir deinem Erinnerungsvermögen vorerst nicht trauen dürfen. Es ist möglich, dass das, was du gesehen zu haben glaubst, nicht der Realität entspricht.«

»Also habe ich mir das alles nur ausgedacht?«

Als Cahill ungehalten wurde, hob Kelly abwehrend die Hände. »Du weißt, dass das so nicht gemeint ist, Alex. Aber wir brauchen grünes Licht von deiner Ärztin, bevor wir eine verwertbare Aussage von dir aufnehmen können. Im Moment wollen wir bloß deine Fingerabdrücke.«

»Aber ihr verschweigt mir etwas, stimmt's? Irgendetwas, was die Bombe betrifft. Ich hab's doch gemerkt, als wir vorhin darüber gesprochen haben, als ich das mit dem Empfangsteil erwähnte. Deshalb glaubt ihr mir auch nicht, dass ich wirklich jemanden gesehen habe, richtig?«

Beide schwiegen eine Zeit lang.

»Nur die Abdrücke, Alex. Das wäre für heute alles.«

Cahill hatte nur den einen Wunsch: sie noch weiter auszuhorchen. Vielleicht könnte ihm das helfen, der Person, die sein Team angegriffen hatte, auf die Spur zu kommen – und zwar als Erster, damit er demjenigen seine gerechte Strafe verpassen konnte. Doch als er sich die beiden Ermittlungsbeamten ansah, ahnte er, dass er von ihnen fürs Erste nichts mehr erfahren würde, und ließ sich auf sein Kissen zurücksinken. Er musste sich damit abfinden, vorerst nichts tun zu können. Kein Zustand, der ihm sonderlich behagte. Zu gern hätte er gewusst, was es war, das Kelly und Livingstone ihm verheimlichten.

Und welche Tragweite dieser bewussten Information möglicherweise zukam.

4. Teil: Eskalation

I

Nach seinem Telefongespräch mit Rebecca verbrachte Logan den Rest des Vormittags damit, aus den Büroräumen von CPO Security ausgesperrt zu werden, während die Polizei kartonweise Unterlagen forttrug, und vergeblich zu versuchen etwas aus dem Krankenhaus zu erfahren.

Um die Mittagszeit hatte Ellie ihn auf seinem Handy angerufen, um zu sagen, dass sie nach der Schule zu einer Freundin ginge und er sie dort vor dem Abendessen abholen könne. Im Hintergrund hatte er mehr als nur eine Mädchenstimme lachen hören. Er hatte nichts dagegen.

Nachdem er sich zum Mittagessen ein Sandwich gegönnt hatte, fuhr er nach Hause, von wo aus er gegen vier Uhr nachmittags Tom Hardy anrief.

»Chris hat die OP überstanden«, sagte Tom. »Aber es ist noch zu früh, um zu sagen, ob er außer Lebensgefahr ist. Er ist noch bewusstlos.«

»Wie schlimm steht es um ihn?«

»Ich kenne nicht alle Einzelheiten, aber der Chirurg, der operiert hat, meinte, es wäre eine ziemlich prekäre Angelegenheit – besonders gefährlich wären seine inneren Blutungen. Außerdem hat er einen Schädelbruch.«

»Was ist mit Verbrennungen? Er war doch dicht dran, als ...«

»Das Schlimmste scheint ihm erspart geblieben zu sein.«

»Hast du ihn gesehen?«

Hardy schwieg einen Augenblick. »Nur kurz. Als sie ihn aus dem Operationssaal rausgefahren und auf die Intensivstation verlegt haben.«

»Und wie kam er dir so vor?«

»Nicht so wie der Chris, den wir kennen. Du verstehst?«

Logan wartete darauf, dass Hardy noch mehr sagte.

»Sie haben ihn komplett kahl geschoren, sein Gesicht war aufgedunsen, überall Schnitte.«

»Wie geht es seiner Frau?«

»Keine Ahnung. Die Bullen wollen uns nicht mit ihr reden lassen, schieben totale Panik.«

»Das kannst du laut sagen. Ich bin zwei Sonnyboys der Spezialeinheit in die Arme gelaufen, als ich heute früh ins Büro kam.«

»Die waren vorhin auch schon hier. Haben uns allen Fingerabdrücke abgenommen. Sogar von Chris, nachdem er die OP überstanden hatte.«

»Wozu eigentlich?«

»Um sie mit denen zu vergleichen, die sie vor Ort sicherstellen. So lautet jedenfalls die offizielle Version.«

»Die glauben doch nicht etwa, einer von uns hätte was damit zu tun, oder?«

»Wer kann das bei Bullen schon sagen? Du weißt doch, wie die sind – sie verdächtigen jeden, bis die Verdächtigung beim besten Willen nicht mehr aufrechtzuerhalten ist. An irgendetwas müssen sie sich ja aufgeilen.«

Logan schloss die Augen und dachte an sein letztes Zusammensein mit Rebecca zurück. Und daran, wie ihre Stimme heute am Telefon geklungen hatte.

»Alex wird heute Abend entlassen«, sagte Hardy. »Vielleicht schon in der nächsten Stunde.«

»Das ist gut. Wie geht's ihm?«

»Wie es einem so geht, nach allem, was geschehen ist. Einerseits ist er wütend, andererseits voller Schuldgefühle. Sagt, er mache sich Vorwürfe, weil er die Gefahr nicht erkannt hat.«

»Hat er etwas gesehen?«

»Er sagt, auf der anderen Seite der Autobahn wäre ein Typ gewesen – einer oder auch mehrere. Kurz bevor es passierte.«

»Haben sie Tara aufgelauert?«

»Irgendetwas werden die wohl schon gewollt haben.«

»Und was unternimmt die Polizei deshalb?«

»Nichts, soweit wir wissen. Seit heute Mittag hat niemand mehr das Zwillingspärchen von der Spezialabteilung gesehen. Wir wissen nicht, was wir von ihnen halten sollen.«

»War bei mir das Gleiche. Mich haben sie sogar wegen … ganz anderer Dinge in die Mangel genommen.«

»Was meinst du damit?«

»Sie sagten, es könnte eine Verbindung zwischen dem Russen, den es in der Bar erwischt hat, und den Leichen am Loch Awe bestehen.«

»Wieso das denn?«

»Sie hätten DNA-Proben sichergestellt, die übereingestimmt hätten.«

»Keine guten Neuigkeiten.«

»Ach, die wollten mir bloß auf den Zahn fühlen.«

»Und? Waren sie erfolgreich?«

»Nein, Tom, das waren sie nicht.« Logan war beleidigt, dass Hardy extra nachfragte.

»Sie haben nichts in der Hand«, sagte Hardy.

»Ich weiß.«

»Wenn die ganze Scheiße geklärt ist, geht alles wieder seinen gewohnten Gang.«

»Aber es wird nie mehr so sein wie früher.«

»Ich habe schon mehrere Kameraden beerdigt, aber ich hoffe sehr, dass kein weiterer dazukommt.«

2

Samantha Cahill half ihrem Ehemann in dessen Zimmer im Royal Infirmary Hospital beim Anziehen. Sie war früher Krankenschwester gewesen und das Klagen und Gestöhne verletzter Patienten gewohnt. Es ging auf fünf Uhr nachmittags zu, und Alex Cahill war heilfroh, nicht länger in der Klinik bleiben zu müssen.

»Ich hasse Krankenhäuser«, beschwerte er sich bei Samantha.

»Ich weiß.«

Er schloss die Augen und zog eine Grimasse, als sie ihm ein frisches T-Shirt überstreifte, bevor er sich mit schlaff zu beiden Seiten herunterhängenden Armen aufs Bett setzte, um darauf zu warten, dass der Schmerz, der seinen Körper durchströmte, abebbte. Samantha hatte sich vor ihn gekniet und legte die Hand unter sein Kinn, um ihm in die Augen zu sehen.

»Wenn du dich noch nicht danach fühlst, nach Hause zu kommen, dann sag es bitte. Ich kann mit den Schwestern sprechen, damit sie dich noch eine Nacht hierbehalten.«

»Nein, ich möchte nach Hause.«

»Wir alle wissen, dass du ein zäher Bursche bist, Alex. In dieser Hinsicht brauchst du uns wirklich nichts zu beweisen. Vor allem mir nicht.«

Cahill beugte sich vor, bis seine Stirn die ihre berührte.

»Das weiß ich. Und dafür liebe ich dich. Aber ich möchte nur raus hier und die Nacht in meinem eigenen Bett verbringen.«

Samantha erhob sich und drehte seinen Kopf nach allen Seiten, um seine Ohren in Augenschein zu nehmen. »Wie steht's mit dem Hören? Du sagtest, gestern Abend hättest du Schwierigkeiten damit gehabt.«

»Schon besser«, sagte er. »Da ist noch so eine Art Klingeln, aber ich kann alles schon wieder viel besser verstehen.« Er versuchte sich zu bücken, um seine Schnürsenkel zu binden, fuhr aber jäh wieder hoch und griff sich an die Rippen.

»Lass mich das machen«, sagte Samantha. »Bleib ruhig sitzen.«

Cahill lehnte sich auf dem Bett zurück, als vor der offenen Tür ein ganzer Trupp Klinikpersonal vorbeiging. Der Geruch hier war wie in allen Krankenhäusern, in denen er bisher gewesen war. Auch in den Feldlazaretten der Army war es nicht anders gewesen: Sie stanken nach Desinfektionsmittel, Blut und menschlichen Exkrementen.

»Habe ich dir je erzählt, warum ich Krankenhäuser so sehr hasse, Sam?«

»Ich nehme an, du hast genug davon gesehen, als du in der Army warst?«

»Da kannst du Gift drauf nehmen. Aber das ist es nicht.«

»Niemand liegt gern im Krankenhaus.«

»Als ich noch ein Kind in Colorado war, waren wir eine kerngesunde Familie – wahrscheinlich wegen der frischen Luft und der Höhenlage. Ist gut für die Gesundheit, weil die Lunge in der dünneren Luft stärker arbeiten muss, um Sauerstoff aufzunehmen.«

»Denver liegt genau eine Meile über dem Meeresspiegel, ich weiß. Du hast es mir oft genug erzählt.«

»Jedenfalls musste zum ersten Mal einer von uns ins Krankenhaus, als ich fünfzehn Jahre alt war und noch zur Schule ging. Die Mutter meines Vaters, meine Grandma, hatte Krebs, einen der aggressiven Sorte. Von dem Tag, an dem die Ärzte es herausfanden, bis zu ihrem Tod hat es nur vier Wochen gedauert.«

Samantha hatte ihm die Schnürsenkel gebunden, stellte sich vor ihren Mann und strich ihm mit den Händen über Kopf und Nacken. »So etwas ist immer schlimm«, sagte sie.

»Mein Dad wollte nicht, dass ich mitkam, wenn sie sie besuchen fuhren. Er wollte nicht, dass wir Kinder mit dem Tod konfrontiert würden, wollte uns davor behüten, solange er konnte. So war er zu mir und meinem Bruder.«

»Aber er hat doch ordentliche Männer aus euch gemacht.«

»Ich denke schon. Auf seine ganz eigene Weise.«

»Wann hast du das letzte Mal mit deinem Bruder gesprochen?«

»Ist schon ein paar Monate her.«

»Du solltest ihn anrufen, wenn wir wieder zu Hause sind.«

»Mach ich. Gute Idee.«

»Wolltest du mir noch etwas über deine Grandma erzählen?«

»Eines Tages haute ich früher aus der Schule ab, stieg in einen Bus und fuhr zum Krankenhaus. Am Abend vorher hatte ich meine Eltern darüber sprechen hören, dass Grandma nicht mehr lange zu leben hätte, und ich wollte sie noch einmal sehen. Als wir noch kleiner waren, war sie immer sehr lieb zu uns gewesen, hatte uns mit Comics und Süßigkeiten verwöhnt. Ich hatte das Gefühl, es ihr schuldig zu sein.«

Er senkte den Kopf und ließ sich von Samantha den Nacken massieren. Geduldig wartete sie, bis er weitererzählte.

»Ich erreichte das Krankenhaus außerhalb der offiziellen

Besuchszeit, schlich mich am Schwesternzimmer vorbei und fand Grandmas Zimmer. Damals nahm man es noch nicht so ernst mit den Sicherheitsvorkehrungen.« Er blickte zu seiner Frau auf und ergriff ihre Hände. »Es war, als wäre sie nicht mehr der gleiche Mensch wie früher, Sam. Ich habe sie kaum wiedererkannt. Die Frau war ein Ausbund an Lebensfreude gewesen und lag nun abgezehrt in diesem Bett, ein Schatten ihrer selbst. Mit jeder Sekunde, die ich vor ihr stand und sie ansah, starb sie ein bisschen mehr. Ich habe sie auf die Stirn geküsst, aber es war, als würde ich Pergament berühren, so dünn und ausgetrocknet war ihre Haut. Doch das Schlimmste war«, er wandte den Kopf und blinzelte ein paarmal, »dass sie nicht einmal gemerkt hat, dass ich da war. Ihre Augen blickten durch mich hindurch. Ich glaube nicht, dass ich meinen Eltern das je vergeben habe, dass sie mich von ihr ferngehalten haben. Ich konnte nicht einmal richtig von ihr Abschied nehmen.«

»Sie haben getan, was sie für richtig hielten, Alex. Heute verstehst du das, oder?«

»Das ist jedenfalls das Schlimmste an Krankenhäusern, Sam. Nicht dass man zum Sterben herkommt, sondern dass sie dir deine Seele nehmen, dich in etwas verwandeln, was niemand wiedererkennt, bevor sie dich dann für immer erledigen.«

»Aber es ist doch bloß ein Gebäude.«

»Nicht für mich. Als ich sechzehn war, verpflichtete ich mich bei der Army. Wahrscheinlich aus diesem Grund. Ich konnte meinen Eltern nicht verzeihen und wollte fort von ihnen, mein eigenes Leben leben. Ich habe meiner Mutter damit das Herz gebrochen, das weiß ich.«

»Sie ist darüber hinweggekommen, Alex. Auch das weißt du. Sie war so stolz auf dich, wie eine Mutter auf ihren Sohn nur stolz sein kann. Auf dich und Michael. Ich konnte es ihr bei unserer Hochzeit ansehen – und auch, als sie zu Jodies Geburt gekommen ist. Und zu Annas. Ich habe ihr immer ansehen können, wie sehr sie dich liebte.«

»Du hast ja recht. Aber damals war ich noch jung. Es hat eine Weile gedauert, bis ich erwachsen wurde. Die Jahre, die ich mir und meinen Eltern damit geraubt habe … Und nun sind sie beide tot.«

»Aber sie haben noch das miterleben dürfen, was für alle Eltern das Wichtigste ist: dass ihre Söhne erfolgreich auf eigenen Füßen stehen und eine eigene Familie gründen. Quäl dich deswegen nicht länger.«

Den Rest seiner Kleidung zog Cahill ohne Hilfe an, während Samantha den Wagen vor den Haupteingang fuhr.

Er schlüpfte gerade in eine leichte Jacke, als Tara Byrne sein Zimmer betrat und sich gegen die Wand lehnte. Sie trug noch immer das Kleid vom Vorabend, jedoch keinen Schmuck und auch kein Make-up mehr. Sie war blass und wirkte übermüdet.

»Wie geht es Ihnen?«, fragte Cahill. Er hatte keine Ahnung, was sie von ihm wollte.

Als sie mit den Achseln zuckte, begann auch ihr Kinn zu zittern.

»Ich habe das mit Phil gehört«, sagte er. »Mein Beileid. Ich weiß, dass Sie sich nahegestanden haben.«

Sie zog schniefend die Nase hoch und schlang die Arme um ihren Oberkörper. »Sie und Ihre Leute sind ja auch nicht gerade mit heiler Haut davongekommen.«

»So etwas lässt niemanden unberührt. Man muss einfach weitermachen.«

Sie setzte sich auf das Bett, legte die Hände in den Schoß

und verschränkte nervös ihre Finger. Cahill, der vor ihr stand, konnte die Stiche sehen, mit denen sie am Kopf genäht worden war.

»Ist mit Ihnen alles in Ordnung?«, fragte er. »Kommt jemand, um Sie abzuholen?«

»Ja, mein Vater ist hier. Ich habe ihn gebeten, im Flur zu warten, weil ich mich noch von Ihnen verabschieden wollte, bevor ich das Krankenhaus verlasse.«

»Sie bleiben jetzt erst mal bei Ihren Eltern?«

»Ja.« Sie blickte zu ihm hoch. »Im Augenblick scheinen Sie sich um Vorkehrungen für meine Sicherheit ja keine allzu großen Gedanken zu machen. Wie kommt das – nach allem, was gestern Abend passiert ist?«

Er setzte sich neben sie. »Ich glaube nicht, dass ich im Moment in der Verfassung bin, mich um Sie zu kümmern. Zudem kann man nicht sagen, ob das Attentat gestern Abend Ihnen gegolten hat.«

»Wem denn sonst?«

»Das weiß ich nicht. Niemand weiß das.«

»Sie haben schon mit der Polizei gesprochen?«

»Das habe ich, aber auch die sind kein bisschen schlauer, soweit ich das beurteilen kann.«

Sie erhob sich und ging zur Tür. Dann blieb sie, die Hand am Türrahmen, stehen und blickte den Korridor entlang. Cahill spürte, dass sie noch etwas bedrückte, also wartete er ab.

»Ich wollte nur sagen, dass ich Ihnen keine Vorwürfe mache.« Sie drehte den Kopf zur Seite, sah ihn aber nicht an. »Wegen Phil.«

Cahill schwieg.

»Ich kann mich noch genau an gestern Abend erinnern«, sagte sie und wischte sich eine Träne von der Wange. »Wie er aus dem Auto ausgestiegen ist, dann dieser Streit mit den Taxifahrern. Das war so typisch für ihn – immer eine Spur hitzköpfiger, als es gut für ihn war.«

»Er wollte auf Sie aufpassen.«

Nun sah sie ihn doch an. »Ich weiß«, sagte sie. »Und genau das macht es so schwer für mich.«

»Es tut mir leid, dass das passiert ist«, sagte Cahill. »Falls ich etwas für Sie tun kann …«

Sie versuchte zu lächeln, aber es misslang. »Nett, dass Sie das sagen. Vielleicht sehen wir uns ja wieder.«

»Passen Sie gut auf sich auf«, sagte Cahill. Er wusste, dass die Chance eines Wiedersehens gering war.

Als sie verschwunden war, fragte er sich, ob ihr Gespräch die Situation leichter oder schwerer für sie gemacht hatte.

Ein Krankenpfleger half Cahill in einen Rollstuhl und erklärte ihm, dies sei die normale Prozedur in der Klinik und Cahill solle sich bitte nicht widersetzen. Bis zum Ausgang redete der Pfleger ohne Unterbrechung. Der Mann sollte Regierungssprecher werden, dachte Cahill.

Als Samantha losfuhr, beobachtete Cahill im Außenspiegel des Wagens, wie die Klinik immer kleiner wurde. Er war froh, dass er noch atmete und das Krankenhaus nicht in einer Kiste verlassen musste.

3

Samantha Cahill schaltete das Radio ein und suchte so lange, bis sie einen Song gefunden hatte, der ihr gefiel – irgendeine Eigenkomposition eines Klavierspielers, die Cahill zwar banal, aber dennoch akzeptabel fand – ungefähr so, wie man Beige als akzeptable Farbe bezeichnen konnte.

Er lehnte den Kopf gegen die Stütze, schloss die Augen und versuchte sich den vergangenen Abend ins Gedächtnis zu rufen, vor allem die Augenblicke unmittelbar vor der Explosion. Aber sein Gedächtnis streikte und lieferte ihm nur zusammenhanglose Bilder und Erinnerungsfetzen an einen lauten Knall.

Von irgendwo im Auto hörte er das leise Piepen seines BlackBerrys, das eine Nachricht empfangen hatte.

»Wo ist das Telefon?«, fragte er.

»Oh … Ich glaube, in der Tasche auf dem Fußboden hinter deinem Sitz.«

Cahill wollte sich umdrehen, aber ein jäher Schmerz hinderte ihn daran.

»Soll ich anhalten, damit ich es dir holen kann?«, fragte Samantha.

Cahill nickte, und Samantha steuerte den Wagen an den Straßenrand. Der übrige Verkehr dröhnte an ihnen vorbei. Sie löste den Sicherheitsgurt, streckte sich und wühlte in einer blauen Sporttasche auf dem Rücksitz herum, bis sie Cahills Handy fand.

Während Samantha sich wieder in den Verkehr einreihte, ging er die Liste der Anrufe in Abwesenheit durch. Logan hatte noch am späten Abend und dann wieder am Morgen mehrere Male versucht ihn zu erreichen.

»Hast du schon mit Logan gesprochen?«, fragte er.

»Nein, aber Tom, glaube ich. Er sagte, Logan wäre heute im Büro gewesen und dort von deinen Kumpels der Spezialabteilung des Yard in die Zange genommen worden.«

Cahill überprüfte seine Textmeldungen und runzelte die Stirn.

»Eine SMS von der Alarmgesellschaft«, sagte er. »Bei uns zu Hause soll heute Nachmittag der Alarm ausgelöst worden sein. Hast du davon gewusst?«

»Ach, das. Ja, ich habe mit den Leuten gesprochen, als sie anriefen. Ich war gerade auf dem Weg vom Krankenhaus nach Hause, um deine Sachen zu holen. Sie haben gesagt, sie hätten sich mit der Polizei in Verbindung gesetzt. Die Beamten wären dann bei uns gewesen, hätten bei der Überprüfung des Hauses aber nichts entdecken können.«

Cahill wurde skeptisch. »Es sieht der Polizei ganz und gar nicht ähnlich, wegen eines privaten Einbruchsalarms sofort loszurasen.«

»Du bist manchmal wirklich paranoid«, sagte Samantha mit einem Lächeln. »Würdest du dich jetzt bitte wieder abregen? Das Wichtigste ist doch, dass niemand mit einem großen Messer auf mich gelauert hat, um mir die Kehle durchzuschneiden.«

»War denn zu Hause irgendetwas verändert? Ist dir etwas aufgefallen?«

»Nicht dass ich es gemerkt hätte, nein.«

Cahill entspannte sich.

»Oh, warte mal«, sagte Samantha plötzlich. »Das Gartentor stand offen, obwohl ich gedacht hatte, ich hätte es verschlossen, als ich heute früh zum Krankenhaus gefahren bin.«

»Du willst sagen, dass du es nicht abgeschlossen hast? Sam, wie oft habe ich dir schon gesagt –«

»Ich weiß ja. Tut mir leid. Wahrscheinlich habe ich es tatsächlich nicht abgeschlossen. Vielleicht hat das ja den Alarm ausgelöst.«

»Haben sie dir gesagt, dass ein externer Sensor den Alarm ausgelöst hat?«

»Nein … Ich meine, ich habe sie nicht danach gefragt.«

Cahill war sehr auf die Sicherheit seines Zuhauses bedacht, vor allem seit der Entführung von Logans Tochter. Während des vergangenen halben Jahres hatte sich seine Nervosität ein wenig gelegt, trotzdem gefiel ihm der Gedanke nicht, dass jemand sich dem Haus genähert und sogar das Gartentor geöffnet hatte, um herumzuschnüffeln.

Er klappte die Sonnenblende herunter und kippte sie so, dass er in dem kleinen Spiegel durch das Heckfenster die ihnen folgenden Autos sehen konnte. Vier Wagen hinter ihnen fiel ihm eine schlichte blaue Vauxhall-Limousine auf. Zwei Männer saßen darin. Eigentlich nichts Ungewöhnliches, und doch war dies genau die Sorte Allerweltsauto, die die Polizei einsetzen würde, wenn sie versuchte jemanden möglichst unauffällig zu beobachten. Obwohl heimliches Observieren keine große Stärke der Bullen war.

Zudem gehörte der Vauxhall zu der Sorte Auto, die jemand bevorzugen würde, wenn er ein Verbrechen plante.

Cahill klappte die Sonnenblende zurück und beobachtete den Wagen im Außenspiegel weiter. Nach einer Minute konzentrierte er sich auf das, was sich vor ihnen abspielte, entdeckte aber nichts Beunruhigendes.

»Sam, Schatz, halt doch mal am nächsten Laden an, damit ich mir was zu trinken kaufen kann.«

»Klar. Was möchtest du?«

»Nein, ich geh schon selbst.«

Nach einem knappen Kilometer hielten sie an einer Straßenecke an einem Kiosk. Cahill stieg vorsichtig aus, hielt sich am Türrahmen fest und biss die Zähne zusammen. So sind Männer eben, dachte Samantha, als sie seine Grimasse sah. Bloß nicht zugeben, dass ihnen etwas wehtut.

Cahill stand schon neben dem Wagen, als der Vauxhall sie passierte. Der Beifahrer warf ihm einen schnellen Blick zu, und Cahill konnte erkennen, dass beide Insassen Schlips und Anzug trugen. Er blickte dem Wagen nach und merkte sich das Kennzeichen.

Nachdem er in dem Laden eine Coke gekauft hatte, streckte er sich auf dem Bürgersteig ein wenig und schaute in die Richtung, aus der sie gekommen waren. Eine silberfarbene Limousine, deren Typ er nicht erkennen konnte, mit ebenfalls zwei Männern auf den Vordersitzen hatte ungefähr fünfzig Meter hinter ihnen am Straßenrand gehalten.

Jetzt wusste er, dass sie verfolgt wurden. Von zwei sich abwechselnden Teams. Wenigstens das kriegte die Polizei hin.

Er stieg wieder in den Wagen und beobachtete, wie das silberfarbene Fahrzeug gleichzeitig losfuhr und zunächst einen gleichbleibenden Abstand hielt. Er unterließ es, Hardy oder sonst jemanden aus seiner Firma anzurufen, denn er wollte Sam nicht beunruhigen – zumindest jetzt noch nicht.

Die Neuen machten ihre Sache nicht unbedingt besser als ihre Vorgänger, obwohl sie zumindest den Abstand zwischen den beiden Autos und ihr Tempo variierten. Cahill behielt sie ein paar Minuten lang im Auge, wandte sich dann aber wieder der Straße vor ihnen zu.

Als sie eine Abzweigung passierten, wartete dort bereits der Vauxhall. Ohne den Kopf zu drehen, beobachtete Cahill ihn im Spiegel seiner Sonnenblende. Der blaue Wagen wartete, bis der silberfarbene vorbeigefahren war, und reihte sich dann wieder in den Verkehr ein. Cahill glaubte, gesehen zu haben, wie der Beifahrer in dem silbernen Wagen in ein Mikrofon gesprochen hatte.

Bullen, dachte er. Wahrscheinlich dieselben, die vorhin in

seinem Haus den Alarm ausgelöst hatten. Damit hatten sie des Öfteren schon Schwierigkeiten gehabt.

Aber was wollen die von mir?

4

Rebecca telefonierte mit ihrer Mutter und mit ihrem Sohn Connor. Sie versuchte sich zu beherrschen und nicht zu weinen, während sie auf dem Bett lag und Connor lauschte, der ihr erzählte, wie toll es bei »Ganma« sei. Harte Konsonanten stellten für ihn noch eine ziemliche Hürde dar.

Anschließend musste Rebecca einen der Kurzvorträge ihrer Mutter zum Thema Männerwahl über sich ergehen lassen; in Anbetracht der jüngsten Entwicklungen musste sie allerdings zugeben, dass die Besorgnis ihrer Mutter gerechtfertigt schien. Sie hörte schweigend zu und verabschiedete sich dann.

Den Entschluss, eine weitere Nacht im Hotel zu verbringen, bereute sie bereits. Nachdem sie die Zeit damit totgeschlagen hatte, die Zeitung von vorn bis hinten und von hinten nach vorn durchzulesen und sich durch das Vormittagsprogramm im Fernsehen zu zappen, kam sie sich nutzlos vor und ärgerte sich zudem immer stärker darüber, wie sie gestern Abend auf dem Polizeirevier behandelt worden war. Sie überlegte, einfach auszuchecken und nach Hause zu fahren. Zwar würde sie für die nächste Nacht bezahlen müssen, doch das erschien ihr ein geringer Preis dafür, wieder in die Normalität zurückkehren zu können.

Sie rief Detective Sergeant Campbell an, den Beamten, der am Vorabend ihre Aussage aufgenommen hatte. Er war schon nach dem ersten Läuten am Apparat.

»Hier ist Rebecca Irvine.« Sie war unsicher, ob er sich noch an ihren Namen erinnerte.

»DC Irvine, hallo. Ich habe heute früh mit Ihrem Superintendent gesprochen. Er versicherte mir, dass Sie immer sehr offen und direkt seien. Wenn Sie etwas sagten, würde es auch der Realität entsprechen.«

Rebecca musste schmunzeln. Offenbar hatte ihr Vorgesetzter Liam Moore ebenso wenig Geschmack an Campbell gefunden wie sie selbst: so gut wie keinen.

»Das war aber nett von ihm«, sagte sie.

»Was kann ich für Sie tun?«, fragte Campbell.

»Ich wollte nur hören, ob Sie schon weitergekommen sind. Ich weiß, dass Sie erst am Anfang der Ermittlungen stehen, aber …«

»Wir tun, was wir können.«

»Ich hatte nicht andeuten wollen, dass ich daran zweifle.«

»Wir warten noch auf die Obduktionsergebnisse, die übrigen Beweisstücke gehen zur Untersuchung in die Abteilung für strafrechtliche Ermittlungen beim CID. Wir haben hier nicht die rechtsmedizinischen Möglichkeiten.«

»Eben«, sagte sie. Mit diesem Mann gab es wirklich absolut nichts zu bereden.

»Wie kommen Sie klar?«, erkundigte sich Campbell nach einer Pause.

Es schien, als fühlte er sich verpflichtet, sich ihr gegenüber kollegial teilnehmend zu verhalten, obwohl ihn ihr Wohlergehen nicht weiter interessierte.

»Ich bin soweit okay«, sagte sie.

»In Anbetracht der Umstände kann man wohl nicht mehr erwarten.«

»Ich habe mir überlegt«, sagte Rebecca, »dass ich, falls Sie mich hier nicht mehr brauchen, vielleicht doch wieder nach Glasgow zurückfahre. Ich möchte nach Hause, verstehen Sie?«

Campbell schwieg einen Moment lang. »Ihr Superintendent meinte, Sie würden uns bei unserer Arbeit bestmöglich unterstützen«, sagte er schließlich.

Rebecca zweifelte nicht daran, dass Moore das gesagt hatte, allerdings hatte er damit ganz bestimmt nicht gemeint, dass sie ohne zwingenden Anlass nach Campbells Pfeife tanzen sollte.

»Das werde ich auch«, bestätigte sie, »aber ich sehe keinen Grund, noch länger hierzubleiben.«

»Ich wünschte, Sie würden mir den Gefallen tun.«

Rebecca hielt die Hand über das Mikro ihres Telefons und konzentrierte sich darauf, ruhig auszuatmen. »Also gut. Das Zimmer ist sowieso noch für eine Nacht reserviert.«

»Danke«, sagte Campbell, ehe er auflegte.

Rebecca ließ sich aufs Bett fallen und versuchte die immer wieder hochkommenden Erinnerungen an den bewussten Abend aus ihren Gedanken zu verbannen.

5

Eines musste man diesen Bullen hinter ihm lassen, dachte Cahill. Sie verstanden sich aufs Beschatten besser als manche ihrer Kollegen, die er schon erlebt hatte. Während die beiden Wagen ihnen nach Hause folgten, wechselten sie zwischendurch die Position und das Tempo. Die Aufmerksamkeit, die die Polizei Cahill widmete, war ein Zeichen dafür, dass er für die Polizei mehr war als nur ein Zeuge. Gleich würde er Sam auf die Verfolger aufmerksam machen müssen.

Zehn Minuten später passierten sie den großen Supermarkt in der Nähe ihrer Straße. Sie bogen nach rechts ab, es waren nur noch wenige hundert Meter bis zu ihrem Haus. Cahill hatte keinen blassen Schimmer, warum man ihn als Verdächtigen behandelte – abgesehen davon, dass er bei der Explosion der Bombe vor Ort gewesen und möglicherweise am Abend zuvor in der Nähe des Hotels gesehen worden war.

Aber das allein konnte keinen Verdacht begründen, es musste noch etwas anderes sein.

»Sam«, sagte er, als sie in ihre Straße einbogen.

Er hatte noch zwei weitere Wagen entdeckt, die nach zivilen Polizeifahrzeugen aussahen. Einer stand am Ende der Straße, und der andere parkte etwas hinter ihrem Haus. Beide waren leer.

»Was ist?«, fragte Samantha.

»Bitte bekomme jetzt keinen Schreck, aber die Polizei verfolgt uns seit dem Krankenhaus.«

Sie warf ihm einen fragenden Blick zu. »Nun, nach dem, was passiert ist …«

»Nein, das allein kann es nicht sein.«

»Was willst du damit sagen?«

Sie waren nur noch hundertfünfzig Meter von ihrem Haus entfernt.

»Es könnte sein, dass sie mich festnehmen wollen.«

»Wie bitte?« Samantha trat heftig auf die Bremse.

»Nicht«, sagte Cahill. »Fahr weiter bis zum Haus und park den Wagen in der Einfahrt.«

Sie sah ihn an und rollte im Schritttempo weiter.

»Sam.« Sein Ton wurde schärfer. »Fahr ganz normal nach Hause, sonst kann's unangenehm werden.« Er legte die Hand auf die ihre, die den Schaltknüppel umschloss. »Bitte, Sam. Tu, was ich sage.«

Sie sah ihn noch einmal kurz von der Seite an, gab dann sachte Gas und wollte in die Einfahrt einschwenken. Im Rückspiegel beobachtete Cahill, wie die beiden Verfolgerwagen an der Einmündung ihrer Straße Position bezogen und sie damit für andere Fahrzeuge blockierten.

Jetzt geht's los, dachte er.

Die Reifen knirschten auf dem Kies der Garageneinfahrt, und der Wagen kam zum Stillstand.

»Und jetzt?«, wollte Samantha wissen.

»Wo sind die Mädchen?«

»Bei einer Freundin.«

»Gut.«

»Alex, was geht hier vor?«

»Wenn ich das nur wüsste.«

Ohne auf den Schmerz in seiner Seite zu achten, beugte er sich zu ihr und küsste sie.

»Geh ins Haus und lass mich das mit Anstand erledigen. Es ist besser, wenn ich mich freiwillig stelle.«

»Aber wieso …?«

Er sah die Tränen in ihren Augen und bekam eine Stinkwut auf die Bullen – weil sie ihre Aktion in seinem Zuhause durchführen wollten. Eine völlig überflüssige Machtdemonstration.

Über ihnen war bereits das *Wuppwuppwupp* der Rotorblätter eines Hubschraubers zu vernehmen, der über dem Haus kreiste.

»Es wird sich schon alles klären, Sam. Aber jetzt geh bitte hinein.«

Sie wischte sich über die Augen, verschmierte ihr Makeup, griff nach seiner Hand und drückte sie. »Ich rufe Logan an«, sagte sie. »Er wird wissen, was zu tun ist.«

Dann stieg sie aus. Cahill sah ihr hinterher, wie sie rasch

zur Tür ging und im Haus verschwand, ohne sich noch einmal umzudrehen.

»Okay, Leute«, sagte Cahill laut, wie um sich selbst Mut zu machen. »Ich komme jetzt, egal, ob ihr so weit seid oder nicht.«

Er stützte sich wieder am Türrahmen des Wagens ab, um auszusteigen, dann ging er die paar Schritte bis zur Gartenpforte. Ein leichter Wind war aufgekommen, und von Norden zogen dunkle Wolken auf, die weiteren Regen mit sich bringen würden.

Er blickte die Straße entlang, kniete langsam nieder und verschränkte die Arme hinter dem Kopf.

Noch bevor er sie sah, hörte er sie schon näher kommen: dumpfe Schritte in schweren Stiefeln auf dem Straßenpflaster, Waffen, die beim Laufen aneinanderklackten.

»Polizei! Keine Bewegung!« Die Stimme versagte fast vor Anspannung. Der Beamte hatte mehr Schiss als Cahill selbst.

»Runter auf den Boden«, befahl eine zweite Stimme.

Das hatten wir doch gerade erst.

Cahill nahm die Hände herunter und stützte sich mit ihnen ab, als er sich mit dem Gesicht auf den Boden legte, dann verschränkte er die Arme wieder hinter dem Kopf.

Der süße, sommerliche Geruch vom trocknenden Regen drang ihm vom Pflaster in die Nase.

Dann stürzten sie sich auf ihn.

Jemand setzte sich auf seine Beine, ein anderer drückte ihm das Knie in den Rücken.

Seine angebrochenen Rippen schmerzten so sehr, dass er schreien wollte. Instinktiv setzte er sich gegen seine Peiniger zur Wehr.

»Keine verdammte Bewegung, ja?«

Die Mündung einer Waffe wurde gegen seinen Hinterkopf gepresst.

Handschellen rissen Haut von seinen Handgelenken.

Kräftige Arme griffen unter ihn, packten ihn und zerrten ihn hoch. Vor Schmerz wurde ihm weiß vor Augen.

Lass dir deine Schmerzen nicht anmerken. Verschaff ihnen nicht die Befriedigung.

Er fand sich aufrecht stehend wieder, mit einem Sturmtruppenpolizisten rechts und links sowie einem vor sich. Und mit drei auf seinen Kopf gerichteten Waffen.

Erst jetzt erschien George Kelly von der Sonderabteilung des Yard, sein Kollege Livingstone folgte ihm mit geringem Abstand.

»Alexander Cahill«, sagte Kelly, »ich nehme Sie gemäß Paragraph vierzehn des schottischen Strafgesetzbuches vorläufig in Gewahrsam, da Sie unter dem Verdacht stehen, ein mit Haft bestraftes Verbrechen begangen zu haben: Mord …«

Es war, als würde Kellys Stimme ausgeblendet. Cahill hörte ihn noch leise sagen, dass man ihn jetzt auf ein Polizeirevier brächte.

Mord. Wie das?

Hinter ihm stand Sam am Fenster. Sie weinte. Vor lauter Entsetzen presste sie sich die Hand vor den Mund.

6

Cahill saß bewegungslos da, bemühte sich, gleichmäßig zu atmen und seine Emotionen unter Kontrolle zu halten. Gefängnisse waren ihm nicht gänzlich fremd, während seiner Militärzeit hatte er schon mit ihnen Bekanntschaft gemacht.

Er hatte keine Angst davor, und trotz seiner Verletzungen vertraute er darauf, nicht gleich zusammenzubrechen, sollten sie Gewalt gegen ihn anwenden. Panisch machte ihn dagegen der Gedanke, nie wieder in Freiheit zu leben und Sam und die Kinder nur noch flüchtig im Besucherbereich zu Gesicht zu bekommen. Der Verlust seiner Familie war das Schlimmste, was ihm passieren konnte.

Er hatte keine große Ahnung vom britischen Rechtssystem, wusste nicht, ob man ihn heute Abend noch in ein Gefängnis überstellen oder lediglich auf dem Polizeirevier festhalten würde. Er dachte an Kellys Worte: Er war in vorläufigem Gewahrsam, nicht verhaftet. Es war ihm zwar nicht klar, worin der Unterschied bestand, aber da von Polizeibeamten verlangt wurde, sich präzise auszudrücken, bestand kein Zweifel, dass es einen Unterschied gab.

Cahill saß allein hinten in dem Polizeiwagen, in einem Käfig, den man in den Ladebereich des Lieferwagens eingebaut hatte. Alles war sauber, doch der fahle Geruch des Eingesperrtseins ließ sich nicht leugnen. So ein Geruch blieb haften. Verglichen mit den Truppentransportern, in denen er unterwegs gewesen war, war es hier hinten jedoch fast luxuriös.

Nach einer Weile – ihm war das Zeitgefühl abhandengekommen – bog der Wagen scharf ab und hielt. Das Fahrzeug wackelte, als die Bullen, die vorn gesessen hatten, die Türen öffneten und ausstiegen.

Cahill blieb geduldig sitzen und wartete darauf, dass auch die Hecktüren aufgingen. Dann wehte ihm die kühle, frische Abendluft entgegen. Er atmete tief ein, ahnte bereits, dass dies die letzte Gelegenheit dazu für eine lange Zeit sein würde.

Als die innere Tür seines Käfigs aufgeschlossen wurde,

blickte er nach draußen. Kelly und Livingstone unterhielten sich mit zwei uniformierten Beamten. Als die beiden hörten, dass der Käfig geöffnet wurde, traten sie zur Hecktür. Entspannt ließen sie ihre Waffen in den Gürtelhalftern stecken, da Cahill in Handschellen vor ihnen stand.

Die Detectives sahen zu, wie der Fahrer und der Beifahrer Cahill beim Aussteigen halfen. Er befand sich in einem weiträumigen, durch zwei große Stahltore von der Außenwelt abgeschlossenen Innenhof mit einem nicht allzu hohen modernen Dienstgebäude mit einem kleinen Türmchen an der Vorderfront.

Die beiden uniformierten Polizisten führten Cahill um den Wagen herum und durch eine Sicherheitsschleuse ins Gebäudeinnere bis zu einem Empfangstresen.

Kelly und Livingstone verschwanden wortlos in einem Korridor, und hinter dem Tresen erschien ein uniformierter Sergeant. Cahill fragte sich, ob er auf einem Podest stand, denn der Mann überragte sämtliche Anwesenden. Ansonsten musste er an die eins fünfundneunzig messen. Er sah aus wie ein alternder Rugbyspieler: breite Schultern, kräftige Arme und eine gebrochene Nase. Über seinem Gürtel wölbten sich erste Anzeichen eines Bierbauches.

»Das ist der Typ vom Hilton«, sagte einer der Beamten, der neben Cahill stand. »Paragraph vierzehn.«

»In Ordnung«, erwiderte der Sergeant und warf einen Blick auf die Papiere, die vor ihm auf dem Tresen lagen. »Sie haben das Recht, einen Anwalt von Ihrer Festnahme zu unterrichten. Haben Sie einen Anwalt?«

»Ja.«

Der Sergeant nahm einen Kugelschreiber und ließ ihn über einem Stapel Zettel schweben. »Name und Telefonnummer?«

Cahill diktierte ihm Logan Finchs Mobilfunknummer und sagte, seine Frau habe vermutlich bereits mit ihm telefoniert.

»Wollen Sie nun, dass ich ihn anrufe?«

»Ja, Sir. Ich möchte, dass Sie ihn anrufen.«

»›Sir‹, sagt er.« Der Sergeant sah den Polizisten zu Cahills Linken mit hochgezogenen Augenbrauen an. »Das kriegen wir nicht oft zu hören, was, Jungs?«

Die Polizisten lachten.

»Okay, dann wollen wir ihm mal die Taschen leeren und den Gürtel aus der Hose ziehen. Nach einer kurzen Untersuchung verfrachten wir ihn in seine Suite, damit er den Zimmerservice rufen kann.«

Bullenhumor war doch überall auf der Welt gleich.

Während der restlichen Prozedur blieb Cahill ruhig und gelassen. Der riesige Sergeant öffnete die Tür, die zu den Zellen führte, und seine Bewacher begleiteten ihn in einen kleinen, fensterlosen Raum, in dem er von allen Seiten fotografiert wurde und man ihm mit einem Wattetupfer eine DNA-Probe abnahm. Den Scanner, mit dem sein Fingerabdruck digital umgewandelt und gespeichert wurde, kannte er schon aus dem Krankenhaus – die Zeiten der klebrigen Tintenkissen alter Schule waren anscheinend ein für alle Mal vorbei. Heutzutage war alles digitalisiert.

Cahill hörte, wie die Beamten darüber sprachen, ihn in eine »legalisierte« Zelle zu bringen. Er hatte keine Ahnung, was das bedeutete, zog es aber vor, bis zu Logans Eintreffen zu schweigen. Dann führte man ihn endlich in seine Zelle – eine schmucklose Betonkammer mit der dünnsten Matratze, die ihm je untergekommen war, einer Decke, die aussah, als würde sie garantiert kratzen, und einem Kissen. Außerdem gab es eine brillenlose Toilette aus Edelstahl und ein ebensolches Waschbecken. Immerhin hatte er die Zelle für sich und musste sie nicht noch mit jemandem teilen.

Als die Tür hinter ihm schwer ins Schloss fiel, setzte er sich auf die Matratze, starrte die Schmierereien an den Wänden an und versuchte nicht an Sam und die Mädchen zu denken – ja, er versuchte sogar verzweifelt nicht an sie zu denken.

7

Logan räumte gerade die Geschirrspülmaschine ein, als Samantha Cahills Anruf ihn erreichte. Auf dem Weg ins Wohnzimmer schloss er Ellies Zimmertür, damit ihre Klavierübungen ihn nicht beim Telefonieren störten.

Sams Stimme klang belegt. Er merkte sofort, dass sie geweint hatte. Im ersten Moment dachte er, Alex hätte im Krankenhaus einen Rückfall erlitten. Die Bedeutung dessen wollte ihm gerade bewusst werden, als sie ihm eröffnete, dass ihr Mann verhaftet worden war.

Sam hatte keine Ahnung, was Alex möglicherweise vorgeworfen wurde, also beruhigte er sie, so gut er konnte, und versprach herauszubekommen, was dahintersteckte.

Er setzte sich auf die Couch, vergegenwärtigte sich noch einmal die Sachlage und überlegte, was er nun unternehmen sollte. Zehn Jahre hatte er keine Strafrechtsfälle mehr angenommen, und der einzige Strafverteidiger, den er kannte, war der, an den seine alte Firma Kennedy Boyd ihre Firmenkunden verwies, wenn die mit dem Gesetz in Konflikt geraten waren. Logan hatte ihn ein paarmal getroffen und erinnerte sich, beeindruckt von dem

Mann gewesen zu sein – nur sein Name wollte ihm partout nicht einfallen.

Er suchte im Telefonbuch seines BlackBerry danach, als das Handy klingelte. Er kannte die Nummer mit Glasgower Vorwahl nicht.

»Spricht dort«, der Anrufer machte eine Pause, während der er offenbar auf einem Zettel nach dem Namen desjenigen suchte, den er sprechen wollte, »Logan Finch?«

»Ja. Wer ist dort?«

»Hier ist Sergeant Collier vom Polizeirevier in der Helen Street. Wir haben einen gewissen Alexander Cahill in Gewahrsam. Er wünscht, dass Sie als sein Anwalt von seiner Festnahme unterrichtet werden.«

»In Ordnung. Ich bin in Kürze bei Ihnen.«

»Ich nehme an, dass das im Sinne Ihres Mandanten ist.«

Logan wollte sich noch für den Anruf bedanken, als das Telefon am anderen Ende der Leitung polternd zu Boden fiel und das Freizeichen erklang.

Er rief Sam an, um ihr zu sagen, dass die Polizei sich mit ihm in Verbindung gesetzt hätte und er jetzt zu Alex fahren würde. Er hielt das für das Beste – hinfahren, herausfinden, was los war, und ihm dann einen *richtigen* Anwalt besorgen. Zumindest wusste er, dass eine offizielle Anklageerhebung nicht vor dem nächsten Morgen erfolgen würde, wenn die Festgenommenen der vorangegangenen Nacht dem Untersuchungsrichter vorgeführt wurden. Ihm blieb noch etwas Zeit.

Als Nächstes rief er seine Eltern an, um sie zu bitten, auf Ellie aufzupassen. Den Grund für seinen plötzlichen Aufbruch deutete er nur vage an, aber es gelang ihm, seinen Vater zu überreden, sich von Ayrshire auf den Weg nach Glasgow zu machen. Allerdings bedurfte es bei seinen Eltern ohnehin nur minimaler Überredungskunst, wenn es um ihr neues Enkelkind ging.

Ellie sagte er, er müsse dringend geschäftlich fort, aber ihr Granddad käme und würde möglicherweise über Nacht bleiben. Die Neuigkeit löste bei Ellie eher Freude als alles andere aus.

Obwohl sein Auto über ein Navigationsgerät verfügte, druckte sich Logan eine Wegbeschreibung zum Polizeirevier und einen Stadtplanausschnitt aus dem Internet aus. Er wollte für alle Eventualitäten gewappnet sein. Dann steckte er seinen Laptop, einen Notizblock und ein paar Kugelschreiber in seine Umhängetasche. Wahrscheinlich würde man ihm sowieso nicht gestatten, den Computer mit zu Alex zu nehmen, aber man konnte ja nie wissen.

Während er auf seinen Vater wartete, zappte er sich auf der Suche nach Neuigkeiten durch die Nachrichtensender im Fernsehen, aber alle zeigten das gleiche, längst bekannte Filmmaterial, das man mit kleinsten neuen Informationspartikeln aufzufrischen versuchte. Der Fluch einer Rund-um-die-Uhr-Berichterstattung: Der Zuschauer wurde immer wieder mit dem gleichen Kram gefüttert, ohne etwas wirklich Neues zu erfahren. Einmal huschte auch Rebecca über den Bildschirm, als der Sprecher über die Suche nach Roddys Mördern berichtete.

Als es an der Haustür klingelte, war Ellie schon zur Gegensprechanlage geflitzt, ehe Logan auch nur den Korridor erreichte.

»Hi, Granddad!« Sie wartete gar nicht erst eine Antwort ab, sondern drückte gleich den Türöffner.

»Himmel, Ellie«, ermahnte sie Logan, als seine Tochter die Wohnungstür öffnete und schon im Treppenhaus stand.

»Du solltest dich wenigstens vergewissern, ob es auch wirklich Granddad ist, ehe du die Tür öffnest.«

Es verblüffte ihn noch immer, wie rasch sie das jüngst Erlebte weggesteckt hatte. An der Behauptung, dass Kinder allerhand ertragen können, war schon etwas Wahres dran.

»Hallo, Elliemaus!«, rief ihr Großvater die Treppe hinauf.

Ellie antwortete ebenso laut, und Logan holte seine Jacke und seine Tasche. Als er zurückkam, hatte sein Vater Ellie schon die übliche Tüte mit Überraschungen überreicht und versuchte gerade sich aus der Umarmung seiner Enkelin zu befreien. Logan gab Ellie einen Kuss auf die Wange und bedankte sich bei seinem Vater; dann machte er sich auf den Weg.

»Worum geht's eigentlich?«, rief sein Vater ihm nach.

»Erzähle ich dir später.«

Im Wagen tippte Logan die Adresse des Polizeireviers in sein Navigationsgerät und wartete, während das System sich die entsprechenden Satelliten zusammensuchte – es dauerte wie immer viel länger als erwartet. In der Zwischenzeit schaltete er das Autoradio ein. Gerade verklangen die letzten Takte von »I Fought the Law« in der Version von The Clash.

Ja, genau so spielt das Leben manchmal, dachte er.

8

Er folgte den Anweisungen der Stimme seines Navis und passierte schon bald das Polizeirevier auf der gegenüberliegenden Seite einer vierspurigen Schnellstraße. Als die Straße in einen Kreisverkehr mündete, bog er nach rechts und parkte seinen Wagen ein kleines Stück entfernt vor einem KFC-Schnellrestaurant.

Von hier aus eilte er im Laufschritt aufs Revier und wartete dann vor dem unbesetzten Empfangstresen. Da er keine Klingel entdecken konnte, lief er unruhig hin und her und las sich zwischendurch die an die kahle Ziegelsteinwand geklebten öffentlichen Verlautbarungen und Rauchverbotsschilder durch. Endlich erschien eine Beamtin, und nach dem er gesagt hatte, zu wem er wollte, wurde er gebeten, Platz zu nehmen.

Die Frau war gerade durch eine Tür im hinteren Bereich des Vorraums verschwunden, als ein nach Alkohol riechender, nachlässig gekämmter Mann in einem Trainingsanzug hereinkam. Er krakeelte eine Weile lang herum und ging wieder, als niemand ihm zuhörte.

Nach ein paar weiteren Minuten erschien Neil Livingstone in der Tür, durch die die Beamtin verschwunden war, und gab Logan ein Zeichen, ihm zu folgen. Sie gingen durch mehrere Flure, bis sie in einen weiteren Empfangsbereich kamen. Logan zuckte zusammen, als er hinter dem Tresen einen Riesen von einem Mann in Polizeiuniform erblickte.

»Tasche.« Der Hüne streckte die Hand aus. Für Logan spielte sich alles im Zeitlupentempo ab, so sehr stand die Körpergröße des Mannes in keinem Verhältnis zu der der anderen Personen im Raum.

Während Logan ihm seine Tasche gab, fragte er sich, ob der Kerl wohl grün anlief, wenn er wütend wurde.

»Den Laptop können Sie hier drinnen nicht benutzen«, sagte der Riese. »Ihr Handy auch nicht.«

Wieder streckte er ihm die Hand hin, während Logan nach seinem BlackBerry suchte, um es ebenfalls abzugeben.

Der Beamte wühlte weiterhin in Logans Tasche und gab ihm schließlich den Schreibblock und einen der Kugelschreiber zurück.

Dann legte der Hüne den Kopf auf die Seite und wies Logan an, ihm zu folgen. Dem dreistreifigen Rangabzeichen an seinem schwarzen Pullover nach war der Mann immerhin schon Sergeant.

Logan wurde durch eine mit einem Schloss gesicherte Tür und einen kurzen Gang hinunter bis zu einer massiven Stahltür geführt. Nachdem er sie ehrfurchtsvoll durchschritten hatte, fand er sich in einem Raum mit einem Tisch und zwei Plastikstühlen wieder.

»Er wird gleich hier sein«, sagte der Riese und verließ das Zimmer, wobei er die Stahltür mit einem markerschütternden Scheppern ins Schloss zog.

Logan legte Block und Stift auf den Tisch, dann zog er seine Jacke aus und hängte sie über eine Stuhllehne. Jedes noch so leise Geräusch schien von den makellos weiß getünchten Wänden und dem blanken Betonboden widerzuhallen. Logan setzte sich und wartete, bis die Tür sich wieder öffnete.

Cahill nahm auf dem freien Stuhl ihm gegenüber Platz. Er sah aus wie immer – von der Rötung in seinem Gesicht infolge der leichten Verbrennungen einmal abgesehen.

»Eine schöne Scheiße ist das.« Cahill versuchte ein Lächeln, das ihm aber nicht gelingen wollte.

»Wirst du anständig behandelt?«

»Abgesehen davon, dass man mich hier einsperrt wie einen Kriminellen, nicht allzu schlecht.«

Logan musste grinsen. »Das wollte ich nur wissen.«

Cahill sah sich in dem Raum um, bevor er sich wieder Logan zuwandte. »Und wie geht's jetzt weiter?«

»Ich besorge dir noch heute Abend einen richtigen Strafverteidiger. Die sollten rund um die Uhr erreichbar sein, allerdings haben sie nachts auch am meisten zu tun.«

»Mir ist gesagt worden, ich sei in Gewahrsam. Ist das etwas anderes, als verhaftet zu sein?«

»Ja. Gewahrsam bedeutet, dass sie dich ohne Anklage nur eine gewisse Zeit lang hierbehalten dürfen. Nach Ablauf dieser Zeit müssen sie dich entweder gehen lassen oder unter Anklage stellen.«

»Und wenn ich unter Anklage gestellt werde, bin ich dann verhaftet?«

»So ist es.«

»Wie lange können die mich hierbehalten, bis sie sich entscheiden müssen?«

»Sechs Stunden. Also bist du noch vor Ende der Nacht wieder frei oder stehst unter Anklage.«

»Und wenn ich angeklagt werde?«

»Dann bleibst du bis morgen früh hier und wirst dann dem Untersuchungsrichter am Bezirksgericht vorgeführt.«

Cahill nickte und sah ihn unverwandt mit wachem Blick an. »Ich weiß es zu schätzen, dass du nichts beschönigst.«

»Ich denke, das ist das Beste und ganz in deinem Sinn.«

Cahill beugte sich vor, stemmte die Ellbogen auf die Tischplatte und seufzte. »Hör gut zu«, sagte er, »es geht um den Bombenanschlag, das haben sie dem großen Sergeanten gesagt, als ich hier ankam. Wahrscheinlich glauben sie, ich wäre in den Anschlag verwickelt, immerhin sind sie voll bewaffnet bei mir zu Hause aufgekreuzt. Dann war noch von Mordverdacht die Rede.«

Cahill hielt inne, damit Logan die Informationen verdauen konnte. Der schüttelte den Kopf und wollte etwas erwidern, aber Cahill gab ihm mit einer Handbewegung zu verstehen, dass er ihn zuerst weiterhin anhören sollte.

»Es spielt vorerst keine Rolle, ob das alles stimmt oder nicht. Worauf es ankommt, ist, dass ich, falls ich angeklagt werde, unter Mordanklage stehe. Dann gibt es keine Möglichkeit, auf Kaution freizukommen, oder?«

Logan nickte bestätigend.

»Also würde ich bis zur Verhandlung im Knast sitzen? Ich meine, wenn wir vom Schlimmsten ausgehen.«

»In Barlinnie, ja«, sagte Logan. »Das ist das Untersuchungsgefängnis für Schottlands Westen.«

»Und da sitzen ausschließlich Untersuchungshäftlinge?«

»Nein, auch verurteilte Strafgefangene.«

»Na, klasse.«

»Du weißt dich doch zu wehren, Alex. Du kommst schon klar.«

»Es sind nicht die anderen Gefangenen, die mir Sorgen bereiten.« Er verstummte und lehnte sich in seinem Stuhl zurück.

»Ich verstehe das alles einfach nicht«, sagte Logan. »Welche Beweise können die denn gegen dich haben, dass sie dich einfach so einsperren? Und das auch noch unmittelbar nach dem Anschlag?«

»Sie haben meine Fingerabdrücke an unseren Autos sichergestellt und Zeugen gefunden, die mich am Abend zuvor am Tatort haben herumschnüffeln sehen.«

»Aber das reicht nicht. Das reicht doch vorne und hinten nicht.«

Nun war es an Cahill, zustimmend zu nicken.

»Da muss noch etwas anderes sein«, sagte Logan.

»Aber was?«

Ehe Logan darauf antworten konnte, öffnete sich die Tür, und Kelly betrat in Begleitung von Livingstone den Raum. Der Hüne blieb im Türrahmen stehen.

»Mr Finch«, wandte sich Kelly an Logan, »wir werden jetzt Ihren Mandanten befragen. Möchten Sie dabei sein?«

Logan erhob sich bejahend.

»Gut, dann wollen wir mal«, sagte der Sergeant und trat zu Cahill.

9

Der Vernehmungsraum des Polizeireviers war kleiner als der Raum, in dem Logan gerade mit Cahill gesprochen hatte, dafür war der Boden mit billigen grünen Teppichfliesen ausgelegt, und es gab ein Fenster – das allerdings vergittert war. Kalter Zigarettenrauch hing in der Luft.

Kelly und Livingstone setzten sich am Tisch Logan und Cahill gegenüber. Livingstone bereitete ein digitales Aufnahmegerät für die Vernehmung vor.

Der Hüne ging aus dem Zimmer und schloss die Tür leise hinter sich. Logan wartete darauf, dass ein Schlüssel umgedreht wurde, aber nur die immer leiser werdenden Schritte des Mannes waren zu hören.

Kelly bedachte Logan mit einem wohlwollenden Lächeln und blätterte in einem kleinen Notizbuch. Nach ungefähr einer Minute war Livingstone mit den Vorbereitungen fertig und drückte die entsprechenden Tasten, um die Aufnahme zu beginnen. Er nannte die Namen der im Raum anwesenden Personen, Datum und Uhrzeit und wartete dann auf Kelly, der noch immer in seinem Notizbuch blätterte, es dann zuklappte und Cahill ansah.

»Erzählen Sie mir von dem Vertrag mit Tara Byrne«, begann er.

»Damit wir uns nicht missverstehen«, sagte Logan, »Sie meinen den Vertrag, in dem ihr Personenschutz während der Filmpremiere geregelt wurde?«

»Genau den.«

Logan nickte Cahill zu.

»Am vergangenen Freitag erhielt ich einen Anruf von Devon Leonard, ihrem Manager«, sagte dieser. »Er erklärte mir, er würde wegen einer nicht näher spezifizierten Drohung Tara Byrnes gegenüber zusätzlichen Personenschutz bei der Filmpremiere am Sonntag benötigen. Es sei dringend.«

»Er hat Sie persönlich angerufen?«

»Ja.«

»Hat er gesagt, wie er gerade auf Sie gekommen ist?«

»Er sagte, meine Firma sei ihm empfohlen worden, aber nicht, durch wen. Und bevor Sie mich das fragen – das ist durchaus nicht ungewöhnlich.«

»Und Sie sind weder ihm noch Miss Byrne je zuvor begegnet?«

»Nein.«

»Sie waren auch nie in Miss Byrnes Londoner Wohnung?«, unterbrach Livingstone Kelly.

Die Frage verwunderte Logan.

»Nein, ich bin nie in ihrer Wohnung gewesen«, sagte Cahill.

»Können Sie uns dann erklären, warum wir Ihre Fingerabdrücke dort gefunden haben?«

Logan spürte, dass Cahill sich neben ihm anspannte.

»Wie«, fragte Cahill, »wie ist das möglich?«

»Es ist erwiesen«, übernahm wieder Kelly. »Also noch mal: In welcher Beziehung stehen Sie zu Tara Byrne?«

»Aber bis zu diesem Wochenende habe ich zu ihr überhaupt keine gehabt.«

»Ihre Fingerabdrücke befanden sich außerdem auf einigen Gegenständen, die Miss Byrne zugesandt wurden. Auf einer der Puppen zum Beispiel. Können Sie uns das erklären?«

»Ihr Sicherheitsbeauftragter hat sie zu unserer Unterredung am Samstag mitgebracht, um sie mir zu zeigen. Ich habe eine der Puppen angefasst.«

»Der Sicherheitsbeauftragte Phil Hanson?«

»Ja.«

»Er ist bei der Explosion ums Leben gekommen.«

Cahill schwieg. Kelly und Livingstone schienen eine Reaktion von ihm zu erwarten. Doch vergeblich.

»Wussten Sie, dass die Beziehung zwischen Miss Byrne und Mr Hanson nicht nur beruflich war?«

»Ja. Ich habe am Samstagabend mit Phil darüber gesprochen, habe ihm gesagt, dass er seine Arbeit nicht ordentlich machen kann, wenn er emotional involviert ist.«

»Damit haben Sie dann ja auch recht behalten«, bemerkte Livingstone.

Cahill blieb ungerührt. »Was soll die ganze Geschichte also? Ihr Jungs wisst doch genau, dass ich mit so etwas nichts zu tun habe.«

Kelly sah so aus, als würde er ihm nur zu gern beipflichten.

»Wir alle haben Vorgesetzte und Regeln«, sagte Livingstone. »Wenn wir auf Indizien stoßen, müssen wir ihnen nachgehen.«

»Und haben diese Vorgesetzten Ihnen auch befohlen, heute Abend mit einer ganzen Armee vor meinem Haus aufzukreuzen, um mich vor meiner eigenen Tür und vor den Augen meiner Frau festzunehmen? Dazu wäre schon im Krankenhaus Gelegenheit gewesen, und ich wäre ohne Aufheben mitgekommen.«

»Wir sind zu dem Vorgehen angewiesen worden. Unser Urteilsvermögen darf nicht durch unsere persönliche Bekanntschaft mit Ihnen beeinflusst werden. Das verstehen Sie doch sicher.«

Natürlich tat Cahill das, aber dadurch nahm seine Wut über die Behandlung auch nicht ab.

»Wir haben einen Anspruch darauf, dass Sie uns die Beweise nennen, die Sie in Händen zu haben glauben«, stellte Logan fest.

»Cahills Fingerabdrücke fanden sich an einer Flasche in Tara Byrnes Wohnung«, sagte Livingstone. »Wir führen dort jetzt eine Überprüfung auf DNA-Spuren durch.«

»Wir können sämtliche Indizien durch einen unabhängigen Gutachter überprüfen lassen«, betonte Logan.

»Dazu werden Sie Gelegenheit erhalten.«

»Eine Flasche in einer Wohnung besagt nicht viel. Jedenfalls nicht, wenn Sie hoffen, an ihr eine Mordanklage festmachen zu können.«

»Das ist nicht alles. Wir haben noch mehr.« Kelly behielt Cahill im Auge.

»Sie haben Zeugen, die mich am Samstag am Tatort gesehen haben«, sagte Cahill. »In dem Hotel und auch in Taras Zimmer. Außerdem meine Abdrücke an den Autos, stimmt's?«

»Korrekt«, erwiderte Kelly.

»All das war als Leiter des Schutzteams notwendig«, sagte Cahill. »Jeder in meiner Branche kann das bestätigen, und auch Sie beide wissen das nur zu gut.«

Cahills äußerliche Beherrschtheit beeindruckte Logan, sein Puls schien nicht schneller als normal zu schlagen. Seinen eigenen hingegen konnte er rasen spüren, sein Herzschlag glich einem Trommelfeuer.

»Alles schön und gut, Alex«, sagte Kelly, »aber wie erklären Sie sich, dass Ihre Fingerabdrücke sich auch auf dem Zeitschalter der Bombe befinden?«

10

Die neue Information beeindruckte Cahill nicht sonderlich. Er hob lediglich die Hände und legte sie dann flach auf die Tischplatte. Logan beobachtete Kelly und Livingstone und ihre Reaktion auf Cahills Gelassenheit. Kelly ließ sich nichts anmerken, aber Livingstone runzelte die Stirn und beugte sich in seinem Stuhl vor.

»Haben Sie eine Erklärung dafür?«, fragte er.

Cahill atmete bedächtig aus, ehe er etwas erwiderte. »Habt ihr Jungs jemals zuvor in einer Bombensache ermittelt?«

Logan ahnte, dass Cahill die beiden Beamten mit voller Absicht wie Frischlinge behandelte. Er wollte ihnen verdeutlichen, dass er hier der Einzige mit Erfahrung in solchen Dingen war.

Weder Kelly noch sein Kollege gingen auf die Frage ein.

»Das werte ich dann als ein Nein«, sagte Cahill.

»Was tut das zur Sache?«, fragte Livingstone.

Cahill geriet in Fahrt. »Wenn ihr auch nur ansatzweise eine Ahnung hättet, würdet ihr wissen, wie lächerlich die Vorstellung ist, ich hätte vor meiner Abfahrt zur Premiere einen Zeitzünder so eingestellt, dass er genau bei unserer Rückkehr zündet. Bei Premierenfeiern dieser Art weiß man doch nie, wie lange sie dauern. Wenn die Bombenexplosion durch einen Zeitmechanismus ausgelöst worden ist, habe ich ihn jedenfalls bestimmt nicht eingestellt.«

»Ich verstehe, was Sie uns sagen wollen, Alex«, erwiderte Kelly. »Und ich kann auch die Logik dahinter erkennen, aber das ändert nichts an der Tatsache, dass wir auf dem Zeitschalter Ihre Fingerabdrücke gefunden haben. Die lassen sich nicht wegargumentieren.«

»Wenn ich jemandem an den Kragen gewollt hätte, hätte ich es mir sehr viel einfacher machen können. Und ganz bestimmt hätte ich nicht das Leben meiner eigenen Leute riskiert.«

Zum ersten Mal schwangen Emotionen in Cahills Stimme mit.

»Ich weiß, wie man einen Menschen leicht und mit minimalem Aufwand tötet. Ich will mich damit nicht brüsten, aber das ist nun mal Fakt. Ich bin von einigen der fähigsten Männern auf diesem Planeten darin ausgebildet worden, und glauben Sie mir, das wirklich Letzte, was ich täte, wenn ich jemandes Tod wünschte, wäre, eine Bombe mit einem Zeitzünder scharfzumachen und mich dann in ihrer unmittelbaren Nähe aufzuhalten.«

»Alex«, sagte Kelly, »ich behaupte ja nicht, dass Ihre Version keinen Sinn ergibt. Das tut sie durchaus. Aber die Fingerabdrücke …« Er legte die Hände mit den Flächen nach oben auf die Tischplatte.

»Haben Sie eine Erklärung dafür?«, schaltete Livingstone sich ein.

In Logans Kopf begann etwas unablässig zu arbeiten. Irgendetwas in seinem Gedächtnis buhlte um seine Aufmerksamkeit, aber er kam nicht darauf, was es war. Doch das Gefühl hielt an.

»Eure Chefs wollen in dieser Sache doch bloß schnelle Ergebnisse sehen, nicht wahr?«, fragte Cahill und lehnte sich in seinem Stuhl zurück. »Damit nur ja keine Unruhe ausbricht, wollen sie alle davon überzeugen, dass es keine Terroristen waren. Warum macht ihr eure Arbeit nicht stattdessen anständig?«

»Genau das tun wir.«

»Welchen Grund sollte ich wohl gehabt haben, so etwas zu tun?« Cahills Stimme wurde immer lauter. »Habt ihr euch das schon mal gefragt?«

Klick-klick-klick-klick. In Logans Kopf ratterte es.

Als Cahill sich erhob, lehnte sich Livingstone erschrocken zurück.

Kelly behielt die Ruhe. »Setzen Sie sich wieder hin, Alex.«

Cahill blickte zwischen den Beamten hin und her.

»Alex …«

»Ich hab doch schon gesagt, dass ich jemanden auf der anderen Autobahnseite gesehen habe. Habt ihr deswegen schon etwas unternommen? Ich sage euch, mit mir seid ihr total auf dem Holzweg.«

Klick-klick-klick-klick.

»Sie helfen sich nicht, indem Sie sich so aufführen, Alex. Bitte setzen Sie sich wieder.«

Cahill würdigte Kelly keines Blickes, ließ sich aber langsam auf den Stuhl zurücksinken. Livingstone wirkte erleichtert. Wenn es um körperliche Gewalt ging, gab es nicht viele, die weniger zimperlich waren als Cahill.

»Sie erkennen doch die Logik hinter dem, was Alex Ihnen gesagt hat«, meldete Logan sich zu Wort. »Ihre Geschichte ergibt einfach keinen Sinn.«

»Dann fasse ich unsere Geschichte noch einmal zusammen«, sagte Livingstone nach einem Seitenblick auf Kelly. »Sie kannten Tara Byrne, und Sie kannten sie gut, denn Sie waren in ihrer Londoner Wohnung. Soeben haben Sie zugegeben, dass Sie von ihrer Beziehung zu Phil Hanson, ihrem

Sicherheitsberater, gewusst haben. Er ist bei der Explosion getötet worden. Überall am Tatort haben wir Ihre Fingerabdrücke gefunden, sogar auf dem Zeitzünder.«

»Wollen Sie etwa behaupten, ich hätte aus rasender Eifersucht eine Bombe hochgehen lassen? Ist es das? Dass ich etwas mit Tara Byrne gehabt habe und Phil auf diese Weise aus dem Wege räumen wollte?«

Livingstone machte den Eindruck, als wäre ihm das Ganze peinlich.

»Kapiert ihr nicht, wie lächerlich das ist?«

Kelly nickte. Er stimmte mit Cahill überein, wollte aber nicht, dass seine Reaktion auf dem Band festgehalten wurde.

»Das Motiv ist sekundär«, sagte Livingstone. »Dazu kommen wir noch früh genug. Zunächst deuten sämtliche Indizien auf Sie hin. Und Sie haben uns noch immer nicht erklärt, wie Ihre Abdrücke auf die Uhr gekommen sind.«

Schlagartig realisierte Logan, dass es gar kein Klicken in seinem Gehirn war, das er zu hören geglaubt hatte, sondern das Ticken einer Uhr.

»Sie haben bis jetzt nicht erwähnt, dass der Zünder eine Uhr war«, sagte er. »Was für eine?«

Kelly beugte sich vor. Ihm war die Dringlichkeit in Logans Stimme nicht entgangen. »Eine Rolex«, sagte er.

Logan sah die Szene sich wie einen Film vor seinem geistigen Auge erneut abspielen. Es war einer jener alten Filme, die surrten und summten, während die Spule sich drehte und das Bild wackelte. Am Rand fehlte ein Stück der Szene.

Das Besprechungszimmer von CPO.

Taras Manager, Devon Leonard, der Alex über den Tisch hinweg seine Uhr zuschiebt. Seine Rolex.

Alex, der eine Flasche Wasser aus dem Kühlschrank nimmt und sie Leonard gibt.

Leonard, der die Flasche am Ende der Besprechung mitnimmt.

Es ist alles von langer Hand vorbereitet worden.

II

»Ich muss meinen Mandanten sofort unter vier Augen sprechen.«

»Logan …«, setzte Cahill an zu widersprechen.

»Ich sagte *sofort«,* schnitt Logan ihm das Wort ab.

»Aber wir sind mit der Befragung noch nicht fertig«, wandte Livingstone ein.

»Meinetwegen«, sagte Logan, »können Sie das Band jetzt anhalten, mir gestatten, mich mit meinem Mandanten zu besprechen, und hinterher sehen wir dann weiter. Sie können aber auch weitermachen und ihm so viele Fragen stellen, wie Sie wollen. Aber eines kann ich Ihnen jetzt schon sagen: In diesem Fall werde ich ihm raten, von seinem Recht zu schweigen Gebrauch zu machen.«

»Das wird sich hinterher nicht gut für ihn machen«, sagte Livingstone.

»Das lassen Sie nur unsere Sorge sein. Also – wofür entscheiden Sie sich?«

Livingstone war um eine Antwort verlegen und sah Kelly Hilfe suchend an. Kelly starrte ins Nichts, ehe er den Blick Logan zuwandte und nickte.

»Also gut, Mr Finch. Nehmen Sie sich Zeit für Ihren Mandanten. Aber bevor Sie hinausgehen, muss ich Ihnen noch etwas sagen.«

»Und das wäre?«

Kelly warf Cahill einen müden Blick zu, schlug sein Notizbuch auf und folgte mit dem Finger einigen Zeilen auf der Seite.

»Alexander Cahill«, sagte er mit teilnahmsloser, monotoner Stimme, »ich verhafte Sie wegen des Mordes an Phil Hanson und drei weiteren Personen. Sie haben das Recht zu schweigen. Alles, was Sie sagen, wird zu Protokoll genommen und kann gegen Sie verwendet werden.«

Er machte eine Pause, und die Schwere seiner Worte hallte im Raum nach. »Haben Sie verstanden?«

»Verstanden«, sagte Cahill. Alles Kämpferische war aus seiner Stimme gewichen.

»Wollen Sie noch etwas sagen?«

Er sah Logan an, der den Kopf schüttelte. »Nein.«

Kelly schlug sein Notizbuch zu. »Gut, dann wollen wir Sie mal in Ruhe Ihr Schwätzchen halten lassen. Morgen geht's dann vor den Untersuchungsrichter.«

»Das war ein abgekartetes Spiel«, sagte Logan. Er und Cahill befanden sich wieder in dem Raum ihres ersten Gesprächs.

»Ich weiß.«

»Nein, ich meine, ich weiß, wer es war.«

»Wie bitte?«

Logan war überrascht, dass sein Freund nicht von sich aus darauf gekommen war. »Es kann nur Devon Leonard gewesen sein. Er hat dir bei unserem Treffen am Samstag seine Uhr über den Tisch zugeschoben, damit du sie berührst. Weißt du noch? Eine Rolex.«

Bedächtiges Kopfnicken.

»Und die Flasche. Du hast ihm eine Flasche Wasser gegeben, die er nach der Besprechung nicht zurückgestellt hat. So hat er's eingefädelt. Kann gar nicht anders sein.«

Cahill ging zu einem der Stühle und setzte sich. Mit den Händen strich er sich über den Kopf.

»Aber warum?«, fragte er. »Warum soll er das getan haben? Ich bin dem Kerl noch nie zuvor begegnet. Ich bin keinem von denen vor diesem Wochenende schon einmal begegnet.«

»Das kann ich dir auch nicht sagen«, sagte Logan, der im Raum auf und ab lief. »Zumindest haben wir jetzt einen Anhaltspunkt, an dem wir ansetzen können.«

»Falls Devon Leonhard dahintersteckt, und ich weiß sehr wohl, dass du mir das sagen willst, ist er inzwischen längst über alle Berge. Und ich bezweifle nicht, dass er genügend Kohle hat, um unterzutauchen.«

»Zumindest können wir dich so vor dem Knast bewahren. Wir müssen das alles den Beamten sagen.«

Cahill schüttelte den Kopf. »Die beiden können nichts machen, Logan. Auf die an der Spitze kommt es an. Und denen wird das nicht reichen, um die Anklage gegen mich fallen zu lassen. Sie haben sich ihre Geschichte zusammengereimt, und es gibt genügend Übereinstimmungen, sodass sie erst einmal daran festhalten werden. Wir müssen auf eigene Faust ermitteln und uns unserer Sache todsicher sein, bevor wir damit herausrücken.«

»Aber …«

»Mach dir um mich keine Sorgen. Das Gefängnis bringt mich nicht um, solange ich nicht lebenslänglich einsitzen muss. Ich möchte nur nicht, dass etwas in die Hose geht, weil wir überstürzt handeln.«

Logan setzte sich auf den zweiten Stuhl und stützte die Ellbogen auf die Knie. »Du hast recht«, sagte er.

»Fällt dir im Moment noch etwas von dem Treffen ein, was uns weiterhelfen könnte?«

»Nein.«

»Egal. Kümmert euch darum. Du musst mit Tom Hardy sprechen. Er wird wissen, an wen wir uns wenden müssen.« Er lachte und kniff sich mit Daumen und Zeigefinger in den Nasenrücken.

»Was ist so lustig?«, wollte Logan wissen.

»Nichts. Es ist bloß so, dass ich in meinem ganzen Leben, und ich habe eine ganze Menge durchgemacht, noch nie so viele Scherereien hatte wie seit dem Tag, an dem ich dir über den Weg gelaufen bin. Du bringst mir Unglück, Logan.«

Logan brachte nur ein schwaches Lächeln zustande. So gut er seinen Freund auch zu kennen glaubte – es gab noch sehr vieles, was Alex Cahill vor ihm verbarg. Und das war vielleicht auch besser so.

»Ich habe mich im Internet über Tara Byrne und Devon Leonard informiert«, sagte er. »Eigentlich hätte bei mir gleich der Groschen fallen sollen.«

»Wieso?«

»Leonard hat sie zu jedem Termin begleitet. Er war immer unmittelbar an ihrer Seite und hat sich in ihrem Ruhm gesonnt, nur bei der Premiere am Sonntag war er nicht dabei.«

»Dann hat er wohl gewusst, was passieren würde.« Sie sahen einander an. »Jetzt ist sein Spiel aus.«

Logan gab dem Sergeanten Bescheid, dass ihr Gespräch beendet war, dann erschienen auch schon Kelly und Leonard. Beide blickten noch ernster als zuvor – falls das überhaupt möglich war.

»Möchten Sie, dass wir mit der Vernehmung fortfahren?«, fragte Kelly.

»Nein«, antwortete Logan. »Uns reicht es.«

»Sind Sie sich sicher? Sie wissen, was das bedeutet?«

»Das wissen wir.«

»Gut. Aber eines muss heute Abend noch erledigt werden.«

»Und was sollte das sein?«, wollte Logan wissen.

»Ein zusätzlicher Anklagepunkt.« Kelly schlug sein Notizbuch auf und räusperte sich, ehe er vorlas:

»Alexander Cahill, zusätzlich zu den Morden an Philip Hanson und drei weiteren, noch nicht identifizierten Personen, klage ich Sie hiermit auch wegen Mordes an Christopher Washington an. Sie haben das Recht zu schweigen. Alles, was Sie sagen, wird zu Protokoll genommen und kann gegen Sie verwendet werden.« Er klappte sein Notizbuch zu und blickte zu Boden.

»Wie bitte?«, sagte Logan.

»Tut mir leid, dass ich Ihnen das nicht ersparen konnte.«

»Chris ist tot?«

Cahill bewegte die Lippen, brachte aber keinen Laut heraus.

»Es tut mir leid«, wiederholte Kelly noch einmal, ehe er und Livingstone sich zum Gehen wandten.

Dann fiel die Tür ins Schloss.

12

Rebecca fand nach ihrem Telefonat mit Campbell keine Ruhe und dachte den gesamten Abend darüber nach, ob sie die richtige Entscheidung getroffen hatte, in der Stadt zu bleiben. Ihr Abendessen bestand nur aus einigen Bissen von etwas im Hotelrestaurant – es fiel ihr sogar schwer, sich zu erinnern, was sie überhaupt bestellt hatte. Anschließend ging sie zurück auf ihr Zimmer und legte sich ins Bett. Als sie keinen Schlaf fand, lief sie im Zimmer auf und ab und wurde immer unzufriedener. Als sie schließlich lautstark mit sich selbst ins Gericht ging, wurde ihr klar, dass es so nicht weitergehen konnte.

Um halb zwölf versuchte sie das erste Mal Logan anzurufen. Bei den ersten Malen ließ sie es nur ein paarmal klingeln, aber später wartete sie, bis sich seine Mailbox einschaltete. Sie war froh, wenigstens seine Stimme zu hören, und hinterließ ihm die Nachricht, dass sie sich nun doch entschlossen habe, nach Hause zu fahren, und sie sich am kommenden Vormittag sehen würden. Nachdem sie aufgelegt hatte, suchte sie ihre Sachen zusammen, stopfte sie in ihre Reisetasche und ging zur Rezeption, um auszuchecken. Sie war fest entschlossen, noch in dieser Nacht wieder in Glasgow zu sein. Campbell konnte sich zum Teufel scheren.

Die Hotelangestellte bedachte sie mit einem merkwürdigen Blick und berechnete ihr den vollen Zimmerpreis – doch das machte Rebecca nichts aus. Sie wollte so schnell wie möglich von hier fort und eilte zu ihrem Auto.

Als sie die Zündung einschaltete, bemerkte sie, dass nicht mehr allzu viel Benzin im Tank war, also steuerte sie die Tankstelle neben dem Hotel an. Ihr angeschlossen waren ein Supermarkt und ein Burgerladen. Sie fuhr hinter einem alten Mazda an die Zapfsäule. Zu dieser späten Stunde herrschte nur wenig Betrieb.

Per Knopfdruck wählte sie die Zahlungsweise direkt an der Zapfsäule, damit sie gar nicht erst in den Shop hineingehen musste. Während der Kraftstoff in den Tank gepumpt wurde und das Zählwerk sich weiterdrehte, schaute sie versonnen auf das dunkle Fort William zurück. Als sie starken Benzingeruch wahrnahm, wandte sie sich um und sah, dass dort, wo der Tank übergelaufen war, sich in allen Regenbogenfarben schillernde Flecken auf dem Betonboden gebildet hatten.

Dann hörte sie Schritte hinter sich und drehte sich um. Ein Mann mit einer Baseballkappe ging mit gesenktem Blick auf die Fahrertür des Mazda zu und öffnete sie. Als er die Mütze abnahm und sein kurz geschorener Schädel sichtbar wurde, glaubte Rebecca einen Augenblick lang, den Mann zu kennen, konnte ihn jedoch nicht einordnen. Sie lächelte, als er sie ansah. Der Unbekannte erwiderte ihr Lächeln, stieg ein und fuhr davon. Sie sah den Lichtern des Wagens hinterher, während dieser sich in den Verkehr einreihte und dann auf der Straße, die in südlicher Richtung um den See herumführte, immer kleiner wurde.

Sie hängte den Zapfhahn wieder ein und fröstelte, als die ersten Tropfen eines leichten Nieselregens niedergingen.

Als sie wieder im Wagen saß und den Gurt anlegte, fiel ihr ein, wo sie den Mann schon einmal gesehen hatte.

Bei dem Konzert.

Als Roddy von der Bühne gestürzt war.

Und jetzt war er hier.

13

Hudson fuhr ohne Eile von der Tankstelle und beobachtete dabei die Frau in seinem Rückspiegel. An ihrem Gesichtsausdruck hatte er abgelesen, dass er ihr bekannt vorgekommen war. Sie war in ihren Wagen gestiegen, aber noch lange nicht losgefahren. Er hatte die Sekunden gezählt und bei zwanzig aufgehört, als die Straße eine Kurve machte und die Tankstelle aus seinem Sichtfeld verschwand.

An der nächsten Abzweigung bog er in die Seitenstraße ein, hielt den Wagen an und schlug mit der Faust wütend auf das Lenkrad.

»Was ist?«, fragte Nummer zwei.

»Es scheint, dass alles, was nur schiefgehen kann, auch wirklich schiefgeht«, schimpfte Hudson und biss vor Zorn die Zähne zusammen.

»Was ist los, Chef?«, erkundigte sich Zwei. »Raus damit.«

Hudson sah ihn an. »Die Polizistin«, sagte er.

»Was ist mit ihr?«

»Sie ist gerade hinter uns an die Tankstelle gefahren und hat mich gesehen, als ich zum Wagen zurückgekommen bin.«

Nummer zwei sah ihn verwirrt an. »Und?«

»Und? Das ist alles?« Hudsons Stimme wurde schrill.

»Sie kennt Sie doch nicht, Boss. Was regen Sie sich also so auf?«

Hudson senkte den Kopf und fuhr sich über das kurze Haar. »Sie hat mich schon bei dem Konzert gesehen«, sagte er. »Und jetzt hier.«

Nummer zwei machte ein langes Gesicht.

»Nach dem, was gestern Abend passiert ist, müssen ihre Nerven gespannt sein wie Drahtseile. Jetzt braucht sie nur noch eins und eins zusammenzuzählen.«

Nummer zwei drehte sich auf seinem Sitz um und schaute nach hinten. »Aber gefolgt ist sie uns nicht«, stellte er fest.

Hudson lachte. Ein raues, bellendes Lachen, bei dem Zwei zusammenzuckte. »Würdest du das etwa tun? Uns folgen?«, fragte Hudson. »An ihrer Stelle würde ich den Wagen wenden und so schnell wie möglich in die entgegengesetzte Richtung abhauen.«

»Was, wenn sie zu den Bullen geht?«

»Keine Ahnung.«

»Was machen wir jetzt?«

»Bleibt uns denn eine Wahl?«

Nummer zwei nickte schweigend.

»Du weißt, dass du und ich nicht nur keine Kohle bekommen, sondern wahrscheinlich obendrein auch noch eine Kugel zwischen die Augen, wenn wir das versauen«, sagte Hudson. »Mit unserem Auftraggeber ist nicht gut Kirschen essen. Er hat uns für den Job angeheuert. Mehr gibt's dazu nicht zu sagen.«

»Ich rufe die anderen an.«

»Tu das. Und vielleicht findest du bei der Gelegenheit auch ganz zufällig heraus, wieso die uns nicht Bescheid gesagt haben, dass die Polizistin in unsere Richtung losgefahren ist.«

»Mach ich.«

»Wenn wir die Sache hinter uns haben, bringe ich die beiden Idioten um. Umsonst sogar.«

Hudson öffnete die Tür und stieg aus dem Wagen, während Nummer zwei Nummer fünf anrief. Er entfernte sich ein paar Schritte, bemühte sich, ruhiger zu atmen und seine Wut zu kontrollieren. Das Letzte, was er jetzt gebrauchen konnte, war eine Verfolgungsjagd durch die Highlands. Vor allem, wenn es sich bei dem Opfer um eine Polizeibeamtin handelte, die genau wusste, dass er hinter ihr her war.

Er stand im Regen, spürte die kühlen Tropfen auf seinem Kopf und seinem Gesicht und beobachtete Nummer zwei beim Telefonieren. Als der das Gespräch beendet hatte, stieg er ebenfalls aus. Die Frau bewege sich in Richtung Norden, rief er ihm zu.

»Sie soll einen ganz schönen Zahn draufhaben.«

»Ach, wirklich?«, sagte Hudson. »Dann lass uns fahren.«

14

Rebecca wurde von einer Heidenangst gepackt. Überstürzt verließ sie das Tankstellengelände und trat das Gaspedal voll durch, als sie Distanz zwischen ihren Wagen und die Stadt brachte. Dabei fuhr sie nicht den beiden Männern im Mazda hinterher, sondern in die entgegengesetzte Richtung. Nach Norden. Aus Protest gegen den abrupten Kraftschub drehten die Räder auf dem feuchten Asphalt kurz durch. Als sie wieder griffen, machte der Wagen einen Satz nach vorn.

Es konnte doch beim besten Willen kein Zufall sein, dass sie dem Mann aus der Konzerthalle hier in Fort William wiederbegegnet war. Sie spürte, dass auch er sie wiedererkannt hatte, das hatte sie in dem kurzen Augenblick an der Tankstelle, als ihre Blicke sich trafen, sofort gemerkt. Der Mann hatte übertrieben kühl reagiert, gänzlich unbeteiligt getan, war in seinen Wagen eingestiegen und davongefahren. Das Fehlen jeglicher Reaktion bereitete ihr mehr Sorgen, als wenn er bei ihrem plötzlichen Wiedersehen seinerseits zusammengezuckt wäre.

Am Ende der Stadt führte die Straße in die gebirgigen Hügel, deren höchste Erhebung zu ihrer Rechten in den Wolken verschwand. Auf beiden Seiten der Straße flogen die immer noch üppig grünen Bäume an ihr vorbei. Es regnete, aber das Wetter schien sich nicht entscheiden zu können, wie stark der Regen denn nun sein sollte – gelegentlicher leichter Niesel wechselte sich mit jäh einsetzendem Platzregen ab. Rebecca hatte mehr als genug damit zu tun, die Intervallschaltung ihrer Scheibenwischer anzupassen.

Während die Minuten verstrichen und sie kein Anzeichen dafür entdecken konnte, dass sie verfolgt wurde, verlangsamten sich ihre Atemzüge wieder. Als sich die Straße zwischen den Bäumen hindurchzuschlängeln begann, nahm sie den Fuß etwas vom Gas. Sie gab sich alle Mühe, Ruhe zu bewahren, warf aber nichtsdestotrotz alle paar Sekunden einen Blick in den Rückspiegel. Nach etwa einer Viertelstunde erblickte sie eine provisorische Parkbucht, die eigentlich nicht mehr war als ein grasbewachsener Randstreifen, den Autofahrer aber bereits so häufig zum Halten benutzt hatten, dass der Boden braun und krustig geworden war. Einen Moment lang überlegte sie, ob auch sie dort halten und versuchen sollte jemanden anzurufen, entschied dann aber, dass es wohl klüger wäre, damit zu warten, bis sie einen etwas belebteren Ort erreicht hatte – nur für den Fall, dass die Männer sie doch verfolgten.

Sie betätigte die Taste in der Fahrertür, um das Seitenfenster herunterzulassen, und hielt den Kopf so, dass der Fahrtwind ihr ein wenig kühles Nass ins Gesicht sprühte. Ihre Beine fühlten sich an wie Wackelpudding und reagierten, was die Bedienung der Pedale betraf, nur mit Verzögerung auf die von ihrem Gehirn ausgesandten Signale.

Sie versuchte sich das Bild der Männer, die sie und Roddy angegriffen hatten, ins Gedächtnis zurückzurufen. Wie groß, wie gebaut waren sie gewesen? Aber sie hatte nur ein sehr ungenaues Bild von ihnen, zu übermächtig waren der Schock und die panische Angst gewesen. Sie verbannte alles Nebensächliche aus ihren Gedanken und spulte im Geist zu dem Augenblick zurück, als die Männer plötzlich aus dem Dunkeln auf sie zugekommen waren und sie sie zum ersten Mal gesehen hatte. Bevor …

Sie war sich unsicher, glaubte aber nicht, dass der Mann vom Konzert, der ihr jetzt an der Tankstelle wiederbegegnet war, einer der Männer gewesen war. Er hatte breitere Schultern und war vom Brustumfang und der Statur nach auch größer als die anderen beiden.

Glaubte sie jedenfalls.

Aber was bedeutete das? Dass gleich vier Männer hinter Roddy her waren? Wieso denn so viele?

Die ganze Sache war ihr schleierhaft. Sie wischte sich mit der Hand über das Gesicht, genoss das kühle, feuchte Gefühl des Regens auf ihrer Haut.

Noch einmal blickte sie in den Rückspiegel und dann wieder nach vorn: Es waren keine anderen Autos zu sehen. Sie konnte sich nicht erinnern, sich je so einsam und verlassen gefühlt zu haben.

15

Es war bereits nach Mitternacht, als Logan Finch das Polizeirevier in der Helen Street verließ. Es regnete in Strömen, große Tropfen spritzten vom Gehsteig hoch. Im Laufschritt hastete er zu seinem Wagen. Zwei Jungen, die wohl bei KFC arbeiteten, standen unter dem Baldachin am Eingang und schienen darauf zu warten, abgeholt zu werden.

Logan setzte sich in seinen Wagen, ließ Motor und Heizung laufen. Er konnte einfach nicht glauben, dass Washington tot war.

Ein Windstoß, der den Regen auf seine Windschutzscheibe wehte, riss ihn aus seinen Gedanken. Er hatte heute Nacht noch zu tun und würde seine Trauerarbeit auf später verschieben müssen.

Er holte sein BlackBerry hervor. In der Zwischenzeit waren vier Anrufe eingegangen: Um zehn hatte sein Vater versucht ihn zu erreichen, die restlichen drei waren von Becky. Ihr letzter Versuch lag erst eine halbe Stunde zurück. Er überlegte, ob er sie zurückrufen sollte, entschied sich dann aber dagegen. Vermutlich hatte sie es unmittelbar vor dem Schlafengehen bei ihm versucht, außerdem käme sie am nächsten Tag nach Hause, dann würde er sie ohnehin sehen – falls er in Anbetracht der Lage, in der Cahill steckte, die Zeit dazu fände.

Er suchte in seinem Adressbuch nach dem Namen des Strafverteidigers, als er bemerkte, dass die Anzeige seiner Mobilbox blinkte. Er rief die Nachricht ab und musste beim Klang von Beckys Stimme unwillkürlich lächeln – obwohl sie sich mehr als nur ein wenig ungeduldig und genervt anhörte.

Er scrollte sich weiter durch die Liste, bis er auf einen Namen stieß, der der des Anwalts sein konnte. Er drückte die entsprechende Taste, und der komplette Eintrag erschien – einschließlich des Namens der Kanzlei, für die der Mann arbeitete, und deren Notfallrufnummer. Er war fündig geworden.

»Spricht dort Joe Shaw?«, fragte er, als sich nach dem dritten Läuten jemand meldete.

»Am Apparat.«

»Ich muss mich entschuldigen, dass ich so spät noch anrufe. Sie kennen mich vielleicht flüchtig, ich war früher bei Kennedy Boyd und benötige jetzt einen Anwalt in Strafsachen.«

»Okay?«

»Nicht für mich.«

»Ich höre.«

»Ich arbeite jetzt für eine Sicherheitsfirma, deren Besitzer heute Abend festgenommen wurde. Er ist ein guter Freund.«

Am anderen Ende der Leitung hörte Logan Papiere rascheln.

»Gut. Wie lautet die Anklage, und wo befindet sich Ihr Freund jetzt?«

»Es geht um Mord. Er wird im Polizeirevier in der Helen Street festgehalten.«

Es entstand eine lange Pause, sodass Logan schon befürchtete, die Leitung wäre unterbrochen worden, aber dann hörte er wieder die Stimme des Anwalts.

»Helen Street ist zuständig … nun, für heikle Fälle. In was soll Ihr Freund verwickelt sein?«

»Es hat mit der Bombenexplosion vor dem Hilton zu tun.«

Wieder eine längere Pause.

»Man macht ihn dafür verantwortlich?«

»Genau.«

»Gut. Dann wird er morgen dem Untersuchungsrichter vorgeführt?«

»So habe ich es verstanden, ja.«

»Ist er bereits vernommen worden?«

»Ja. Ich war dabei.«

»Sehr schön. Aber er hat wohl nicht gestanden, oder?«

»Natürlich nicht«, beantwortete Logan todernst die Frage.

»Das sollte ein Scherz sein«, sagte Shaw.

»Tut mir leid. Es war ein langer Tag.« Wenn er noch die nötige Energie gehabt hätte, hätte er über den Witz sogar lachen können.

»Schon gut. Weiß Ihr Freund, dass Sie ein Treffen zwischen ihm und mir arrangieren?«

»Ja. Ich habe ihm gesagt, dass ich noch heute jemanden besorge. Zu dem Zeitpunkt war mir allerdings Ihr Name entfallen.«

»Überlassen Sie das nur mir. Ich leite alles in die Wege

und werde ihn noch innerhalb der nächsten Stunde aufsuchen. Die schwierigste Frage zuletzt: Kann er es sich leisten, mich und den besten Kronanwalt, den ich auftreiben kann, zu bezahlen?«

»Das kann er. Kein Problem.«

»Wunderbar, denn in einem Fall wie diesem wird er die besten Leute brauchen.«

Nachdem er mit jemandem gesprochen hatte, der Alex besser helfen konnte als er selbst, war Logan wohler zumute. Er wusste nicht viel über diesen Shaw, aber es gefiel ihm, wie er am Telefon auf unaufdringliche Art und Weise Zuversicht ausgestrahlt hatte. Er hörte sich zumindest so an, als wüsste er, was er tat.

Während der Fahrt vom Polizeirevier zu seiner Wohnung regnete es unablässig, und Logan stellte die Scheibenwischer auf die schnellste Stufe. Zumindest herrschte Montagnacht wenig Verkehr. Die meisten waren längst zu Hause oder schliefen dem nächsten Arbeitstag entgegen – nur Chris Washington nicht. Er musste an Chris' Frau und seine Kinder denken und daran, was ihnen nun bevorstand. Von zu Hause aus würde er Tom Hardy anrufen – wie spät es auch immer sein mochte.

Vor seinem Haus fand er auf der gegenüberliegenden Straßenseite eine Parklücke. Unmittelbar vor seiner Haustür stand ein Bentley mit dunkel getönten Scheiben. Als Logan den Motor ausschaltete, entstieg ihm ein großer Mann in einem dunklen Anzug und schaute zu ihm herüber.

Logan konzentrierte seinen Blick auf den Unbekannten, konnte ihn aber wegen des starken Regens nur schemenhaft erkennen. Der Mann gestikulierte Logan, zu ihm zu kommen.

Logan stieg aus seinem Wagen und blickte argwöhnisch die menschenleere Straße entlang. Er fragte sich, wer dieser Mann sein mochte und wer noch bei ihm im Wagen saß.

Als Logan neben seinem eigenen Fahrzeug stehen blieb, überquerte der Mann die Straße und stellte sich mit ein paar Metern Abstand vor ihn hin. Logans Muskeln spannten sich an, er hatte keine Ahnung, was auf ihn zukam.

»Mein Chef muss mit Ihnen reden.« Der Mann sprach mit englischem Akzent, unverfälschtes Londoner East End.

»Und wer ist Ihr Chef?«

»Das wird er Ihnen selbst erzählen. Steigen Sie einfach in den Wagen.«

Das war das Letzte, was Logan tun wollte.

Der Fremde starrte ihn an, drehte sich dann um und ging zum Bentley zurück. Er öffnete die hintere Tür und beugte sich ins Wageninnere. Logan konnte hören, wie er mit jemandem sprach, aber nichts verstehen. Der Regen prasselte auf ihn herunter, sodass seine Kleidung ihm schon auf der Haut klebte.

Der Mann kam zu ihm zurück.

»Er möchte mit Ihnen über Mr Cahill sprechen. Über seine missliche Lage.«

Logan lief es eiskalt den Rücken herunter, doch als der Fremde sich wieder dem Bentley zuwandte, folgte ihm Logan. Der Mann hielt die hintere Tür auf, damit Logan einsteigen konnte. Noch ein weiterer, dritter Mann saß im Wagen, doch auch ihn kannte er nicht.

Logan blieb stehen, sah den Mann an, der ihm die Autotür aufhielt, und spürte, wie der Regen ihm aus seinem Haar übers Gesicht lief. Er blickte zu seiner Wohnung hinauf und erkannte am Erkerfenster seinen Vater, der zu ihm hinunterschaute. Dann bückte er sich und setzte sich zu dem anderen Mann in den Fond des Bentley.

Der Fremde trug einen teuer aussehenden grauen Anzug, perfekte Maßarbeit. Das hellblaue Hemd hatte er am Kragen nicht zugeknöpft, und in der Brusttasche seiner Anzugjacke steckte ein farblich zum Hemd passendes Tuch. Er hatte dichtes graues, nach hinten gekämmtes Haar und ein sonnengebräuntes Gesicht. Als Logan neben ihm Platz nahm, lächelte er und reichte ihm ein kleines Handtuch.

Mit einem soliden Klicken fiel die Tür ins Schloss, und der Fahrer entfernte sich vom Wagen. Logan sah noch, wie er einen Taschenschirm öffnete und die Straße hinunterging.

»Terry versteht, dass ich manchmal ein bisschen Privatsphäre brauche«, sagte der Mann neben Logan. Er hatte ebenfalls einen englischen Akzent.

»Worum geht es?«, fragte Logan und trocknete sich mit dem Handtuch Haare und Gesicht. »Ist es wegen Alex?«

»Teilweise«, sagte der Mann. »Wenn ich mich Ihnen vorstellen dürfte, werden die Zusammenhänge etwas deutlicher.«

Durch die an der Seitenscheibe hinunterlaufenden Regentropfen wurde das einfallende Licht der Straßenbeleuchtung gebrochen. Schattige Streifen fielen auf das lächelnde Gesicht des Mannes. Für Logan wirkte das Lächeln wie eine Maske, als verberge sich dahinter das wahre Gesicht. Der Mann hielt ihm die rechte Hand hin, und Logan schüttelte sie – der andere ließ sie erst wieder los, nachdem einige Momente verstrichen waren.

»Ich bin Gabriel Weiss«, stellte er sich vor.

Der weiße Engel grinste.

5. Teil : Entscheidungen

1

Haben Sie mal den Film ›Sophies Entscheidung‹ gesehen?«, fragte Weiss.

Logan schüttelte wortlos den Kopf. Ihm war nicht nach Smalltalk zumute.

»Großartiger Film«, sagte Weiss. »Aber sehr düster.«

Logan bemerkte das Leuchten in Weiss' Augen. So mancher würde es als Zeichen eines wachen Verstandes missdeuten. Er selbst sah darin aber das, was es in Wahrheit darstellte: Fanatismus.

»Meryl Streep ist eine jüdische Mutter, die von den Nazis ins Konzentrationslager gebracht wird. Ihre beiden Kinder, einen kleinen Jungen und ein Mädchen, hat sie bei sich. Der Film spielt allerdings nach dem Krieg. Erst in Rückblenden erfährt man nach und nach, was damals in dem Lager wirklich geschehen ist. Sie kennen die Technik bestimmt.«

Er machte eine Pause und wartete darauf, dass Logan etwas sagte, der aber nur nickte.

Wovon, zum Teufel, redet der Kerl?

»Die Crux ist jedenfalls, dass einer der Wächter des Konzentrationslagers, ein richtiges Arschloch, ihr sagt, sie müsse sich zwischen ihrem Sohn und ihrer Tochter entscheiden. Eines ihrer Kinder könne bei ihr bleiben, das andere würde ihr entzogen werden.« Weiss schüttelte den Kopf und blickte einen Augenblick lang in die Nacht. Logan wartete, dass er weitererzählte.

»Meryl Streep schreit und heult und macht ein Riesentheater. Ich meine, die Frau kann echt schauspielern. Aber letzten Endes bleibt ihr nichts anderes übrig, als dem Wächter eines ihrer Kinder zu übergeben. Ich weiß nicht mehr, ob es der Junge oder das Mädchen war, aber das spielt eigentlich auch keine Rolle.«

Weiss sah Logan an und strich sich mit der Hand über das Haar. »Sie sieht das Kind nie wieder. Am Boden zerstört begeht sie am Ende Selbstmord. Wie ich schon sagte, ein sehr düsterer Film.«

Pause.

»Nun, der Film hat mich daran erinnert, welche Entscheidungen wir im Leben treffen und welche Konsequenzen diese Entscheidungen auslösen. Ich hatte mich beispielsweise entschieden, die Russen in meine Organisation aufzunehmen und ihnen die Abwicklung eines Geschäfts hier in Schottland zu übertragen. Sie wissen, wovon ich spreche, oder?«

»Soll das eine rhetorische Frage sein?« Es überraschte Logan, wie feindselig seine Stimme klang.

Weiss sah ihn an und sprach weiter, als ob Logan nichts gesagt hätte. »Die Russen waren diejenigen, die die Entscheidungen getroffen haben, Ihre frühere Freundin umzubringen und Ihre Tochter, die kleine Ellie, zu entführen. Daran werden Sie sich wohl noch erinnern?«

»In der Tat. Ich erinnere mich auch, einem von ihnen eine Kugel verpasst zu haben.«

»Ja, so etwas vergisst man nicht.«

Weiss griff in seine Sakkotasche und holte eine Zigarette und ein kleines, teuer aussehendes Feuerzeug hervor. »Stört es Sie?«, fragte er und steckte sich die Zigarette an, ohne eine Antwort abzuwarten. Der unangenehm warme Rauch kroch Logan in die Atemwege.

»Also, wo war ich stehen geblieben?«, sagte Weiss. »Ach ja, bei Entscheidungen.« Er nickte bestätigend. »Sie haben sich damals entschieden, einen meiner Männer zu erschießen, und jede Aktion löst eine gleichwertige Reaktion aus.«

»Ich habe es getan, weil Ihre Leute meine Tochter in ihrer Gewalt hatten. Ich war es, der reagiert hat.«

»Bitte, wenn Sie es so sehen wollen. Dann war das eben der Anfang einer Kettenreaktion.«

»Was soll das jetzt schon wieder heißen?«

»Nun, anfangs waren es nur geringfügige Behelligungen seitens einiger meiner Mitbewerber. Nichts, womit ich nicht fertigwürde. Ich habe nichts weiter unternommen, habe Sie Ihr Leben leben lassen, schließlich hatte ich mein Geld bekommen. Doch dann fingen die Leute an, sich immer größere Freiheiten mir gegenüber herauszunehmen. Ich habe es nicht aufs Komma genau ausgerechnet, aber binnen der letzten sechs Monate hat Ihr Angriff auf meinen guten Ruf mein Unternehmen eine sechsstellige Summe gekostet. Es hat sich herumgesprochen, dass man Gabriel Weiss auf der Nase herumtanzen kann. Dass er es zugelassen hat, dass irgend so ein Arsch von Anwalt …« Er unterbrach sich kopfschüttelnd. »Ich muss mich wirklich für meine Ausdrucksweise entschuldigen.«

Logan hatte eher das Gefühl, dass Weiss ihn provozieren wollte. Er wirkte wie ein Kind, das gerade die verbotene Freude, jemanden zu beleidigen, für sich entdeckt hat.

»Unterm Strich ist dabei herausgekommen, dass gewisse Leute meinten, sich in meine geschäftlichen Angelegenheiten einmischen zu können. Und das nur, weil ich ein Auge zugedrückt habe, als Sie und Ihre Freunde sich mir gegenüber ein bisschen zu viel herausgenommen haben. Also muss ich jetzt demonstrieren, dass mit mir nicht zu spaßen ist, verstehen Sie?«

»Aber Sie haben Ihr Geld doch bekommen. Dafür habe ich gesorgt – und dabei meine Karriere und sogar meine Freiheit aufs Spiel gesetzt.«

»Leider war das nicht genug, mein Freund. Längst nicht genug. Die Menschen in meiner Welt verstehen sich nicht auf die Feinheiten der Verhandlungskunst, müssen Sie wissen. Sie sehen nur ein Anzeichen von Schwäche, und schon schlagen sie zu.«

»Und warum schlagen Sie nicht zurück? Wenn doch die anderen die wahren Bösen sind?« Wieso diskutierte er eigentlich mit Weiss? Logan hasste es, wie er sich selbst anhörte.

»Die Guten und die Bösen«, sagte Weiss. »Was für eine altmodische Sichtweise.«

»Das finde ich nicht.«

Weiss nahm einen langen Zug von seiner Zigarette und blies einen Rauchring aus. »Was uns wieder zum Thema Entscheidungen zurückbringt.« Er setzte sich so hin, dass er Logan von der Seite ansehen konnte. »Nennen wir diesen Film hier ›Logans Entscheidung‹. Das ist jetzt Ihre Chance, einen Menschen zu retten.«

Wieder eine Pause.

»Und vielleicht nicht nur einen.«

Logan spürte, wie ihm die Galle hochkam. Sein Vater hatte vorhin regungslos am Fenster gestanden. War jemand bei ihm gewesen?

Bei ihm und Ellie?

War es schon zu spät?

Nein, nicht jetzt! Nicht nach allem, was wir durchgemacht haben, um zusammen zu sein.

Bitte nicht jetzt!

2

Weiss schien Logans Seelenqual zu genießen. Er beugte sich vor, um die Zigarette an dem Aschenbecher in der Sitzlehne vor sich abzustreifen.

»Lassen Sie mich es Ihnen erläutern«, sagte er. »Zunächst einmal fürchte ich, dass uns keine Wahl bleibt, was diese Polizeibeamtin betrifft.«

Logan runzelte die Stirn. Er verstand nicht, wovon Weiss redete.

»Detective Irvine«, sagte Weiss.

Jetzt war ihm alles klar.

»Sie wird sterben. An dieser Entscheidung gibt es nichts zu rütteln.«

Also war es bei dem Angriff gar nicht um Roddy gegangen, er war bloß im Weg gewesen. Sie waren hinter Becky her.

»Es tut mir leid. Ich weiß, dass Sie beide zusammen einen Neuanfang geplant haben.« Weiss warf einen Blick auf seine Armbanduhr. »Kann sein, dass sie jetzt schon tot ist, aber auf jeden Fall wird sie die Nacht nicht überleben.«

Logan hatte das Gefühl, als würde er am ganzen Leib zittern, doch als er an sich hinuntersah, konnte er nichts Ungewöhnliches erkennen. Als er sich zu erinnern versuchte, wann er zuletzt mit Becky gesprochen hatte, fiel ihm ihre Nachricht auf seiner Mailbox ein. Ihr Anruf war noch nicht lange her, eine Dreiviertelstunde vielleicht. Das hieß wohl, dass ihr zumindest bis dahin nichts zugestoßen war.

»Woher …?«

»Woher ich das mit Ihnen beiden weiß? Von Ihrem alten Freund Bob Crawford. Seit unserem ersten kleinen Abenteuer hat er mit meiner Hilfe eine Menge Geld verdient. Ich bin sicher, dass Sie die Gerüchte über ihn gehört haben. Und ja, sie sind alle wahr. Er ist jetzt der Geldwäscheanwalt meiner Wahl. Wissen Sie, wenn man mit mir ins Geschäft kommt, gibt es kein Zurück mehr. Man kann die Zeit nicht zurückdrehen und noch einmal von vorn anfangen. Sobald ich jemanden in meinen Fingern habe, hat derjenige meine Befehle zu befolgen, oder …« Er beugte sich vor, um seine Zigarette auszudrücken, deren Rauch noch im Wageninneren hing.

»Bob hat kapiert, wie es läuft«, fuhr Weiss fort. »Als ich ihn Ihretwegen und nach den Geschehnissen am See fragte, hat er mir nicht nur von Mr Cahill erzählt, sondern auch, dass Sie inzwischen mit einer gewissen Polizistin freundschaftlich verkehren. Man muss kein Genie sein, um sich auszurechnen, dass Sie jemanden innerhalb des Polizeiapparates benötigten, um Ihre Spuren zu verwischen, nachdem Sie Ellie gewaltsam aus den Händen meiner Leute befreit hatten.«

»Also Bob«, sagte Logan.

»Ja, sieht so aus, als läge ihm mehr am Geld als an einem guten Gewissen. Aber das sollten Sie ihm nicht zum Vorwurf machen. Es ist nicht seine Schuld, sondern einzig und allein meine.«

Weiss breitete seine Arme so weit aus, wie der begrenzte Raum im Fond des Wagens es zuließ. In diesem Moment entblößte er seinen Hals, und Logan erinnerte sich, was Chris Washington ihm über Kampfkunst und Selbstverteidigung beigebracht hatte. Seine Muskeln zuckten, als er das Verlangen unterdrückte, einfach zuzuschlagen.

»Kommen wir also zurück zu Ihren Optionen«, sagte Weiss. »Die wollen Sie doch sicher hören, oder?«

Logan sah ihn an.

»Ich habe kein Interesse daran, Ihrem Mädchen auch nur ein Haar zu krümmen. Ihnen übrigens auch nicht. Von mir aus können Sie beide den Rest Ihres Lebens in den lieben langen Tag hineinleben.«

Logan wusste nicht, ob er das glauben sollte oder ob Weiss ihn nur in Sicherheit wiegen wollte, um dann umso grausamer zuzuschlagen.

»Ich meine es ehrlich«, sagte Weiss. »Mit Mr Cahill liegt die Sache jedoch anders. Er ist Profi und muss mit den Risiken leben, die sein Beruf mit sich bringt.«

»Die Bombe«, sagte Logan. »Waren Sie das?«

Weiss nickte.

Dann hatte er also auch Chris auf dem Gewissen.

Und Penny.

»Und Leonard? Tanzt der auch nach Ihrer Pfeife? Hat er das mit der Uhr so gedeichselt, dass ...«

»Selbstverständlich.«

»Aber warum?«

»Mr Leonard hat seinerzeit sein Geschäft mit einem Darlehen von mir aufgezogen, als kein Mensch ihm auch nur einen Heller leihen wollte. Er steht in meiner Schuld. Wie gesagt: Wer einmal unter meine Bettdecke kriecht ...« Er schmunzelte selbstzufrieden.

»Nein«, sagte Logan, »ich meinte, ich wollte wissen, warum Sie einen solchen Aufwand betreiben, um Alex unschuldig hinter Gitter zu bringen? Warum legen Sie ihn nicht einfach um?«

»Weil Ungewissheit Angst erzeugt. So etwas wie diese Bombe ist etwas derart Schreckliches und erzeugt dermaßen viel Angst, dass derjenige, der dafür verantwortlich gemacht wird, den Hass der Öffentlichkeit auf sich spüren wird. Genauso wie seine Familie.«

Logan schüttelte den Kopf. Weiss war tatsächlich geisteskrank.

»Aber«, fuhr Weiss fort, »ich möchte nicht, dass diese Leute, die ich erwähnt habe, nun etwa denken, mir ginge es nur um den Tod anderer. Vielmehr möchte ich sie im Unklaren darüber lassen, was ich mit ihnen vorhabe. Möglicherweise lasse ich sie am Leben, vernichte aber ihre Existenz. Oder ich bringe sie wirklich einfach um.«

Pause.

»Sie stehen also vor folgender Entscheidung, Logan: Entweder sagen und unternehmen Sie nichts und lassen den Dingen ihren Lauf. Dann stirbt Detective Irvine, und Mr Cahill wird vermutlich für schuldig befunden und nichts mehr vom Rest seines Lebens haben, weil er ihn hinter Gitter verbringt.«

»Und die Alternative?«, fragte Logan emotionslos.

»Sie gehen zur Polizei und erzählen denen alles über mich und über das, was sich damals am See abgespielt hat. Nicht zu vergessen das, was Sie getan haben, um Ihre kleine Tochter zu retten. Vielleicht glaubt man Ihnen ja. Und vielleicht wird die Anklage gegen Mr Cahill fallen gelassen.«

»Und stattdessen macht man uns für den Tod von Ellies Entführern verantwortlich? Ist es das, was Sie vorhaben? Zumindest wären wir wegen Unterschlagung von Beweismaterial und Vertuschung einer Straftat dran.«

»Das wäre das Mindeste. Sie sind ein schlaues Köpfchen.«

»Aber selbst wenn es nicht zu einer Verurteilung käme, würde man mir Ellie wieder wegnehmen.«

»Genau. Weil man einem so gewaltbereiten, unglaubwürdigen Menschen wie Ihnen kein Mädchen anvertrauen kann.«

Logan war sich nicht sicher, ob Weiss die juristischen

Konsequenzen der zweiten Möglichkeit richtig einschätzte, schließlich hatte sich Ellie in einer lebensbedrohlichen Situation befunden, aus der sie nur unter Einsatz von Gewalt zu befreien gewesen war. Aber was auch immer herauskäme, wenn er die Wahrheit öffentlich machte – leicht würde der Weg danach bestimmt nicht werden.

Andererseits konnte er seinen besten Freund auch nicht seinem Schicksal überlassen und die Frau, die er – liebte? –, mit der er sein Leben teilen wollte, in den sicheren Tod oder ein noch schlimmeres Schicksal schicken.

Nein, das konnte er nicht.

»Entweder oder«, sagte Weiss. »Keine andere Wahl. Falls Sie sich allerdings für Möglichkeit Nummer zwei entscheiden, lasse ich Sie alle umbringen.«

Logan starrte ihn an. »Mit anderen Worten: Es gibt für mich gar nicht die Möglichkeit einer Entscheidung?«

»Doch, die gibt es immer. Aber jede Entscheidung zieht Konsequenzen nach sich.«

Er lachte, und Logan hatte das erste Mal das Gefühl, dass Weiss sein wahres Gesicht zeigte.

3

Rebecca steuerte eine Tankstelle mit einem Coffeeshop an. Sie wollte ihre Gedanken ordnen und sich stärken. Außerdem hielten sich hier mehrere Reisende auf, die ebenfalls noch zu so später Stunde unterwegs waren, sodass sie hoffen konnte, dass die unbekannten Männer nichts unternehmen und sie höchstens beobachten würden, falls sie sie denn verfolgten und ihren Wagen hier entdeckten.

An einem Verkaufstresen im hinteren Bereich des Coffeeshops wurden heiße Snacks angeboten. Rebecca kaufte ein Croissant mit Schinken und Käse, einen Müsliriegel und eine kleine Flasche Mineralwasser und setzte sich an einen Tisch am Fenster, damit ihr kein Wagen entgehen würde, der in die Tankstelle einbog.

Aus einem Lautsprecher erklang leise klassische Musik. Sie war keine Kennerin, aber die Musik war definitiv eine angenehmere akustische Untermalung als die Ess- und Trinkgeräusche. In regelmäßigen Abständen blickte sie auf die Straße, die an der Tankstelle vorbeiführte. Ihre Nerven waren immer noch zum Zerreißen gespannt, sie fand einfach keine Ruhe.

Nach Beendigung ihrer Mahlzeit ging sie ein paar Schritte auf dem Tankstellengelände auf und ab und fühlte sich bald schon ein bisschen besser. Nach und nach kam ihr die Welt immer weniger vor wie ein finsterer Ort, an dem sich ausschließlich Mörder und Bombenleger tummelten.

Sie kehrte in den Shop zurück und bestellte einen Kaffee gegen die Müdigkeit. Was auch immer ihr heute noch bevorstand, eins war klar: Es würde eine lange Nacht werden. Sie nahm wieder an demselben Tisch Platz und rief Logan an. Wenn sie ihm alles erzählt hätte, würde er, so hoffte sie, sie entweder ermahnen, sich nicht in Wahnvorstellungen zu ergehen, oder mit Cahill sprechen, da der mit Sicherheit wusste, wie man sich in solchen Situationen zu verhalten hatte.

Ihr eigenes Verhältnis zu Cahill besserte sich langsam, blieb aber angespannt. Sie wusste, dass er Logans bester Freund war und Logan immer zu ihm stehen würde – nicht zuletzt, weil es hauptsächlich ihm zu verdanken war, dass Ellie damals aus der Hand ihrer Entführer befreit werden konnte –, aber seine Gewaltbereitschaft jagte ihr noch immer Angst ein. Bei ihm hatte sie das Gefühl, er wäre stets auf dem Sprung, würde die Welt mit anderen Augen sehen als normale Menschen.

Unter Logans Nummer ging sofort seine Mobilbox ran, also hinterließ sie ihm eine kurze Nachricht, in der sie ihn bat, sie schnellstens zurückzurufen. Sie wollte ihr Handy gerade wieder in ihre Tasche stecken, als ihr einfiel, dass sie es noch nicht auf seinem Festnetzanschluss versucht hatte.

»Hallo?«, meldete sich eine männliche Stimme.

Irgendwie hörte er sich anders an. »Logan, ich bin's, Becky. Du klingst so komisch. Was ist los?«

»Hier spricht Logans Vater, Becky.«

»Oh, Verzeihung. Ist Logan da? Ich habe ihn auf seinem Handy nicht erreichen können.«

»Nein, er ist nicht da. Er musste dringend irgendwohin. Ich passe währenddessen auf Ellie auf.«

»Wissen Sie, wohin er wollte?«

»Leider nicht. Er war so schnell zur Tür hinaus, dass er keine Zeit hatte, es mir zu sagen. Soll ich ihm ausrichten, dass Sie angerufen haben?«

»O ja, bitte.«

Rebecca bedankte sich und beendete die Verbindung.

Sie wählte noch ein letztes Mal vergeblich Logans Handynummer und gab es dann auf. Einen Augenblick lang überlegte sie, selbst Cahill anzurufen. Vielleicht würde es ihr guttun, mit jemandem zu sprechen, der etwas von solchen Sachen verstand und nicht zimperlich war, wenn es um Gewalt ging. Sie wusste, dass Logan jetzt häufiger trainierte und Chris Washington, einer von Cahills Männern, sein Coach war. Washington hatte ihn wohl auch in ein paar Kampfsportarten eingeführt oder es zumindest versucht. Doch Rebecca wusste auch, dass Logan ein ganz anderer Mensch war als Cahill, und daran würde sich hoffentlich auch in Zukunft nichts ändern. Nein, dafür hatte Logan einfach einen zu guten Kern, egal, wie sehr er an seinem Körper arbeitete und sich irgendwelche Kampftechniken aneignete. Das merkte man sofort an seinem Umgang mit Ellie.

Letzten Endes entschied Rebecca sich gegen den Anruf bei Cahill. Logan gegenüber machte es ihr nichts aus, wenn sie sich überdreht anhörte, aber wenn sie die ganze Geschichte Cahill erzählte, könnte es passieren, dass sie das in seinen Augen auf Dauer herabsetzte. Sie hatte ja jetzt schon das Gefühl, dass er nicht allzu große Stücke auf sie hielt.

»Sie bewegt sich nicht mehr«, sagte Nummer zwei zu Hudson nach einem Blick auf den GPS-Tracker, den er Nummer drei abgenommen hatte.

»Vielleicht hat sie ja Langeweile«, kommentierte Hudson.

»Für uns ist das gut.«

Hudson nickte, blickte in den Rückspiegel und sah hinter ihnen den Wagen, in dem Drei und Fünf saßen. Sie hatten sich in Fort William getroffen und waren dann gemeinsam der Polizistin gefolgt. Als diese anhielt, parkten auch sie ihre Fahrzeuge in anderthalb Kilometer Entfernung und warteten darauf, was als Nächstes passieren würde.

»Das Klügste, was sie tun könnte«, sagte Zwei, »wäre, zu den nächsten Bullen zu fahren und sich nicht mehr von der Stelle zu rühren.«

»Tja«, sagte Hudson, »dafür ist es inzwischen zu spät. Wir gehen jetzt aufs Ganze und bringen es hinter uns. Ihre Stunde hat geschlagen. Sowie sie weiterfährt, schnappen wir sie uns.«

4

Weiss wandte sich von Logan ab und gab seinem Fahrer, der im Schutz seines Regenschirms eine Zigarette rauchte, ein Zeichen. Der Mann warf die Zigarette auf das Pflaster, trat sie mit der Hacke aus und kam zurück zum Wagen, um Logan die Tür zu öffnen.

»Ich bin sicher, dass Sie die richtige Entscheidung treffen werden, Logan«, sagte Weiss.

»Die richtige Entscheidung für wen?«, fragte Logan.

Als er aussteigen wollte, legte Weiss ihm noch einmal die Hand auf seinen Arm. »In dieser Sache gibt es nicht mehrere Sichtweisen«, sagte er. »Es gibt nur die eine richtige Entscheidung, auf die alle weiteren Entscheidungen folgen werden.«

»Und die weiteren Entscheidungen führen alle zu dem gleichen Ergebnis?«

»So muss es sein. Wenn Sie sich damit abfinden, wird alles gut.«

Logan sah ihn an. Zum wiederholten Male fragte er sich, was geschähe, wenn er jetzt einfach zuschlagen würde. Vielleicht konnte er Weiss einen bleibenden Schaden zufügen, ehe der Fahrer eingriff.

»Und diesmal wird es keinen weißen Ritter geben, der zur Rettung in der Dämmerung über die Bergkuppe galoppiert kommt«, fügte Weiss hinzu, als er Logans Widerstreben spürte. »Und falls doch, werde ich ihn einen Kopf kürzer machen.«

Ohne noch etwas zu sagen, wandte Logan sich ab und stieg aus. Mit einer höhnisch wirkenden Geste der Zuvorkommenheit drückte der Fahrer die Tür hinter ihm ins

Schloss und ging dann um den Wagen herum, um sich wieder hinters Steuer zu setzen.

Logan blieb im Regen stehen und blickte dem davonfahrenden Wagen nach. Kraftvoll und leise glitt er über das nasse Pflaster, an den Hinterrädern spritzten kleine Fontänen auf. Logan legte den Kopf in den Nacken und schloss die Augen.

Ich dachte wirklich, das hätten wir schon hinter uns.

Als er die Augen wieder öffnete, war der Bentley verschwunden und die Straße wieder verlassen. Er schaute zu seiner Wohnung hinauf, in der die Jalousien inzwischen heruntergelassen worden waren und warmes Licht schimmerte. Was mochte sein Vater wohl gedacht haben, als er ihn in den Wagen hatte steigen sehen?

In den hintersten Winkeln seines Gehirns hegte er schon lange die Befürchtung, dass er und Ellie eines Tages von der Vergangenheit eingeholt werden würden. Von der Vergangenheit, in der er noch als Wirtschaftsanwalt tätig gewesen und von Weiss, den man wegen seines Vor- und Nachnamens den weißen Engel nannte, erpresst worden war, ein lukratives Geldwäschegeschäft für ihn einzufädeln. Um ein Druckmittel in der Hand zu haben, hatte Weiss Ellie entführen und ihre Mutter Penny auf grausame Weise umbringen lassen. Doch dann hatten er und Alex ihm einen Strich durch die Rechnung gemacht, indem sie Ellie mithilfe des CPO-Teams auf eigene Faust aus den Händen ihrer Entführer befreiten – die bei dieser Aktion getötet wurden. Damals war es Rebecca gewesen, die ihre Position bei der Kriminalabteilung der Strathclyde Police dazu genutzt hatte, die polizeilichen Ermittlungen im Sande verlaufen zu lassen.

Vor Pennys Tod hatte Logan nie etwas mit Männern wie Weiss zu tun gehabt, und er hatte gehofft, ihn sich vom Hals halten zu können, indem er ihm letzten Endes doch zu seinem Geld verhalf. Jetzt wusste er, dass die Hoffnung vergebens gewesen war.

Was sollte er jetzt also tun? Wenn er sich an Weiss' Ratschlag hielt – besser gesagt an seine Drohung –, dann würde er Becky verlieren und Alex Cahills Schicksal wäre höchstwahrscheinlich besiegelt.

Wenn er aber nicht tat, was Weiss wollte?

Möglicherweise würden sie dann alle Opfer von Weiss' persönlichem Rachefeldzug werden, und Logan zweifelte nicht daran, dass Weiss sein Versprechen wahr machen und sie allesamt umbringen würde.

Er überlegte, alle noch vorhandenen Kräfte zu bündeln und gemeinsam den Kampf gegen Weiss aufzunehmen. Gänzlich neu war ihm eine solche Situation nicht – sie war mehr eine Konsequenz dessen, was zuvor passiert war. Er hatte sich dem Kampf um Ellie schon damals hundertprozentig verschrieben und sah keinen Grund, jetzt seine Haltung zu ändern, keinen Grund, seine Freunde und seine Lieben jetzt im Stich zu lassen.

Und CPO Security war auch nicht vollkommen machtlos – immerhin gab es ja noch Tom Hardy. Zusammen hatten sie es mit der russischen Armee, die Weiss aufgeboten hatte, aufgenommen und waren als Sieger aus dem Kampf hervorgegangen. Zwar hatten sie damals das Überraschungsmoment auf ihrer Seite gehabt, doch vielleicht würde dies ja wieder der Fall sein – wenn sie nur schnell genug handelten.

5

Rebecca ließ den Bodensatz ihres Kaffees in der Tasse kreisen, als das Display ihres Telefons aufleuchtete und eine Sekunde später auch das Klingeln folgte. Als sie sah, dass Logan der Anrufer war, griff sie sich ihr Handy vom Tisch.

»Logan«, meldete sie sich atemlos. »Gott sei Dank, du bist es. Ich habe die ganze Zeit versucht dich anzurufen.« Sie merkte, wie ihre Stimme zitterte, aber das war ihr egal.

»Bist du okay, Becky?«

»Nicht so ganz. Ich will damit ...«

»Warte. Hör mir einen Augenblick lang zu.«

»Aber ich muss dir unbedingt ...«

»Nicht jetzt.«

Die Worte hatten schärfer geklungen als beabsichtigt, aber wenigstens brachten sie sie zum Schweigen.

»Der Angriff auf Roddy«, sagte er. »Die Männer hatten es nicht auf ihn abgesehen, sondern auf dich.«

Rebecca öffnete den Mund, um etwas zu sagen, brachte aber keinen Ton hervor.

»Es ist wegen der Geschichte mit Ellie«, sagte Logan. »Gabriel Weiss steckt dahinter.«

»Was? Aber wie denn?«

»Ich habe nicht viel Zeit für Erklärungen, Becky. Aber alles, was dir widerfahren ist, und auch das mit der Bombe hier in Glasgow – hinter allem steckt Weiss. Er hat es auf uns abgesehen. Auf uns alle.«

»Aber ich habe mit der Sache damals doch nichts zu tun gehabt. Jedenfalls nicht so, dass er davon erfahren haben könnte. Warum also ich?«

»Mein früherer Kollege Bob Crawford hat für Weiss gearbeitet und hier in Schottland die Drecksarbeit für ihn erledigt. Er hat Weiss von uns beiden erzählt, und der musste nur eins und eins zusammenzählen.«

»Mein Gott.«

»Wo bist du jetzt?«

»Ich weiß nicht.«

»Was soll das heißen? Was ist passiert?«

»Ich habe aus dem Hotel ausgecheckt, weil ich heute Nacht noch nach Hause fahren wollte. Ich war gerade an einer Tankstelle, als ich einen Mann erkannte, den ich auf dem Konzert schon gesehen habe. Als Roddy von der Bühne gefallen ist. Sein Auftauchen hat mir einen solchen Schrecken eingejagt, dass ich in meinem Wagen einfach davongerast bin. Denn was soll der hier oben schon wollen, wenn er nicht einer von denen ist, die hinter …«, sie wollte gerade »Roddy« sagen, verbesserte sich aber, »die hinter mir her sind. Ich habe keine Ahnung, wo ich hier bin, aber es muss irgendwo nördlich von Fort William sein, in einer Art Raststätte. Ich dachte, es wäre besser, wenn ich von der Straße abfahre und mich irgendwo aufhalte, wo auch noch andere Leute sind. Wo ich nicht allein bin.«

Sie hörte Logan ausatmen.

»Kannst du nicht Alex anrufen?«

»Das geht nicht. Weiss hat es so hingedreht, dass man Alex für die Bombenexplosion verantwortlich macht. Er ist wegen Mordes festgenommen worden.«

»Wie bitte?« Panik stieg in ihr auf.

»Ich werde Tom anrufen«, sagte Logan.

Eine verrückte Sekunde lang glaubte Rebecca, dass er ihren geschiedenen Mann meinte.

»Er hat auch nicht weniger Erfahrung als Alex und behält in solchen Situationen die Nerven.«

»Du redest von Tom Hardy?«

»Natürlich rede ich von Tom Hardy. Von wem sonst?«

Sie schüttelte schweigend den Kopf.

»Becky? Geht's dir gut?«

»Nein. Wenn ich ehrlich bin, bin ich endlos weit davon entfernt. Ich habe keine Ahnung, wo ich bin, und irgendwo da draußen sind Männer unterwegs, bezahlte Killer wahrscheinlich, die mich umbringen wollen. Sie blockieren mir den Weg zu dir und jedem, der mir helfen könnte.« Sie fühlte sich eingeschlossen. Der Regen prasselte gegen die Scheibe, neben der sie saß. »Ich habe Angst, Logan. Ich habe furchtbare Angst.«

Logan hasste es, die Worte von ihr hören zu müssen, und er hasste es noch mehr, so weit weg von ihr zu sein. Er wollte sie an sich ziehen, sie fest in die Arme nehmen und ihr versichern, dass alles gut werden würde.

»Becky«, sagte er, »was auch immer jetzt auf dich zukommt, du wirst es schaffen, hörst du? Wir beide werden es gemeinsam schaffen.« Er fühlte sich, als würde er in seinen Gefühlen für sie ertrinken.

»Ich werde dich holen«, versicherte er ihr. »Wo und wie, das bereden wir später. Lass mich erst mit Tom reden.«

»Logan …«

»Ich lasse mich von niemandem aufhalten.«

»Ich liebe dich.«

Er erwiderte nichts, war sprachlos.

»Es macht mir nichts aus, wenn du nicht genauso empfindest«, sagte sie. »Vielleicht passiert dies alles ja auch gar nicht wirklich. Vielleicht ist das alles nicht die Realität. Alles, was wir erlebt haben. Aber im Augenblick fühle ich so.« Rebecca merkte, wie ihr die Tränen über die Wangen liefen. Sie wischte sie sich mit dem Handrücken ab.

»Ich liebe dich auch«, brachte er dann doch hervor. »Und ich weiß, dass es real ist.«

»Komm mich holen, Logan.«

»Ich muss jetzt auflegen«, sagte er. »Tom anrufen.«

»Ja, tu das. Und ich fahre zurück in die Stadt. Ich glaube nicht, dass es allzu weit ist.«

»In Ordnung. Bleib am Leben, Becky. Hast du gehört? Bleib am Leben.«

6

»Was, zum Kuckuck, treibst du da eigentlich?«, wollte sein Vater wissen, als er Logan die Tür öffnete.

Logan trat in den Flur und hinterließ nasse Fußabdrücke auf dem Holzboden. Das Wasser troff nur so an ihm herunter. Er ging ins Bad, griff sich ein Handtuch und trocknete sich zum zweiten Mal in dieser Nacht Gesicht und Haare.

»Hast du vergessen, dass du eine Tochter hast, um die du dich kümmern musst?«, fragte sein Vater. Er stand in der Wohnungstür und sah ihn über den Rand seiner Brille hinweg an.

Logan warf das Handtuch in die Wanne und ging zurück in den Flur. Sein Vater schloss die Tür. Logan warf einen Blick in Ellies Zimmer, sah, dass sie schlief. Er gab seinem Vater ein Zeichen, mit ihm ins Wohnzimmer zu kommen, wo sein Vater sich vor den Kamin stellte.

Das war es, womit Logan seit seiner Kindheit seinen Vater verband: der Geruch von Feuer. Fünfunddreißig Jahre lang war er bei der Feuerwehr gewesen, mit einundfünfzig in den Ruhestand gegangen und hatte Logans Mutter dann ein Jahr lang in den Wahnsinn getrieben, indem er im Haus herumhockte und nichts mit sich anzufangen wusste. Schließlich hatte er durch Zufall eine zweite berufliche Laufbahn als Fahrer einer Limousinenvermietung angetreten. Viel Geld verdiente er damit zwar nicht, aber die Aufgabe hielt ihn bei Laune.

»Also«, sagte sein Vater, »was hast du mir zu erzählen?«

Logan ging zur Couch und setzte sich. Er streifte seine nasse Jacke ab und warf sie in die Ecke. »Ich muss dich bitten, noch für einen oder zwei Tage auf Ellie aufzupassen, Dad. Geht das?«

Sein Vater schob sich seine Brille auf dem Nasenrücken zurecht und verschränkte die Arme vor der Brust. »Und warum?«

»Kannst du es nicht einfach tun, ohne den Grund dafür zu kennen?«

Sein Vater nahm neben ihm auf der Couch Platz. »Nein, kann ich nicht«, sagte er. »Hör zu, mein Sohn, ich habe dir das letzte Jahr zur Seite gestanden und dich nicht ein einziges Mal danach gefragt, was damals mit Penny und Ellie passiert ist – was wirklich passiert ist, meine ich.«

Logan sah seinen Vater an.

»Ich merke es, wenn du nicht die Wahrheit sagst. Vor der Polizei kannst du sie vielleicht verheimlichen, weil es für dich Teil deines Berufs als Anwalt ist, nie jemandem die ganze Geschichte zu erzählen. Aber nicht vor mir.«

Logan rieb sich die Hände und hörte seine Knöchel knacken.

»Ich habe auch mitbekommen, wie du dich, seit Ellie bei dir lebt, verändert hast. Du gehst mit Chris ins Fitnessstudio, hast Muskeln aufgebaut, und ich vermute, dass er dir auch sonst das eine oder andere beibringt. Alex hat es mir auf der Silvesterfeier erzählt – hatte wohl ein bisschen zu tief ins Glas geschaut.«

»Ich bin immer schon ins Fitnessstudio gegangen, Dad. Das ist nichts Neues.«

»Aber das hier«, sagte sein Vater, griff nach Logans Oberarm und befühlte die Muskeln unter der Haut, »das ist neu. Warum machst du das? Vor wem glaubst du, Ellie beschützen zu müssen?«

Logan erhob sich und ging zum Kaminfeuer. Beobachtete, wie die Flammen über den Kohlen hüpften und tanzten.

»Es ist noch nicht ausgestanden, Dad«, sagte er nach einer Pause. »Das, was damals mit Penny und Ellie passiert ist, hat uns wieder eingeholt. Alles steht auf Messers Schneide. Wir sind in Gefahr.«

»Dann geh zur Polizei, damit die sich darum kümmert.«

»Das ist nicht so einfach. Wir mussten damals ein paar Dinge tun, um Ellie in Sicherheit zu bringen. Dinge, von denen niemand etwas erfahren darf.«

»Du meinst, bis Gras darüber gewachsen ist?«

Logan seufzte und sah seinen Vater an. »Dad, ich brauche dich, um hier auf Ellie aufzupassen. Bitte, tu mir den Gefallen.«

»Und wo willst du hin, Logan? Du solltest bei ihr bleiben.« Er erhob sich, deutete auf Ellies Zimmertür. »Was ist mit deiner Tochter?« Sein Unmut wurde immer deutlicher.

Logan biss die Zähne aufeinander und presste die Lippen zusammen. Sämtliche Ereignisse des Tages holten ihn ein. Seine Beine wurden schwach, vor seinen Augen tanzten Sterne.

»Du verstehst das nicht, Dad.«

»Dann erklär es mir, damit ich es verstehe.«

»Ich brauche mehr als das hier«, sagte Logan und hob die

Hände in die Höhe. »Ich weiß, dass sich das egoistisch und undankbar anhört, aber so ist es nun mal. Ich kann daran nichts ändern.«

»Was brauchst du denn? Eine Frau? Glaubst du, das ist es, was du brauchst? Vielleicht überlässt du das Denken mal nicht deiner Hose.«

Logan wusste sehr wohl, dass sich der Zorn seines Vaters nicht gegen ihn richtete, sondern er sich Sorgen um Ellie machte. Trotzdem saß der Hieb.

»Red nicht so daher!«, schrie er ihn an. »Du hast dein Leben gehabt, deine Frau und deine Kinder und was sonst noch alles. Ich habe auch ein Recht darauf. Ich habe meinen Teil für meine Tochter getan, habe für sie mein Leben riskiert, Dad.« Er hielt inne, hatte Angst, zu viel zu sagen.

»Was hast du denn nun getan?«, fragte sein Vater in etwas versöhnlicherem Ton.

»Mehr als irgendwer zu tun gezwungen sein sollte. Und seitdem habe ich alles, was ich habe, gegeben, um Ellie ein schönes Leben zu machen. Uns beiden. Niemand kann mir deswegen einen Vorwurf machen.«

»Du hast ja recht, und ich entschuldige mich auch. Aber …«

»Nein, Dad. Ich will ja gar nicht recht behalten.«

Sein Vater verfiel in Schweigen.

»Becky und ich wollten lange Zeit nicht wahrhaben, was wir die ganze Zeit schon gefühlt haben, aber nun, da wir endlich zueinandergefunden haben, werde ich sie mir nicht entreißen lassen. Ich habe bereits Penny verloren, und ich würde es nicht ertragen, sie auch noch zu verlieren.«

»Also geht es um Becky? Du ziehst sie Ellie vor?«

»Himmel, Dad, du weißt ganz genau, dass ich das nicht tue. Ich gebe niemandem den Vorzug. Aber im Moment ist

Beckys Leben in Gefahr, und ich vergeude kostbare Zeit, indem ich mich mit dir streite. Ich muss jetzt zu ihr. Mehr gibt es dazu nicht zu sagen.«

»Und wer kümmert sich um Ellie?« Die Stimme seines Vaters wurde wieder laut. »Weil ich sie nämlich nicht beschützen kann, falls es da draußen Menschen gibt, die ihr etwas antun wollen!«

»Ich werde dafür sorgen, dass morgen jemand von Alex' Leuten kommt.«

»Ach? Plötzlich ist das also alles so einfach?«

»Nein, Dad. Das ist alles andere als einfach. Das versuche ich dir die ganze Zeit ja zu erklären. Aber es gibt keine andere Möglichkeit.«

Das habe ich Gabriel Weiss zu verdanken.

»Ich muss los, und zwar auf der Stelle. Es bleibt keine Zeit. Bleibst du nun hier und hilfst mir?«

Sein Vater trat einen Schritt näher, sodass er genau vor Logan stand. Er war ein paar Zentimeter kleiner und musste den Kopf in den Nacken legen, um seinem Sohn in die Augen sehen zu können.

»Natürlich helfe ich dir«, sagte er. »Und das weißt du.« Er drehte sich um, ging zur Couch und griff nach dem Telefon, das auf dem Tisch daneben lag.

Maximal eine Umarmung – das war es, was sein Vater an Gefühlen zeigen konnte. Aber in diesem Moment war auch kein Raum für so etwas.

»Dann muss ich jetzt deine Mum anrufen.«

»Was wirst du ihr sagen?«

»Das weiß ich noch nicht.«

7

Noch einmal ging Logan in Ellies Zimmer. Er ließ die Tür weit offen stehen, damit etwas Licht aus dem Flur hereinfiel und er seine Tochter betrachten konnte. Er kniete sich neben ihr Bett und strich ihr einige Haarsträhnen aus dem Gesicht.

Wie sehr hatte sie sich doch verändert! Nicht nur, dass die Wunden in ihrem Gesicht längst verheilt waren, sie war auch älter geworden, obwohl die Erinnerungen an das, was sie erlebt hatte, sich manchmal noch in ihren Augen widerspiegelten. Aber sie veränderte sich, wurde zusehends erwachsener.

»Wir haben noch eine lange gemeinsame Zukunft vor uns, Ellie«, flüsterte er. »Ich werde dir ein Leben ermöglichen, das Penny sich für dich gewünscht hätte. Das verspreche ich dir.«

Während er neben ihrem Bett hockte, schien die übrige Welt zu verschwimmen, bis es nur noch sie beide gab. Er verspürte ein so heftiges Sehnen, dass er darüber erschrak: Er wollte den Rest seines Lebens mit ihr verbringen und sie vor allem Schlechten bewahren. Es war nur ein kleiner Schritt zu dem Gedanken, dass sie das Einzige war, das für ihn Bedeutung haben sollte, und dass alle anderen selbst sehen mussten, wie sie zurechtkamen.

Aber so weit ging er dann doch nicht.

Er und Ellie hätten ohne Alex, Tom, Becky und all die anderen nicht die Chance auf dieses Leben erhalten. Sie alle hatten ihr Leben für Ellie riskiert, obwohl sie ihnen doch völlig fremd gewesen war. Sie hatten es getan, weil er sie angefleht hatte. Und diese Schuld musste er jetzt begleichen.

Doch mehr als alles andere wäre es ihm unerträglich, durch die Hand der Männer, die ihm schon Penny genommen hatten, nun auch noch Becky zu verlieren.

Als er sich vorbeugte und Ellie auf die Wange küsste, öffnete sie die Augen. Er lächelte sie an, unsicher, ob sie wirklich wach war – doch sie erwiderte sein Lächeln.

»Hallo, Schatz«, sagte er. »Schlaf wieder ein. Es ist schon spät.«

Sie nickte, ihre Augenlider schwer von Schlaf.

»Ich liebe dich«, sagte er.

Ihre Augen schlossen sich wieder, aber das Lächeln blieb.

Er ging in sein Schlafzimmer und zog sich um: Kampfsporthose, T-Shirt und schwarze Fleecejacke. In seine Sporttasche stopfte er noch eine weitere Garnitur Klamotten hinein. Als er damit fertig war, wählte er auf seinem BlackBerry Tom Hardys Nummer. Hardy klang hellwach, als er sich meldete.

»Tom, ich bin's, Logan. Wir müssen uns sehen. Heute Nacht noch.«

»In Ordnung.«

»Kannst du zur Halle an der Scotland Street kommen?«

Kurze Pause.

»Hat es etwas mit Alex zu tun?«

»Du weißt, was mit ihm ist?«

»Ja. Sam hat mich angerufen.«

»Es hat mit uns allen zu tun. Auch mit Becky. Und mit Chris. Hast du das mit ihm schon gehört?«

»Ja. Ich habe mit seiner Frau gesprochen. War nicht leicht.«

»Also treffen wir uns dort?«

»Scotland Street«, wiederholte Hardy gedehnt, als versuche er dahinterzukommen, warum Logan sich gerade dort treffen wollte. »Ich verstehe das so, dass wir uns … versorgen müssen?«

Immer vorsichtig am Telefon.

»So ist es. Außerdem brauche ich jemanden, der in meiner Wohnung vor Ort ist. Nur für alle Fälle.«

»Wir sind im Moment knapp an Personal, aber ich könnte dir Harry Shields schicken.«

»Danke, Tom. Ich warte, bis er da ist, und anschließend fahre ich zum Lagerhaus.«

»Ich werde dort sein.«

8

Hudson sah auf seine Uhr. Er war müde und stocksauer. Die Polizistin hatte sich schon seit einer ganzen Weile nicht von der Stelle gerührt, und er fragte sich, ob sie die ganze Nacht in der Raststätte verbringen wollte.

»Wir haben eine Bewegung.« Nummer zwei schaute auf den GPS-Tracker in seiner Hand. »Sie kommt auf uns zu.«

»Und ich habe schon gedacht, sie wollte sich da über Nacht einnisten«, knurrte Hudson. »Wenn wir bei diesem vermaledeiten Job irgendwann mal Glück haben sollten, dann vielleicht jetzt, wenn wir sie sauber abservieren.«

Zwei sah seinen Chef an und zog die Augenbrauen in die Höhe.

»Hast du nicht auch das Gefühl, dass ich mich bei diesem Auftrag ständig wiederholen muss?«, fragte Hudson.

Wieder blickte er in den Rückspiegel. Nummer fünf stieg aus dem Wagen und rannte durch den Regen auf sie zu, um sich in ihrem Wagen auf den Rücksitz zu setzen.

»Wo ist sie jetzt?«, fragte er und wischte sich die Regentropfen aus dem Gesicht.

»Sie kommt auf dieser Straße von Norden aus auf uns zu«, antwortete Nummer zwei. »Ist nur noch etwas mehr als einen Kilometer entfernt.«

»Warten wir, bis sie vorbei ist, und fahren ihr dann nach?«, erkundigte sich Nummer fünf. »Sollte ein Kinderspiel sein.«

Hudson drehte sich auf seinem Sitz um und sah Nummer fünf so lange an, bis dieser den Blick abwandte. Hudson schaute wieder nach vorn, ohne etwas zu sagen. Nummer zwei warf einen raschen Blick Fünf zu, der nur mit den Schultern zuckte.

Hudson öffnete die Tür und stieg aus. Er blieb kurz im Regen stehen, bevor er zum Kofferraum ging. Als sein Blick Nummer drei in dem zweiten Wagen streifte, hob der zum Gruß die Hand. Hudson beachtete ihn nicht weiter und öffnete die Heckklappe.

Im Kofferraum befand sich das akkurat aufgeräumte Arsenal seiner Arbeitsmittel. Er holte eine seiner Handfeuerwaffen hervor, zog das Magazin aus dem Griff und schob den Schlitten nach hinten, um sich zu vergewissern, dass auch im Lauf keine Kugeln steckten. Als er alles überprüft hatte, schob er das Magazin zurück in den Griff, ließ es einrasten und stieg wieder in den Wagen.

»Wir machen es damit«, sagte Hudson und hielt die Waffe in die Höhe. »So kann nichts schiefgehen.«

»Und wann?«, fragte Fünf.

Hudson senkte die Waffe. Er musste den Impuls unterdrücken, Fünf in den offenen Mund zu schießen, um sein Gehirn auf die Heckscheibe des Wagens spritzen zu sehen. Hauptsächlich beherrschte er sich, weil es sonst wieder an ihm hängen bleiben würde, die Schweinerei aufzuwischen.

Er wollte gerade den Befehl zum Zugriff geben, als sein Handy klingelte. Er nahm es von der Mittelkonsole und meldete sich mit einem knappen »Hallo?«.

»Ich finde, ihr Jungs solltet langsam in die Hufe kommen und die Sache zu Ende bringen.« Es war sein Auftraggeber.

»Warum so eilig?«, fragte Hudson seinerseits ungeduldig.

»Ich habe ihnen gerade mitgeteilt, wie sich die Situation verhält.«

»Wen meinen Sie?«

Der Mann seufzte. »Die, die von der Truppe in Glasgow nach eurem kleinen Abenteuer noch übrig sind. Ich habe ihnen gesagt, dass ihr die Frau schon im Visier habt.«

Wut stieg in Hudson auf. Für einen Moment wurde ihm schwindlig, bevor er sich wieder unter Kontrolle hatte.

»Warum haben Sie das getan?«, fragte er.

»Das erhöht die Spannung. Außerdem musste ich eine gewisse Person wissen lassen, dass ich ihr das antue. Das war von Anfang an Teil des Plans.«

»Es war aber nicht Teil meines Planes.«

»Habe ich Ihnen das zuvor nicht gesagt? Tut mir leid, ich dachte, ich hätte es.«

Hudson war also die ganze Zeit an der Nase herumgeführt worden. »Ich denke, Sie wissen ganz genau, dass Sie das nicht getan haben. Und zwar mit Absicht.«

»Da könnte was dran sein, Carl.«

»Weil ich niemals darauf eingegangen wäre, hätte ich gewusst, dass es sich um eine derart persönliche Angelegenheit handelt, dass Sie sogar die Geheimhaltung unserer Identität aufs Spiel setzen. So kann man nicht vernünftig arbeiten.«

»Ach, nun kommen Sie schon, Carl. Seien Sie nicht so selbstgerecht. Sie sind ein bezahlter Killer, der von mir für das, was sowieso seine Arbeit ist, großzügig entlohnt wird. Großzügiger, als jemand Sie je zuvor bezahlt hat. Sie können sich nun wirklich nicht beschweren.«

Hudson schloss die Augen und versuchte ruhig zu bleiben. In einem Punkt hatte dieser Paul ja recht: Er hatte gewusst, dass der Job besonders riskant sein würde, und war mit diesem Wissen auf die üppige Bezahlung angesprungen. Andererseits hatte er nicht ahnen können, dass sein Auftraggeber bereit war, sie nur um seiner persönlichen Rache willen in Gefahr zu bringen.

Sein Verhalten war inakzeptabel.

»Wie steht's denn jetzt mit der Frau?«, wollte der Mann wissen.

»Wir wollten es gerade über die Bühne bringen.«

Der andere lachte. »Wo habe ich diese Worte bloß schon mal gehört?«

»Wollen Sie den Job nun erledigt haben oder nicht?«

»Das will ich. Und zwar jetzt.«

Hudson beendete das Gespräch. *Wir beide werden noch ein Wörtchen miteinander zu reden haben, wenn das hier unter Dach und Fach ist,* dachte er.

9

»Noch weniger als einen guten halben Kilometer«, verkündete Nummer zwei und beobachtete, wie der Wagen auf dem Display des GPS-Trackers immer näher kam.

»Alles klar«, sagte Hudson an Nummer fünf gewandt, »wir fahren los in Richtung Süden. Du gehst zurück zu eurem Wagen, ihr wartet hier. Sowie sie an euch vorbeifährt, folgt ihr ihr. Dann können wir sie in die Zange nehmen, ihr setzt euch neben sie und drängt sie von der Straße. Anschließend sorge ich dafür, dass alles fachgerecht erledigt wird.«

Fünf nickte, stieg aus und rannte durch den Regen zu Nummer drei und ihren Wagen. Hudson drehte den Zündschlüssel, wendete und fuhr dann mit gleichmäßigen fünfzig Stundenkilometern in Richtung Süden.

Rebecca hatte ein Hinweisschild gesehen, demzufolge es bis Fort William nicht mehr allzu weit war – noch circa vierzig Kilometer. Außer ihr waren noch wenige Wagen unterwegs. Sie war froh darüber, so konnte sie ein relativ hohes Tempo fahren, sofern die Straßenverhältnisse es zuließen. Sie hatte das Gefühl, gut voranzukommen.

Sie warf einen Blick zur Seite, als sie in einer Parkbucht einen abgestellten Wagen mit ausgeschalteten Scheinwerfern entdeckte, aber als sie sich noch einmal nach ihm umblicken wollte, war er schon zu weit weg.

Dann jedoch sah sie im Rückspiegel, wie die Scheinwerfer aufleuchteten und ihr folgten.

Nicht gut.

»Sie müsste die beiden jetzt passiert haben«, sagte Nummer zwei zu Hudson. »Wie lange dauert's noch, bis sie uns einholt?«

»Sie kann jeden Moment kommen.«

Hudsons Blick huschte zwischen der Straße vor ihm und seinem Innenrückspiegel hin und her. Er wartete, dass die Scheinwerfer ihres Wagens darin auftauchten.

»Nun komm schon, du Schlampe«, schimpfte er leise. »Lass es uns über die Bühne bringen.«

Als sie auf eine Kurve zufuhr, bremste Rebecca ab. Der Wagen hinter ihr hatte rasch zu ihr aufgeschlossen. Am Scheitelpunkt der Kurve gab sie erneut Gas und wünschte, dass ihr Wagen ein paar Pferdestärken mehr unter der Haube hätte.

Sie behielt weiterhin den Wagen hinter ihr im Auge, diesmal einen Tick zu lange, denn als sie wieder nach vorn schaute, war direkt vor ihr ein weiteres Auto aufgetaucht, dessen Bremslichter rot aufleuchteten. Sie musste sich schnell entscheiden – scharf abbremsen oder in der Hoffnung, dass niemand ihr entgegenkam, den anderen Wagen überholen.

Sie entschied sich für die zweite Möglichkeit und zog nach rechts, aber der Wagen vor ihr tat das Gleiche und blockierte die Spur. Rebecca rammte den Fuß auf das Bremspedal, lehnte sich weit in ihrem Sitz zurück und umklammerte das Lenkrad mit beiden Händen.

Ihre Hinterräder verloren die Bodenhaftung und brachen aus. Sie lief Gefahr, von der Straße abzukommen und zwischen den Bäumen zu landen, aber dann reagierte sie so, wie sie es im Schleuderkurs der Polizeischule gelernt hatte, und lenkte besonnen dagegen, womit sie den Wagen wieder ausrichtete und weiterhin abbremsen konnte.

Der Wagen hinter ihr kam allerdings mit ungebremstem Tempo auf sie zugerast, sein Fahrer blendete sogar noch auf.

Rebecca warf einen kurzen Blick in den Spiegel, weil die grellen Scheinwerfer sie blendeten. Erst jetzt bemerkte sie, dass die beiden Wagen sie in klassischer Manier in die Zange genommen hatten – wie Polizisten bei Verfolgungsfahrten.

Sie steuerte ihren Wagen auf die linke Spur zurück, und die beiden anderen Fahrer taten dasselbe.

Ihr war bewusst, dass den beiden etwas fehlte, um ihr endgültig jeden Ausweg zu nehmen: das unabdingbare dritte Fahrzeug, das sich neben sie setzen musste, damit sie von allen Seiten eingekesselt war – den Rest würden dann die am linken Straßenrand vorbeifliegenden Bäume erledigen. Also musste einer der beiden Wagen wohl oder übel in die Offensive gehen, um sie zur Aufgabe zu zwingen. Sie tippte auf ihren Verfolger, da sie ihr nicht die Flucht nach vorn ermöglichen wollten. Wenn der Wagen vor ihr sie scharf ausbremste, um sie auffahren zu lassen, war es immerhin möglich, dass sie ihn im spitzen Winkel am Heck erwischte und damit dafür sorgte, dass er sich drehte und von der Straße abkam – und sie freie Bahn hatte.

Hudson bremste sanft ab, als er den Wagen der Polizistin im Spiegel näher kommen sah. Er wollte sie behutsam ausbremsen, da ein Aufprall bei hoher Geschwindigkeit immer riskant war. Niemand konnte vorhersehen, was bei so einem Manöver herauskam. Als er das Tempo drosselte, sah er, wie der Wagen der Polizistin ebenfalls abbremste.

Okay, dachte er, nun können diese Idioten ihren bisher verzapften Mist wiedergutmachen.

Als sie bremste, sah Rebecca den Wagen hinter sich noch ein Stück näher kommen. Es gefiel ihr nicht, dass die anderen das Fahrtempo diktierten, besser wäre eine schnellere Geschwindigkeit, sobald es zum Showdown kam.

Sie schluckte die Angst hinunter, die ihr den Hals zuschnürte, und konzentrierte sich darauf, was sie im Fahrtraining gelernt hatte.

Zeit, die Kontrolle zu übernehmen.

Sie beschleunigte so stark, wie es ihr Wagen hergab, und näherte sich ihrem Vordermann bis auf Tuchfühlung, bevor sie mit einem knirschenden Geräusch dessen Stoßstange rammte, wobei ihr Kopf nach hinten geworfen wurde.

Und das Gleiche noch einmal.

Sie zog nach rechts, als würde sie überholen wollen.

Der Wagen vor ihr gab Gas und imitierte ihr Manöver, um ihr den Weg zu versperren, und auch das Fahrzeug hinter ihr war nach rechts gezogen.

»Sie ist gut«, musste Hudson anerkennen.

Nummer zwei stützte sich mit beiden Armen auf dem Armaturenbrett ab und warf einen Blick nach hinten, als alle drei Wagen auf die Gegenspur wechselten.

»Wohl eher wahnsinnig«, sagte er. »Mein Gott!«

Hudson sah einen Wagen auf sich zukommen: Der Fahrer betätigte schon die Lichthupe, um ihn zu warnen. Blitzschnell entschloss sich Hudson zu einer Taktikänderung, indem er sich die Umstände zunutze machte.

»Mal sehen, wie ihr das gefallen wird«, sagte er.

Er hielt weiterhin auf den näher kommenden Wagen zu, während Nummer zwei sich neben ihm immer stärker verkrampfte. Erst im letzten Augenblick schwenkte Hudson auf die linke Spur zurück.

Rebecca sah, wie der vordere Wagen einen Schlenker machte und die Spur räumte – dann kam ein weiteres hupendes Fahrzeug unausweichlich auf sie zu.

Instinktiv riss sie mit ihrem ganzen Körper das Lenkrad nach links.

Innerlich bereitete sie sich auf das kreischende Geräusch vor, mit dem das Metall sich durch Metall schneiden würde, wenn der entgegenkommende Wagen in den ihren krachte.

10

Nummer fünf hatte Hudsons Fahrmanöver nicht vorhergesehen, er hatte sich zu sehr auf den Wagen der Polizistin vor ihm konzentriert.

Einen winzigen Sekundenbruchteil zu spät hörte er das Aufheulen des Motors. Keine Lenkradbewegung hätte noch etwas retten können.

Rebeccas Wagen schoss auf die linke Spur, während die Vollbremsung des entgegenkommenden Fahrzeugs eine Wolke aus Reifenabrieb in die Luft wirbelte. Sie hörte das leise metallische Klink, mit dem ihr rechter Außenspiegel abgerissen und in den nächtlichen Himmel geschleudert wurde, dann das laute Krachen, als das Auto, das eben noch in entgegengesetzter Richtung an ihr vorbeigeschossen war, ihren Verfolger im hinteren rechten Heckbereich rammte. Dessen verzweifelter Versuch, wieder auf seine eigene Spur zu gelangen, war damit im Ausweichmanöver zunichtegemacht worden.

Im Spiegel sah sie den in die Gegenrichtung fahrenden Wagen von der Straße abkommen und zwischen den Bäumen verschwinden.

Ihr Verfolgerfahrzeug sah aus, als stünde es kurz vor dem Umkippen. Der entgegenkommende Wagen hatte ihm einen heftigen Stoß in Richtung Straßenrand versetzt.

Als Nummer fünf aufblickte, sah er den Wagen der Polizistin in der Ferne immer kleiner werden. Um auf die Straße zurückzugelangen und die Verfolgung aufzunehmen, trat er das Gaspedal voll durch.

Der Motor drehte brüllend hoch, aber der Wagen bewegte sich kein Stück.

Er legte den zweiten Gang ein und versuchte noch einmal durchzustarten, aber wieder ertönte nur das kreischende Geräusch.

»Was, zum Teufel, hat er sich nur dabei gedacht?«, brüllte Nummer drei. »Das hätte uns unser Leben kosten können.«

»Ich glaube nicht, dass ihm das schlaflose Nächte bereitet hätte.« Fünf drehte den Motor ab und öffnete die Tür, um auszusteigen.

Hudson hatte die Kollision im Rückspiegel verfolgt und sogar noch das Scheppern gehört, als die beiden Wagen einander streiften.

»Was sollte die Scheiße, Mann?«, brüllte Nummer zwei ihn an. »Was sollte das werden?«

Hudson zog seine Waffe und hielt Nummer zwei den Lauf ins Gesicht. »Das hier sollte es werden!«, brüllte er zurück.

Zwei wich erschrocken zurück und schob Hudsons Arm weg. »Sie sind ja nicht ganz dicht, Boss!«

Hudson grinste, steckte die Waffe wieder ein und schaute in den Rückspiegel. Es schien, als wäre der Wagen der Polizistin mitten auf der Straße stehen geblieben. Die Scheinwerfer erloschen gerade.

Hudson hielt ebenfalls. »Nun wollen wir mal Tacheles reden«, sagte er im Aussteigen und schaute dann die Straße hinunter. Die Entfernung zum Wagen der Polizistin betrug ungefähr fünfzig Meter. Der Motor drehte im Leerlauf. In diesem Moment setzte der Regen wieder ein. Wie ein Vorhang ging er zwischen ihm und dem Auto der Beamtin nieder.

Hudson hob den Arm und gab der Polizistin ein Zeichen, zu ihm zu kommen.

Aus dem Wagen hinter ihr sah Rebecca den Mann aussteigen, der ihr an der Tankstelle begegnet war. Er schien ihr zuzuwinken näher zu kommen. Sie runzelte die Stirn.

Was hat der bloß vor?

In diesem Moment näherte sich ein weiteres Scheinwerferpaar. Sie konnte sich beim besten Willen nicht vorstellen, dass das der Wagen war, der sie verfolgt hatte, dazu war der Zusammenprall mit dem entgegenkommenden Fahrzeug zu laut gewesen.

Der unbekannte Wagen verlangsamte sein Tempo. Als er auf sie zukam, erkannte sie, dass es sich um eine Mercedes-Limousine handelte. Auf gleicher Höhe mit ihr warf der Fahrer ihr einen fragenden Blick zu. Es war ein Mann mittleren Alters mit offenem Hemdkragen – vermutlich ein Geschäftsmann auf der Heimfahrt von einem spätabendlichen Rendezvous.

Der Mercedes fuhr auf der Gegenspur bis zu dem Wagen des Mannes von der Tankstelle weiter, dann leuchteten seine Bremslichter auf.

»O nein«, entfuhr es Rebecca. »Bloß das nicht!«

Doch der Mercedes hielt tatsächlich.

Der Mann von der Tankstelle beugte sich zum Seitenfenster des Wagens hinunter, als wollte er mit dessen Fahrer reden.

Es folgten drei grelle Lichtblitze, begleitet von einem dreifachen trockenen Knacken.

Er hatte den Fahrer des Mercedes erschossen.

Damit war die Straße vollkommen blockiert, an den beiden nebeneinanderstehenden Autos gab es kein Vorbeikommen. Ein solch strategisches Denken rang ihr fast schon Bewunderung ab.

Aber nur fast.

Hudsons Blick verweilte nur einen kurzen Moment lang auf der blutigen Masse, die einmal das Gesicht des Mannes gewesen war, dann richtete er sich wieder auf. Es hatte gutgetan, nach dem ganzen Mist, mit dem er während dieses Jobs konfrontiert worden war, endlich einmal seine Waffe zu benutzen.

Er hörte den Wagen der Polizistin beschleunigen und blickte in ihre Richtung. Mit hoher Geschwindigkeit kam sie auf ihn zu, ließ ihm kaum Zeit zu einer Reaktion. Es schien, als wollte sie das Heck seines Mazda wegrammen.

Er sprang zur Seite, hob die Waffe und gab einen Schuss auf den sich nähernden Wagen ab.

Und noch einen.

II

Rebecca sah das Mündungsfeuer, als der Mann auf sie schoss. Instinktiv neigte sie den Kopf, während ihr Fuß weiter auf dem Gaspedal lag und sie auf das Heck des Wagens vor ihr zusteuerte.

Wenn es keinen Weg um die beiden Autos herum gab, dann musste sie eben mitten durch sie hindurch. Der Mazda der Männer war nicht besonders groß, ein Mittelklassewagen mit Heckklappe. Sie war bereit, alles auf eine Karte zu setzen, und hoffte, dass ihr Ford Mondeo für ihr Vorhaben robust genug sein würde. Wenn ihre beiden Verfolgerwagen außer Gefecht gesetzt waren, würde sie kurz durchatmen können.

Noch zwei weitere Schüsse hallten, aber keiner von beiden traf ihren Wagen. Mit Handfeuerwaffen konnte man nur sehr ungenau zielen – noch dazu bei Dunkelheit und sich bewegendem Ziel und Schützen.

Sie spannte sich innerlich an, bereitete sich auf den Aufprall vor, veränderte aber im letzten Augenblick noch ihre Stoßrichtung, um den Mazda auch wirklich an der hinteren rechten Ecke zu treffen und ihn so aus dem Weg zu rammen.

Sie war erfolgreich.

Der Mazda wurde herumgewirbelt und krachte gegen die Bäume am Straßenrand. Zwar wurde Rebecca durch ihren Airbag behindert, aber ihr Wagen fuhr weiter.

Mit einer Hand hielt sie das Lenkrad auf Kurs, mit der anderen zerrte sie an dem Airbag, bis sie wieder auf die Straße schauen konnte.

Im Innenspiegel sah sie, dass der Mann auf die Straße gelaufen war und erneut hinter ihr herfeuerte.

Der verbliebene Außenspiegel zersprang, als die Kugel ihn traf.

Hinter einer Kurve war sie endlich aus seinem Sichtbereich verschwunden. Noch immer kämpfte sie mit dem erschlafften Airbag und zudem mit dem Gefühl, sich übergeben zu müssen.

Hudson starrte dem Wagen der Polizistin nach, während Nummer zwei sich hinter das Lenkrad des Mazda setzte und ihn zu starten versuchte. Der Motor quälte sich ein paar Sekunden lang und sprang dann an, begann aber, als Zwei gerade grinsend auf den Beifahrersitz hinüberrutschen wollte, zu stottern und versagte dann wieder. Zwei versuchte es erneut – aber mit dem gleichen Ergebnis.

Er stieg wieder aus, betrachtete das Glas und die Metallteile, mit denen die Straße übersät war; und warf zuletzt auch auf den Toten in dem Mercedes einen Blick. Dann zog er ein Telefon aus seiner Gesäßtasche und rief Nummer fünf an.

Hudson öffnete die Fahrertür des Mercedes, zog die Leiche des Fahrers heraus und zerrte sie an den Straßenrand, von wo aus er sie eine kurze, steile Böschung hinunterwarf. Dann schaute er ins Wageninnere. Polster und Armaturen waren mit Blut besudelt.

»Das kriegen wir schon wieder sauber«, sagte er laut zu sich selbst.

Zwei trat zu ihm. »Ihre Karre ist hin«, sagte er und deutete mit dem Kopf in die Richtung, aus der sie gekommen waren. »Springt nicht mehr an. Mit unserer ist es das Gleiche.«

»Wir nehmen den Benz«, entschied Hudson. »Du deckst die Leiche da unten ab und sagst dann diesen Idioten, dass sie ihren Wagen außer Sichtweite schieben sollen. Und falls in dem Wagen, der sie gerammt hat, noch jemand am Leben ist, sollen sie sich darum kümmern. Wenn wir hier fertig sind, sammeln wir sie ein.«

Zwei sah Hudson an, dann den Mercedes, dann wieder Hudson. »Aber den können wir nicht nehmen.«

»Wieso nicht?«

»Zuerst einmal, weil er voller Blut ist.«

»Das können wir abwischen.«

»Allen Ernstes, Chef, wenn der Fahrer nicht irgendwann an seinem Ziel aufkreuzt, wird irgendwer die Bullen verständigen, die sich auf die Suche nach dem Wagen machen. Wir können's nicht riskieren, rausgewunken zu werden.«

Hudson bückte sich und blickte noch einmal in den Mercedes. Als er sich wieder aufrichtete, spürte er das Gewicht der Waffe schwer an seinem Gürtel. Einen Augenblick lang stellte er sich vor, wie es wäre, sie sich an den Kopf zu halten und abzudrücken.

»Also gut«, sagte er zu Nummer zwei. »Sehen wir zu, dass wir den hier von der Straße fortschaffen, ehe noch jemand vorbeikommt. Und du kriegst unseren Wagen wieder flott.«

Sie lösten die Handbremse des Mercedes und schoben ihn an den Rand der Straße, wo er sich einen Moment lang zu sträuben schien, ehe er die Böschung hinunter- und knirschend über seinen leblosen Fahrer hinwegrollte.

12

Harry Shields brauchte länger zu Logans Wohnung, als es diesem lieb gewesen wäre – über zwei Stunden. Logan wollte seinem Freund Alex Cahill unbedingt von Weiss berichten, also rief er Joe Shaw erneut an und sprach den Namen auf dessen Anrufbeantworter mit der Bitte, ihn an Cahill weiterzugeben – ohne darauf einzugehen, was es damit auf sich hatte.

Den Rest der Wartezeit verbrachte Logan damit, ruhelos in seiner Wohnung auf und ab zu wandern. Als Shields endlich eintraf, machte Logan ihn eilig mit seinem Vater bekannt und verließ dann die Wohnung – wobei er Shields auf einem Stuhl im Flur sitzend zurückließ. Seine Hand lag auf dem zusammengelegten Mantel auf seinem Schoß, unter dem er seine Waffe verbarg. Logans Vater beobachtete alles, enthielt sich aber jeden Kommentars. Er war noch immer verärgert.

»Ich bin bald wieder da, Dad. Mach dir keine Sorgen!«, rief Logan ihm aus der geöffneten Wohnungstür zu.

»Wenn du das sagst.«

»Muss ich doch.«

Es ging schon auf vier Uhr früh zu, die dunklen Straßen waren so gut wie menschenleer. Logan brauchte nicht lange zu dem Lagerhaus in der Scotland Street. Er wartete, bis sich das elektronische Tor langsam öffnete, fuhr in den Hof und stellte seinen Wagen neben dem verbeulten alten Jeep von Tom Hardy ab.

Es regnete noch immer in Strömen. Die kühlen Tropfen trafen Logan auf Kopf und Hals, als er vor der Sicherheitstür stand und sich vorbeugte, um den Code einzutippen, mit dem diese geöffnet wurde. Im Inneren wartete Hardy bereits auf ihn. Er begrüßte ihn mit einem Kopfnicken und führte ihn dann in die Waffenkammer von CPO Security. Logan war schon häufiger zu Schießübungen hier gewesen, doch wohl fühlte er sich hier nicht. Der Geruch von Metall, Waffenöl und Schießpulver behagte ihm nicht.

Hardy hatte ihre Grundausrüstung bereits auf einem Tisch ausgebreitet – zwei MP5-Maschinenpistolen von Heckler & Koch, zwei SIG Sauer-Selbstladepistolen, dazu Reservemunition und schusssichere Westen.

»Kommt mir vor, als hätte ich das alles schon einmal erlebt, Tom«, bemerkte Logan. Er dachte an einen ähnlichen Abend vor gar nicht allzu langer Zeit zurück, als Alex ihn zum ersten Mal in dessen Allerheiligstes mitgenommen hatte.

Hardy nickte. »Du bist mit der MP5 vertraut?«, fragte er und legte die Hand auf eine der kompakten Waffen, die von Eliteeinheiten der ganzen Welt geschätzt wurden.

»Ja.«

»Okay. Ich habe beide auf Dauerfeuermodus eingestellt,

aber du hast nicht vergessen, was man dir beigebracht hat, oder?«

»Kurzes, kontrolliertes Feuern.«

»Richtig. Es ist einfach, in einer Schießerei den Abzug zu ziehen und draufzuhalten, aber man muss sich auch auf sein Ziel konzentrieren, sonst läuft man Gefahr, etwas zu treffen, was man nicht möchte.«

Logan nickte zustimmend. Alex Cahill hatte ihm das alles erzählt, als er mit ihm an dieser Waffe geübt hatte. Die MP5 war schon ein anderes Kaliber als eine normale Pistole.

»Nur wir zwei?«, fragte er.

»Siehst du sonst noch jemanden?« Hardy musterte ihn von oben bis unten.

»Und das reicht?«

»Logan«, sagte Hardy und hörte sich dabei an wie ein Lehrer, »einen Schritt nach dem anderen, okay? Du hast mir noch nicht einmal verraten, worum es eigentlich geht. Komm, setzen wir uns und trinken einen Kaffee. Dabei kannst du mich in alles einweihen.«

Sie gingen in das kleine Besprechungszimmer hinüber, in dem Logan, wie er sich erinnerte, zum ersten Mal den Namen von Gabriel Weiss, dem weißen Engel, gehört hatte. Er setzte sich an den Tisch und betrachtete den Monitor des Laptops, der darauf stand. Hardy holte inzwischen zwei Becher Kaffee aus einem Automaten. Hardy hatte offenbar im Internet bereits nach Informationen über das Glasgower Bombenattentat gesucht und war auf einen Artikel auf der Website der BBC gestoßen. Aus diesem ging hervor, dass Tara Byrne zwar einen Schock erlitten hatte, ihr ansonsten aber nichts zugestoßen war, sodass sie nach kurzer Behandlung wieder aus dem Krankenhaus entlassen worden war. Neben dem Artikel gab es einen Videoclip, der Devon

Leonard unbesorgt in seinem Londoner Büro sitzend zeigte, obwohl er sich alle Mühe gab, einen besorgten Eindruck zu machen.

»Also hat er sich nach London verdrückt«, sagte Logan.

»Wer?« Tom stellte die beiden Pappbecher ab, aus denen heißer Dampf mit leicht bitterem Kaffeearoma aufstieg.

»Tara Byrnes Manager«, erklärte Logan und zeigte auf den Bildschirm, auf dem gerade das Konterfei von Devon Leonard erschien. »Er muss nach London zurückgeflogen sein, um die Flasche zu deponieren.«

»Ich kann dir nicht ganz folgen, Logan.«

»Entschuldige, Tom. Vielleicht sollte ich am Anfang beginnen.«

Logan versuchte die Geschichte in nachvollziehbaren kleinen Schritten zu erzählen, fing mit seinem Zusammentreffen mit Cahill auf dem Polizeirevier an und schloss mit seiner Unterhaltung mit Gabriel Weiss in dessen Bentley. Als er geendet hatte, lehnte Hardy sich in seinem Stuhl zurück und streckte seine langen Arme über seinen Kopf, wodurch er noch größer wirkte, als er es mit seinen sehnigen eins fünfundachtzig ohnehin schon war.

Ausreichend gedehnt blieb er still sitzen und schloss die Augen. Logan schwieg ein paar Minuten, doch als immer mehr Zeit verstrich, fragte er sich, ob Hardy vielleicht eingeschlafen war.

»Tom«, sagte er, als er nicht mehr länger warten wollte, »alles klar mit dir?«

»Ich denke bloß nach«, sagte Hardy mit geschlossenen Augen.

Logan wartete weiter, bis sich Hardy endlich vorbeugte und die Hände flach auf die Tischplatte legte.

»Wie viel hat dir Alex von unserer Vergangenheit erzählt?«

Logan dachte nach. »Eigentlich nicht allzu viel. Ich weiß, dass ihr beide zusammen in der US-Army wart, aber das ist auch schon so ungefähr alles. Ich bin davon ausgegangen, dass ihr nach eurem Abschied vom Militär ohne Umwege in die Personenschutzbranche eingestiegen seid.«

Hardy schüttelte den Kopf. »Aber das sind zwei verschiedene Paar Schuhe. In der Army lernt man nicht, worauf es als Bodyguard ankommt, nur, wie man effektiv tötet und überlebt.«

Logan hatte noch nie darüber nachgedacht, aber Hardys Worte leuchteten ihm ein. Trotzdem wunderte er sich, was das mit den Ereignissen der letzten Stunden zu tun haben sollte, und warf einen nervösen Blick auf seine Uhr. Es beunruhigte ihn, dass Becky noch immer allein irgendwo da draußen war und Angst hatte.

»Alex war achtundzwanzig, als wir zusammen vom Militär kamen«, fuhr Hardy fort, »ich etwas älter. Wir wussten nicht genau, was wir als Nächstes tun wollten, also schlug ich vor, uns bei der Polizei zu bewerben. Aber mit der Vorstellung, ein Bulle zu sein, konnte Alex sich nicht anfreunden.«

»Was habt ihr stattdessen gemacht?«

»Nun, wir waren ja gute Soldaten gewesen, hatten einige Verbindungen. Armeeoffiziere geben gute Politiker ab. Zumindest manche von ihnen. Unser letzter Vorgesetzter ist später zum Berater der NSA aufgestiegen – du weißt, was das ist?«

»Ich weiß, wofür die Abkürzung steht: *National Security Agency.*«

»Genau. Jedenfalls war unser ehemaliger Vorgesetzter auf der Suche nach Kriegsveteranen für eine Spezialeinheit, die er gerade zusammenstellte, und setzte sich mit uns in Verbindung. Schien ein anständiger Job zu sein, also nahmen wir sein Angebot an. Eine ganze Weile lang lief es richtig gut. Wir waren Soldaten, wussten also um die Bedeutung einer Rangordnung und wie Befehle auszuführen waren. Außerdem konnten wir Resultate vorweisen.«

So wie er das sagte, beschlich Logan das Gefühl, dass »Resultate« vermutlich meinte, dass gewisse Elemente nicht mehr in der Lage gewesen waren, den Weltfrieden zu stören.

»Und wie ging's dann weiter?«

»Wir wurden aufgefordert, uns dem Secret Service anzuschließen.«

Logan gab zu, dass er nur eine vage Vorstellung von der Tätigkeit dieser Organisation hatte.

»Im Grunde genommen waren wir das Bodyguardteam des Präsidenten. Versteh mich nicht falsch, nicht jeder wird nahe genug an den Mann herangelassen, um ihn zu beschützen. Wir haben also auf ein paar andere recht wichtige Leute aufgepasst: den Vizepräsidenten, den Verteidigungsminister. Leute von deren Kaliber.«

Hardy erzählte ganz neutral, hatte nicht die Absicht, sich wichtigzumachen. Als wäre es ein Job wie jeder andere gewesen. Aber gerade das verlieh seinen Worten Glaubwürdigkeit.

»Und währenddessen habt ihr eure Qualifikation als Personenschützer erworben, stimmt's?«

»Richtig. Und wir lernten viele interessante Menschen kennen. Aus der ganzen Welt.«

Langsam dämmerte es Logan, worauf er hinauswollte. »Auch aus Großbritannien?«

»Ja. Alex und ich gehörten zu einem kleinen Vorbereitungsteam, das nach London geflogen war, um mit den britischen Sicherheitsbehörden Vorkehrungen für den Besuch eines unserer Schützlinge zu treffen. Dabei haben wir einige unserer englischen Kollegen getroffen. In Hereford konnten wir sogar mit ihnen trainieren.«

»Hereford«, sagte Logan. »Das müsste dann der Special Air Service gewesen sein, richtig?«

»Richtig. Außerdem Leute aus anderen Bereichen. Hast du mal vom DET gehört?«

Logan schüttelte den Kopf.

»Nur zu verständlich. Die kriegen nicht die gleiche Publicity, auch wenn sie eine hoch professionelle Truppe sind. Zumindest waren sie es, als Nordirland noch ein ernsthaftes Krisengebiet darstellte. Die Soldaten waren für bewaffnete Kriseneinsätze in Zivil ausgebildet, führten verdeckte Operationen durch – was eben so alles anfiel.«

Endlich begriff Logan. »Und diese Erfahrungen haben euch auf die Idee gebracht, eure Firma in Großbritannien zu gründen statt in den Staaten?«

»Genau. Wir wussten, dass hier die Chance bestand, Marktführer zu werden, während sich drüben in den USA schon allerhand Leute in dem Metier tummelten. Es war sogar einer der Oberen vom DET, der uns das vorgeschlagen hat, als wir eines Abends bei ein paar Gläsern Whisky zusammensaßen. Er stand kurz vor der Pensionierung und sagte, er würde die richtigen Leute kennen, die uns den Weg ebnen könnten.«

»Deshalb konntet ihr hier auch ein Waffenlager einrichten, ohne dass jemand Fragen stellte?«

»Ja, auch das hatte damit zu tun. Aber vor allem ging es darum, uns gleich zu Anfang ein paar gute Aufträge zu verschaffen. Personenschutz fürs HMG, wenn dort Personalengpässe auftraten.«

»Was heißt HMG?«

»Abkürzung für *Her Majesty's Government.* Entschuldige, Logan. Man verfällt nur allzu leicht wieder in den Jargon.«

Logan sah noch nicht, wie all das ihnen helfen sollte, die Aufgabe zu bewältigen, die vor ihnen lag.

»Ich habe dir doch eben von diesem Typen vom DET erzählt. Er lebt auf Mull, nicht weit entfernt von Tobermory. Kennst du dich da aus?«

»Ja. Von Oban nimmt man die Fähre auf die Insel.«

»So ist es. Es ist nicht allzu weit davon entfernt, wo Becky sich aufhält. Sie ist von Fort William aus losgefahren, richtig?«

»Ich denke schon.«

»Wir können sie zumindest an einen sicheren Ort dirigieren, bis wir selbst vor Ort sind.« Hardys schleppender texanischer Akzent war plötzlich besonders deutlich. »Ich könnte meinen Kumpel anrufen, damit er sie an der Fähre abholt. Wir müssen dafür sorgen, dass Becky ihren Wagen stehen lässt. Wahrscheinlich haben sie ihn mit einem GPS-Tracker versehen und sind ihr dadurch auf den Fersen geblieben. So wären wir jedenfalls vorgegangen.«

»Und dein Kumpel kann sich diesen Kerlen auch in den Weg stellen? Ich meine, er verfügt über Waffen, oder?«

»Nein«, sagte Hardy und machte ein Gesicht, als hätte er plötzlich Schmerzen. »Das tut er nicht. Er behauptet, er würde nicht mehr an die Dinger glauben.«

Logan zog die Stirn in Falten.

»Er ist, nun, ein wenig exzentrisch«, sagte Hardy. »Aber einen besseren Vorschlag kann ich so kurzfristig nicht aus dem Ärmel schütteln.«

»Und wie alt ist er?« Logan stellte sich einen gebeugten alten Mann vor, der mit seinem Gehstock einem Scharfschützen drohte.

»Er ist noch ganz gut beisammen«, sagte Hardy. »Muss jetzt wohl so um die fünfundfünfzig sein, aber immer noch stark wie ein Ochse – nur hat er sich eben ein bisschen von der modernen Welt abgewandt. Frühpensioniert. Ein Telefon hat er, aber das war's dann auch schon. Eins von diesen altmodischen Dingern mit runder Wählscheibe.« Er machte eine kreisende Bewegung mit dem Zeigefinger, als wählte er eine Nummer. »Keine Sorge. Wenn's sein muss, stellt er sich zwischen Becky und die Kerle.«

»Und was ist, wenn das nicht reicht?«

»Dann müssen wir rechtzeitig dort sein.«

»Also fahren wir gleich los?« Logan spürte einen Adrenalinstoß, war wie elektrisiert.

Hardy nickte.

»Ich kümmere mich gleich um den Fahrplan der Fähre.«

»Gut.«

»Und was wird aus Alex?«

»Der kommt uns vorläufig schon nicht abhanden. Außerdem kann er auf sich allein aufpassen.«

»Aber selbst wenn wir Becky rechtzeitig erreichen, sind wir damit Weiss noch keinen Schritt näher gekommen. Und er ist es, der die Fäden zieht. Wir können zwar die Männer kaltstellen, die er auf Becky angesetzt hat, aber vermutlich besorgt er sich dann einfach neue, während Alex noch immer im Gefängnis schmort. Wir müssen bei ihm ansetzen, müssen den Kopf der Organisation abschlagen und ihnen ein für alle Mal den Garaus machen.«

»Das weiß ich auch«, sagte Hardy. »Aber ich arbeite noch daran.«

13

Rebecca saß auf dem Parkplatz des Polizeireviers von Fort William in ihrem Wagen. Es war ihr am sichersten erschienen, hierher zurückzukehren, statt mitten in der Nacht nach Hause zu fahren und dabei nie zu wissen, wie dicht auf den Fersen ihr die Verfolger waren.

Sie starrte die Eingangstür des Polizeireviers an und zweifelte doch wieder, ob sie die richtige Entscheidung getroffen hatte. Die Polizei war schon skeptisch gewesen, als sie ihnen von möglichen Killern erzählt hatte, die die Highlands unsicher machten. Käme sie ihnen jetzt damit, was sie heute Nacht erlebt hatte, würde man ihr vielleicht gar nicht mehr glauben.

Zum Teufel noch mal, dachte sie, dann muss ich mich eben mit diesem herablassenden Campbell abgeben, bis man die auf der Landstraße verstreuten Autoteile findet. Sie wollte gerade die Fahrertür öffnen, als ihr Handy klingelte. Das Display kam ihr unverhältnismäßig hell vor, der Klingelton lauter als sonst, sodass sie vor lauter Schreck das Telefon fallen ließ und auf dem Wagenboden herumtasten musste, bis sie es wiederfand. Die Nummer war ihr unbekannt. Als sie sich meldete, antwortete ihr scheinbar aus der Ferne eine blechern klingende Stimme.

»Wer ist da?«, fragte sie und drückte sich das Handy fester ans Ohr.

»Ich bin's, Becky. Logan. Ich bin bei Tom Hardy.«

»Himmel, Logan, hast du mich vielleicht erschreckt.«

»Tut mir leid.«

»Hallo, Becky.« Das war Tom Hardys Stimme. »Wir benutzen ein Telefon mit integriertem Mithörmodus, deswegen könnte der Empfang schwächer sein als sonst.«

»Nein, ich kann euch gut hören.«

»Möchtest du alles mit ihr besprechen, Logan?«

»Nein«, sagte Logan. »Mach du.«

»Gut, pass also auf, Becky. Wir haben nicht viel Zeit, also fasse ich mich kurz. Die Kerle, die hinter dir her sind, haben vermutlich irgendwo an deinem Auto einen Sender angebracht. So haben sie dir folgen können, ohne unmittelbar in deiner Sichtweite zu sein.«

»Das erklärt einiges«, sagte Rebecca.

»Was meinst du damit?«, fragte Logan.

»Wie sie mich beispielsweise mitten auf der Landstraße aufgespürt haben. Ich wollte gerade zurück in die Stadt, als zwei Autos mich in die Zange genommen haben und mich von der Straße drängen wollten.«

»Himmel. Ist dir was passiert?«

»Mir geht's gut, Logan. Bin bloß ein bisschen durch den Wind. Mein Auto hat ganz schön was abgekriegt, aber ich glaube, dass es sie schlimmer erwischt hat. Mein Fahrtraining hat sich ausgezahlt, ich konnte entkommen. Das waren gut angelegte Steuergelder.« Sie versuchte unbeschwert zu klingen.

»Dann sind sie jetzt auch in deiner Nähe?«, wollte Hardy wissen.

»Keine Ahnung. Aber ja, könnte sein. Allerdings habe ich dafür gesorgt, dass ihre beiden Autos beschädigt sind.«

»Okay. Wir kommen dich abholen, aber es gibt nicht weit von dir jemanden, der dir schneller helfen kann als wir. Ich bitte dich, zur Fähre in Oban zu fahren und nach Mull überzusetzen. Meinst du, du schaffst das?«

»Ich denke schon«, sagte Rebecca. Die letzte Frage war wirklich ein wenig übertrieben fürsorglich gewesen.

»Gut. Dann werde ich meinem Kontaktmann Bescheid

sagen, dass er dich an der Fähre abholen soll. Bis dahin bist du weiterhin auf dich gestellt. Halte dich an belebten Orten auf, dann wird dir nichts passieren.«

»Aber warum kann dein Freund nicht kommen und mich auf dem Festland treffen? Wieso könnt ihr beiden nicht gleich kommen? Ich stehe mit dem Wagen auf dem Parkplatz des Polizeireviers in Fort William, und drinnen wird man mich bestimmt warten lassen. Ich wollte gerade reingehen.«

Hardy schwieg, sodass Rebecca schon glaubte, die Verbindung sei unterbrochen worden. »Tom?«, fragte sie. »Bist du noch dran?«

»Ja.«

War er vielleicht beleidigt, weil sie Zweifel an seinem Plan geäußert hatte? Sie kannte Tom Hardy nicht besonders gut, war ihm nur ein paarmal im Beisein von Logan begegnet.

»Und wenn ich einfach in Bewegung bleibe?«, sagte sie in der Hoffnung, ein Alternativvorschlag würde ihn vielleicht versöhnen. »Euch entgegenfahre?«

»Stimmt«, sagte Logan, »wenn wir uns auf halbem Weg treffen, sind wir wahrscheinlich genauso schnell bei ihr wie dein Mann, vermutlich sogar noch eher.«

»Ihr habt ja beide recht«, seufzte Hardy. »Ich dachte, ich könnte euch das ersparen, aber offenbar hatte ich damit unrecht. Ich hätte aufrichtiger euch gegenüber sein sollen. Entschuldigung.«

»Wovon redest du, Tom?«, fragte Logan.

»Becky«, sagte Hardy, »du weißt doch, was mit Alex passiert ist? Dass man ihn wegen der Bombenexplosion in Glasgow verhaftet hat?«

»Schon, aber was hat das mit –«

»Es bedeutet, dass wir einen Plan entwickeln müssen, um

nicht nur dich in Sicherheit zu bringen, sondern um Alex auch aus dem Schlamassel zu befreien, in dem er steckt.«

»Das verstehe ich gut, Tom. Aber ich begreife noch immer nicht, was das mit meiner Situation zu tun hat. Oder wieso ich mich auf eine Fähre begeben soll, auf der die Männer, die mich umbringen wollen, sehr wahrscheinlich ebenfalls Passagiere sind.«

»Ich vermute, dass es die gleichen Männer sind, die für die Bombe verantwortlich sind. Zumindest stecken sie alle unter einer Decke. Sie sind also unser Verbindungsglied zu dem Oberschurken, zu Gabriel Weiss.«

Rebecca verstand rein gar nichts. Die vielen schlaflosen Nächte machten sie ganz konfus. Worauf wollte er hinaus?

»Spuck's schon aus, Tom«, hörte sie Logan sagen.

»Wir brauchen mindestens einen dieser Männer lebend.«

»Aha?«, sagte Rebecca.

»Wir müssen also wissen, wo sie sich aufhalten«, schlussfolgerte Logan. »Am besten fangen wir sie an einem abgelegenen Ort ab. Habe ich recht, Tom?«

»Ja.«

»Ich soll mich also weiterhin verfolgen lassen und sie in eure Falle locken?«, sagte Rebecca. Ihre Stimme war schrill geworden. »Ich soll euer gottverdammter Köder sein?«

»Genau daran hatte ich gedacht«, sagte Hardy.

14

Logan und Hardy warteten darauf, dass Rebecca noch etwas sagte.

»Ich weiß, dass du Alex keinen Gefallen schuldest«, versuchte es Hardy, nachdem am anderen Ende der Leitung Stille herrschte. »Aber …«

»Tom«, schnitt Rebecca ihm das Wort ab, »es wird dir keinesfalls gelingen, mir deinen Plan schmackhafter zu machen, also kannst du dir deinen Versuch sonst wohin stecken.«

»Klare Worte.«

Wieder Schweigen in der Leitung.

»Möchtest du auch, dass ich den Köder spiele, Logan?«, fragte Rebecca schließlich.

»Ich kann dich nicht darum bitten, Becky.«

»Also hängt alles nur von meiner Entscheidung ab?«

»Ja.«

Hardy sah Logan an und zog fragend die Augenbrauen in die Höhe, schüttelte den Kopf, starrte auf das Telefon und wartete, dass Rebecca sich äußerte.

»Du hast recht, Tom«, sagte sie schließlich. »Ich persönlich schulde Alex nichts. Aber Logan. Und Ellie. Ich schätze also, dass mir keine Wahl bleibt. Seit ich euch geholfen habe, Ellie zu befreien, stecke auch ich in der Geschichte drin.«

Und habe mich strafbar gemacht, indem ich euch darin unterstützt habe, den Tod von Ellies Entführern zu vertuschen. Aber das dachte sie nur.

»Niemand setzt dich unter Druck, Becky«, sagte Logan. »Es ist ganz allein deine Entscheidung. Niemand würde dir einen Vorwurf machen, wenn du dich weigerst.«

»Und dieser Mann, der mich auf Mull treffen soll – vertraust du ihm, Tom? Vertraust du ihm so sehr, dass du mein Leben in seine Hände legst?«

»Nein. Ich vertraue ihm so sehr, dass ich mein Leben in seine Hände legen würde.«

»Das macht es schwierig zu widersprechen. Ich denke, das weißt du.«

»Ich habe das nicht gesagt, um dich zu überreden. Das ist nicht meine Art. Ich habe es gesagt, weil es wahr ist.«

Logan glaubte ihm und hoffte, dass Rebecca es ebenfalls tun würde. Wieder warteten sie.

Schließlich erklang ihre Stimme. »Wer A sagt, muss auch B sagen …«

Logan hatte keine Ahnung, wie ihr bei dieser Entscheidung zumute sein musste. Ihm zog sich der Magen zusammen.

»Erzähl mir etwas über deinen Mann«, sagte Rebecca.

»Ein kleiner Exzentriker«, sagte Hardy. »Aber er wird dafür sorgen, dass dir kein Haar gekrümmt wird. Er ist ehemaliger Soldat, einer von unseren Besten, glaub mir.«

»Ich kann es mir wohl nicht leisten, wählerisch zu sein. Und sein Name?«

»Roger Purcell.«

»Ist er für solche Situationen ausgerüstet?«

Logan sah Hardy an. Würde er Becky sagen, dass Purcell mit Waffen nichts am Hut hatte?

»Das ist er«, sagte Hardy.

»Und wie lautet nun der Plan?«

Hardy deutete auf den Laptop vor ihnen.

»Die erste Fähre nach Mull geht um sieben«, sagte Logan. »Es ist jetzt kurz nach fünf, also musst du dich beeilen, damit du rechtzeitig am Terminal bist.«

»Ich soll jetzt losfahren? Mit dem Wagen? Und dem Sender?«

»Aber wir wollen doch, dass sie dir folgen. Das ist Teil des Plans.«

»Ich weiß, dass es das ist. Ich habe bloß etwas gesagt, um

dieses unangenehme Schweigen zu beenden. Das verleitet mich nämlich sonst dazu, zu viel darüber nachzudenken, worauf ich mich da einlasse. Es wäre wohl generell besser, wenn ich nichts mehr denke, sondern einfach nur tue, was man mir sagt. Soll ich mein Auto mit auf die Fähre nehmen oder es an Land stehen lassen?«

»Nimm es mit auf die Fähre. Falls deine Verfolger sie verpassen, können sie so nachvollziehen, wohin du verschwunden bist.«

»Wie wird sie Purcell erkennen, wenn sie auf Mull ankommt?«, wollte Logan wissen.

»Wir informieren ihn über deinen Wagentyp und dein Kennzeichen, Becky. Und er soll außerdem drei Mal die Lichthupe betätigen.«

»Verstanden.«

»Pass auf dich auf, Becky«, sagte Logan. »Wir werden schnellstmöglich bei dir sein. Und wir versuchen eine Fähre nach deiner zu erwischen. Gegen neun.«

»Na schön, dann fahre ich jetzt mal los.«

15

Nach dem Gespräch erhob sich Logan. Er war unruhig, wollte ebenfalls aufbrechen.

»Wohin willst du?«, fragte Hardy.

»Wir müssen los. Das hast du doch selbst gesagt. Dass die Zeit knapp wird.«

»Setz dich wieder hin, Logan.«

Logan verstand das Verhalten seines Freundes nicht.

»Logan«, sagte Hardy, »du kannst nicht mehr klar denken.

Das Wichtigste ist jetzt, mit Roger zu sprechen und ihn über alles zu informieren.«

Logan setzte sich wieder. Die bleierne Müdigkeit lag wie zwei Gewichte auf seinen Schultern. »Natürlich«, sagte er und rieb sich die Augen. »Was habe ich mir bloß dabei gedacht?«

»Und danach legen wir uns auf die Feldbetten und gönnen uns einen Powernap. Höchstens eine halbe Stunde, aber besser als gar nichts. Dann erst brechen wir auf.«

»Wird Roger um diese Zeit nicht auch im Bett liegen und nicht gerade begeistert über unseren Anruf sein?«

»Er schläft nicht viel. Leidet unter Schlaflosigkeit. Wie ich ihn kenne, wird er sich über den Anruf eher freuen.«

Hardy suchte im Adressbuch seines Handys nach Purcells Nummer, zögerte aber, bevor er sie wählte.

»Warum hat Weiss das getan?«, fragte er. »Als der Superbösewicht, der er ist, hat er es doch gar nicht nötig, sich dir zu offenbaren. Warum hat er dich trotzdem in alles eingeweiht? Wieso hat er den Dingen nicht einfach ihren Lauf gelassen?«

»Darüber habe ich auch schon nachgedacht«, sagte Logan. »Und leider muss ich dir sagen, dass ich zu keiner Antwort gekommen bin. Ich schätze, es reicht ihm wohl nicht, wenn wir von allem erfahren, nachdem es geschehen ist. Er will uns quälen, uns das Gefühl geben, hilflos zu sein. Wir sollen Schuldgefühle haben, weil wir unsere Freunde nicht retten konnten, nicht einmal für diejenigen etwas tun konnten, die uns am nächsten standen. Er will sich an unserem Elend weiden.«

Hardy nickte, aber sein Blick war in die Ferne gerichtet. Er fixierte einen Punkt weit jenseits der Mauern des Lagerhauses und der Küste des Landes, das er jetzt Heimat nannte.

»Solche Typen kenne ich«, sagte er.

Hardy hatte sich nicht geirrt, was Purcell betraf. Er war hellwach, als er ihren Anruf entgegennahm, und konnte seine Freude kaum verbergen, als er Hardys ausgeprägten Akzent vernahm.

»Tommy«, sagte er in der typisch bündigen Art der Offiziersklasse, »wie lange ist's her?«

»Zu lange, Roger. Viel zu lange.«

»Na, jedem sein Leben, nicht wahr? Euch jungen Leuten jedenfalls. Bei einem alten Knacker wie mir sieht's vielleicht etwas anders aus.«

»Du bist gerade mal zehn Jahre älter als ich.«

»Aber ich fühle mich viel älter, Tommy.«

»Roger, hör zu. Es widerstrebt mir, dich damit zu behelligen, vor allem nach so langer Zeit …«

»Immer raus mit der Sprache. Was es auch ist, du weißt, dass ich mein Bestes tun werde.«

»Okay, also …« Hardy sprach schnell und umriss die Situation mit möglichst wenigen Worten. Er hielt sich nicht lange mit Vorreden auf und versuchte Purcell auch nicht eine Situation verständlich zu machen, die für jeden normalen Menschen undurchschaubar sein musste. Wahrscheinlich waren sie die Art der Kommunikation gewohnt.

»Menschen wie die sterben einfach nicht aus, oder?«, sagte Purcell, nachdem Hardy geendet hatte. »Sie kriechen immer wieder unter dem nächsten Stein hervor.«

»Eine schöne Umschreibung.«

»Aber du weißt, dass ich nicht mehr aufs Festland fahre?«

»Klar. Unsere Frau wird die Fähre nach Mull nehmen, und von da an übernimmst du.«

»Wie sieht sie aus?«

»Ungefähr eins siebenundsechzig, gute Figur, dunkles Haar.«

»Und blaue Augen«, fügte Logan hinzu.

»Ein Hingucker?«

»Jawohl, Sir«, sagte Logan. »Das ist sie.«

»Und du hast ein besonderes Interesse an ihr, mein Sohn? Kannst es ruhig sagen, ich hab's schon deiner Stimme angehört.«

»Ich sage es gern: Sie haben recht.«

»Gefühle können einen leichtsinnig machen. Ich kenne das.«

»Ich weiß, aber …«

Purcell ließ Logan nicht ausreden. »Tommy«, sagte er, »traust du diesem Jungen zu, dass er die Nerven behält?«

Hardy sah Logan einen Moment lang an, bevor er antwortete. »Das tue ich. Aber selbst wenn ich's nicht täte, hätte ich keine andere Wahl. Wir beide sind als Einzige unseres Teams noch übrig.«

Logan musste über Hardys Aufrichtigkeit grinsen.

»Gut, das soll mir reichen«, sagte Purcell.

»Roger«, sagte Hardy, »die Verfolger haben vermutlich einen Sender an ihrem Wagen befestigt. Wir wissen nicht, ob sie schon zu ihr aufgeschlossen haben, wenn sie die Fähre nimmt. Wenn du also nichts Verdächtiges bemerkst, wenn das Schiff anlegt, fahrt ihr mit ihrem Wagen zu dir nach Hause, damit sie euch weiterhin orten können.«

»Ein Sender? Gute Arbeit, selbst für Profis.«

»Wir beide schaffen es nicht rechtzeitig zur ersten Fähre«, sagte Logan. »Wir werden die nächste gegen neun Uhr nehmen, hinken euch also zwei Stunden hinterher.«

»Soso«, sagte Purcell. »Dann soll ich den bösen Buben also allein die Stirn bieten?«

»Ja«, sagte Hardy. »Zwei Stunden wirst du auf dich allein gestellt sein.«

»Das wäre nicht das erste Mal.«

»Dir ist bewusst, dass diese Kerle Männer fürs Grobe sind, ja?«

»Schon klar.«

»Alex sitzt im Bau, weil sie ihm die Sache mit der Bombe untergeschoben haben. Wenn wir alle eliminieren, würde ihm das also auch nicht aus der Patsche helfen. Wir müssen überlegt vorgehen, uns den Kopf der Bande vorknöpfen.«

»Und deshalb wollt ihr ihnen eine Falle stellen? Mit eurer Frau als Köder? Damit ihr sie lebend erwischt?«

»Genau.«

»Und den Cops traut ihr das nicht zu?«

Hardy lachte bitter. »Nein«, sagte er. »Bei solchen Operationen stehen die meistens nur im Weg. Zudem sind sie dafür nicht trainiert.«

»Dem will ich nicht widersprechen, aber sag mir: Was schwebt dir vor, falls wir einen von den Fußsoldaten zu fassen kriegen?«

Hardy rieb sich die Bartstoppeln an seinem Kinn, er wollte sich vor Purcell nicht blamieren.

»Ich höre«, drängte Purcell. »Wir sind hier unter Freunden, also raus damit.«

»Wie viel weißt du über Echelon?«

»Genug, um dir zu sagen, dass es längst nicht so ausgefeilt und so weitreichend ist, wie die Medien uns glauben machen wollen.«

»Erzähl mir, was du darüber weißt.«

»Echelon ist ein Spionagenetz, an dem neben anderen Ländern auch Großbritannien und die USA beteiligt sind. Aufgabe ist es, überall auf der Welt Funkkommunikation abzuhören, heutzutage hauptsächlich mit dem Ziel der Terrorismusbekämpfung.«

Logan hörte schweigend zu. Er kam sich vor wie damals, als sie gemeinsam Ellies Befreiung geplant hatten. Er hatte sich wie ein kleiner Junge gefühlt, der beim Soldatenspielen plötzlich feststellen muss, dass es kein Spiel, sondern Realität ist.

»Aber erfüllt es die technischen Voraussetzungen, Mobilfunkverbindungen in diesem Land anzuzapfen?«, hakte Hardy nach.

»Nehmt ihr Jungs etwa immer noch die Batterien und die Speicherkarten, oder wie man das nennt, aus euren Mobiltelefonen heraus?« Sie hörten Purcell lachen.

»Ja.«

»Das solltet ihr besser auch tun.«

»Also ist Echelon dazu in der Lage, die Gespräche abzuhören?«

»Ja. Aber inwiefern hilft euch das jetzt weiter?«

»Um die Operation in Glasgow durchführen zu können, mussten diese Leute miteinander kommunizieren. Ich tippe darauf, dass sie Mobiltelefone benutzt haben, die sie sofort danach vernichtet haben. Somit gab es keine dauerhaften Spuren.«

»Sehe ich auch so.«

»Ich habe mich gefragt, wie es wäre, wenn wir … Also, falls du jemanden kennen würdest, der Zugang zu den Daten von Echelon hat, könnten wir möglicherweise mithören, was die reden, was uns wiederum Beweise für Alex' Unschuld oder zumindest einen Anhaltspunkt liefern könnte, wo wir nach Beweisen suchen müssen.«

»Ihr wisst, dass sein Name noch immer allerhand Gewicht in den Schaltstellen der Macht genießt?«

»Deiner aber auch. Wenn wir über Echelon Informationen bekommen, reicht das vielleicht aus, um ein höheres

Tier dazu zu bewegen, ein paar Wörtchen in das richtige Ohr zu flüstern, damit man die Anklage gegen Alex fallen lässt. Dass er es getan hat, glauben die sowieso nicht wirklich, aber sie benötigen konkrete Beweise, um ihn freizulassen.«

Hardy wartete auf eine Erwiderung Purcells und fragte sich, ob der wohl zu den gleichen Schlüssen wie er kommen würde. Purcell benutzte keine Mobiltelefone, er hasste sie sogar, aber seine berufliche Tätigkeit hatte es mit sich gebracht, dass er sich mit ihrer Funktionsweise auskannte.

»Zur erfolgreichen Durchführung deines Vorhabens bräuchten wir mindestens eines, besser gleich mehrere der von ihnen benutzten Telefone, um an deren Nummern zu kommen«, meldete sich Purcell wieder zu Wort.

»Korrekt.«

»Und der Grund, weshalb du einen oder mehrere der Männer, die diese Telefone benutzt haben, am Leben lassen möchtest, ist der, dass du jemanden zum Dechiffrieren brauchst, falls die Telefone durch einen Sicherheitscode geschützt sein sollten.«

»Ebenso korrekt.«

»Was uns zur Ausgangsfrage zurückführt – wie wir ihnen eine Falle stellen.«

»Ich bitte dich nicht darum, uns zu helfen, falls du es nicht möchtest, Roger. Das weißt du.«

»Ich würde mich auch gar nicht von dir bitten lassen, Tommy. Es wäre geradezu unanständig und unter unser beider Würde, müsstest du mich an meine Verpflichtungen dir und Alex gegenüber erinnern.«

Hardy schwieg.

»Ich werde also euer Lockvogel sein.«

»Danke, Roger.«

»Auf dem Weg vom Fähranleger hierher kann ich mir ja Zeit lassen«, sagte Purcell. »So könnt ihr Jungs aufholen. Vielleicht halte ich auch irgendwo an, um mit der Dame zu frühstücken. Wenn sie wirklich so ein Hingucker ist, wie ihr sagt, wird es mir ein Vergnügen sein.«

Logan musste schmunzeln.

»Im Endeffekt muss ich die Zeit totschlagen, bis ihr Jungs da seid.«

»Das Ganze ist nicht ohne Risiko«, sagte Hardy. »Für keinen von euch beiden.«

»Du kennst mich doch, Tommy. Ganz ehrlich: Ich habe mich seit Jahren schon nicht mehr so auf etwas gefreut. Es wird mir guttun, mal wieder der Gefahr ins Auge zu schauen.«

6. Teil: Gejagt

1

Rebecca stand mit ihrem Ford Mondeo am Anfang der Reihe der Autos, die nach Mull übersetzen wollten. Sie wartete darauf, dass die Crew ihre Vorbereitungen für die erste Überfahrt des Tages beendete, damit sie auf die Fähre rollen, ihren Wagen sichern und sich etwas zu essen besorgen konnte.

Sie war den Hinweisschildern nach Oban gefolgt und dort kurz nach sechs Uhr früh als Erste eingetroffen. Der Beladevorgang war eine gut organisierte Angelegenheit. Die Fahrzeuge wurden in geordneter Formation geparkt, sodass jeder Fahrer wusste, wann er an der Reihe war. Eine Weile nach ihrem Eintreffen war Rebecca ausgestiegen und die wartenden Autos abgeschritten. Sie war neugierig, ob einer der Wagen der vergangenen Nacht darunter war. Beruhigenderweise war dem nicht so.

Der Regen war in einen leichten, aber beharrlichen Niesel übergegangen, der ihr auf die Stimmung schlug, sooft sie ihren Wagen verließ. Obwohl sie die Heizung eingeschaltet hatte, fror sie.

Zirpend machte ihr Telefon auf sich aufmerksam. Das Display zeigte Logans Handynummer.

»Wir machen uns jetzt auf den Weg zu dir«, sagte er, ohne Zeit mit einer Begrüßung zu verschwenden. »Bist du schon an der Fähre?«

»Ja, ich warte am Anleger.«

»Irgendein Anzeichen von den Verfolgern?«

»Nein, bisher nicht.«

»Wir müssten rechtzeitig für die nächste Fähre um neun eintreffen.«

»Hoffentlich habt ihr die Überfahrt schon online gebucht, damit ihr auch den Rabatt abstaubt.«

Logan wunderte sich, dass sie noch einen Witz machen konnte. »Es wird alles gut«, versicherte er ihr.

»Dann will ich dir das mal glauben.«

Über hundertfünfzig Kilometer südöstlich von Oban luden Logan und Hardy ihre Ausrüstung in den Kofferraum von Hardys Jeep. Zum Schluss deckte Hardy alles mit einer Segeltuchplane ab.

»Wie gut ist der Typ?«, fragte Logan. »Purcell, meine ich. Ist er der Sache gewachsen, wenn er sich zur Wehr setzen muss, bevor wir da sind?«

Im grellen Licht des starken Halogenscheinwerfers, mit dem der Vorplatz des Lagerhauses ausgeleuchtet wurde, betrachtete Hardy Logan mit zusammengekniffenen Augen. »Das ist er, glaube mir. Rebecca ist in sehr guten Händen.«

Logan nickte. Die Antwort beruhigte ihn. Sie stiegen in den Wagen, und Hardy steckte den Schlüssel in die Zündung. »Liebst du sie?«, fragte er.

Logan antwortete nicht sofort. Der Scheinwerfer erlosch, und sie saßen im Dunkeln. »Ich denke schon«, sagte er schließlich. »Ja.«

Er konnte Hardys Gesicht nicht erkennen, sah ihn aber kurz nicken, ehe er den Zündschlüssel drehte und der Motor dröhnend zum Leben erwachte.

Logan erinnerte sich noch, wie Hardy ausgesehen hatte, als er ihm zum ersten Mal begegnet war: gezeichnet vom

Krieg und den Tragödien, die er erlebt hatte. Doch in der Zeit nach Ellies Rettung hatte er beobachtet, wie er sich veränderte, wie die Erschöpfung langsam abebbte und etwas anderes an ihre Stelle trat. Jetzt war Logan klar geworden, was es war, das Hardy die Kraft zum Weitermachen verlieh: sein Beruf, den er mehr liebte als alles andere.

»Du bist ein guter Mensch, Tom«, sagte Logan. »Lass dir bloß nie von jemandem das Gegenteil einreden.«

Hardy wandte ihm sein Gesicht zu, das nun durch die Reflektion der Autoscheinwerfer von der Wand des Lagerhauses erhellt wurde. »Als wir uns kennenlernten, habe ich dich unterschätzt, Logan. Ich habe dich für ein Weichei von Anwalt gehalten, dachte, Alex wäre wahnsinnig, sein Leben für dich aufs Spiel zu setzen und von mir und dem Team das Gleiche zu verlangen.«

»Damals hast du nie etwas in der Art gesagt.«

Hardy zuckte mit den Achseln. »Ich hab's für Alex getan. So wie immer.«

»Das ändert nichts an dem, was ich gerade eben gesagt habe.«

»Diesmal tue ich's für dich.«

2

»Sie bewegt sich seit ungefähr einer halben Stunde nicht mehr von der Stelle«, verkündete Nummer zwei. Er saß auf dem Beifahrersitz des Mazda mit Hudson am Steuer und Nummer drei und fünf auf dem Rücksitz. Wann immer Hudson im Rückspiegel zu den beiden nach hinten schaute, wandte Drei den Blick ab.

Es hatte sie viel Anstrengung und Zeit gekostet, den Wagen am Straßenrand provisorisch fahrbereit zu machen, und spätestens bei Anbruch der Dämmerung würden die drei Wracks mit den dazugehörigen Leichen entdeckt werden. Hudson musste den Auftrag schnell und zufriedenstellend erledigen.

»Wie weit noch?«, fragte er.

»Ein paar Kilometer.«

»Was macht sie da nur? Warum ist sie nicht auf der Flucht? Ich dachte, sie wäre inzwischen längst wieder in Glasgow.«

Nummer zwei zuckte mit den Schultern und deutete auf eine Linkskurve, der Hudson folgen sollte. Bald erblickten sie ein Hinweisschild nach Oban mit dem Piktogramm der Fähre.

»Ob sie wohl auf den Kahn will?«, fragte Zwei. »Das Wasser zwischen sich und uns bringen?«

»Wäre jedenfalls nicht dumm. Würde ihr vermutlich ein paar Stunden Luft verschaffen.«

»Wohin setzt die Fähre über?«

»Woher soll ich das wissen? Warum gehst du mit deinem Smartphone nicht online und guckst nach?«

»Geht nicht«, sagte Zwei. »Wir haben doch jetzt die einfachen Telefone ohne Internetzugang.«

»Langsam bekomme ich das Gefühl, dass sie schlauer ist, als wir erwartet haben. Oder sie hat einfach nur Glück.«

Hudson drückte aufs Gas. Wenn es der Polizistin gelang, vor ihnen auf die Fähre zu fahren und wohin auch immer überzusetzen, dann …

Er wusste, dass ihr Auftraggeber sich mit nichts anderem als ihrem Tod begnügen würde.

Ihm blieb keine andere Wahl, als weiterzufahren.

3

Rebecca rollte auf die Fähre und wartete, bis der Deckarbeiter in der Sicherheitsweste ihr das Zeichen zum Aussteigen gab. Als sie sich umblickte, war sie fast sicher, dass die Fähre voll belegt sein würde. Die Männer, die sie verfolgten, würden mit ihrem Wagen also ganz hinten eingekeilt sein, falls sie es überhaupt noch auf die Fähre schafften.

Der Mann in der reflektierenden Weste deutete auf eine Tür und wies sie an, das Autodeck zu verlassen. Sie bedachte ihn mit einem verkniffenen Lächeln und folgte der Anweisung.

Die Wände der schmalen Treppe waren eintönig gestrichen. Im Salon gab es kaum bequeme Sitzmöglichkeiten, immerhin aber einen kleinen Kiosk, der Getränke und kalte Snacks verkaufte.

Sie ging aufs Oberdeck und setzte sich in die kühle Morgenluft, froh darüber, dass es zumindest vorerst zu regnen aufgehört hatte. Die übrigen Passagiere waren eine bunte Mischung: Geschäftsleute in Anzügen, Familien und Rucksacktouristen. Nach fünf Minuten beschloss Rebecca, sich etwas Heißes zu trinken zu besorgen.

Am Ende der Schlange, die sich vor dem Kiosk gebildet hatte, sah sie auf die Uhr. Gleich würde die Fähre ablegen. Sie blickte sich um. Noch immer kam ihr niemand bekannt vor. Sie atmete tief durch.

Die Milch zu ihrem Tee bestand aus Kondensmilch in Plastiktöpfchen. Der Tee selbst sah aus, als hätte er mindestens eine halbe Stunde lang gezogen. Sie setzte sich an einen der Tische am Fenster und verdünnte ihn mit der Kondensmilch. Als sie die Plastiktasse an die Lippen führte, setzte sich die Fähre in Bewegung. Die Landschaft draußen zog am Fenster vorbei, während die Fähre sich von ihrem Anledock entfernte, um zu wenden.

Der Tee war stark und heiß und schmeckte nicht sonderlich, aber nach der letzten Nacht war er genau das, was sie brauchte. Sie brach einen KitKat-Riegel in zwei Stücke und aß ihn langsam, genoss den Schokoladengeschmack und spülte ihn dann mit dem Rest ihres Tees hinunter.

Als sie ihr Frühstück beendet und ihren Müll in den Papierkorb neben dem Kiosk geworfen hatte, begann die Fähre Fahrt aufzunehmen. Gestärkt ging Rebecca aufs Deck, um den Rest der einstündigen Überfahrt zu genießen.

Die langsame Fahrt der Fähre war nicht sonderlich aufregend, und da Rebecca nach einer Weile der Wind unangenehm kalt ins Gesicht blies, ging sie wieder ins Innere. Als sie die Tür zum Salon öffnete, entdeckte sie einen Mann mit kahl geschorenem Schädel. Er stand mit dem Rücken zu ihr in der Warteschlange vor dem Kiosk und war in ein Gespräch mit einem weiteren Mann vertieft.

Sie war sich nicht sicher, ob es sich bei ihm um den aus dem Konzert und von der Tankstelle handelte, aber möglich war es. Rebecca blieb in der offenen Tür stehen und starrte ihn an, ohne sich zu einer Entscheidung durchringen zu können, was nun zu tun war.

»He, Lady!«, rief eine männliche Stimme von einer der Sitzbänke zu ihrer Linken. »Machen Sie die Tür zu, es zieht.«

Als sich die beiden Männer umdrehten, sah sie, dass er es wirklich war. Einen Moment lang starrte er sie an und schien sie mit seinem Blick gar nicht mehr loslassen zu wollen. Dann rückte die Schlange einen Schritt vor, und er wandte sich wieder seinem Begleiter zu.

»Die Tür«, hörte sie noch einmal jemand neben sich sagen.

Als sie in die Richtung blickte, aus der die Stimme kam, sah sie einen Mann, der sein Bein ausgestreckt auf die Sitzbank gelegt hatte, als müsse er eine Verletzung auskurieren. Seine Oberlippe war geschwollen, eine Wunde zog sich von seinem Kinn bis halb zu seiner Nase. Der Mann neben ihm hatte Rebecca aufgefordert, die Tür zu schließen, und sah sie auf eine Weise an, bei der ihr schlecht wurde. Da erkannte sie in den beiden die Männer, die ihr auf dem Hotelparkplatz begegnet waren.

Der Vorfall schien schon so lange her zu sein.

»Rein oder raus?«, wollte er von ihr wissen.

Sie trat wieder aufs Deck und ließ die Tür zufallen. Durch die Scheibe hindurch beobachtete sie, wie der Mann mit dem kurz geschorenen Schädel sich nach ihr umdrehte. Mit undurchdringlicher Miene verfolgte er, wie sie von der Tür zurückwich. Langsam machte sie einen Schritt nach dem anderen, bis sie mit den Waden gegen die harte Holzkante einer der Sitzbänke auf dem Oberdeck stieß.

Der Mann starrte sie noch immer durch die Türscheibe hindurch an, dann nickte er ihr noch ein Mal zu, bevor er sich wieder umdrehte.

Rebecca hielt sich die Jacke vor der Brust zusammen und blickte auf das Wasser.

Hoffentlich wird dieser Purcell seinem Ruf gerecht.

4

Cahill hatte schon unter weitaus schlechteren Bedingungen geschlafen als in der Zelle im Polizeirevier in der Helen Street. Oft sogar. Aber dann war es immer seine eigene Entscheidung gewesen, und er hatte einen gewissen Einfluss auf seine Umgebung und die Geschehnisse um ihn herum gehabt. Jetzt jedoch waren ihm die Hände gebunden, und das bereitete ihm eine unruhige Nacht.

Der Anwalt, von dem Logan erzählt hatte, hatte ihn besucht und einen fähigen Eindruck gemacht. Er hatte nichts gegen ihn – aber er ahnte, dass er mehr als nur einen Anwalt brauchen würde, um hier wieder rauszukommen. Doch er hatte keine Wahl: Er musste sich darauf verlassen, dass Logan und Hardy das Richtige taten.

Hellwach lag er da, als der Hüne von einem Sergeant um halb acht in seine Zelle kam.

»Dein Taxi wartet, du Spinner«, sagte der Mann lächelnd.

Als zwei Angehörige eines privaten Sicherheitsdienstes die Zelle betraten, erhob sich Cahill. Sie legten ihm Handschellen an und führten ihn in den Hof hinaus, wo ein Gefangenentransporter bereits auf ihn wartete. Heutzutage wird aber auch alles privatisiert, dachte er – sogar die Gefangenentransporte.

In dem Wagen saßen bereits zwei weitere Häftlinge. Beide nicht älter als neunzehn, und beide gaben sich alle Mühe, wie harte Burschen auszusehen. Einem von ihnen gelang das sogar ganz gut, und Cahill beschloss, ihn lieber im Auge zu behalten.

Es war nicht weit zum Bezirksgericht, doch der morgendliche Stau verlangsamte ihr Fortkommen. Man hatte Cahill seine Uhr abgenommen, aber er schätzte, dass die Fahrt ungefähr eine halbe Stunde gedauert haben musste, ehe der Wagen hielt.

Als er ausstieg, waren sie von dem bewachten Tor zum Innenhof des Justizgebäudes eine steile Rampe hinuntergefahren. Um ihn herum ragten die Mauern auf. Als letzter der drei Gefangenen schlurfte er im Keller des Gebäudes einen dunklen Gang mit Zellen zu beiden Seiten entlang, in denen die Festgenommenen darauf warteten, dass ihr Fall aufgerufen wurde.

Die drei Insassen aus dem Transportwagen wurden in eine Zelle auf der rechten Seite gesperrt, in der bereits vier Festgenommene saßen. Sie sahen nicht viel älter aus als Cahills Reisegefährten, konnten aber eine ganze Reihe an Tätowierungen vorweisen. Zwei von ihnen zierten deutlich sichtbare Narben im Gesicht, Überbleibsel von Messerstechereien. Selbst auf Kriegsschauplätzen hatte Cahill schon überarbeitete und am Rande des Zusammenbruchs stehende Feldärzte bessere Arbeit beim Nähen von Wunden leisten gesehen als die unsauberen Stümpereien, die man diesen Jungs hatte angedeihen lassen.

Jeder tat sein Bestes, um Blickkontakt zu vermeiden. Cahill war keine Ausnahme. Er hatte absolut kein Bedürfnis, sich mit einem von ihnen anzulegen – nicht weil er sich nicht verteidigen konnte, er wollte sich nur keine zusätzliche Anklage wegen schwerer Körperverletzung einhandeln.

Die Zellentür fiel ins Schloss.

Nun musste er warten.

5

Auf dem Weg zum Fähranleger holte Logan ein wenig Schlaf nach, aus dem er allerdings immer wieder kurz hochschreckte. Hardy fuhr zügig und sicher. Er hielt sich die gesamte Zeit an die vorgeschriebene Höchstgeschwindigkeit oder überschritt sie nur geringfügig, sodass sie gut vorankamen und kurz nach acht in Oban eintrafen.

Als dritter Wagen reihten sie sich hinter den schon wartenden Fahrzeugen ein und stiegen aus, um sich zu strecken und die Seeluft tief einzuatmen. Es war ein grauer Morgen.

»Zum Glück haben die hier keine Metalldetektoren oder durchsuchen die Fahrzeuge«, sagte Hardy, während er seine Oberschenkelmuskeln dehnte.

»Warum auch? Mull ist kaum ein bevorzugtes Anschlagsziel von Terroristen«, erwiderte Logan.

Hardy schmunzelte, richtete sich zu seiner vollen Größe auf und streckte die Arme über seinen Kopf, bevor er ihn nach links und nach rechts drehte, um seine Nackenmuskeln zu entspannen.

Logan sah auf die See hinaus. »Glaubst du, dass sie drüben schon angelegt haben?«

»Ja, wenn sie pünktlich abgefahren sind.«

»Ich hatte erwartet, dass Becky mich anruft.«

»Es würde mich wundern, wenn sie überhaupt ein Netz hat. Während der Überfahrt hatte sie bestimmt keinen Empfang, und auf der Insel wird es nicht viel besser sein.«

Logan nickte, aber auf seiner Stirn zeigten sich Sorgenfalten.

»Mach dir keine Gedanken«, tröstete Hardy ihn. »Roger steht zu seinem Wort. Er wird auf sie aufpassen.«

Sie nahmen sich jeder eine Flasche Wasser aus dem Wagen und tranken, während nach und nach weitere Autos hinter ihnen eine Schlange bildeten. Hardy trug eine alte, khakifarbene Armeemütze, die er sich fester über den Kopf zog, als der Nieselregen in feinen Sprühnebel überging.

Logan dachte darüber nach, ob es je eine Zeit geben würde, in der sie nicht immer wieder von den nunmehr anderthalb Jahre zurückliegenden Ereignissen eingeholt werden würden. Es kam ihm so vor, als wäre alles noch immer die Nachwirkung seiner Trennung von Penny vor vierzehn Jahren. Hatte sie ihn vielleicht auf die Reise geschickt, zum Loch Awe, zu Ellie und nun hierher, als sie ihn an jenem Tag damals verließ? Waren er und Ellie dazu verdammt, für immer der verlorenen Zeit hinterherzujagen?

»Was ist los?«, fragte Hardy, der Logans nachdenkliche Miene bemerkt hatte. Er drehte den Schraubverschluss seiner Flasche zu.

»Ich habe nur nachgedacht«, sagte Logan. »Darüber, was uns eigentlich hierhergeführt hat und ob es je ein Ende haben wird.«

»Und?«

Logan sah ihn an. »Ich weiß es nicht, Tom. Ich weiß es wirklich nicht.«

Hardy nickte und gab ihm einen Klaps auf die Schulter. »Diesmal erledigen wir die Sache endgültig, sonst hätten wir gar nicht erst herzufahren brauchen.«

»Und Becky hätte sich nicht in Gefahr begeben müssen.«

6

Rebecca stand immer noch auf dem Oberdeck, als die Fähre ihr Tempo drosselte und die Durchsage zu hören war, die Passagiere sollten sich doch bitte zurück zu ihren Fahrzeugen begeben. Sie beeilte sich, um sich unter die Menge zu mischen, die sich die Treppe zum Autodeck hinunterschob. Inmitten all der Menschen fühlte sie sich zumindest vorerst sicher.

Mit verriegelten Türen saß sie in ihrem Wagen und beobachtete, wie sich die übrigen Passagiere zu ihren Autos durchzwängten. Der Wagen der vier Männer war anscheinend wirklich mit den letzten Fahrzeugen auf die Fähre gerollt. Sie konnten nichts tun, als zu ihr herüberzustarren, bevor sie zu ihrem Auto gingen.

Rebecca vermutete, dass auch auf Mull bereits Fahrzeuge warten würden, die die Fähre zurück zum Festland nehmen wollten, sodass sie diese zuerst umfahren müsste, ehe sie nach Purcell Ausschau halten konnte. Für einen Übergriff der vier Männer war es hier jedenfalls viel zu belebt und der gesamte Bereich zu einsehbar.

Als die Fähre endlich festgemacht hatte, öffnete sich vor ihr die Bugklappe, und schwaches Tageslicht drang in den Laderaum. Sie folgte den Anweisungen des Personals und rollte langsam von der Fähre. Als sie holpernd wieder Land unter die Räder bekam, machte sich ihre Anspannung als flaues Gefühl in ihrem Magen bemerkbar. Sie holte ein paarmal tief Luft, aber es half nichts.

Rasch schaute sie zu den wartenden Fahrzeugen hinüber, um zu sehen, ob eines von ihnen ihr Zeichen mit der Lichthupe gab, konnte aber nichts entdecken. Einige der Autos, die von der Fähre gefahren waren, hielten im Anlegerbereich an. Als auch Rebecca ihren Wagen an den Fahrbahnrand lenken wollte, entdeckte sie ein abseits am nördlichen Ende des Terminalgeländes geparktes Auto. Sie näherte sich ihm, und der Fahrer betätigte drei Mal kurz die Lichthupe. Erleichtert parkte sie ihren Ford dicht daneben.

Der Fahrer nickte ihr zu, ehe er ausstieg. Rebecca blieb zunächst hinter ihrer Fahrertür stehen: ein Schutzschild für alle Fälle.

Der Mann hielt in einiger Distanz zu ihr inne. Er war knapp einen Meter achtzig groß, schlank und trug sein Haar ziemlich lang. Es sah aus, als hätte es schon seit mehreren Tagen keine Bürste und keinen Kamm gesehen. Sein Teint war der eines Mannes, der sich so oft wie möglich außerhalb von geschlossenen Räumen aufhielt.

»Ich bin Roger Purcell«, stellte er sich vor. »Rebecca, nehme ich an?«

Sie nickte. »Okay, wie geht's jetzt weiter?«

Purcell warf schweigend einen Blick zu den Autos hinüber, die nach dem Verlassen der Fähre auf einem Parkplatz gehalten hatten. Rebecca wartete noch immer auf eine Antwort.

»Sie haben sie also nicht abgehängt«, sagte er schließlich.

»Woher wissen Sie das?«

Er grinste. »Erfahrung.«

Er machte einen Schritt nach vorn und streckte ihr seine Hand entgegen. Rebecca griff in den Wagen, um ihre Tasche zu holen, ehe sie Purcells Hand schüttelte. Seine harte, schwielige Handfläche flößte ihr Vertrauen ein.

»Wir nehmen meinen Wagen«, sagte er.

Rebecca nickte lächelnd. Sie fühlte sich an ihre Kinderzeit erinnert, als sie an manchen Morgenden einen Ausflug mit ihrem Vater unternommen hatte, um Eis und Süßigkeiten zu kaufen. Purcell nahm ihr die Reisetasche ab, stellte sie in den Kofferraum seines Saab und setzte sich neben sie hinters Lenkrad.

»Ich will ganz ehrlich und offen zu Ihnen sein«, sagte er mit ernster Miene.

»In Ordnung. Aber ich habe schon jede Menge durchgemacht, da werde ich das hier auch noch überstehen.«

Er nahm ihre Hände. »Ihr Freund Logan hatte recht. Sie sind wirklich ein Hingucker.«

Rebecca errötete, während Purcell ohne Unterbrechung weiterredete.

»Tommy hat mir gesagt, dass wir dieser Sache endlich einen Riegel vorschieben müssen. Die einzige Möglichkeit ist, diese Kerle in eine Falle zu locken und mindestens einen von ihnen lebend zu kriegen.« Er achtete genau auf ihre Reaktion.

Rebecca nickte stumm.

»Ihr verfügt doch über Knarren und den ganzen Kram, nicht wahr? Das Zeug werden wir brauchen.« Er schürzte die Lippen. »Aber keine Sorge, das haut schon alles hin.« Mehr schien er dazu nicht sagen zu wollen. »Sollen wir loslegen?«

Sie hatte keine Ahnung, was genau er vorhatte, aber das würde sie dann schon sehen. Sie nickte erneut.

Purcell zwinkerte ihr zu. »Vorwärts marsch!« Er drehte den Zündschlüssel und ließ den starken Motor aufheulen.

7

»Was hat der Typ nur vor?«, fragte Hudson Nummer zwei. Sie folgten Purcells Wagen mit bescheidenen siebzig Stundenkilometern, sodass sich hinter ihnen der Verkehr staute. »Er hat uns auf dem Parkplatz der Fähre doch genau gesehen, und jetzt versucht er nicht einmal, uns abzuhängen? Das kapiere ich einfach nicht.«

»Ich auch nicht.« Mehr fiel Zwei dazu nicht ein.

»Vielleicht ist er ja ein Loser«, meldete sich Nummer drei vom Rücksitz. »Jemand, der von Tuten und Blasen keine Ahnung hat.«

»Der hat garantiert Ahnung«, sagte Hudson. »Schon wie er uns ausgeguckt hat. Der weiß genau, dass wir ihn verfolgen.«

Drei schwieg lieber.

Hudson war sich bewusst, dass sich der Job von einer peinlichen Folge von Fehlschlägen zu einer mittleren Katastrophe ausgewachsen hatte. Und jetzt saßen sie auch noch auf dieser kleinen Insel fest, während die Bullenfrau Verstärkung bekommen hatte. Von einem Profi.

»Ich hätte es ahnen sollen«, sagte er zu Nummer zwei. »Wenn jemand bereit ist, für einen Auftrag wie diesen ganz großes Geld hinzublättern, muss es daran liegen, dass sehr wohl die Gefahr besteht, dass die Sache in einem Fiasko endet.«

»Bisher hat sie nur Glück gehabt«, sagte Zwei. »Mehr nicht.«

Hudson musste lächeln. »Ach, und wie heißt dieses Sprichwort noch mal? Übung macht den Meister?«

»Ja, so in der Art.«

»Ich gebe zu, sie hat Glück gehabt. Aber sie wird auch immer besser.«

»Jede Glückssträhne reißt irgendwann mal ab.«

»Und dann kommt's auf die Cleverness an. Und gerade die bereitet mir Kopfzerbrechen.«

8

Purcell fuhr auf der kurvenreichen Straße in gleichmäßigem Tempo in Richtung Tobermory. Er legte eine CD von Led Zeppelin ein und drehte den Lautstärkeregler weit nach rechts. Rebecca hasste Led Zeppelin.

Purcell trommelte den Schlagzeugrhythmus von »Kashmir« auf dem Lenkrad mit. Er schien vergessen zu haben, dass sie neben ihm saß und sie von einem Wagen verfolgt wurden. Rebecca konnte sich sein Verhalten nur so erklären, dass er nur so sorglos tat, in Wirklichkeit aber alles, was um sie herum vorging, sehr genau registrierte.

Als sie sich einem kleinen Frühstückscafé am Straßenrand näherten, ging er vom Gas und seufzte enttäuscht, als er sah, dass es geschlossen war. »Dann müssen wir's wohl doch in der Stadt versuchen«, sagte er mehr zu sich selbst als zu ihr.

»Warum müssen wir denn überhaupt frühstücken?«, fragte sie.

Er sah sie an, als würde ihm erst jetzt bewusst werden, dass noch jemand mit ihm im Wagen saß.

»Wir müssen Tom und Ihrem Freund Zeit geben, um zu uns aufzuschließen. Ich hatte vor, hier für eine Tasse Tee zu halten, aber wie's aussieht, haben die wohl zu.«

Er trat wieder aufs Gaspedal und lehnte sich in seinem

Sitz zurück, als die Tachonadel sich bei siebzig Kilometer pro Stunde einpendelte. In dieser Geschwindigkeit fuhren sie weiter, bis die Stadt in Sicht kam. Die Häuser am Hafen waren in hellen Pastellfarben gestrichen. Purcell hielt vor einem Café in einem hellblauen Gebäude.

»Da wären wir«, verkündete er, zog die Handbremse an und öffnete die Fahrertür, um auszusteigen.

Rebeccas Geschmack nach nahm er die Angelegenheit zu sehr auf die leichte Schulter, ihr jedenfalls war vor Aufregung übel. Eine Tasse Tee war wohl so ziemlich das Äußerste, was sie jetzt zu sich nehmen und bei sich behalten könnte. Als sie ausstieg, fröstelte sie im schneidenden Wind, der vom Meer herüberwehte. T-Shirt und Sweatshirt boten längst nicht genug Schutz.

Sie folgte Purcell in das Café, blieb aber noch einmal in der Tür stehen, blickte die Straße hinunter, die sie gekommen waren, und sah, wie der Verfolgerwagen sich näherte.

Rasch betrat sie das Lokal und ging zum Tresen, wo Purcell gerade zwei Mal ein warmes Frühstück und eine Kanne Tee bestellte. »Muss Sie doch bei Kräften halten«, sagte er und zwinkerte ihr zu.

Rebecca wunderte sich, wie Tom Hardy von diesem Mann nur so begeistert sein konnte.

Logan versuchte von der Fähre aus Rebecca anzurufen, doch obwohl seinem Handy zufolge die Verbindung hergestellt wurde, schien keiner seiner Anrufe zu ihr durchzudringen. Ungeduldig bat er Hardy, es zu versuchen – mit dem gleichen Ergebnis.

»Drüben auf Mull wird es kein Satellitensignal geben«, sagte Hardy. »Roger wird sich bei uns vom Festnetz aus melden, sobald sie bei ihm zu Hause sind.«

»Und was tun wir so lange?«

»Nichts anderes als das, was wir uns vorgenommen haben.«

Logan ging aufs Deck hinaus. Es machte ihm nichts aus, dass seine Fleecejacke nicht die Kälte abhielt. Er musste auf dem Posten sein. Der Wind, der ihm vom Meer her um die Ohren pfiff, blies sämtliche Müdigkeit der letzten schlaflosen Nächte fort.

Er blieb an Deck, bis er merkte, dass die Fähre ihr Tempo für das Anlegemanöver verlangsamte. Er ging zu Hardy zurück, gemeinsam holten sie sich noch einen Kaffee und tranken ihn schweigend, ehe sie die Treppe zum Autodeck hinunterstiegen.

Wieder im Wagen, stellte Logan fest, dass es schon fast zehn war.

»Gleich wird Alex vor Gericht erscheinen müssen«, sagte er. »Und dann geht's ab nach Barlinnie.«

»Der kommt schon klar«, sagte Hardy. »Mach dir seinetwegen keine Gedanken, er hat schon Schlimmeres erlebt.«

»Das hat er mir auch gesagt.«

Die Schiffsmaschinen dröhnten, und das Schwappen der aufgewühlten Wellen war bis ins Wageninnere zu hören.

»Konntest du Alex über Weiss informieren?«, fragte Hardy.

»Nicht direkt. Aber ich habe dem Anwalt gesagt, dass er Alex etwas von mir ausrichten soll.«

»Und was genau?«

»Nur drei Worte: der weiße Engel.«

9

Joe Shaw war bis zu den Zellen im Keller des Gerichtsgebäudes vorgedrungen, um mit Cahill zu bereden, wie der Termin vor dem Untersuchungsrichter an diesem Vormittag vermutlich verlaufen würde. Als man sie in den abgeschlossenen Besucherraum führte, merkte Cahill, dass mehrere von den Sicherheitsbeamten und auch einige der Gefangenen den Anwalt zu kennen schienen. Shaw war offensichtlich ein alter Hase in solchen Dingen, was Cahill beruhigte.

Als sie in den frühen Morgenstunden auf dem Polizeirevier zum ersten Mal miteinander gesprochen hatten, hatte Cahill alles nachvollziehen können, was Shaw sagte, und auch jetzt hörte er aufmerksam zu und unterbrach ihn nicht mit Fragen.

Der Anwalt wollte gerade gehen, wandte sich dann aber noch einmal um.

»Ihr Freund Logan hat mich gebeten, Ihnen noch etwas auszurichten«, sagte er.

»Was?«

»Der weiße Engel.«

Es dauerte einen Augenblick, bis Cahill verstand.

»Sagt Ihnen das etwas?«, fragte der Anwalt.

»Das sagt mir alles«, antwortete Cahill.

Er wartete gefasst in seiner Zelle, bis kurz nach halb zehn sein Name aufgerufen wurde, dann folgte er den beiden Sicherheitsleuten eine Treppe hinauf zu den Gerichtssälen. Nachdem er Logans Nachricht erhalten hatte, arbeitete sein Gehirn auf Hochtouren.

Die geringe Größe des Verhandlungssaals überraschte ihn.

Er hatte eine hohe, gewölbte Decke erwartet, aber dies hier wirkte wie ein Besprechungszimmer in einem x-beliebigen Betonbau aus den Sechzigern. Nur die abgeteilten Sitzreihen für die Geschworenen und der erhöhte Richtertisch unter dem Wappen an der Wand ließen den Raum als Gerichtssaal erkennen.

Shaw hatte ihn bereits darüber informiert, dass seine Vorführung unter dem Ausschluss der Öffentlichkeit stattfinden würde. Weder Zuschauer noch Reporter würden im Saal anwesend sein, so wie es bei solchen Terminen Usus war. Sein Anwalt hatte auch gesagt, dass die Hauptverhandlung gegen ihn spätestens zwölf Monate nach dem heutigen Termin stattzufinden habe, aber das waren für Cahill im Augenblick nur formaljuristische Dinge.

Er nahm zwischen seinen beiden Bewachern auf der Holzbank vor dem Richtertisch Platz. Neben Shaw saß ein älterer Mann in Richterrobe und mit Perücke, sein Kronanwalt. Das Gesicht des Mannes zierte ein eindrucksvoller grauer Bart, der an den Mundwinkeln braune Tabakflecken aufwies. Cahill tippte auf einen passionierten Pfeifenraucher, dass sein Kronanwalt in Wirklichkeit Kettenraucher selbstgedrehter Zigaretten war, konnte er nicht ahnen.

In der hinteren rechten Ecke des Raumes öffnete sich eine Tür, und ein Gerichtsdiener trat ein, gefolgt von dem Richter, der wie der Kronanwalt gekleidet war.

»Hohes Gericht!«, rief der Gerichtsdiener, und alle Anwesenden erhoben sich. Dann setzte sich der Richter, und die drei Anwälte im Saal – zwei auf Cahills Seite sowie die Vertreterin der Anklage – taten es ihm mit einer Verbeugung nach.

Der Gerichtsdiener ordnete vor dem Richtertisch einige Papiere und verlas dann den Grund der Verhandlung.

Anschließend erhob er sich und reichte dem Richter, einem kleinen, dicklichen Mann, der während der gesamten Prozedur einen gelangweilten Eindruck machte, die Papiere, woraufhin dieser sie über den Rand seiner Brille hinweg überflog.

Die Vertreterin der Staatsanwaltschaft, eine überraschend jung aussehende Frau mit kurzen blonden Haaren und bedenklich hohen Absätzen, stand ebenfalls auf, um die diversen Anklagepunkte zu verlesen. Es war eine lange Liste, die wesentlich stärker ins Detail ging als das, womit Cahill von den Polizeibeamten im Revier bei seiner Festnahme konfrontiert worden war. Als die Frau ihren Vortrag beendet hatte, warf der Richter dem Kronanwalt einen Blick zu. Auch dieser erhob sich nun und ergriff die Aufschläge seiner Robe.

»Ich erscheine hier mit dem Beschuldigten, Hohes Gericht«, sagte er. »Er erhebt keine Einrede und wird sich zu den Vorwürfen nicht äußern.«

»In Ordnung«, sagte der Richter. »Er verbleibt also in Gewahrsam. Eine Kaution kann nicht gestellt werden.«

Das Sicherheitspersonal gab Cahill ein Zeichen, sich zu erheben, um ihn wieder die Treppe hinunter zu den Zellen zu führen.

»Eigentlich hatte ich ein bisschen mehr erwartet«, sagte er auf dem Weg nach unten zu einem von ihnen, wurde allerdings keiner Antwort gewürdigt.

Sie schlossen ihn in seine Zelle, in der er, wie er wusste, nun warten musste, bis auch sämtliche übrigen Festgenommenen vorgeführt worden waren.

Bis jetzt, dachte er, war nicht gerade viel Aufheben um ihn gemacht worden, wenn man bedachte, dass das hier zur Folge haben konnte, dass er den größten Teil seines restlichen Lebens hinter Gittern verbringen musste.

10

Purcell machte sich mit Heißhunger über sein Frühstück her, Rebecca aß nur ein paar Gabeln mit Rührei, ehe sie den Teller beiseiteschob und sich mit einem gebutterten Toast zum Tee zufriedengab. Sie ließ die Straße keinen Augenblick aus den Augen. Sie war überzeugt davon, dass ihre Verfolger jeden Moment das Café stürmen und sie und Purcell in einem Kugelhagel sterben würden.

Doch niemand ließ sich während der Stunde blicken, auf die Purcell ihr Frühstück ausdehnte. Wie sollte sie die Zurückhaltung der Männer deuten? Falls es daran überhaupt etwas zu deuten gab. Im Gegensatz zu dem ursprünglichen Eindruck, den sie am Fährterminal von ihm gewonnen hatte, erwies Purcell sich als nicht allzu redselig. Mittlerweile zog sie in Erwägung, dass er möglicherweise an einer psychischen Störung litt.

Nachdem er die Rechnung beglichen hatte, trat er mit ihr vor die Tür und blickte eine volle Minute lang die Straße nach beiden Seiten entlang. Obwohl Rebecca keine Spur des Autos, das ihnen gefolgt sein musste, entdecken konnte, schien sich Purcells Blick auf etwas am hintersten Ende der Straße zu fixieren. Dann sah auch sie den Mazda. Sogar die vier Männer darin, die darauf warteten, dass sie und Purcell das Café verließen, konnte sie erkennen.

Purcell stand regungslos da und beobachtete den Wagen.

»Was machen wir jetzt?«, fragte Rebecca.

Purcell antwortete nicht. Sie wartete.

»Ich denke, wir werden zu mir nach Hause fahren«, sagte er schließlich – diesmal ohne zu grinsen oder zu zwinkern.

»Und was werden wir dort tun?«

»Abwarten.«

»Das ist er also? Der geniale Plan?«

»Die einfachsten Pläne sind oft die besten.«

»Hoffentlich haben Sie damit recht.«

Er schloss den Wagen auf und stieg ein. Rebecca blieb noch einen Moment auf der Straße stehen, holte ihr Handy hervor und versuchte zu telefonieren, aber es gab kein Netz.

»Kein Glück gehabt?«, fragte Purcell, als sie sich endlich neben ihn setzte.

»Nein.«

»Wir können über Festnetz von meinem Haus aus telefonieren.«

Sie fuhren die Straße entlang; die Tachonadel zeigte gerade mal dreißig Stundenkilometer. Purcell warf einen Blick zu dem Mazda hinüber, als sie ihn passierten.

Rebecca starrte ihn von der Seite an. »Was?«, fragte er.

Sie schüttelte schweigend den Kopf. Das ist also der Mann, dem mein Leben anvertraut wurde, dachte sie. Ich hoffe nur, dass Tom Hardy weiß, was er tut. Ich hoffe es inständig.

Purcell bog um eine Haarnadelkurve, die sie aus der Stadt hinaus und aufs freie Land führte. Der andere Wagen folgte ihnen in etwa fünfzig Metern Abstand. Rebecca wandte sich auf ihrem Sitz um, um ihn im Auge zu behalten.

»Immer noch da«, konstatierte Purcell.

»Mir gefällt das nicht«, sagte sie.

»Niemandem gefällt das, aber es lässt sich nun mal nicht ändern.«

Sie blickte wieder geradeaus, faltete die Hände, klemmte sie zwischen ihre Schenkel und versuchte ihr Zittern zu unterdrücken.

»Einmal kommt für uns alle die Stunde«, sagte Purcell und tätschelte ihr Knie. »Wie wir ihm dann gegenübertreten – nur darauf kommt es wirklich an.«

»Sie reden vom Tod?«

Er nickte.

»Ich würde es vorziehen, ihm überhaupt nicht gegenübertreten zu müssen.«

»Was? Einfach im Schlaf hinüberdämmern, wenn die Zeit abgelaufen ist? So stellen Sie sich das vor?«

»So ungefähr, ja.«

»Glauben Sie, dass sich das jeder so wünscht?«

»Ich denke schon.«

»Was ist mit den Jungs drüben im Irak oder in Afghanistan? Die Männer, die in Vietnam und in Korea gewesen sind? Im Ersten und im Zweiten Weltkrieg?«

»Ich ahne, worauf Sie hinauswollen. Aber da gibt es einen kleinen Unterschied: Sie alle haben sich freiwillig entschieden, Soldaten zu werden. Ich kann gut darauf verzichten.«

»Können Sie eben nicht. Sie sind doch Polizistin, oder? Sie tragen nur eine andere Art von Uniform.«

»Das ist aber schon ein Unterschied.«

»Wir stecken jetzt mittendrin in dieser Situation, es macht also keinen Sinn herumzujammern.«

»Ich jammere nicht herum, ich habe bloß Angst.«

»Ich auch. Ich bin ja nicht dumm. Aber ich habe gelernt, mit Angst umzugehen.«

»Vielleicht macht das ja Tapferkeit aus.«

»Das und darauf vorbereitet zu sein, so gut man kann.«

Es war eine brutale Logik, der Purcell da folgte. Rebecca hatte nicht mehr die Kraft, noch länger mit ihm zu diskutieren. Sie lehnte sich in ihrem Sitz zurück, um zu entspannen. Erste Regentropfen klatschten auf die Windschutzscheibe. Am Himmel waren dichte schwarze Wolken aufgezogen.

»Wie weit ist es noch?«, fragte sie. »Zu Ihnen nach Hause?«

»Vielleicht zehn Minuten.«

Die Wolken verwandelten den Tag in Nacht. »Sieht nicht so aus, als würden hier noch mehr Menschen leben außer Ihnen«, bemerkte sie.

»Das ist ja gerade das Schöne daran.«

»Normalerweise würde ich Ihnen zustimmen. Aber nicht heute. Nicht wenn wir Zivilisation um uns herum bräuchten.«

»Wir brauchen weder Zivilisation noch irgendwelche Menschen. Die würden uns sowieso nichts nützen. Tommy wird bald hier sein.«

»Rechtzeitig?«

Purcell zuckte mit den Achseln und vermied es, sie anzusehen.

Draußen zogen die Wolken über die Hügel und Weiden. Der Regen prasselte jetzt nur so auf die Scheibe. Purcell schaltete das Licht ein und die Scheibenwischer auf die schnellste Stufe, trotzdem konnten sie es mit den Wassermassen kaum aufnehmen.

»Sieht nach einer ganz schönen Katastrophe aus.« Purcell schielte zum Himmel hinauf.

Rebecca wusste nicht, ob er vom Wetter oder von dem redete, was ihnen bevorstand.

Hardy fuhr so schnell wie möglich von der Fähre hinunter und bog auf die Straße nach Tobermory ein. Logans Finger trommelten nervös auf seine Knie, während er selbst ängstlich zum Himmel hinaufschaute, der immer schwärzer wurde.

Der Regen setzte zunächst verhalten ein, doch dann schien es, als hätte jemand die himmlischen Schleusentore geöffnet, um alles aufgestaute Wasser über der Erde auszuschütten.

Plötzlich war sich Logan ihres Plans nicht mehr sicher – was Purcell und die Falle betraf, die sie den Männern stellen wollten. Es wirkte ganz und gar nicht so, als wären sie diejenigen, die alles im Griff hatten. Er äußerte Hardy gegenüber seine Bedenken.

»Roger verfügt über gewisse Fähigkeiten, die ihn zum besten Mann in einer Sache wie dieser machen«, sagte Hardy.

»Was meinst du damit, Tom? Sprich bitte nicht in Rätseln.«

»Er war kein einfacher Beschützer im Dienst Ihrer Majestät. Er hat bei geheimen Kommandos mitgewirkt. Operationen unter dem Deckmantel der Verschwiegenheit durchgeführt.«

»Du meinst, er hat für die Regierung Menschen umgebracht?«

Hardy machte eine abwehrende Geste. »Das habe ich so nicht gesagt.«

Es war wohl besser, das Thema zu wechseln.

11

Purcell bremste den Wagen ab, als sie über eine Hügelkuppe fuhren. Vor sich, gleich hinter der nächsten kleinen Erhebung, erblickte Rebecca ein einstöckiges Gebäude. Es ähnelte einem alten Farmhaus und war mit der Straße durch eine lange, breite Zufahrt verbunden. In der Mitte der Vorderfront befand sich die Tür mit je zwei Fenstern links und rechts und je zwei weiteren genau über diesen in der oberen Etage. Alles war symmetrisch, trotzdem erschien die linke Hälfte Rebecca ein wenig breiter. Hinter zweien der unteren Fenster brannte Licht, aus dem Schornstein stieg Rauch.

»Ist es das?«, fragte sie.

»Ja. Wie finden Sie's?«

Als ob sie für den Urlaub hierhergekommen war. *Ist auch alles so, wie Sie es sich vorgestellt haben, gnädige Frau?* Wollte er sich über sie lustig machen?

»Es gefällt Ihnen nicht?«, hakte er nach, als sie ihm die Antwort schuldig blieb.

»Soll das Ihr Ernst sein?«

Er sah sie an, als hätte sie ihn beleidigt.

»Hören Sie«, sagte sie, »das Haus ist wirklich hübsch, aber Sie werden vielleicht verstehen, dass ich mich in Anbetracht der Umstände nicht gerade vor Entzücken überschlage.« Ihre Stimme wurde lauter als beabsichtigt, klang wütend.

»Ich bin ja wohl nicht hier, um mich zu erholen und mir einen schönen Tag zu machen, oder?«, sagte sie in etwas versöhnlicherem Ton.

»Da haben Sie zwar recht, trotzdem …«

Trotzdem was? Meine Güte.

Als der Wagen den nächsten Hügel hinauffuhr, reflektierte der Außenspiegel auf ihrer Seite die Scheinwerfer des Verfolgerwagens, der ihnen unerbittlich auf den Fersen blieb.

»Wie wollen wir jetzt vorgehen?«, fragte sie. Vor Angst war ihr speiübel. »Was ist, wenn sie aufholen und aufs Ganze gehen, sowie wir vor dem Haus halten?«

»Keine Sorge. Ich habe ein elektrisches Tor. So wie von früher, aus Eisen. Man kann sich dem Haus nur über die Zufahrt oder zu Fuß über die Felder nähern.«

»Und dann wollen Sie sie sich vorknöpfen?«

Gott, wie sich das schon anhörte!

»Nein.«

»Mit Ihrer Waffe, meine ich.«

»Ich weiß, was Sie gemeint haben. Aber ich besitze keine Waffe. Habe ich Ihnen das nicht erzählt?«

Rebecca blickte ihn sprachlos an. Wie viel schlimmer konnte diese Sache noch werden? »Was, zum Teufel, sollen wir denn dann tun? Die Kerle sind jedenfalls bestimmt nicht unbewaffnet.«

»Das sehe ich auch so.«

»Und?«

»Und was? Ich kenne das Haus wie meine Westentasche. So lange Sie auf der Welt sind, bin ich Soldat gewesen – wahrscheinlich noch länger. Ich weiß, wie man einen Mann ohne Waffe tötet – oder ihn aus dem Verkehr zieht, ohne ihn gleich umzubringen. Ich weiß sogar mehr darüber, als Sie je wissen wollen.«

Hörte sie da Begeisterung in seiner Stimme? »Sie finden das alles unglaublich toll und aufregend, oder nicht?«

Als sie sich dem Tor näherten, holte Purcell eine kleine Fernbedienung aus der Türinnentasche seines Wagens und drückte einen der beiden Knöpfe. Während die zwei Torhälften langsam aufglitten, wartete er, bis die gesamte Einfahrt frei war.

Rebecca schaute sich noch einmal um. Der Wagen hinter ihnen hatte gehalten und seine Scheinwerfer ausgeschaltet. Im Regen und Halbdunkel des Unwetters war er kaum noch zu erkennen.

Als sie das Tor durchquert hatten, hielt Purcell sich die Fernbedienung über die Schulter und betätigte den zweiten Knopf. Die Flügel schlossen sich wieder, und das Schloss rastete mit einem metallischen Geräusch ein.

Vor dem Haus wendete er den Wagen, sodass Rebeccas Tür dem Haus näher war. Immerhin war er ein Gentleman, dachte sie, wollte, dass sie möglichst trocken ins Haus gelangte. Sie löste ihren Sicherheitsgurt und wartete, dass er ausstieg.

»Um Ihre Frage zu beantworten«, sagte er, »ja, ich genieße das hier tatsächlich. Und ich werde es noch mehr genießen, sobald es hart auf hart geht.« Als er merkte, dass sie zu einer Erwiderung ansetzte, hob er die Hand. »Ich weiß, dass Ihnen mein Benehmen ein wenig sonderbar vorkommen muss, aber das geht den meisten Leuten so. Jeder von uns hat seine eigene Persönlichkeit, Sie sollten nicht vorschnell über mich urteilen.«

In dem unbeleuchteten Innenraum des Wagens sah Rebecca ihm in die Augen.

»Der Grund, weshalb ich es in der Armee so weit gebracht habe, war, dass mir das Töten nichts ausgemacht hat«, fuhr er fort. »Weder schäme ich mich dafür, noch bin ich stolz darauf. So war es eben, und so bin ich. Wer von uns ist schon ohne Fehler?« Seine Augen blickten gleichgültig und ausdruckslos.

»Ich schätze, dass die Männer in dem Wagen dort ähnlich denken.«

Er schaute kurz über die Schulter. »Nein«, sagte er schließlich. »Zumindest nicht alle. Sonst wären wir uns nie begegnet, denn Sie wären längst tot.«

»Und warum tun sie dann so etwas?«

»Für Geld.«

»Und was nutzt uns diese Erkenntnis?«

»Sie verhilft uns zu einem Vorteil. Ich werde nicht den Bruchteil einer Sekunde zögern, und das kann schon reichen. Wenn der Killerinstinkt fehlt, werden Leute wie ich immer siegen.«

»Auch wenn sie unbewaffnet sind?«

»Das werden wir dann ja sehen.« Er öffnete die Fahrertür.

»Sie kennen solche Situationen von früher, oder?«

Wieder zwinkerte er ihr zu, die Macke eines Geistesgestörten. Aber diesmal wirkte die Geste seltsam beruhigend.

Logan hielt sein BlackBerry in die Höhe, um endlich ein Netz zu finden, als das Display plötzlich hell aufleuchtete und das Mobiltelefon in seiner Hand zu vibrieren begann.

Da er die Nummer nicht kannte, ließ er Hardy einen Blick darauf werfen, der nickte. Als Logan Rebeccas Stimme hörte, spürte er einen Kloß im Hals.

Ich ertrage das Gefühl nicht, alles schon einmal erlebt zu haben.

»Ich bin's, Logan«, sagte sie. »Ich bin bei Purcell. Die anderen warten draußen vor dem Haus.«

Seine Angst sprach auch aus ihrer Stimme.

»Wir sind schon auf Mull«, sagte er. »Wir kommen, so schnell es geht.«

»Sie werden uns angreifen, bevor ihr hier seid. Ich weiß es.«

»Wir sind gleich da. Es wird alles gut.«

Selbst in seinen Ohren hörten sich seine Worte keineswegs überzeugend an. Er hasste es, Rebecca nicht besser trösten zu können.

»Purcell will Tom sprechen«, sagte sie.

Logan gab Hardy das Telefon.

»Roger?«, sagte Hardy. »Was wirst du tun?«

»Kann ich noch nicht sagen, Tommy. Das entscheide ich, wenn ich weiß, wie sie sich verhalten.«

»Und was sollen wir machen, wenn wir bei euch ankommen?«

Purcell lachte spöttisch. »Ihr tut, was sich ergibt. Tretet die Tür ein, schießt auf alles, was sich bewegt. Und während sich der Pulverdampf legt, betet ihr, dass ihr keinen von uns erwischt habt.«

12

Hudson fuhr langsam und mit ausgeschalteten Scheinwerfern über den Hügel und hielt eine Wagenlänge vor dem Gittertor. Durch den Schleier des vom schwarzgrauen Himmel herabprasselnden Regens starrte er es an.

»Mit dem Wagen kommen wir da nicht durch«, kommentierte Nummer zwei vom Beifahrersitz aus.

»Das weiß ich selbst.«

»Was machen wir also?«

Hudson ignorierte die Frage, gab wieder Gas und fuhr die Straße weiter über den nächsten Anstieg, bis sie außer Sichtweite des Hauses waren. Von hier aus konnte man von dem Gebäude nur noch das graue Schieferdach über dem dichten Gras der Weide erkennen.

»Wir bilden Zweiergruppen.« Hudson löste den Gurt und drehte sich auf dem Sitz, um zu all seinen Leuten gleichzeitig sprechen zu können.

»Der alte Knabe da drin dürfte bewaffnet sein«, sagte Nummer fünf.

Hudson nickte. »Davon müssen wir ausgehen. Außerdem wird er gesehen haben, dass wir vorbeigefahren sind.«

»Wir umstellen das Haus?«, fragte Nummer zwei.

»Genau. Du und ich, wir beide schleichen uns ungesehen über den Abhang auf dieser Seite an und gehen dann um das

Haus herum. Ihr zwei«, er wies mit dem Finger auf Nummer drei und Nummer fünf, »nähert euch von der anderen Seite in einem großem Bogen, damit ihr von den rückwärtigen Fenstern aus nicht gesehen werdet.«

Unter keinen Umständen wollte Hudson bei diesem Frontalangriff mit Drei oder mit Fünf ein Team bilden. Es war nicht gerade ideal, sich in ein starkes und ein schwaches Duo aufzuteilen, aber ihm blieb keine andere Wahl. Drei und Fünf hatten ihnen die Suppe eingebrockt, also mussten sie sie auch auslöffeln.

»Was dann?«, fragte Fünf.

»Ihr geht von hinten rein, wir von vorn. Nehmt euch ein Fenster vor, aber seid schlau. Einer von euch schlägt es ein, ohne einzusteigen. Der andere nimmt sich zeitgleich das Fenster vor, das am weitesten von dem eingeschlagenen entfernt liegt, und gelangt dadurch ins Haus. Verstanden?«

Alle nickten.

»Gut«, sagte Hudson. »Dann bringen wir's hinter uns.«

Er bekam die volle Wucht des Platzregens zu spüren, als er ausstieg und zum Kofferraum des Wagens ging. Dabei ließ er keinen Augenblick lang die Umgebung aus den Augen, blickte sich nach allen Seiten um, falls der Alte aus dem Haus beschließen sollte, ihnen zuvorzukommen.

Er holte seine zweite Glock aus dem Kofferraum und steckte sie neben die erste in den Hosenbund seiner Jeans. Schnell zog er sein T-Shirt und die Jacke darüber, damit sie nicht feucht wurden. Das Metall der Läufe fühlte sich kalt auf seinem Bauch an. Dann schlüpfte er in seine schusssichere Weste, bevor er die Kofferraumklappe wieder vorsichtig schloss, sodass nur ein leises Einrasten zu hören war. Er wollte so wenig Geräusche wie möglich machen.

»Ihr geht zuerst los, weil ihr den weiteren Weg habt und du ein Trottel bist«, sagte er und sah Drei an. »Wir verständigen uns mittels Handzeichen, wenn wir an den Hausecken Posten bezogen haben. Danach schlagen wir zu.«

13

»Wie weit noch?«, fragte Logan.

»Zehn Minuten, mehr nicht.«

»Sollten wir uns nicht vorbereiten? Die Westen anziehen, die Waffen laden?«

»Nein. Rogers Haus liegt hinter einem Hügel. Kurz vor der Kuppe kann man uns vom Haus aus nicht sehen, von dort schleichen wir uns zu Fuß an. Das Wetter wird unsere Geräusche schlucken, wenn wir uns nähern.«

»Ist denn noch genug Zeit?«

»Es bleibt uns keine Zeit, es anders zu machen. Es muss gleich beim ersten Mal hinhauen. Wir haben nur eine Chance, aber das hast du inzwischen kapiert, oder, Logan?«

Er nickte. Er musste sich darauf verlassen, dass Hardys Plan funktionierte. »Wie willst du vorgehen?«, fragte er.

»Wie immer. Wir werden uns den Gegebenheiten anpassen. Wenn die Kerle bereits ins Haus eingedrungen sind, wovon wir ausgehen müssen, werden wir ihnen auf dem gleichen Weg folgen, den sie genommen haben. Da wir uns mit Roger und Becky nicht verständigen können, besteht die Möglichkeit, dass es gleich zu Anfang ein bisschen laut wird.«

Logan verstand den Euphemismus. Erst schießen, alles andere ergibt sich dann später. Zwar konnte er mittlerweile mit einer Waffe umgehen, aber das hier war doch etwas gänzlich anders als bisher. Er war noch nie an einem Frontalangriff beteiligt gewesen. Das war Söldnerhandwerk, und er war kein Söldner.

»Gehen wir zusammen rein?«, fragte er.

»Ja. So können wir uns gegenseitig Deckung geben. Ginge jeder auf eigene Faust, wäre das freiwilliger Selbstmord.«

Logan nickte. Sämtliche Farbe war aus seinem Gesicht gewichen. Hardy warf ihm einen kurzen Blick von der Seite zu, während er den Jeep durch den Regen jagte.

»Ruhig Blut«, sagte er, »ich bin ja bei dir.«

Ein schwacher Trost.

14

»Wollen Sie denn nicht wenigstens die Tür abschließen?«, fragte Rebecca, als sich Purcell an ihr vorbeidrängte und den langen Flur entlangschritt. Sie folgte ihm mit raschen Schritten und beobachtete, wie er die Tür entriegelte, die von der Küche in den Garten hinter dem Haus führte. Er wandte sich um und sah sie an.

»Wenn wir ihnen eine Zugangsmöglichkeit verschaffen, stehen die Chancen gut, dass sie auch genau diese nutzen werden.«

»Wäre es nicht besser, sie sich noch ein bisschen länger vom Leib zu halten?«

Er deutete grinsend auf eines der Fenster. »Die sind alle nur aus dünnem Glas. Man braucht nicht mehr als einen Stein oder einen Pistolengriff, um sie einzuschlagen. Selbst eine verschlossene Tür verschafft uns im günstigsten Falle nur zehn Sekunden. Der strategische Vorteil zu wissen, wo sie das Haus betreten werden, ist mehr wert.«

»Werden sie es nicht für eine Falle halten und trotzdem ein Fenster einschlagen?«

Er zuckte mit den Achseln. »Das werden wir dann schon sehen.«

Er ging zum Gasherd und begann vier kleine Töpfe mit Speiseöl zu erhitzen.

»Kochendes Öl?«, fragte sie skeptisch.

»Nicht gerade zu empfehlen. Schlimmes Zeug.«

Er zog zwei mittelgroße Edelstahlmesser aus einem Messerblock, der auf der Arbeitsplatte stand.

»Warum nicht die größten?«, fragte Rebecca.

»Können unhandlich sein. Beweglichkeit ist besser.«

Aus einer Schublade unter der Arbeitsplatte nahm er ein Schleifeisen und bearbeitete mit geübter Hand die beiden Klingen, bis er mit ihrer Schärfe zufrieden war. Dann reichte er Rebecca eines der Messer.

»Wenn es sich nicht vermeiden lässt«, instruierte er sie, »zielen Sie auf weiche Körperteile. Die Kehle bietet sich beispielsweise an. Sie ist ungeschützt, also haben Sie freie Bahn zur vorn liegenden Luftröhre und der Aorta. Und nur keine Scheu. Sie stechen fest zu und ziehen die Klinge dann wieder heraus, indem Sie sie seitlich drehen. Damit reißen Sie alles in Fetzen.«

Rebecca dachte an Roddy, daran, dass er in der Gasse verblutet war.

Purcell legte ihr die Hand auf die Schulter. »Zimperlichkeit können wir uns jetzt nicht leisten. Also, auf ins Obergeschoss!«

»Wir lauern ihnen nicht hier unten auf?«

»Und sind ihnen ein leichtes Ziel? Nein. Sie haben wohl

nie davon gehört, wie die Spartaner sich im zweiten Perserkrieg den Engpass der Thermopylen zunutze gemacht haben? Es gibt nur diese eine Treppe, die sie nehmen müssen, um nach oben zu gelangen. Hier können wir sie stellen und uns zur Wehr setzen. Wir nehmen das heiße Öl mit nach oben und werden es dann über diese Arschlöcher schütten. Zielen Sie auf die Gesichter, damit sie nichts mehr sehen können. Anschließend können wir sie uns aus nächster Nähe vornehmen.«

»Wenn es denn sein muss«, meinte Rebecca. »Falls Tom und Logan nicht rechtzeitig hier sind.«

»Natürlich nur dann.«

Rebecca konnte nur schwer glauben, dass Purcell so lange abwarten würde. Die Aussicht auf einen Nahkampf erfüllte ihn mit unübersehbarer Freude.

15

Hudson drückte sich mit dem Rücken gegen die Mauer und wischte sich über das Gesicht. Zu lästig, dass der Platzregen nicht nachlassen wollte und ihn bis auf die Haut durchnässte. Nummer zwei stellte sich neben ihn. Hudson warf einen Blick um die hintere Hausecke, um zu sehen, ob Drei und Fünf schon auf ihrem Posten waren. Er konnte keine Spur von ihnen entdecken, dafür aber sehen, dass sämtliche Lichter in dem Haus erloschen waren.

Also bereitete man sich schon auf ihren Besuch vor.

Einen Moment lang erwog Hudson, die Sache hier und jetzt abzublasen, zum Wagen zu rennen und zur Fähre zurückzufahren. Aber das war auch keine Lösung. Er wusste eigentlich kaum etwas über seinen Auftraggeber, von dem er die ganzen letzten Jahre Geld erhalten hatte – nur dass dieser Mann ganz sicher keinen Spaß verstand. Gemessen daran, was er ihm bei diesem Auftrag zugemutet hatte, konnte kein Zweifel daran bestehen, dass er ihn bei Nichterfüllung nicht ohne Konsequenzen davonkommen lassen würde.

Er wich von der Hausecke zurück, wandte sich Zwei zu und schüttelte den Kopf, um ihm zu bedeuten, dass die anderen ihre Stellung noch nicht eingenommen hatten. Er schaute auf seine Uhr, wartete eine halbe Minute, sah noch einmal um die Ecke.

Nichts.

Wo blieben die nur, zum Teufel?

Er wiederholte den Vorgang noch zwei Mal, bis er endlich vom anderen Ende des Hauses das vereinbarte Zeichen erhielt. Nachdem er es erwidert hatte, drückte er sich gemeinsam mit Zwei unter dem einzigen Erdgeschossfenster an der Schmalseite des Hauses vorbei, um zur Vorderfront des Gebäudes zu gelangen. Mit einem raschen Blick vergewisserte er sich, dass alles ruhig war, dann gab er Zwei ein Zeichen, ihm zu folgen, und trat einen Schritt vor, während er unter seine Jacke griff und eine der beiden Waffen hervorholte.

16

Rebecca wartete in dem stockdunklen Schlafzimmer im Obergeschoss des Hauses. Purcell saß im Flur, den Rücken an die Wand gelehnt, die vier Töpfe mit dem immer noch dampfenden Öl neben sich. Die Szene wirkte absurd, hätte

Rebecca nicht so schreckliche Angst gehabt, hätte sie laut aufgelacht.

Sie hatten erst einige Minuten lang in ihren Positionen ausgeharrt, als das durchdringende Geräusch von mehreren Fenstern, die gleichzeitig eingeschlagen wurden, die Stille durchbrach. Rebecca schreckte hoch und unterdrückte einen Schrei, indem ihre Hand jäh vor ihren Mund flog. Purcell schaute hinter dem Türrahmen hervor und hielt sich den Finger an die Lippen. Sie sollte sich still verhalten.

Komm schon, Logan, wo bleibst du?

Rebecca lauschte angestrengt in die darauffolgende Stille. Nach ein paar Minuten knirschten Schritte über Glassplitter hinweg. Sie waren im Haus.

Dann verstummte das Geräusch der Schritte, und über sie senkte sich erneute Stille.

Purcell schob sich langsam an der Wand in den Stand hoch. Mit der linken Hand nahm er einen der Töpfe vom Boden, während er in der anderen das Messer hielt.

Auch Rebecca erhob sich und trat zur Schlafzimmertür. Ihr Messer hielt sie in beiden Händen.

Purcell drehte sich um und gab ihr mit der rechten Hand ein Zeichen, in den Raum zurückzugehen und sich von der Tür fernzuhalten, aber sie kniff die Lippen zu einem schmalen Strich zusammen und schüttelte den Kopf. Wütend zog Purcell die Augenbrauen in die Höhe, blieb aber, wo er war.

Am Fuße der Treppe tat sich etwas: nasse Schuhe auf steinernem Flurboden. Nur ein leises Quietschen, aber definitiv da. Rebecca hielt die Luft an, als Purcell sich näher an den Treppenabsatz herantastete und sich mit dem ersten Topf Öl in Position brachte.

17

Nachdem sie vor der kleinen Anhöhe gehalten hatten, folgte Logan Hardy zum Heck ihres Jeeps. Seine Kleidung wurde vom Regen augenblicklich durchnässt. In der Ferne glaubte er, ein leises Donnergrollen zu hören.

Hardy öffnete den Kofferraum und warf die Plane beiseite, mit der er ihre Ausrüstung abgedeckt hatte. Schnell legten sie ihre schusssicheren Westen an, dann wartete Logan im Regen, bis Hardy die Waffen überprüft hatte. Anschließend steckte Logan seine Handfeuerwaffe ein und schulterte die kompakte Maschinenpistole. Gemeinsam machten sie sich auf den Weg den Hügel hinauf, wobei ihre Füße immer wieder auf dem nassen Gras ausrutschten.

Als sie sich der Kuppe näherten, verlangsamte Hardy sein Tempo, und Logan tat es ihm nach. Das Herz schlug ihm vor Aufregung bis zum Hals.

Hardy ging in die Hocke, blickte über die Kuppe hinweg und gab Logan dann ein Zeichen, zu ihm aufzuschließen. Logan erblickte das Haus und den davor abgestellten Saab, aber kein anderes Fahrzeug. Im Haus war alles dunkel.

Hardy verharrte an Ort und Stelle und deutete auf die Fenster im Erdgeschoss. Logan musste sich anstrengen, um zu erkennen, dass zwei davon eingeschlagen waren.

»Wir müssen jetzt handeln«, sagte Hardy.

Logan nickte, dann rannten beide in geduckter Haltung los, die Maschinenpistolen vor der Brust.

Je näher sie dem Haus kamen, umso stärker spürte Logan die Anspannung mit jeder Faser seines Körpers. Jeden Moment erwartete er, von Schüssen aus einem der Fenster niedergestreckt zu werden.

Aber nichts dergleichen geschah. Sie erreichten die Steinmauer, die das Grundstück begrenzte. Sie war rund einen Meter hoch, sodass sie sich dahinter verbergen konnten.

»Ich kann keine Bewegung erkennen«, sagte Hardy. »Du?«

»Nein«, antwortete Logan und schüttelte den Kopf.

Hardy beobachtete mit gerunzelter Stirn das Haus.

»Was jetzt?«, fragte Logan.

»Wir stürmen die Bude. Eine andere Wahl haben wir nicht.«

Hardy erhob sich und hechtete über die Mauer, Logan folgte unmittelbar hinter ihm. Diesmal hielten sie im Laufen ihre Maschinenpistolen mit dem Griff nahe der Schulter, um sofort auf jedes Ziel feuern zu können, das sich ihnen bot.

18

Weitere leise Geräusche, wieder Schritte auf dem Steinboden. Dann war wieder alles totenstill. Purcell verharrte in angespannter Haltung am Treppenabsatz.

Ein Knarren der alten Holzstufen, als diese unter dem Gewicht eines Mannes ächzten. Purcell handelte augenblicklich. Er kippte das Öl hinunter und den Inhalt des zweiten Topfes sofort hinterher.

Ein gellender Aufschrei.

Dann ein grelles Aufblitzen auf der Treppe, das von Höllenlärm begleitet wurde.

Schüsse.

Mehrere.

Kugeln schlugen mit einem dumpfen Geräusch in die

Wand hinter dem Treppenabsatz. Rebecca zog sich rasch zurück, als ihr Gips und Holzsplitter um die Ohren flogen.

Purcell griff gerade nach dem dritten Topf Öl und kniff immer wieder die Augen zusammen, um den Staub wegzublinzeln.

Vom Fuß der Treppe hörten sie gequältes Stöhnen. Jemand entfernte sich rasch über den Steinboden.

Dann das Trampeln von Schritten, die die Treppe hoch auf sie zustürzten.

»Nicht!«, schrie jemand von unten.

Purcell wich zur Seite. Weitere Schüsse fielen, und eine Mauerecke oberhalb der Treppe zerbarst. Als Purcell den Kopf abwandte, um sein Gesicht zu schützen, ließ er den Topf fallen. Heißes Öl ergoss sich über den hölzernen Treppenabsatz.

Ein Mann erschien am Ende der Treppe. Sein Kopf fuhr herum, als er Purcell bemerkte, und er hob seine Waffe.

Rebecca stieß einen Schrei aus.

Purcell riss sein Messer hoch und stieß es dem Angreifer so tief in die Brust, dass man sein Brustbein splittern hörte.

Der Mann riss Augen und Mund auf, ließ die Waffe fallen, die die Treppe hinunterklapperte, und schlug wie besessen, aber vergeblich auf Purcells Hände ein. Rebecca sah die üblen Verbrennungen an seinen eigenen Händen und in seinem Gesicht. Das Öl hatte sein Ziel nicht verfehlt.

Purcell zog das Messer aus der Brust des Mannes und rammte es ihm mit einer blitzschnellen Bewegung in die Kehle, um es sogleich wieder in einem anderen Winkel herauszuziehen.

Blut spritzte an die Wände.

Purcell machte einen Schritt auf den Mann zu und versetzte ihm einen Tritt, sodass er rücklings die Treppe hinunterstürzte.

Dann begann die Schießerei. Kugeln blieben neben Purcell in der Wand stecken. Als er sich duckte, grinste er Rebecca an. Blut hatte bereits rote Bahnen in dem weißen Gipsstaub auf seinem Gesicht gezogen. Purcell sah aus, als trüge er Kriegsbemalung.

Nie wieder in ihrem Leben wollte Rebecca diesen Gesichtsausdruck sehen müssen.

19

Während er neben Hardy herlief, hörte Logan die Schüsse und sah, wie das Innere des Hauses vom Mündungsfeuer erhellt wurde. Noch fünfzig Meter bis zur Haustür. Weitere Schüsse. Schreie drangen aus dem Haus.

Noch dreißig Meter, dann nur noch zwanzig.

Plötzlich war alles still, keine Schüsse waren mehr zu hören.

Hardy erreichte das Haus und drückte sich neben der Tür an die Wand, Logan nahm auf der anderen Türseite Aufstellung. Er sah Hardy an, erwartete Anweisungen.

»Warte«, sagte Hardy.

Logan wischte sich mit dem Handrücken den Regen fort, der ihm in die Augen lief. Er musste wissen, was die plötzliche Stille zu bedeuten hatte. Vor seinem geistigen Auge sah er Penny in ihrem eigenen Blut liegen. Dann verzerrte, verwandelte sich ihr Gesicht, und es wurde zu Beckys.

Logan schloss die Augen, um das Bild aus seinen Gedanken zu verbannen, aber es wollte nicht verschwinden.

Nicht noch einmal. Nicht vor meinen Augen.

Aus dem Haus ertönten wieder Schüsse.

20

Rebecca und Purcell wurden vom Erdgeschoss aus unter Dauerfeuer gesetzt. Rebecca duckte sich, als weiterer Gips von der Wand abplatzte und Staub ihr die Luft nahm.

Schritte auf der Treppe, einer der Männer gab seinem Kollegen Feuerschutz.

Purcell hatte sich hingekniet, griff nach dem letzten Topf Öl und schleuderte ihn um die Ecke des Treppenabsatzes, als einer der Männer die oberste Stufe erreichte.

Die heiße Flüssigkeit traf ihn im Gesicht, lief ihm in die Augen und in den Mund. Ein Schrei drang gurgelnd aus seiner Kehle. Purcell stieß ihm mehrfach das Messer in die Brust und in den Hals – kurz und heftig.

Von unten wurde weiterhin geschossen, und plötzlich kippte auch Purcell mit einem Schrei nach hinten.

Der Mann auf der Treppe hielt sich die Hände auf seine Wunden, aber es gelang ihm nicht, den Blutstrom zu stoppen. Er fiel vornüber und schlug mit dem Gesicht auf die oberste Treppenstufe, bevor sein toter Körper nach unten rutschte.

Als Purcell nach Rebecca tastete, ergriff sie seine Hand, zog ihn zu sich ins Zimmer und schlug die Tür zu. Er hielt sein Bein umklammert, über seine Finger rann Blut. Wieder hörten sie Schritte auf der Treppe, als einer der noch lebenden Männer zu ihnen heraufgehastet kam. Schüsse rissen Löcher in das Holz der Schlafzimmertür, Splitter bohrten sich in Rebeccas Wangen. Instinktiv hielt sie sich die Hand vor das Gesicht, um ihre Augen zu schützen.

Auch Purcell hob die Hand, allerdings um ihr die Waffe zu zeigen, die er dem zweiten Angreifer abgenommen hatte. Grinsend entblößte er seine blutverschmierten Zähne.

21

Als Hudson die Treppe hinaufstürmte, musste er über die Leichen von Nummer fünf und Nummer zwei hinwegsteigen. Er vermied es, sie anzusehen. Nummer drei gab ihm von unten Feuerschutz, er spürte, wie die Kugeln an ihm vorbeisausten. Je näher er dem ersten Geschoss kam, desto stickiger wurde die Luft.

Oben auf dem Treppenabsatz angekommen stellte Drei das Feuer ein. Hudson zielte hinter die Ecke, wo er seinen Gegner gesehen hatte, der schuld am Tod von Nummer zwei und fünf war, aber da war niemand.

Hudsons Blick schoss nach allen Seiten, um sich einen Überblick zu verschaffen. Unmittelbar zu seiner Linken öffnete sich eine Tür einen Spalt breit, und die unverwechselbare Form eines Pistolenlaufes tauchte darin auf.

Binnen Sekundenbruchteilen musste er eine Entscheidung treffen. Entweder riss er seine Waffe herum und feuerte, oder er ließ sie fallen und hob die Hände.

Er zögerte. Sich zu ergeben war meistens ein fataler Fehler.

Nichts geschah.

Er schielte durch den Türspalt an dem auf seinen Kopf gerichteten Lauf vorbei und erblickte das blutverschmierte Gesicht eines grinsenden Scheusals.

Hudson hob seine freie Hand und legte langsam seine Pistole auf den Boden.

»Boss?«, rief Nummer drei von unten.

Der Mann in dem Zimmer streckte Hudson eine bluttriefende Hand entgegen und krümmte den Zeigefinger, um Hudson zu bedeuten, zu ihm zu kommen. Hudson blieb keine andere Wahl. Vorsichtig betrat er das Zimmer, während der Mann zwar vor ihm zurückwich, aber weiterhin mit der Waffe auf sein Gesicht zielte.

Hinter dem Mann saß die Polizistin auf dem Fußboden.

»Boss?«, rief Drei noch einmal, dann betrat er mit seiner Pistole im Anschlag das obere Stockwerk.

22

Logan hörte eine Stimme, die im Hausinneren etwas schrie. Er konnte nicht länger warten, also schob er sich an Hardy vorbei und mit erhobener Waffe durch die Tür.

Hardy folgte ihm.

Am Fuß einer Treppe, die vom Hausflur in die obere Etage führte, stand ein Mann. Als er sie bemerkte, drehte er sich um und richtete eine Pistole auf sie. Sein Gesicht war mit Narben übersät, die Lippe blutete aus einem Riss, und ein Bein war vom Knie abwärts bandagiert. Erschrocken riss er die Augen auf, als Logan auf ihn zutrat. Ihm blieb keine Zeit für eine Reaktion, denn Logan hatte mit seiner MP schon ausgeholt und rammte ihm die Schulterstütze ins Gesicht.

Kaum noch bei Bewusstsein ging er zu Boden. Seine Waffe entglitt ihm, während er mit grobmotorischen Bewegungen sein Gesicht mit seinen Händen schützen wollte. Offenbar vermochte er seinen Körper nicht mehr zu kontrollieren.

Hardy zog ein paar Kabelbinder aus seiner Hosentasche, drehte den Mann auf den Bauch und fesselte ihm die Hände auf dem Rücken. Er warf die Pistole des Mannes an Logan vorbei zur Tür hinaus, dann zeigte er mit dem Lauf seiner MP Richtung Treppe.

Logan rührte sich nicht von der Stelle. Er wollte Hardy den ersten Schritt überlassen. Da erblickten sie die zwei zusammengekrümmten Leichen, die auf den Treppenstufen lagen.

»Tommy!«, rief von oben eine Stimme. »Bist du das?«

Hardy blickte Logan an, dessen Gesicht wieder voller Hoffnung war.

»Roger?«, rief Hardy. »Wie ist die Lage?«

»Ich habe hier oben alles im Griff.«

Logan ließ seine MP fallen, schob Hardys Hand, mit der er ihn zurückhalten wollte, beiseite und stürzte an ihm vorbei, indem er zwei Stufen auf einmal nahm. »Becky!«

Im oberen Geschoss sah er Purcell hinter der geöffneten Tür über einem knienden Mann stehen, dem er eine Pistole an den Hinterkopf hielt.

»Becky?«, rief Logan noch einmal, weil er sie nirgendwo entdecken konnte.

Rebecca trat hinter Purcell hervor, schlang ihre Arme um Logan und vergrub ihr Gesicht an seiner Schulter.

23

Hudson und Nummer drei saßen mit dem Rücken an der Wand auf dem Fußboden von Purcells Küche. In der Mitte des Raumes hatten Logan, Rebecca, Hardy und Purcell um einen großen Eichentisch herum Platz genommen. Hardy hatte seinen Stuhl so gedreht, dass er die beiden Männer im Auge hatte.

Purcell hatte sein Bein bereits untersucht und festgestellt, dass die Kugel glatt durch das Fleisch seines Unterschenkels hindurchgegangen war. Ein paar Muskeln waren durchtrennt, aber keine Knochen und auch keine wichtigen Blutbahnen verletzt worden. Er hatte seine Wunde gereinigt und sie von Hardy verbinden lassen, bevor er eine weite Hose und eine wärmende Fleecejacke anzog.

»Wir haben da einen Arzt«, sagte Hardy zu Purcell. »Ich werde ihn hierherkommen lassen, damit er sich das Bein mal ordentlich ansieht.«

»Vielen Dank, Tommy. Ich weiß das zu schätzen.«

Hardy nickte, während er den Blick auf Hudson und Nummer drei gerichtet hielt.

»Was habt ihr mit den Leichen gemacht?«, wollte Purcell wissen.

»Liegen draußen auf deiner Veranda unter der Tischdecke«, sagte Hardy. »Ich hatte das Gefühl, dass wir sie noch für irgendetwas brauchen können, obwohl ich noch nicht recht weiß, wofür.«

Purcell runzelte die Stirn.

Rebecca konnte ihre Augen nicht von Nummer drei nehmen, von den Narben in seinem Gesicht, den Verletzungen, die sie ihm in der Gasse in Fort William mit ihren Tritten beigebracht hatte. Er erwiderte ihren Blick. Sie wollte ihm standhalten, wollte ihm zeigen, wer hier die Stärkere war, doch letzten Endes wandte dann doch sie den Blick zuerst ab.

»Und diese beiden hier kommen jetzt so davon?«, fragte sie.

»Ja«, sagte Hardy. »Anders geht's nicht. Keine weiteren Toten mehr.«

»Aber er hat Roddy umgebracht!« Sie zeigte auf Nummer drei. »Und mich wollte er auch töten.«

»Sie haben auch Washington und Bails' schwere Verletzungen auf dem Gewissen, aber wir müssen damit weiterleben. So sind die Regeln, wenn Krieg herrscht. Es gibt andere Prioritäten als blutige Rache.«

Logan betrachtete die Telefone, die sie den Männern abgenommen hatten und die nun auf dem Tisch lagen. Er nahm das von Hudson und ging die Liste der empfangenen Anrufe durch. Die meisten Anrufer wurden über einen Zahlencode identifiziert, lediglich zwei waren unverschlüsselt. Zu ihren Namen erschien tatsächlich eine Telefonnummer auf dem Display: eine mit Londoner Vorwahl und eine Mobilfunknummer.

»Sie haben also wirklich ein numerisches Codesystem verwendet«, sagte er. »Und wir haben ihre sämtlichen Handys.«

»Das wird für Echelon reichen«, sagte Purcell.

Hardy nickte, erhob sich und ging zu den beiden Gefangenen. Er bückte sich, legte seine MP zu seinen Füßen auf den Boden und hielt Hudson das Telefondisplay unter die Nase. »Wessen Nummern sind das?«, fragte er.

Hudson blickte vom Telefon zur Maschinenpistole, zu Hardy und wieder zurück. Die Sache war gelaufen. Entweder kooperierte er mit diesen Leuten, oder er würde so enden wie Nummer zwei und Nummer fünf. Er musste nicht lange überlegen. Wenn man sich vor Augen führte, wozu diese Typen fähig waren, war es eine höchst vernünftige Entscheidung, sich auf ihre Seite zu schlagen.

»Die eine ist von unserem Auftraggeber«, sagte er. »Seine Londoner Nummer. Von ihm bekomme ich mein Geld.«

»Und die andere?«

»Das weiß ich nicht.«

»Das nehme ich dir nicht ab.«

»Ich weiß nicht, wer der Kerl ist, wollte ich sagen. Ich weiß nur, dass er mir eine Rolex übergeben hat, die wir mit in den Zünder einbauen sollten. Sie hatte nicht einmal eine spezielle Funktion. Aber wenn ich einen Auftrag ausführe, stelle ich keine Fragen.«

»Das muss Devon Leonard gewesen sein«, sagte Logan. Auch er stellte sich jetzt vor Hudson. »Bist du diesem Typen persönlich begegnet?«

»Ja«, sagte Hudson.

»Beschreib ihn.«

Hudson gab eine detaillierte Beschreibung von Leonard ab. Sogar dessen Cowboystiefel vergaß er nicht.

»Definitiv Leonard«, stellte Logan fest.

Hardy ging zu seinem Platz am Tisch zurück. Logan blieb an Ort und Stelle.

»Ihr habt das alles wegen des Geldes gemacht?«, fragte er.

Hudson schwieg. Nummer drei grinste.

Rebecca stellte sich neben Logan und sah Drei an.

»Und? Was ist schon dabei?«, sagte Drei.

Sie gab ihm eine Ohrfeige. Nummer drei schrie auf, und sie schlug ihm noch einmal ins Gesicht. Diesmal etwas heftiger, sodass er zur Seite fiel und sich wegzurollen versuchte.

»Du solltest besser etwas höflicher zu diesen Leuten sein«, riet Hudson seinem Kollegen.

Logan fasste Rebecca sanft am Arm und zog sie von Nummer drei weg. Die beiden setzten sich wieder, während der Mann sich grunzend auf dem Boden wälzte.

»Wie machen wir das nun?«, fragte Hardy. »Wie verkaufen wir die Geschichte?«

»Darüber habe ich auch schon nachgedacht.« Logan beugte sich vor und drehte Hudsons Handy auf der Tischplatte. »Wenn ich dich und Roger richtig verstanden habe, werden diese Telefone es den Leuten von Echelon ermöglichen, Telefonverbindungen, in denen von Becky und von der Bombenexplosion die Rede gewesen ist, zu rekonstruieren. Und dann müssen da noch die Gespräche sein, die Weiss und Leonard direkt mit einem dieser Telefone geführt haben, womit sie sich wiederum als Auftraggeber der Killer verraten. Außerdem hat Weiss mir erzählt, er habe Leonard Geld vorgestreckt, um seine Firma zu gründen. Das ist die Verbindung zwischen den beiden. Da Leonard Tara Byrnes Manager ist, braucht man also nur noch eins und eins zusammenzuzählen, und die Hintergründe des Bombenanschlags sind klar.

»Hört sich gut an«, sagte Hardy.

Rebecca konnte ihren Blick noch immer nicht von Nummer drei abwenden. Inzwischen versuchte er sich wieder in eine aufrechte Sitzhaltung zu bringen, indem er sich gegen die Wand stemmte, war aber bisher erfolglos geblieben.

»Würdest du nach London fahren und deinen Kontaktleuten von Echelon all das vorlegen?«, fragte Logan Purcell. »Es wird bestimmt allerhand Überzeugungsarbeit nötig sein, und wir müssen noch die Einzelheiten ausarbeiten, damit alles ein schlüssiges Gesamtbild ergibt. Das heißt, dass du die Insel verlassen müsstest.«

»Daran führt wohl kein Weg vorbei«, sagte er. »Ich muss das schon persönlich in die Hand nehmen.«

»Und das wirst du tun?«

»Klar. Meine Leute in London verfügen über genügend Einfluss, um dafür zu sorgen, dass der Fall den Cops in Glasgow entzogen wird und sich eine überregionale Sondereinheit zur Bekämpfung des organisierten Verbrechens seiner annimmt. Dann werden die Hebel an den richtigen Stellen angesetzt. Womit ich natürlich nichts gegen die Glasgower Polizei sagen will.«

Rebecca schmunzelte.

»Allerdings gibt es da noch ein Problem, das wir noch gar nicht angesprochen haben«, sagte Logan. »Gabriel Weiss. Er wird das alles nicht so einfach geschehen lassen und anstandslos in Haft gehen. Eher wird er die Geschichte in der Öffentlichkeit verbreiten, um uns mit ihm ins Verderben zu reißen – damit ginge der Schuss nach hinten los.«

»Da hast du wahrscheinlich recht«, sagte Rebecca.

»Ich kenne solche Typen«, sagte Purcell. »Vermutlich hat er nicht nur jede Menge Geld, sondern auch Rechtsverdreher zur Hand, die in seinen Diensten stehen. Was ihn betrifft, brauchen wir eine andere Lösung.« Er erhob sich und ging zu Hudson und Nummer drei hinüber. Hudson zuckte in Vorahnung von Schlägen zusammen.

»Und was meinst du dazu, mein Sohn?«, fragte Purcell.

»Ich habe schon eine Weile darüber nachgedacht«, sagte Hudson, der nun eine Möglichkeit sah, seinen Kopf aus der Schlinge zu ziehen, »vielleicht dürfte ich euch bei dieser Sache behilflich sein?«

»Ich hatte gehofft, dass du das sagen würdest.«

7. Teil: Der Ausklang

1

Gabriel Weiss erwachte von dem Radiowecker auf seinem Nachttisch. Er streckte den Arm aus und drückte auf einen Knopf, um ihn auszuschalten. Es war kurz nach halb acht am Morgen.

Seine dreigeschossige Stadtvilla lag in einem ausgesprochen noblen Londoner Stadtteil. Als er vor fünf Jahren hier eingezogen war, hatte er jede Etage renovieren lassen. Jetzt gab es auf allen drei Ebenen ein Soundsystem, das sich von jedem einzelnen Raum aus regulieren ließ. Als er sein gefliestes Bad betrat, das so groß war wie bei den meisten Leuten das Wohnzimmer, stellte er das System so ein, dass die Klänge von Queens »Bohemian Rhapsody« das Haus erfüllten. Und da er nichts gegen ein bisschen Schwülstigkeit hatte, drehte er die Lautstärke noch etwas auf.

Nach einer langen Dusche wählte er einen schwarzen Leinenanzug von Armani und ein weißes Hemd für den Tag aus – für seine Verhältnisse fast leger. Er bewohnte das Haus allein und genoss die Freiheit, tun und lassen zu können, was er wollte. Dennoch musste er sich gelegentlich auch mal in seiner Anwaltspraxis blicken lassen, wenn er die Fassade der Rechtschaffenheit wahren wollte.

»So ein Stress«, sagte er im Flur zu seinem Spiegelbild.

Eigentlich hielt er sich nie groß in seiner Küche auf, doch an diesem Morgen entschied er sich, dass er die Leere in seinem Magen mit etwas füllen musste. Er brutzelte schnell zwei Rühreier, die er mit einem Vollkornbagel und einer Tasse englischem Frühstückstee zu sich nahm. Der Küchenanbau im Erdgeschoss verfügte über ein Glasdach. Weiss blickte nach oben, als er das Tröpfeln des Regens hörte. Er war heute Morgen noch beunruhigter, als er es gestern Abend schon gewesen war, denn Carl Hudson hatte seit fast zwei Tagen nichts mehr von sich hören lassen. Ihm war klar, dass Hudson sich nach einem Job wie diesem bedeckt halten und vorsichtig mit dem Telefonieren sein musste – aber zwei Tage? Das war geradezu despektierlich. Zudem hatte in der Zeitung nichts über die Polizistin gestanden. Vielleicht sollte er Hudson seine Entlohnung kürzen.

Zumindest hockte der Amerikaner hinter Schloss und Riegel, und es sah nicht danach aus, als würde die Presse bald aufhören, Gift und Galle zu versprühen. Wenn er in den Fernsehnachrichten sah, wie die Frau und die Kinder des Mannes in ihrem Haus von Reportern belagert wurden, empfand er tiefe Befriedigung über seinen Geniestreich. Jeder würde wissen, was denen blühte, die Gabriel Weiss in die Quere kamen. Er ließ sie nicht einfach nur profan mit ihrem Leben bezahlen, vielmehr zerstörte er das gesamte restliche Leben, das ihnen noch blieb – und das ihrer Angehörigen.

Als er sich mit seinem letzten Schluck Tee in seinem Sessel zurücklehnte, klingelte das Telefon auf der Anrichte aus Granit. Er runzelte die Stirn. Nur wenige kannten diese Nummer, und die meisten davon wussten, dass er zu so früher Stunde nicht gern gestört wurde.

Während er durch die Küche zum Telefon ging, warf er einen Blick hinaus in das Grün seines kunstvoll angelegten Landschaftsgartens.

»Ich bin's«, sagte die Stimme am anderen Ende.

»Carl«, sagte Weiss hörbar erfreut. »Schön, endlich von Ihnen zu hören.«

»Es waren ein paar schwierige Tage, wie Sie sich vorstellen können.«

»Woher haben Sie die Nummer?«

»Sie haben mich selbst von ihr aus angerufen. Erinnern Sie sich nicht?«

»Aber ja doch. Wie konnte ich das nur vergessen? Sie haben mir doch noch Vorwürfe deshalb gemacht.«

»Ich möchte mein Geld.«

»Ganz ohne Umschweife? Das gefällt mir. Trotzdem muss ich vorsichtig sein, wenn ich eine solche Summe anweise. Auch wenn die Transaktion zwischen unseren beiden legalen Firmen durchgeführt wird. Das werden Sie nicht anders sehen, und wie kann ich außerdem sicher sein, dass Sie den Job erledigt haben? In den Zeitungen stand nichts darüber.«

»Es ist erledigt«, sagte Hudson. »Es wird nur einige Zeit dauern, bis man sie findet – falls überhaupt. Ich werde Ihnen als Beweis ein Souvenir von ihr mitbringen. Meine Situation erfordert es, dass ich das Geld in bar erhalte, und zwar jetzt.«

»Wieso das?«

»Die Übergabe soll keinerlei Spuren hinterlassen. Wie viel können Sie heute auftreiben? Wie viel haben Sie im Haus?«

Weiss erwog kurz, nicht darauf einzugehen. Andererseits war er wegen der Auftragserfüllung erleichtert. Er beschloss, Hudsons Verhalten zu tolerieren.

»Hundert Riesen. Mehr ist nicht drin.«

»Gut. Den Rest hole ich mir dann später. Wo können wir uns treffen?«

»Lassen Sie mich erst einmal ins Büro fahren. Ich rufe Sie dann unter dieser Nummer zurück, sobald ich da bin. Einverstanden?«

»Soll mir recht sein. Wann ungefähr?«

»Nun, ich mache mich gleich auf den Weg, also in weniger als einer Stunde. Kommt natürlich auch auf den Verkehr an, Sie wissen ja.«

»Ich höre dann nachher von Ihnen.«

Nachdem Hudson das Gespräch beendet hatte, ging Weiss in die oberste Etage und holte einhunderttausend Pfund aus dem Tresor, der unter seinem Bett in den Fußboden eingelassen war. In seiner Branche musste man immer über Bargeld für unvorhergesehene Notfälle verfügen. Zurzeit belief sich seine stille Reserve auf fast eine Million, aber er wollte Hudson erst einmal nur mit einem Bruchteil der vereinbarten Summe abspeisen. Auf den Rest sollte er schön warten.

Er steckte das Geld in eine Ledertasche und nahm den Fahrstuhl, den er hatte einbauen lassen, in die Garage. Er freute sich schon auf die Fahrt in seinem Porsche – auf das Glücksgefühl, das ihn immer durchströmte, wenn er am Steuer eines solchen Paradebeispiels perfekter Ingenieurskunst saß.

Das Leben war da, um genossen zu werden.

So beseelt war er von seiner eigenen Stimmung, dass ihm entging, wie die Kontrolllämpchen der überall im Haus installierten Überwachungskameras von Grün auf Rot wechselten.

Mit einem Klingeln öffnete sich der Fahrstuhl in der Garage. Zu Weiss' Überraschung stand ein Mann vor ihm. Es dauerte einen Moment, bis er ihn erkannte.

»Hallo, Gabriel«, sagte Hudson.

Weiss machte den Mund auf, um etwas zu sagen, doch Hudson hob die Pistole mit Schalldämpfer und drückte zwei Mal ab. Die Kugeln traten durch Weiss' Mund ein und durch seinen Hinterkopf in Begleitung von Blut und Gehirnmasse wieder aus. Weiss ging augenblicklich zu Boden.

Hudson blickte zu ihm hinunter und sah ihn sterben. »Das hast du dir selbst zuzuschreiben«, sagte er.

Er hob die Ledertasche auf, bevor sie von der sich ausbreitenden Blutlache erfasst wurde, und legte die Waffe hinein. Dann nahm er aus seiner Jackentasche eine Fernbedienung, die auf die Frequenz von Weiss' Garagentor eingestellt war, und drückte den Knopf. Das Tor begann sich zu schließen, und er kroch schnell darunter hindurch hinaus auf die Straße. Dann steckte er auch die Fernbedienung in die Ledertasche, um sich ihrer später zu entledigen.

Weiss war so gefallen, dass er halb im Lift, halb in der Garage lag. Während die Fahrstuhltüren immer wieder auf- und zugingen und gegen den leblosen Körper stießen, schloss sich das Garagentor endgültig und verbarg die letzte Ruhestätte des weißen Engels.

2

Eine Woche später saß Logan mit Samantha Cahill in der Eingangshalle des Bezirksgerichts. Die Halle wirkte groß und ausdruckslos und war in verschiedenen Brauntönen gehalten. Das Publikum bestand ungefähr zu gleichen Teilen aus Straftätern und Anwälten. Unter Letzteren befanden sich auch ein paar seiner ehemaligen Kollegen bei Kennedy Boyd, die Logan im Vorbeigehen zunickten, aber nicht stehen blieben, um sich mit ihm zu unterhalten.

Joe Shaw hatte Logan und Sam erklärt, dass die heutige Verhandlung wiederum unter Ausschluss der Öffentlichkeit stattfände und Cahill im Anschluss daran zu den Zellen im Souterrain zurückgebracht würde, während man die formellen Vorbereitungen für seine Entlassung traf. Der Fall würde also nicht mit einem flammenden Schlussplädoyer als Höhepunkt enden.

Samantha Cahill hatte dunkle Schatten unter den Augen und war das reinste Nervenbündel. Seit der Verhaftung ihres Mannes vor über einer Woche hatte sie kaum geschlafen. Logan legte ihr den Arm um die Schultern und drückte sie an sich.

»Jetzt wird alles gut«, versicherte er ihr. »Alex wird entlassen.«

»Aber was, wenn nun jemand einen Fehler gemacht hat? Wenn sie doch nicht tun, was sie angekündigt haben?«

»Es ist schon alles gelaufen«, sagte Logan. »Du brauchst dir keine Sorgen mehr zu machen.«

Es war für Purcell nicht leicht gewesen, seine Verbindungsleute zu überreden, die volle geheimdienstlich genutzte Technologie des Echelon-Netzes anzuwenden, obwohl der mutmaßliche Täter, der für das Massaker am Hilton Hotel verantwortlich zu sein schien, doch schon hinter Gittern saß. Er und Hardy waren nach London geflogen, um sich der Sache persönlich anzunehmen, und hatten ein paar hitzige Debatten zu überstehen gehabt.

Die Mobilfunktelefone, die sie Hudsons Leuten abgenommen hatten, waren schließlich dazu verwendet worden, anhand der von Echelon empfangenen Signale Teile ihrer Kommunikation im Vorfeld des Bombenattentats und der Ermordung Roddys zu rekonstruieren. Die Telefonate zwischen Weiss' Londoner Wohnung und Hudsons Handy hatten bewiesen, dass Weiss in den Anschlag verwickelt gewesen war.

Endgültig überzeugt waren die Geheimdienstler allerdings

erst gewesen, als das Ausmaß der bereits laufenden Interpolermittlungen gegen Weiss bekannt geworden war. Doch nun, da er nicht mehr lebte – scheinbar war er das Opfer eines geplanten Mordes geworden, wie er im Milieu des organisierten Verbrechens gang und gäbe war –, würde es nie zum Prozess gegen ihn kommen.

Alles lief auf die Entscheidung hinaus, im Fall von Devon Leonard nichts zu unternehmen. Man sah keinen Sinn darin, wegen eines unbedeutenden Möchtegerngangsters wie ihm noch einmal alles aufzuwühlen. Ein kurzer Besuch Purcells zu nächtlicher Stunde hatte dafür gesorgt, dass Leonard es nicht wagen würde, je den Mund aufzumachen.

»Hast du ihnen alles erzählen müssen?«, hatte Logan Hardy gefragt, als sie nach seiner Rückkehr aus London im Büro von CPO Security zusammensaßen. »Auch das, was am Loch Awe passiert ist? Mit Ellie?«

»Spielt es eine Rolle?«

»Für mich schon. Genauso wie für Ellie.«

Hardy hatte Logan lange und tief in die Augen gesehen, bevor er antwortete. »Die Leute, die diese Entscheidungen treffen, haben genug Macht, um jede anderweitige Verfügung aufzuheben. Sie haben das absolute Sagen. Keiner von uns braucht sich noch Sorgen zu machen, auch nicht, was die Ereignisse vor einiger Zeit angeht. Vertraue mir und vergiss das alles, okay? Es ist vorbei.«

»Aber was ist mit der Sonderabteilung des Yard? Immerhin haben die eine Verbindung zwischen dem Russen in der Bar und den Leichen am See festgestellt. Wenn sie die weiterverfolgen, könnten sie eines schönen Tages vielleicht doch noch auf uns stoßen.«

»Die Leute haben das absolute Sagen, falls du mir folgen kannst. Vergiss es, ja?«

»Du willst mir damit sagen, dass wir aus der Sache nur rausgekommen sind, weil die Regierung dieses Landes praktisch die Ermordung dieser Russen sanktioniert und dafür gesorgt hat, dass keine weiteren Ermittlungen stattfinden? Es fällt mir schwer, das zu glauben, Tom.«

»Dann sprich mit Roger Purcell. Er kann dir erzählen, dass die noch ganz andere Sachen sanktioniert haben.«

»Aber es muss doch eine öffentliche Erklärung wegen des Bombenattentats geben. Wer soll sich denn da etwas aus den Fingern saugen?«

»Das wird die Aufgabe der klugen Köpfe des britischen Geheimdienstes sein. Alle Witze über die kannst du übrigens getrost vergessen. In Wirklichkeit sind die richtig gut.«

»Und was ist mit den beiden, die wir auf Mull haben laufen lassen? Haben wir nicht von ihnen etwas zu befürchten, wo sie jetzt auf freiem Fuß sind?«

»Nein. Das sind Profis. Für sie ging es bei dem Auftrag um nichts Persönliches. Wir sind mit ihnen quitt. Sie waren uns wahrscheinlich dankbar dafür, dass wir sie weder abgeknallt noch der Polizei übergeben haben, und der Anführer hat ja auch sein Wort gehalten, als es darum ging, Weiss die Lichter auszuknipsen, nicht wahr? Manchmal haben solche Sachen auch einen positiven Nebeneffekt. Die Dankbarkeit eines Mannes, dem du sein Leben geschenkt hast, wird dir gegenüber immer unendlich sein.«

Joe Shaw trat aus dem Verhandlungsraum. Die Anhörung war nach Plan verlaufen, und Alex Cahill würde in Kürze freigelassen werden. Logan begleitete Shaw auf die Straße hinaus und bedankte sich für seine Hilfe, woraufhin Shaw erklärte, er werde die Rechnung noch am selben Abend in die Post geben. Lachend schüttelte er Logan die Hand. Logan wusste, dass er keinen Scherz gemacht hatte.

Im Gerichtsgebäude lief Sam den Tränen nahe ruhelos auf und ab. Logan versuchte sie dazu zu bewegen, sich zu setzen, aber sie wollte in Ruhe gelassen werden.

Sie war so in ihren Gedanken versunken, dass Logan ihn als Erster sah. Cahill trat durch die schwere Doppeltür links von Logan und schaute sich unsicher, fast ängstlich um. Noch nie hatte Logan seinen Freund so gesehen – für gewöhnlich wurde Alex Cahill mit jeder Situation spielend fertig.

Als Logan sich erhob, entdeckte ihn auch Cahill. Ein Grinsen breitete sich auf seinem Gesicht aus, und bevor er seine Frau sah, hörte er sie bereits – ihren Freudenschrei und das Klick-Klack ihrer Absätze auf dem Marmorboden. Dann lag sie auch schon überglücklich in seinen Armen und bedeckte sein Gesicht mit Küssen.

Logan strahlte vor Freude, während Cahill Sam nicht wieder loslassen wollte. Eine halbe Ewigkeit standen sie eng umschlungen mitten in der Halle und schienen nichts davon wahrzunehmen, was um sie herum vorging. Auch die anderen Gerichtsbesucher schenkten ihnen keine Beachtung – solche Szenen spielten sich hier tagtäglich ab. Logan machte ein paar Schritte in Richtung Ausgang, um den beiden wenigstens etwas Privatsphäre zuzugestehen, wurde aber von Sams erleichterten Schluchzern verfolgt.

Später fuhr er sie zu ihrem Haus, wo Cahills Töchter aus der Tür gestürzt kamen und ihren Vater mit der Wucht ihrer Umarmungen schier umwarfen. Als die erste Wiedersehensfreude abgeebbt war, schickte Alex Frau und Kinder ins Haus und trat noch einmal an Logans Wagen, wo er neben dem offenen Fenster der Fahrertür in die Knie ging. Nichts mehr an Cahill wies auf die Erlebnisse der letzten Tage hin.

»Tut gut, wieder zu Hause zu sein«, sagte er. »Danke, Mann.«

»Es war Teamwork.«

»Das kann ich mir vorstellen. Bei einem Bier darfst du mir dann mal alles erzählen.«

»Aber nicht mehr heute?«

»Nein. Es gibt hier ein paar Menschen, mit denen ich jetzt unbedingt zusammen sein möchte. Und das ist nicht persönlich gemeint.«

Logan lachte.

»Nur eines möchte ich zuvor noch wissen«, sagte Cahill. »Ist sie jetzt aus der Welt? Die Sache mit uns und mit Ellie?«

»Ich denke.«

»Du denkst es nur?«

»Kann man sich bei solchen Sachen denn je sicher sein?«

»Manchmal schon. Wie ist eigentlich alles abgelaufen?«

Logan schaute sich um, öffnete dann die Fahrertür, stieg aus und ging mit seinem Freund ein paar Schritte die Straße hinunter.

Cahill grinste. »Freut mich zu sehen, dass du langsam darauf achtest, wo du den Mund aufmachst.«

»Tom hat sich der Sache angenommen. Zusammen mit Roger Purcell.«

»Roger war auch daran beteiligt? Dann haben wir nichts zu befürchten. Wenn Roger dabei war, ist die Sache vom Tisch.«

»Wieso das?«

»Er weiß viel zu viel, als dass irgendjemand mit ihm würde anecken wollen. Alle sind um Rogers Wohlergehen besorgt, damit er den Mund hält. Ist zum gegenseitigen Vorteil.«

»Er ist schon ein spezieller Typ.«

»Das kann man wohl laut sagen. Hast du ihn aus der Nähe beim Arbeiten gesehen?«

»Nur die Ergebnisse.«

»Das reicht auch.« Cahill schüttelte den Kopf, holte tief Luft und blickte die Straße entlang. Ein paar schwache Sonnenstrahlen brachen durch die tief hängende Wolkendecke.

»Tut gut, wieder hier zu sein«, sagte er. »Verdammt gut.«

3

Logan stand vor Rebeccas Tür und trat von einem Fuß auf den anderen, während er darauf wartete, dass sie auf sein Läuten reagierte. Er hatte sie seit ihrer Rückkehr von Mull nur kurz gesehen. Beide hatten so schnell wie möglich zu ihren Kindern zurückgewollt, um wieder zur Normalität überzugehen.

Rebecca öffnete ihm mit Connor im Arm, der gerade Essensreste auf ihrem Shirt verschmierte und sich dabei köstlich amüsierte. Sie setzte ihn ab und bat Logan herein. Auf unsicheren Beinen und mit unverständlichem Brabbeln rannte Connor vor ihnen her in die Küche.

Logan setzte Wasser auf und machte ihnen Tee, während Rebecca ihren Sohn weiterfütterte.

»Er sieht sehr glücklich aus«, bemerkte Logan.

»Er ist ein guter Junge.« Sie verzog das Gesicht, als Connor ein Thunfischsandwich zwischen seinen Fingern zerdrückte und Mayonnaise auf den Tisch tropfte.

»Und wie sieht es mit uns aus?«, fragte Logan.

Rebecca sah ihn an und zuckte mit den Achseln. »Ganz gut, denke ich. Aber die Zeit, die wir gebraucht haben, um zusammenzufinden, war ganz schön anstrengend, findest du nicht auch?«

Logan konnte ein Schmunzeln nicht unterdrücken, obwohl er unsicher war, ob es ihr mit dem Gesagten ernst war. »Aber es gab doch auch ein paar schöne Momente«, fügte er hinzu.

»Das kann ich nicht bestreiten«, sagte sie und lachte. »Und ich würde es auch gar nicht bestreiten wollen.«

Logan trat ans Küchenfenster und blickte in den schmalen Garten hinaus. Am wolkenverhangenen Himmel rissen erste blaue Löcher auf. »Ich habe mir überlegt, ob wir nicht alle zusammen etwas essen gehen sollten«, sagte er. »Nachher, wenn Ellie aus der Schule kommt. Was hältst du davon?«

Rebecca befreite ihren Sohn von den Resten seines Sandwichs und wischte ihm die Finger mit einem feuchten Tuch ab. »Das fände ich schön«, sagte sie. Sie warf das Tuch in den Mülleimer, stellte sich hinter Logan, schmiegte sich an seinen Rücken, legte die Arme um ihn und küsste zärtlich seinen Nacken.

Logan fühlte ein elektrisierendes Kribbeln und legte seine Hand auf die ihre.

Mit Connor in seinem Kindersitz auf der Rückbank von Logans Wagen fuhren sie zu Ellies Schule. Er parkte in einer Nebenstraße und sagte Rebecca, sie solle im Auto warten.

»Lass mich ihr erst sagen, dass ihr beide dabei seid.«

Rebecca wirkte verunsichert. »Wenn du meinst, dass das mit mir und ihr nicht klappt –«

Logan hob abwehrend die Hände. »Das klappt schon«, sagte er.

Er ging um die Straßenecke herum zum Schuleingang, als es läutete und die ersten Schülerinnen aus dem Gebäude stürmten. Logan mochte es, wenn die Mädchen in ihren roten Blazern etwas Farbe auf dem Schulhof versprühten.

Ellie kam ohne Eile aus der Schule, offenbar war sie in eine ernste Unterhaltung mit zwei ihrer Mitschülerinnen vertieft. Als sie Logan sah, verabschiedete sie sich von ihnen und rannte auf ihn zu.

»Was gab es denn so Wichtiges zu bereden?«, fragte er sie.

Ellie sah ihren beiden Freundinnen nach. »Ach, nichts weiter.«

Mit einem Mal realisierte er, dass sie begann, ihr eigenes Leben ohne ihn zu leben, so wie er es sich gewünscht hatte: dass sie beide ein ganz normales Leben führen konnten. Er nahm ihr die Schultasche ab, und sie gingen zusammen zur Kreuzung, in deren Nähe sein Wagen parkte.

»Hast du deinen Freundinnen von Alex erzählt?«, fragte er.

»Ja.«

»Du weißt, dass er es nicht gewesen ist? Dass alles ein Irrtum war?«

»Wird wohl so sein.«

Logan hielt inne und sah Ellie an. »Nur weil er das damals für dich getan hat, heißt das noch lange nicht, dass so etwas an der Tagesordnung bei ihm ist, verstanden? Es war sein Job, die Schauspielerin zu beschützen, nicht, ihr wehzutun.«

»So wie er mich beschützt hat?«

»Ja, genau so.«

»Das habe ich ihnen auch erzählt.«

Logan ließ ihre Schultasche fallen und drückte Ellie an sich. Es war ihm gleich, ob ihr das vor ihren Freundinnen peinlich war.

Während sie weitergingen, erzählte Logan, dass Becky

und Connor im Wagen warteten und sie zusammen essen gehen wollten. Da er Ellies Hand hielt, merkte er, wie sie sich verspannte.

»Müssen die unbedingt mit?«, fragte sie leise. Der Tonfall ihrer Stimme war nicht zu deuten.

»Ich dachte, es könnte vielleicht nett sein.«

Als sie um die Ecke bogen, stand Rebecca mit Connor schon neben dem Wagen. Rebecca winkte Ellie zu, musste sich dann aber um Connor kümmern, der einen Schritt nach vorn machte und über einen losen Pflasterstein stolperte. Es gelang ihr gerade noch, ihn festzuhalten, ehe er mit dem Gesicht auf den Gehsteig schlug. Ellie kicherte, und Logan konnte es ihr nicht verdenken. Es sah schon lustig aus, wenn kleine Kinder hinfielen.

Connors Unterlippe begann zu zittern, als würde er gleich zu weinen anfangen. Rebecca nahm ihn in den Arm und ging Logan und Ellie entgegen.

»Hallo, Ellie«, begrüßte sie sie. »Wie geht es dir?«

»Alles okay.«

»Wir gehen zusammen etwas essen.«

»Habe ich schon gehört.«

»Ellie«, zischte Logan.

»Es ist in Ordnung, Logan.« Rebecca legte ihm die Hand auf den Arm und sah Ellie an.

»Ellie, Schatz, ich will dir Logan nicht wegnehmen, und ich weiß auch, dass ich nicht deine Mutter bin. Das will ich gar nicht sein. Verstehst du das?«

Ellie nickte leidenschaftslos.

Connor zappelte auf Rebeccas Armen, sodass sie ihn absetzen musste. Schnurstracks wackelte er auf Ellie zu und umschlang ihr Bein.

Ellie sah Rebecca fragend an, worauf die ihr aufmunternd

zunickte. Logans Tochter bückte sich und nahm Connor an der Hand, als er einen Schritt von ihr fortmachte.

»Willst du etwas essen, Connor?«, fragte sie und beugte sich zu ihm hinunter.

»Juh.«

»Ich denke, das wird schon«, sagte sie zu Logan und richtete sich wieder auf.

Logan und Rebecca traten beiseite, damit Ellie mit Connor zum Auto gehen konnte. Rebecca ergriff Logans Hand und drückte sie fest, bevor sie den Kindern nacheilte. Lächelnd drehte sie sich noch einmal zu Logan um und strich ihr Haar beiseite, als ein plötzlicher Windstoß es in ihr Gesicht wehte. Es nahm ihm fast den Atem, wie schön sie in diesem Augenblick aussah. Er wünschte sich, diesen Moment für die Ewigkeit bewahren zu können.

Dann wandte Rebecca sich wieder Ellie und Connor zu. Während er sie beobachtete, musste Logan daran denken, wie viel unkomplizierter sein Leben gewesen war, als er noch allein wohnte.

Und wie viel besser es ihm jetzt gefiel.

Danksagungen

Mein Dank gebührt zuallererst meiner Familie – Kay, Holly und Lucy –, weil sie es mir nachgesehen haben, dass ich nach so vielen langen Arbeitstagen gleich in meinem Arbeitszimmer verschwunden bin, um zu schreiben.

Dank auch dem Team von Hachette/Headline, weil sie mich – nun schon zum zweiten Mal – unter Vertrag genommen und dieses Buch auf den Markt gebracht haben. Ganz besonders gilt mein Dank Bob, Wendy, Gillian, Joanna and Peter. Und, was die letzte Zeit betrifft, Vicki und Alice.

Von denen, die zur Entstehung dieses Buches beigetragen haben, indem sie mir ihre wertvolle Zeit und ihr Wissen zur Verfügung gestellt haben, verdienen ganz besondere Erwähnung: Simon Leila, Diane Turner, Peter Brogan vom Gefängnis Ihrer Majestät Barlinnie, von dem ich an einem trüben Februarnachmittag so gut betreut wurde – obwohl es das Gefängnis letzten Endes dann doch nicht ins Buch geschafft hat –, und die Angestellte des Polizeireviers von Fort William, die an einem sonnigen Septembernachmittag meine diversen Fragen beantwortet hat und deren Namen ich leider versäumt habe, mir zu notieren. Sie alle haben mir mit ihrem Wissen sehr weitergeholfen.

Zum Schluss möchte ich noch David Pike von DRP Webdesign für seine gute Arbeit an meiner Website danken.